カークの卒業写真。宇宙艦隊アカデミー 2254 年度イヤーブックより。

AD ASTRA PER ASPERA

STARFLEET ACADEMY

Be it known that Cadet James Tiberius Kirk
of the Planet Earth
having been carefully examined on all the Branches of the
Arts, Sciences, History, Literature and Engineering
taught at Starfleet Academy
has been judged worthy to graduate
with the rank of

ENSIGN

In testimony of and by virtue of authority vested in the
Academic Board
We confer upon him this rank.
This day,
The Eighteenth Day of June
Twenty-Two Hundred & Fifty-Four

Admiral, Chairman Academic Board of Starfleet Academy

カークの宇宙艦隊アカデミー卒業証書。

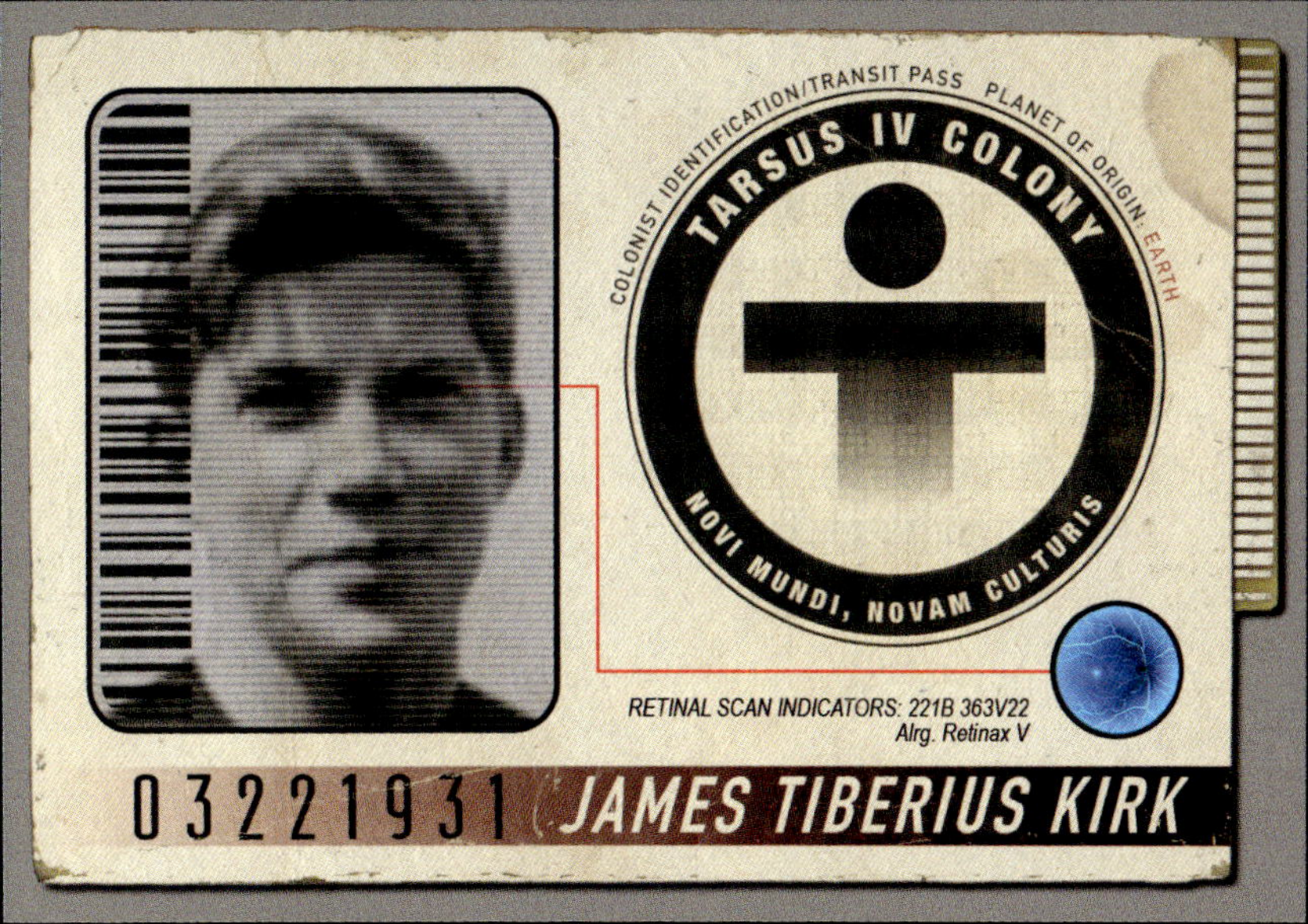

少年時代のカークに発行されたタルサス四号星行きの旅券。

〈U.S.S.ホットスパー〉時代のジェームズ・カークと友人のゲイリー・ミッチェル。

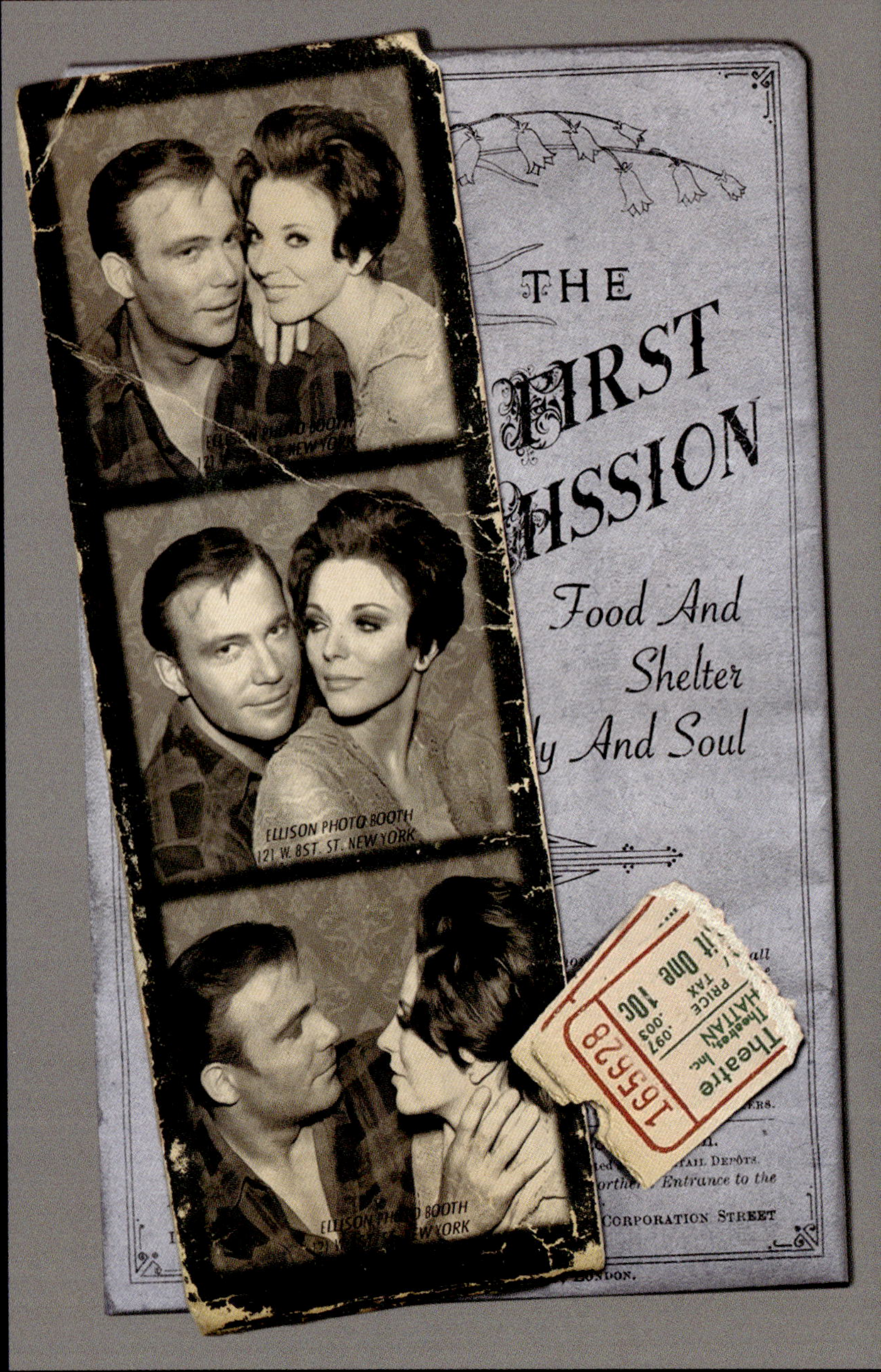

1930 年代へ戻ったときの写真と記念品。カークの死後発見された。
20 世紀の地球ではありふれた土産品のスピード写真に映るエディス・キーラーとカーク。

カーク、スポック、ジャニス・ランド秘書。2266 年頃。

ジェームズ・カークとクリストファー・パイクの初会合を記念した肖像画。宇宙艦隊博物館蔵。
（絵にはカークへの配慮がみられる。実際にはパイクの方が 10 センチ以上高かった）

キャロル・マーカス博士と２歳当時の息子デビッド。

2287 年、ヨセミテ国立公園にキャンプ旅行をした際のカーク、スポック、ドクター・レナード・マッコイ。

まだ見ぬ息子デビッドに宛てた手紙の手書きによる下書き。カークの私物。手紙の内容から、デビッド・マーカスが７歳だった2268年頃と思われる。手紙は送付されなかった模様。

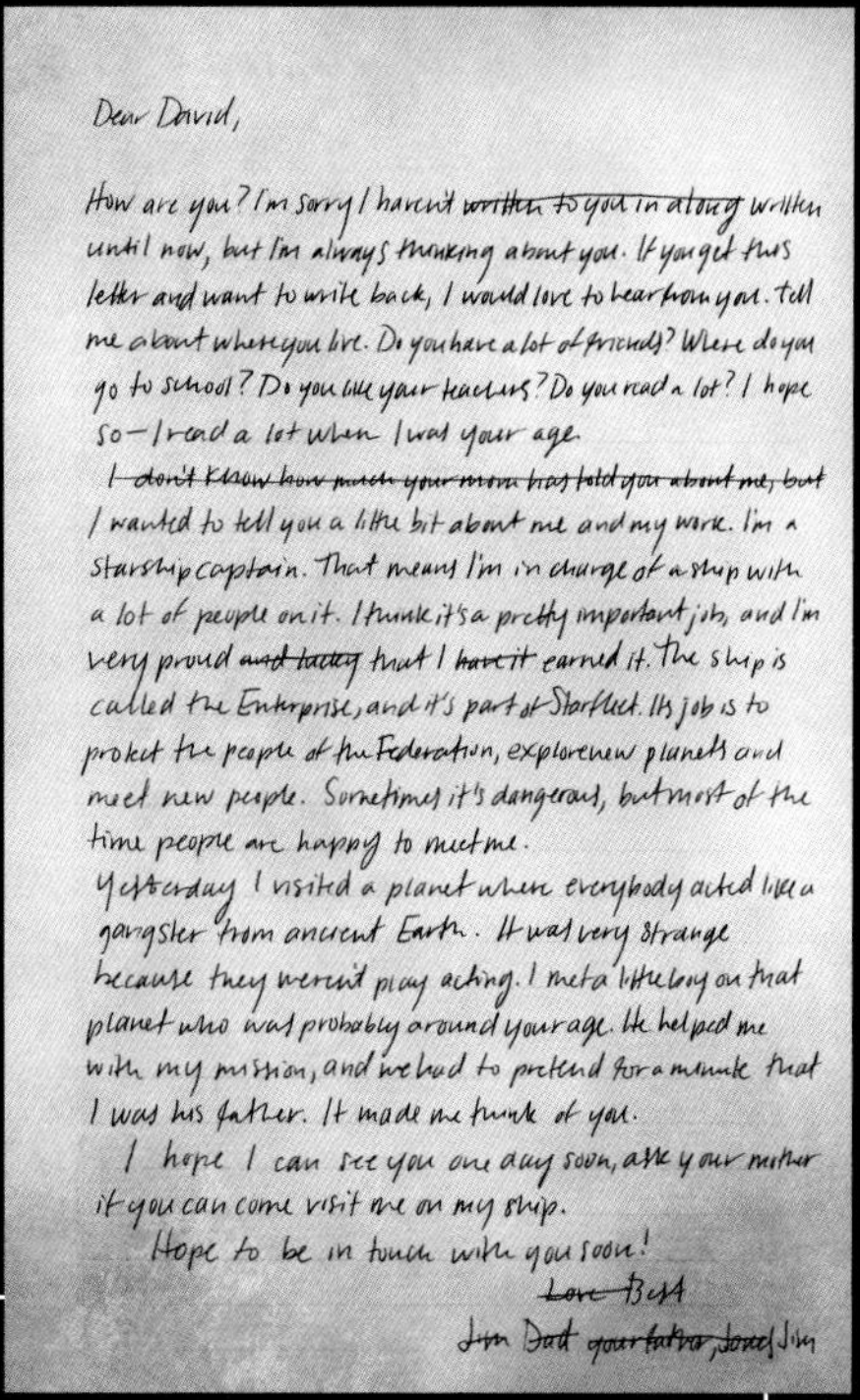

Dear David,

How are you? I'm sorry I haven't ~~written to you in a long~~ written until now, but I'm always thinking about you. If you get this letter and want to write back, I would love to hear from you. Tell me about where you live. Do you have a lot of friends? Where do you go to school? Do you like your teachers? Do you read a lot? I hope so—I read a lot when I was your age.

~~I don't know how much your mom has told you about me, but~~ I wanted to tell you a little bit about me and my work. I'm a Starship captain. That means I'm in charge of a ship with a lot of people on it. I think it's a pretty important job, and I'm very proud ~~and lucky~~ that I ~~have it~~ earned it. The ship is called the Enterprise, and it's part of Starfleet. Its job is to protect the people of the Federation, explore new planets and meet new people. Sometimes it's dangerous, but most of the time people are happy to meet me.

Yesterday I visited a planet where everybody acted like a gangster from ancient Earth. It was very strange because they weren't play acting. I met a little boy on that planet who was probably around your age. He helped me with my mission, and we had to pretend for a minute that I was his father. It made me think of you.

I hope I can see you one day soon, ask your mother if you can come visit me on my ship.

Hope to be in touch with you soon!

~~Love~~ Best

~~Jim~~ ~~Dad~~ ~~your father, James~~ Jim

親愛なるデビッド、

元気ですか？　~~ずいぶん~~ いままで手紙を書かなくてすまない。けれど、いつもお前のことを考えていた。この手紙を読んで、返事を書こうと思ってくれたらうれしい。住んでいる場所はどんなところかな。ともだちはたくさんいるかい？　学校はどこ？　先生は好き？　本をたくさん読むの？　そう願うよ——わたしがお前の年頃にはたくさん読んでいた。

~~ママから聞いているかもしれないが、~~ わたしと、わたしの仕事について少し書こうと思う。わたしは宇宙船の船長だ。それはつまり、船に乗っている人たちの命をあずかっているということだよ。とても大事な仕事だし、そんな仕事 ~~を手に入れ~~ につけてすごく誇りに　思 ~~い、ついていた~~ う。〈エンタープライズ〉という名前の船で、宇宙艦隊に所属している。連邦の人々を守り、新しい星々や、知らない人たちに会うのが任務だ。ときどき危ない目にもあうが、たいていはどこでもわたしを歓迎してくれる。

きのう訪れた星では、大むかしの地球のギャングみたいな人々がいた。すごくおかしいのは、ギャングのふりをしているんじゃなくて、本当にギャングなんだ。その星で、お前と同じ年頃の男の子と出会った。その子はわたしの任務を助けてくれて、少しのあいだだけ、男の子の父親のふりをした。もちろんお前のことを思ったとも。

いつか、近いうちに会えることを願う。わたしの船に遊びに来ていいか、お母さんにきいてみてくれ。

返事を待ってるよ！

~~愛してる~~ 元気で

~~ジム~~　~~パパ~~　~~父ジェームズ~~　ジム

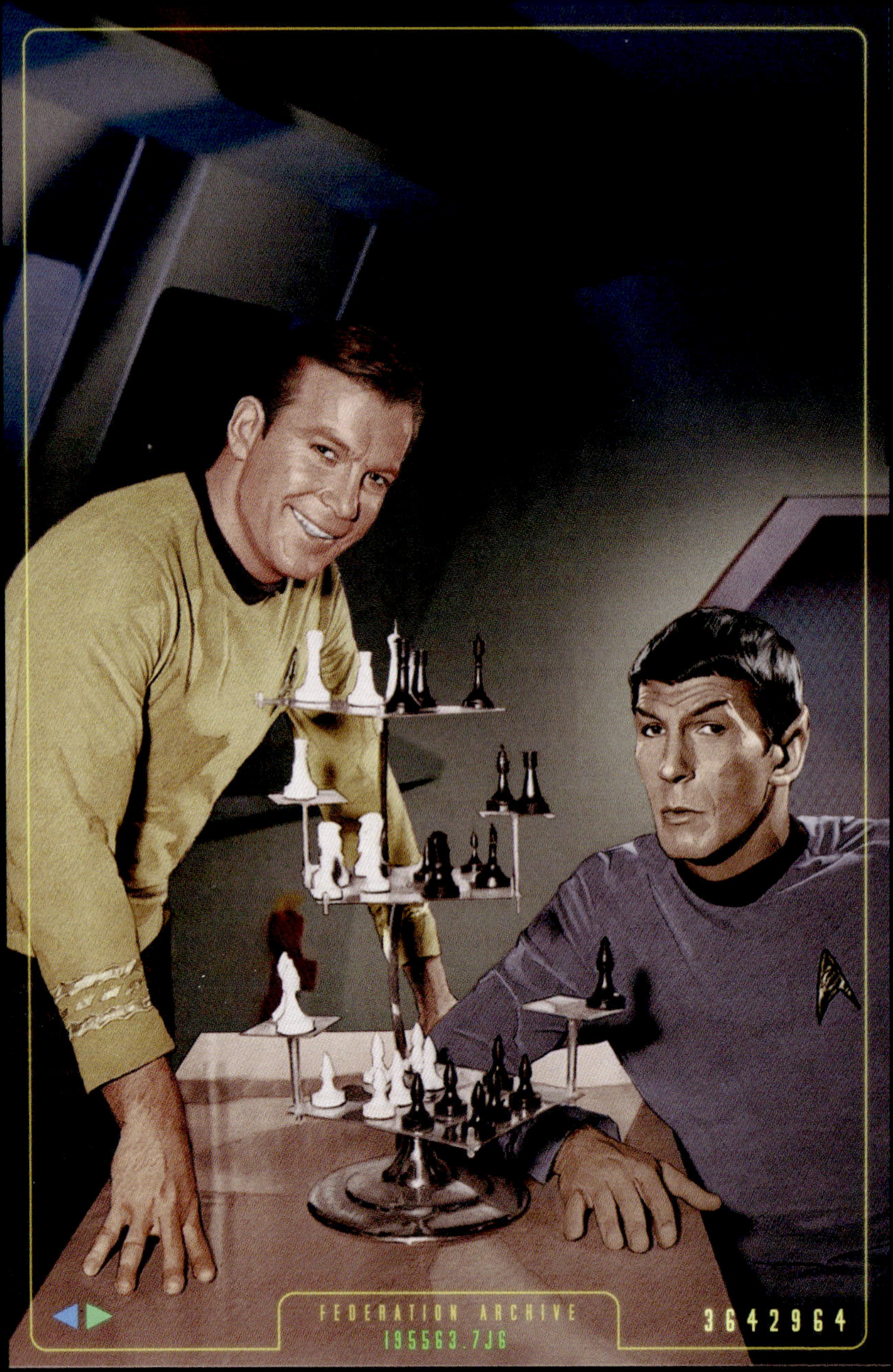

〈U.S.S.エンタープライズ〉指揮官就任１年目のカークとスポック。

自叙伝
ジェームズ・T・カーク

THE AUTOBIOGRAPHY OF
JAMES T. KIRK
THE STORY OF STARFLEET'S GREATEST CAPTAIN

BY
JAMES T. KIRK

EDITED BY DAVID A. GOODMAN

デイヴィッド・A・グッドマン［編］
有澤真庭［訳］
岸川 靖［監修］

TAKESHOBO Co., LTD.

THE AUTOBIOGRAPHY OF
JAMES T. KIRK
by
JAMES T. KIRK
EDITED BY DAVID A. GOODMAN

Japanese translation published by arrangement with
Titan Books
through EnglishAgency, Inc., Tokyo.

母へ

CONTENTS 目次

自叙伝　ジェームズ・T・カーク

序文

レナード・H・マッコイ医学博士

はじめに断っておくが、わたしは医者だ。もの書きではない。だがこの回想録を読み終え、つけ加えておくべきだと思ったことがある。ジム・カークについて語るべきことは、本人がほぼ語りつくしている。とはいえひとつだけ、彼は大事な点を書き残した。理由は明白、謙虚すぎて話題にするのはおろか、考えるのもはばかられるのだ。だからわたしが代わりに書こう。

ジムは不世出《ふせいしゅつ》の英雄だ。

いや、持ちあげすぎだと思う前に、そして地獄に堕《お》ちろとわたしがいい返すより前に、ジムの人生を客観的に見てみようじゃないか。過去五十年、彼をおいてほかに、これほど多くの重大事件の中心にいた人物がいるだろうか？　文明を揺るがすような決断を、あの時代、彼ほど数多く下した者は？　たったひとりの人間を中心に、あそこまで何度も歴史が動いたとはにわかには信じがたいが、記録がはっきり示している。神意か幸運か、あるいは想像上の生き物〝銀河の偉大な鳥〟の恩寵《おんちょう》かは知らないが、宇宙船〈U.S.S.エンタープライズ〉の指揮官席《センターシート》に座る任を負った男がジム・カークだったことに、今はただ感謝している。

その部分を省いた点をのぞけば、ジムはあますところなく自身の人生をふり返っており、それゆえに本書は啓示的だ。個人的な秘密を知れば、等身大の男が見えてくる。ある意味、ジムはわれわれと何ら変わらない。孤独で、野心を胸に秘め、息子であり父親、恋人であり、決して心から満足しようとしない。ジムを万人から隔てているのは、自分の過ちの結果を受けとめ、弱点と向きあい、次はもっとうまくやろう、よくなろうと不断の努力を怠らないところにある。それこそが、彼を真のヒーローたらしめている。功成《こうな》り名遂《なと》げたにもかかわらず、常に次を求め、任務を遠ざけたことは一度もない。彼の死は、はかりしれない損失だ。ジムは、われわれすべての者に心をくだいていた。

わたしにとり、損失は個人的なものだ。彼は最良の友であった。最後にもう一度、杯を掲げよう。

ジェームズ・T・カーク、〈エンタープライズ〉の船長に敬意をこめて。

PROLOGUE
序　章

警察の目を逃れて地下室に隠れている今は、銀河系の危機を救う手だてなどとても考えつかない。ともかく最善をつくすしかなかった。われわれが身を潜めている場所は、設備が整ってもいなければ快適でもない。レンガ壁の部屋は冷たくて薄暗く、石炭がらとネズミの小便くさかった。戸外の厳しい冬をしのぐ熱源といえば、小さな石炭ストーブだけ。備品といえなくもないのは、頑丈なクモの巣と傷んだ家具くらいしかない。低い天井を十字に渡したパイプからしずくがしたたるのか、しみのできた木箱が二、三個転がっている。もちろん、快適かどうかはささいな問題だ。この〝司令本部〟は仮のもので、上の階にいる者たちがいつまでもわれわれを放っておくとは思えない。とりわけ、すでに地元の治安組織から不審者注意の警告が回ってきているとすれば。

そこがやっかいだった。この町に、そしてこの世紀に来て十分も経《た》たないうちに、わたしは法を犯してしまった。〈時間の門《タイム・ポータル》〉を通ってここへ来たとき、制服《ユニフォーム》姿のままでは人目についたため、安アパートの非常階段に干してあった現地の衣服を失敬した。運悪く警官に盗みの現場を目撃されてしまったが、連れが気絶させ、そのすきに逃げた。盗んだときにはそれほどたいした罪には思えなかったが、考えを改めた。服の持ち主は裕福ではない。代わりのシャツとズボンをふたそろえ買えるような余裕はないはずだ。フランネルのシャツとコットンのスラックスを身につけたとき、その印象はより強まった。洗濯したてのはずなのに、シャツにはまだ持ち主の体臭が強く残っている。ディーゼル油、タバコの煙、アルコールの混じったにおい。服の〝残り香《が》〟が物語るのは、重労働の原始的な生活、それに、ストレスを紛らわせてくれる安手《やすで》の嗜好品《しこうひん》。わたしにも少し分けて欲しいほどだ。

「このへんでひとつ、情勢を分析しよう」とはいってみたものの、雲をつくような話だった。一体ここは、どこなのだろう。わかるのはただ、自分たちがアメリカのどこかにいて、マッコイよりも先に過去に着いたというだけだ。そこが肝心だった。マッコイが過去を変え、そのためにわれわれのいる未来が消えてしまうのはわかっていたが、どうやったのかは不明だ。正確に、いつどこにマッコイが現れるのかもまったくわからない。

「一理あると思われる、とある理論では」わたしの気がかりを聞いて、スポックがいった。「時間は液体に似ているといいます。川のように、潮や渦、逆流があり……」

だとすれば、時間の波に乗ったマッコイがこの建物の玄関前に押し流されてくる？　スポックが論理の追究に一生を賭けるバルカン人じゃなければ、そんなのは希望的観測にすぎないといっただろう。だがその説に賭けるよりほかに選択の余地はない。もしマッコイがどこかよその場所へ現れるとして、われわれにどうしてわかる？　さらに、奇跡的にマッコイの居場所がわかったとしても、どうやってそこへ行けばいい？　たとえ行きつけたとして、この時代の原始的な移動手段では、手遅れになる前に別の町まで行ってドクターを止めるのは無理だ。マッコイが何をするのかさえ知らない以上、見つけたときにはすでに未来を変えてしまっているかもしれない。だめだ、スポックの〝時間の川〟理論を信じよう。ほかの可能性はあまりに不毛であり、いついかなるときも論理的なわが科学士官が可能だと信じるなら、少なくとも望みはある。

「もどかしいですね」スポックがいったのは、トリコーダーのことだ。「この中にはドクター・マッコイが現れる正確な時間と場所が記録されています。彼が何をするかも。トリコーダーを船のコンピューターにほんの一瞬でも接続できれば……」

「コンピューターの補助的な装置を作れないか？」

「亜鉛板と真空管の時代にですか？」スポックはときどき、馬鹿を相手にしているような話し方をする。副長からそんな口をきかれれば、おおかたの船長はまず我慢ならないだろう。だが、わたしはそれもこみでスポックを受け入れている。それに、彼の急所を突くやり方を知っていた。

「論理的にはきわめて困難な命題を課すことになるな」わたしは暖をとろうとストーブに両手をかざした。「悪かった。ときどき君に期待しすぎてしまうんだ」実際、わたしは彼に期待をかけすぎた。スポックは正しい――三百年前のテクノロジーで補助装置を作れると思うのは、愚の骨頂だ。それでも彼ならできると信じて疑わなかった。そして、スポックはその信頼に応えようとやる気を出す。ゆえにトリコーダーについては彼に任せ、わたしはふたりの生存に気を配った。無からコンピューターを作るのと同じぐらい、それは不可能に思える。

　われわれは遠い昔の資本主義社会にはまりこみ、入り用なものは金銭を払ってしか手に入らなかった。無一文のふたりが生きていくには日銭を稼ぐ手段を講じなければならないが、大恐慌のさなかに職を見つけるのは不可能に近い。現状を考えれば考えるほど、見通しはどんどん暗くなる。古代宗教の多くは祈りという行為に重きを置いているが、あのときばかりは天の助けと癒やしを粛々《しゅくしゅく》と求める信仰心の、抗しがたい力を理解した。スポックとわたしは助けを必要としたが、頼りにできる相手はおらず、わたしは天使を信じなかった……。

「そこにいるのは、誰？」階段の上に、女性が立っていた。わたしが前に出て女性の視界を遮るあいだ、スポックはそのために失敬してきたウールの帽子で耳を覆う。明かりを背にした女性は、わたしより数段上にいた。三十代、簡素なブラウスとスカートにエプロンをかけている。シンプルな服装がどういうわけか、一層女性のエレガントさを引きたてた。

「すみません。無断で立ち入るつもりはなかったんです。外が寒かったもので」

「あいさつ代わりに嘘《うそ》をつくなんて感心しないわね。そこまで寒くはないでしょう」軽蔑の色をたたえ、青く澄んだまなざしは射るようだった。その瞬間わたしは悟った。もっとうまい嘘をつくか、ありのままの真実をいうかのどちらかしかない。

わたしは真実を話したかった。なぜかはわからない。だがこの女性に隠しだてをしたくなかった。やがて、スポックの〝時間の川〟理論が真実だったと判明し、流れの導く先にはこの女性がいた。彼女のおかげで文字通り、わたしは人類の歴史を救った。そしてまた、それを一生後悔している。

CHAPTER ONE

第一章

父・母・兄——母のもとへの旅立ち　十代

地球を離れ、仕事のために異星へと旅立つ前の日、母は「ちょくちょく戻ってくるからね」といった。九歳のわたしはその言葉を信じた。大人は本当のことをいわないなんて、夢にも思わなかった。

わたしは父と母と一緒に、うちの農場のフロントポーチにいた。日が沈みかけ、蛍が数匹舞っている。数キロ向こうの景色までよく見晴らせた。遠くの空では黒ずんだ雲が雷を投げ落としていた。兄のサムは家の中にこもり、リーダーで本を読んでいた。サムは十二歳だ。近頃はいつも本を読んでいる。

「出発は明日の朝」母がいった。

「どうして行っちゃうの？」

母は腰を落とし、目の高さをわたしに合わせた。それは母にとりとても大事なことだからで、でもだからといってわたしたちを愛していないのではないという。タルサス四号星という惑星のコロニーで仕事にありついたのだ。定期便がひんぱんに出ているから、心配はいらないとなだめられる。見あげると、父は顔をそむけていた。遠くの嵐を眺めている。

「いつ戻ってくるの？」

「二、三ヶ月したら。誕生日には必ず戻ってくる」

「どうだかわからないさ」父がぴしゃりといった。口を開いたのは、ポーチに出て初めてだった。父を見返すと、まだ嵐を見すえていた。

「戻ってくる」母はわたしをじっと見つめ、本当らしさをこめようとした。わたしを抱きあげて、さも重たそうにいう。「わあ、大きくなったね。おうちの中に入ってデザートを食べようか」

母は父に目をやり、それから視線を落とした。わたしはどうしても父に母を向いて欲しいと願い、母も同じ気持ちなのを感じた。それでも父はこちらを見ようとしない。

次の朝、母は旅立った。わたしの中の〝家〟という概念も一緒に持ち去って。


そのときまでは、申し分のない少年時代を送っていた。飼い犬、キャンプファイヤー、誕生日パーティー、乗馬、雪合戦、たくさんの友だち。現在の地球と同じく、貧困も戦争も物不足もない。両親は宇宙で起きている問題について話してくれたが、特に興味を覚えなかった。ときどき空を見あげては、兄が人工衛星や地球を飛びたつシャトルを指さしてくれ、宇宙へ思いをはせるのはせいぜいそのときぐらいだ。身の回りの世界で満足していた。

わが家はアイオワ州のリバーサイド近くにある農場で、二百ヘクタールほどの作物を育てていた。大豆とトウモロコシを栽培し、ニワトリに卵を産ませ、牛の乳でミルクとチーズを加工した。

ものごころがつく頃には毎朝四時に起きてニワトリに餌をやり、牛の乳をしぼっていた。作物の面倒はオートメーションの機械に任せていたが、父はそれでも家族で畑に出て、植えつけやとりいれをやらせた。生活を農業に頼っていたわけではまったくないが、手を土で汚す作業を体験するのが大切だと父は考えた。

家は寝室が四つの二階建てで、レンガと木材で建てられていた。本物の建材を使用し、十九世紀から二十世紀にかけて百年以上もこの地に建っていた家屋をそっくり再現している。農場は、カーク家七代にわたり受け継がれてきた。一族に伝わる話では、わたしの曾々々々祖父、フランクリン・カークが一八四三年にアイザック・コディから農場を購入したという。[編注1] アイザック・コディは、ウィリアム・F・〝バッファロー・ビル〟コディの父親にあたる人物だ。ここ数代は管理人任せだったが、祖父母が老後を過ごしにこの地へ戻ってきた。父のジョージ・カークも、やはり農場に住みたいと強く望んだ。

父は〝宇宙艦隊士官の子ども〟第一世代として育った。宇宙艦隊アカデミーが創立されたとき、父の父タイベリアス・カークはすでに二十代になっており、申請はしたが入学はかなわなかった。それでも宇宙に出たいと願ったタイベリアスは武器補給部に入り、やがて当時設置されて間《ま》もない宇宙基地を渡り歩く。第八宇宙基地で看護士をしていた祖母のブルンヒルデ・アン・ミラノと出会い、結婚。二二〇六年十二月十三日、父ジョージが基地で生まれる。

当時、宇宙基地における子どもの生活はスパルタ式に苛酷だった。世帯数が少なく、設備も限られている。まさしく開拓者の暮らしであり、父は地球に戻る日を夢見た。その夢は、宇宙艦隊アカデミー入学初日、ついに果たされる。息子をアカデミーに入れるのは祖父の悲願だったが、競争はさらに激しくなっていた。そこへ第八宇宙基地の搬出入用ドックで爆発が起き、五人を助け出したタイベリアスは、宇宙艦隊から名誉勲章を授与される。祖父は下士官に過ぎなかったが、名誉勲章受勲者の子女ともなれば、入学審査で常に優遇された。

　父はアカデミーを五番目の成績で卒業し、一年間指導教官をつとめたあと〈U.S.S.ロサンゼルス〉に配属された（未来の船長ロバート・エイプリルとはそこで乗りあわせている）。すぐに昇進し、やがて〈U.S.S.ケルビン〉の副長職をつかむ。先任副長のリチャード・ロバウは船長に就任した。六年の任期中、父は記録的な早さで昇進していった。そのまま行けば、宇宙艦隊史上最年少で船長になっていたかもしれない。だが私生活は別の方向を向いていた。

　母のウィノナ・デイビスもまた、宇宙に積極的に出ていった家柄の出だ。母の父ジェームズ・オガリーシャ・デイビス（ミドルネームはネイティブ・アメリカン、スー族の末裔《まつえい》であることを示している。意味は不明）[編注2]は宇宙艦隊アカデミーの第一期卒業生だった。妻のウェンディ・フェルソンは第三期卒業生にあたる。機関士だったジェームズと医師だった祖母のあいだにできた娘、わたしの母ウィノナは、アカデミーに入学して宇宙生物学者をこころざした。惑星連邦史概論の講義を受けたとき、指導教官だった四歳年上の父と出会う。

「学生が指導教官と〝親密になる〟のは固く禁じられていたの」と、母が話してくれた。「あなたのパパと出会ったとたん、規則なんて端から破ってしまいたくなったわ」

　一体どれだけの規則を実際に破ったかは知るよしもない。息子は普通、その手の話題を両親に深く追及したりしないものだ。父が〈U.S.S.ロサンゼルス〉への配属通知を受けとったとき、船が地球に戻るにはまだ三ヶ月あった。それで、指導教官の仕事は短期の休みをとり、母に求婚した。

「ママたちはひどい間違いをしてるってみんなからいわれたわ。でもあのときはマイナス面なんて見えなかった。互いに夢中だったのよ」それから〈ロサンゼルス〉がだしぬけに帰還し、父は宇宙に出ていった。

まだアカデミーの学生だった母は、卒業後は父と一緒の船に配属されるよう密かに願った。父と再会したのは一年以上も経《た》ったあとで、それから二年あまりのちに母が卒業した。だが、母は父と同じ船にはつけなかった。〈U.S.S.パットン〉に配属されてまもなく、妊娠したことに気づく。

「そのときパパは〈ロサンゼルス〉に乗り組んでた。亜空間通信で知らせが届く頃には、ママは妊娠中期に入ってたの」

宇宙艦隊における母のキャリアに急きょ待ったがかかる。休暇をとり、地球に戻り、父の両親が営む農場に移った（母の両親は数年前に亡くなっていた）。二二三〇年八月十七日、父の名をとって、兄ジョージ・サミュエルが生まれる。

宇宙艦隊を退役せずに休める期間は最大二年間。その間《かん》、母は父と離れればなれだった。農場で義父母の手を借りてジョージを育てながら勉強を続け、宇宙生物学の博士課程を修了する。

「ジョージ・ジュニアと一緒にいるにはいい時期だったわ。でも、ジョージ・シニアが恋しかった。こんな暮らしを望んだんじゃない。わたしを身ごもったとき、母さんは退役したの。兄とわたしは母さんに育ててもらったのよ、父さんは宇宙に出ていたから。子育ては夫とふたりでって決めてたのに、そうもいかなくなっちゃった」

母は二歳の息子を置いていこうか思い悩んだ。「おじいさまとおばあさまはお達者で面倒見もよかったから、決心するのに多少は気が楽だったけど。でもわが子を見捨てようとしているという思いからは逃れられなかった」

父もまた母が恋しく、二年も経つとあらゆる手をつくして母を〈ケルビン〉に配属させた。父は副長になっていた。運悪く、着任後ほどなくして母は再び、今度はわたしを身ごもってしまう。ロバウ船長はカンカンに怒ったという。子どもの乗船は規則で許されているとはいえ、それを好むような人物ではなかった。だが母の妊娠が、直後に父の下した決断の原因とはいえない。妊娠が確実になってまもなく、父は祖父のタイベリアスが亡くなったとの知らせを受けとった。

「〝命の輪〟というか、神秘を感じる瞬間だった」と、父はいっていた。「わたしは宇宙育ちだが、父さんはいつもそばにいてくれた。父さんが死んで、自分はジョージのことをほとんど何も知らないと気がついた。もうすぐふたり目が生まれる。お前のママをひとりで実家にやり、わたしたちの子どもの世話を任せきりにはできない」そのため、父は退役した。

長年にわたり、父の下した決断と、わたしに及ぼした影響についてあれこれ思い巡らせてきた。宇宙艦隊を退役した父の行動が、わたし自身のキャリアに影響を与えたと、指摘する向きも多い。まっとうできなかった父のキャリアを代わりに完遂させるためだったと。そういう面もあるだろうが、実情ははるかにこみいっていた。二二三三年三月二十二日、次男のわたしがカーク家の一員に加わる。両親と兄、祖母のいる家庭で育った。天国だった。守られ、清潔で安全な世界で過ごした。しかしそれは、見せかけだった。単純なわたしはものごとの裏側に気づかなかった。

今からふり返れば、両親は幸せではなかった。けんかはしていない。表だった意見の対立もない。だが、ふたりのあいだに心の通いあう瞬間は滅多になかった。母は家事に身を入れたが、それは母のしたかったことではない。よく家の隅で読書していたのを覚えている。父は母を気にかけたが、過剰な愛情は注がなかった。農場暮らしについて確固とした考えを持ち、同居していた祖母ブルンヒルデから薫陶を受けていた。ヒルデおばあさんは別世界のフロンティアで一生を過ごし、わたしの記憶の中では苦労人で、厳しいところがあった。母はよもや農場暮らしをするようになるとは思わず、そのため父たちのやり方に口出しはしなかったが、毎日の生活がこたえた。とうとう、母は再びキャリアを追求しようと決心する。

「わたしは反対だった」ずいぶんあとになって父がわたしにいった。「でもな、お前のママには幸せになって欲しかったんだ」


「サム、入っていい?」(兄をミドルネームで呼ぶのはわたしだけだった。なぜそうなったのかは覚えていないが、成人後も変わらずサムと呼んでいた)。わたしはサムの寝室の前に立っていた。

兄はベッドに寝そべって本を読んでいる。母が家を離れてまだ二、三週間しか経っていなかった。家の中はひっそりしている。父は学校と家の手伝いと宿題の習慣を、毎日続けさせた。祖母が衣食の面倒を見てくれ、家族は何ひとつ変わらないふりをした。

「入っていいぞ」本から目を上げずに兄がいった。入る許可をくれるなんて珍しかった。わたしがたずねるのも珍しい。いつもなら勝手に押し入ってはつまみ出された。

半歩ばかり部屋に入って中の様子を見回す。トロフィーがいくつも飾ってあった。スポーツ関係のものもあれば、学業のものもある。わたしは兄をいつもあおぎ見ていた。というより、ものごころのつく二歳頃にはサムに認めてもらい、気を引くことだけを望み、兄はその両方をじらして楽しんでいるふしがあった。わたしに向けるエネルギーは、自分に対する献身ぶりを無視することにほとんど費やしたが、たまに友だちの都合がつかないときは代役の遊び相手、より正確には太鼓持ちの子分にした。

五歳のとき、兄が自家製の火薬を調合し、底をくり抜いた古いブリキ缶同士をはんだづけして大砲を作るのを熱心に見守った記憶がある。兄の発明した大砲は納屋の横っ腹に穴を開け、わたしも一緒に怒られた。一週間いつもの倍の手伝いをさせられたが、やんちゃな発明品の手柄をある意味共有できてうれしかった。サムはもちろん、ふたりがチームだと誤解されて面白くなかった。

いつも冷静沈着に見える兄から反応を引き出したくて、大げさに騒いではまといついた。父はしょっちゅう仲裁に入ったが、わたしがサムを怒らせようとするのを少しだけ面白がっているように見えた。

わたしにわかる限り、兄も父も母がいなくなったあと、少しも変わりなかった。混乱したわたしの気持ちには何の助けにもならない。父はとりわけ近づきがたかった。父の周りに築かれた心の壁が目に見えるほどだった。サムは弟のわたしを〝見下し〟てはいても、もう少しとっつきやすい。もしくは父ほど恐ろしくはなかった。

「何の用？」リーダーから顔を上げずに兄が訊《き》く。

「サム……なんでママが出ていったか知ってる？」

「仕事のためだ」

「前はしてなかったのに」

「してたよ。でもぼくらを産むために辞めたんだ」

「そうなの」

「ずっとやりたい仕事があったんだよ」

サムは読むのをやめて、わたしを見た。ずいぶん長く見つめられている気がした。そしてこういった。

「ママがいなくてさみしいのか？」

答えたかどうか覚えていない。わたしは泣き出してしまった。

サムはベッドをおりて、わたしのそばまで来た。それからおずおずとわたしを抱きしめた。それまでに抱きあったことが一度でもあっただろうか。兄にすれば自然なふるまいではなかったが、ずいぶんなぐさめられた。その瞬間、兄は大人のようにふるまった。まだ十二歳に過ぎず、わたしと同じぐらい途方にくれていたはずなのに。どれだけ泣いたか覚えていないが、そのうち泣きやんだ。

「顔を洗ってこいよ」サムがいった。わたしは部屋を出たが、あのときから、サムはもう冷たい存在ではなくなり、ふたりの距離が縮まった。


数週間が数ヶ月になり、数年になった。母は真摯《しんし》にねばり強く、亜空間通信越しに家族と連絡をとり続けようと努力したものの、リアルタイムでやりとりするにはいかんせん距離が離れすぎており、こちらで録画したメッセージを母が観《み》て、それから母が返事を録画したものをわれわれが観る形になった。誕生日には家に戻るという約束は守ったが、その次一緒に祝ったのは数年先だ。月日とともに、一家そろったままの友人への嫉妬が募り、孤立していった。放課後は農場をさまよって迷子になろうとした。逃げ出したい衝動に駆られはじめた。

それでも父は、わが子に送らせたいと願った暮らしにしようと努力した。一緒に様々な場所を旅して回った。父はとりわけキャンプが好きで、旅のあいだ、先祖の汗と血の混じるアメリカ開拓時代の知識をいろいろと教えてくれた。父の趣味がわたしにも移り、今日この日までキャンプ好きは続いている。

ヨセミテやイエローストーンなど、国じゅうの国立公園でキャンプをした。うちの農場で乗馬を教わり、キャンプを張った先では日暮れまでに戻るのを条件に、ひとりで遠乗りさせてくれた。自立した気分と冒険心を満喫できたが、真に危ない目にはまず遭わなかった。

ひとりで馬を走らせていたあるとき、どこからともなく轟音《ごうおん》が鳴り響いて馬を驚かせた。落ち着かせてから音の発生源を見にいくと、上空に何かが見え、猛スピードで落下していく。近づくにつれ、物体が火を噴いているのが見えた。最初はとても遠くにいたのに、突然迫ってくる。拡大しながらわたしめがけてやってきた。

手綱を握りしめ、かかとで馬のわき腹をたたいて全速力で駆ける。肩越しにふり返り続け、判断ミスに気づいた。迫り来る物体の角度を見誤っていた。その場にとどまっていたら、わたしの頭上を通りすぎたはずだ。それなのに飛来物の進行方向へまっしぐらに突進している。パニックになり、追い抜こうと走り続けた。

最後にふり返ると、踊り狂う炎に包まれた巨大な金属製の物体が、わずか数百メートルの距離に迫ってくる。ぶつかるととっさに思い、恐怖のあまり走る馬から飛び降りた。地面に落ちて転がり、見あげると、飛行物体は底から火を噴きながら頭上を通りすぎ、直後に激突音がとどろいた。高熱を伴う爆発が起きる。煙のにおいがして、炎のはぜる音がした。立ちあがって墜落現場を確かめると、わずか三十メートル先だった。

森の中を亀裂が走っている。両側の木はなぎ倒され、焼け焦げて黒い炭になっていた。煙を上げる物体は、地球のものではないとひと目でわかる。小型の、ふたり乗りシャトルの一種らしい。

馬はどこかへ行ってしまった。衝突したのかと思い一瞬ぞっとしたが、墜落現場から遠ざかっていくひづめの跡に気がついた。馬は危険をうまくよける知恵を備えている。だがそうなると、わたしの足がなくなってしまう。キャンプ地からどれほど離れたかすらわからないし、日も暮れてきた。

「おい！　こっちに来い、早く！」

シャトルの中から声がした。恐ろしいしゃがれ声の、なまりのある英語だ。わたしはあとじさりはじめた。

「止まれ、止まらんと後悔するぞ！　こっちに来い！」

わたしは固まった。

「来い！」

ゆっくり、機体に近づく。シャトルの前部は地面にがっつりめりこみ、後部は天をあおいでいた。とてつもない量の蒸気が立ちのぼり、急速な大気圏再突入による熱を冷ましていく。ハッチは開いていたが、暗すぎて中の様子がわからない。付近に大人の姿がないか、見回してみる。宇宙艇が地球に着陸すれば、必ず注意を引く。把握している者がいるはずだ。だがひとりも見あたらない。おっつけ救助の手が差し向けられるとわたしにはわかっていた。もしくはそう望んだ。

「ここに来いといったんだ！」

わたしはハッチをのぼって中へ入った。目が薄暗い機内の明かりに慣れはじめる。全体にひどく傾いており、ハッチの枠につかまって踏んばった。キャビンは狭く、コントロールパネルとロッカーでぎちぎちだった。前部に椅子が二脚固定され、薄暗がりの中でなんとかふたりの人物が見える。ふたりとも上背で、陰になっていた。パイロット席のひとりは動かず、助手席のもうひとりはシャトルの天井から落ちた部品の下敷きになっている。わたしにどなったのはその人物だった。ヒューマノイドだが、地球人ではない。その顔つきと黒い目、突き出た鼻と額はひどくおっかない。もっとも、最初のうちだけだったが。

「子どもじゃないか！」まるでわたしが罪を犯したみたいないい方だ。

「十一歳です」

傾いた機内でバランスを保とうと、注意深く相手に近づく。近づくにつれ、男は背が高いのではなく大柄なのだとわかった。加えてあの顔……ひと目見たとたん、怖さは消し飛んだ。巨大なブタそっくりだ。

「何をグズグズしている？　ここから出せ！　けがしてるのがわからんのか⁉」

そのとき、初めてテラライト人に会った。やすやすと口論に持ちこむ彼らの手際には、いまだに感心する。あのとき以降、彼らの文化では実際、反論しあうのが社会的・学術的な伝統でさえあると学んだ。現状に刃向かってみせることが、個人の成長と社会の向上には欠かせないとみなされている。とはいえ、当時は彼の人を見下した態度を、わたしの能力への正当な評価として受け入れた。

男をくぎ付けにしている金属の梁《はり》が、足に食いこんでいる。下半身が茶色の液体で濡れ、それが血であることに気がついた。近づいて梁を持ちあげようとしたが、やるだけ無駄だった。大人でも無理だろう。

「重すぎる。助けを呼んでくるよ――」

「ばかをいえ！　置いていかれたら死んじまうだろ！」

　種族を問わず、大人がわたしよりもおびえているのを見るのは初めてだった。ふり向いて、パイロット席に座る人物が目に入って驚いた。額にとがった破片が突き刺さっている。その目と口はぱっくり開き、声にならない叫び声をあげているようだった。震えていると、短気なテラライト人につかまれた。

「何をぐずぐずしている⁉」

「あなたの足はそれほどひどく見えません。助けを待てないのは確かですか――」

「ばかめ！　地球人は子どもに何も教えんのか⁉　足のせいで死ぬんじゃない！　船のリアクターが放射線漏《も》れしとるんだ！」

　〝放射線〟が害になるとわかるくらいには年をとっていた。自分を守るためにそこから逃げるべきだと思ったが、なぜかこの怒れるテラライト人は、今やわたしの責任だった。キャビンを見回して、解決手段を探す。

「コミュニケーターか何かありますか？」

「脳なし種族の脳なしめ！　壊れたわ！」

「それじゃあ……。機関士の工具箱は？」

「ほお、お前が壊れたシャトルを直してくれるのか？　まぬけの地球人が？　わたしは何てついてるんだ……」

「違います、レーザートーチがあったらと思ったんです。あなたを押さえてる金属をそれで――」

「わたしが機関士に見えるか？　ロッカーを見てみろ。急げ！」どうやら、わたしの思いつきに対する見解を素早く変えたらしい。わたしはロッカーを開け、工具箱らしきものをなんとか見つけた。入っていたのは見知らぬ道具類だった。

「どれが――」

「それだ、ばか！　お前がばかすぎるせいでふたりとも死ぬんだ！」

彼が指さした工具は、祖父のレーザートーチにほんの少しだけ似ていた。かさばって重い。扱いに困り、もどかしさと悔しさが募るのを感じた。泣きそうだった。テラライト人のわめき声、死体、暗い室内。そのうえ、使い方のわからない工具ときた。この場から逃げ出したかったが、踏みとどまらなければならない。解決できない葛藤を抱えたまま、ひたすら手を動かし続けようとした。

レーザートーチに集中する。トーチは分厚い二本の指と親指を持つ種族用に作られていた。一瞬後、両手を使えば操作できると気がついて、テラライト人のもとへ戻った。胸元の梁にトーチを向けると、男はわたしの腕をつかんだ。

「何をする⁉　殺すつもりか？　復讐《ふくしゅう》したいのか？」

「違います。この部分を切ったらこいつを動かせるから、あなたが横にずれて抜け出せるでしょ」

「急げ！」乗り気になったようだ。

父がトーチを使って切るのを見たことがあったが、それは地球人の手に合わせて作ってあった。それでも見よう見まねでやってみる。注意深くトーチを向けて、スイッチを入れた。青白いビームが梁に当たる。ゆっくり上に動かし、テラライト人から遠ざけた。ビームが熱い金属を切って進む。時間をかけて、梁をスライスする。スイッチを切り、トーチを注意深くわきに置いてから、切断してうんと小さくなった梁に両手をかけた。初めはびくともせず、何か見逃したのではと急に心配になった。目を周囲に走らせ、もう一度やるしかないと腹をくくる。梁を押すと、今度は横にずれた。自分の成功に驚いて、自然とクスクス笑いが出る。だが、テラライト人にねぎらいの言葉を期待してはいけない。

「どけ！」わたしを押しのけ、椅子から滑り降りる。男は苦痛に叫び声をあげ、傾いたデッキに倒れこんだ。腹ばいになってハッチをよじのぼろうとするのを見守る。だが体重と傷、それにデッキのきつい傾斜を前に、男は無力だった。このみじめたらしい光景を見守ったままどうすべきかわからずにいると、とうとうテラライト人はあがくのをやめてわたしをふり向き、荒い息をついた。何もいわない。

「その……手を貸しましょうか？」

無言だった。わたしは「イエス」だと解釈した。

テラライト人をシャトルから出すのはたやすくはなかったが、そのあとは男の左腕の下に頭を通し、墜落現場からできるだけ遠ざかった。ほんの二、三歩歩いたところで、宇宙艦隊の救急消防隊が医療用シャトルで到着した。衛生官が手当てするあいだ、テラライト人がわたしに浴びせたのと同じだけ彼らを罵倒し倒してもてなす様子を、満足して眺める。

医師のひとりに診てもらっているうち、もう一機のシャトルが到着し、宇宙艦隊士官がひとかたまりになって出てきた。赤い色の制服姿が三人、ゴールドがひとり。ゴールドの人物は五十代で白髪まじり、自然な威厳を発散している。テラライト人のもとへ歩いていき、しばらく話しこんでいた。テラライト人がわたしを指さすと、ゴールドの士官がふり向き、驚いてわたしを見たあと、こちらへやってくる。テラライト人がわたしを困った立場に追いやったのだろうか。

「名前は？　ぼうや」

「ジェームズ・タイベリアス・カークです」

「はじめまして。ジョージ・マロリー大佐だ」大佐はわたしと握手をした。「テラライト人の大使に聞いたところでは、君が彼を助け出したそうだね」

「あの人……大使なの？」あやうく、その部分を聞き逃しかけた。テラライト人がシャトルから助け出した功績をわたしにくれたことに、驚いたからだ。

「そうだ。大使はサンフランシスコに向かっていたが、パイロットがわれわれの着陸手続きに従うのを拒み、トラブルに見舞われた。あと数分でも機内で放射線にさらされていたら、助からなかったかもしれない。君は星間外交問題を防ぐのに一役買った。本物のヒーローだ」

「ありがとうございます」わたしはにんまりせずにいられなかった。

「お前はしばらくママのところへ行ってなさい」父がいった。二二四五年六月、わたしは十二歳になり、ヒルデおばあさんを亡くしたばかりだった。十五歳のサムはシカゴ大学に早期入学を認められ、ふた月もすれば授業がはじまる。母が一緒に住もうと提案し、父は難色を示したが、わたしはわくわくした。

テラライト人大使と出会って以来、わたしは星々に関するあらゆることに、熱烈に興味を持つようになった。宇宙艦隊に入るべきだと思うかどうか父にたずねると、いつも気のない返事しか寄こさず意外に思った。代わりに、アカデミーの受験競争がどれほど激しいかを聞かされる。卒業生の子どもでも条件は同じだという。最後には、地球でできる仕事につけと必ず力説した。テラライト人との遭遇で、わたしが英雄的な活躍をする妄想でいっぱいになったのではと心配していた。あのときでいえば、父は正しかったかもしれない。

新天地へ移るだけでも冒険だったが、それに加え、ひとり旅になる。父は船の乗組員にわたしを任せる心の準備ができず、タルサス四号星に移住する一家に連絡をとった。一家は二ヶ月の旅のあいだ、わたしの面倒を見ることに同意した。それでも親のつき添いなしでどこかへ行くのは、十二歳の少年にとって心の躍る体験だ。

二ヶ月後、わたしは荷造りをすませ、準備を整えた。サムはすでに大学へ発ったあとで、父ひとりでわたしをホバーカーに乗せると、リバーサイドのシャトル発着場へ向かった。農場と町なかをつなぐハイウェイを、おし黙ったまま三十分間走る。

宇宙港はこぢんまりしていた。シャトルは地球の主要都市を結び、そのうちの一機が軌道上に浮かぶ施設〈アース・ワン〉を毎日往復する。宇宙港に着くと、父とわたしは同乗する一家を探した。

「ジョージ！」ぼさぼさの髪の毛をした大きな熊みたいな男がこちらへ突進してきて、父の手を親しげに握る。

「ロッド、息子のジムだ。ジム、こちらはロッド・レイトン」大男はわたしを見おろし、肩を叩いた。

「ジム！　よろしくな！　うちの家族に会わせよう！」

ロッドに連れられてシャトルの搭乗口へ向かうと、小柄な女性と、わたしと同じ年頃の男の子が待っていた。

「こんにちは、バーバラ」父が女性に声をかける。女性は父を抱きしめ、それからわたしに向き直った。

「ジム、あなたと一緒に行けるなんてうれしいわ」そういって、優しそうに笑いかける。

「ばかいうな、光栄にも旅のお供に選ばれたんだぞ」ロッドが男の子を向く。「トム、自己紹介しなさい。これから長いあいだ一緒に過ごすんだ」

「トムだよ」トムの声は少しだけ皮肉に響いたが、手を差し出され、握り返した。幸先のあまりよくないトム・レイトンとの友情のはじまりは、場内放送に遮られた。

「第三十七軌道往復便の最終搭乗をご案内申しあげます……」

「わたしらの便だ」とロッドがいった。

わたしはふり返って、父を見た。旅に備えてきたここ数ヶ月で初めて、父を置いていくのだと気がついた。

「レイトン御一家に迷惑をかけるなよ」

「しないよ」

「じゃあな。ママを頼む。向こうでは危ない真似をするんじゃないぞ」

抱きしめられると思ったが、代わりに父は手を差し出した。その手を握る。それからレイトン一家とともにシャトルに向かった。ふり返ると、父が立っているのが見えた。笑って、手を振っている。わたしは父を置いてけぼりにするのだ、母もサムも出ていった農場に、ひとりきりで。うしろめたかった。残りたかったからではなく、どうしても行きたかったから。とうとう自分の子ども時代にさよならをいうときが来たように感じ、実際そうではあったが、思っていたのとは違った。

シャトルに搭乗すると、ロッドが窓ぎわの席を確保してくれた。離陸準備中、窓に顔を押しつけていた。シャトルの人工重力プレートと慣性制動装置のおかげで、上昇してもまったく感じない。飛びたつ前に機体が傾き、父が視界に入った。港にぽつんとたたずんでわれわれの旅立ちを見守っている。手を振ったが、父には見えなかった。

シャトルは五分足らずで大気圏を脱し、一気に周回軌道に乗った。初めての宇宙だ。壮観だった。大きなビー玉みたいな地球が眼下に見え、宙《そら》が宇宙船と人工衛星、しまいには〈アース・ワン〉で埋まる。大型の軌道ステーション〈アース・ワン〉は、軌道に入った船舶の点検と補給を行っていた。タルサスへ行くには〈S．S．ニューロシェル〉に乗りかえる。〈ニューロシェル〉はステーションから離れた停泊用軌道上にいた。補給船で、古いJ－級貨物船だがエンジンは新型を搭載している。近づくにつれ船体が巨大に膨れて見えた。前部に司令セクションがあり、後部の長くて細い船殻には貨物倉モジュールを収容している。宇宙を駆けるいにしえの列車のようだった。

シャトルが司令セクション寄りの前部エアロックに格納される。わたしはダッフルバッグをつかみ、レイトン一家についてドッキング・トンネルをくぐった。タブレットを持った女性のクルーがわれわれを迎え入れ、船尾へうながす。貨物ポッドのモジュールへ通じる開放ハッチをいくつか通りすぎるとき、洞窟のような倉《ホールド》の中でクルーが忙しそうに立ち働き、クレートや貯蔵コンテナを積み上げていているのが見えた。

最後尾の貨物倉へ通じるハッチにたどり着き、ロッドが中へうながした。中はほかの倉と違い、洞窟めいてはいない。リフォームされ、隔壁と通路を設けて数個分の客室にしつらえられている。われわれは自分たち用の特別室を見つけた。

「着いたぞ」と、ロッド。「楽しきわが家だ」部屋は小さく、二段ベッド二台、クローゼット二点、収納用のドロワーが四点あるきりだ。だが、清潔で丈夫そうだった。狭さと機能性重視のデザインになぜだかわくわくする。ロッドが二段ベッドに近づいた。

「わたしが上の段だ」妻にウィンクする。奥さんは心底いらだったらしく、ロッドの肩をはたいた。次にロッドはわたしとトムを向いた。

「どうだ？　舷窓を探しに行って、軌道を離れるところを見たくないか？」ロッドは返事を待とうとさえしない。ドアから出ていく彼のあとをトムとわたしがぴったりついていく。前方に向かってふたつの貨物倉を通りすぎ、司令および駆動セクションの入口までやってきた。警備員がわれわれを制止する。

「すみませんが、許可された者しか入れません」

「ああ、すみません。船長の息子さんが、わたしらに軌道を離れるところを見せたいというもので」ロッドがわたしを指さす。「問題ないと思ったんです。おいで、子どもたち。部屋へ――」

「待って……どなたのご子息ですって？」警備員は心配そうだった。「メイウェザー船長の息子さん？」

「心配しないで。命令を受けているのでしょう。行こう、お前たち……」

ロッドはもとの場所へ連れ帰ろうとしたが、警備員が引きとめた。

「司令セクションへお入りください。でも観察デッキから先へは……」

「いいのかい？　君に面倒をかけたくない」

「だいじょうぶです。ですがワープに入り次第、お戻りください」

「わかった。いいとも」

警備員はわれわれを司令セクションへ通し、アクセスラダーを指し示した。彼を残し、三人ではしごをのぼる。のぼりきると、前部観察デッキへ出た。狭苦しく、三人入るのがやっとだったが、壁一面が窓になっていた。まるで宇宙空間のただ中に立ち、地球や周回軌道上のたくさんの船を眺めているみたいだった。

「レイトンさん、どうして船長に息子がいるって知ってたの？」

「知らないよ」ロッドがほくそえむ。「わたしのことはロッドと呼んでくれ」

わたしは笑った。かまをかけたんだ！　それはすごく大きな賭けだったと、のちに判明する。メイウェザー船長の黒い肌は、アフリカ直系の血筋を物語っていた。それに、百歳をゆうに超えていた。

観察デッキに来てほどなく、地球と軌道上の船舶がひっそりと消えていくのに気がついた。地球が遠ざかり、右手遠方に金属製の網にとり巻かれた大型の乗り物が見えてくる。ドライドックに入渠《にゅうきょ》中の恒星間宇宙船だ。近づくにつれ、修理用の小型艇が周りを飛び回っているのが見えた。ドライドックの上部構造《スーパーストラクチャー》に遮られて船の全体像は見えなかったが、円盤とエンジン収納部《ナセル》を二基備えた、宇宙艦隊の船によく採用されている見慣れたデザインだ。だが以前に見たどんな船より大きく、違って見える。

「パパ、あの船は何？」トムが訊いた。船をよく見ようと夢中で、となりでトムも見つめているのに気がつかなかった。

「コンスティテューション級の新型船だ」

「コンスティテューション級って？」

「これまでに造られたどんな船より速く航行できるらしい。ほとんどの船と違い、メンテナンスも再補給もせずにずっと宇宙にいられる。期待の船さ」

ドライドックを過ぎて、ドックと船は後ろへ消えた。その船をとっくり拝めるのは、何年もあとの話だ。

編注1　アイザック・コディは十九世紀当時、地元で鳴らした土地開発業者だったが、フランクリン・カークに農場を売ったという記録はない。
編注2　スー族の名前〝オガリーシャ〟は〝赤いシャツ《レッドスーツ》をまとう者〟の意。

CHAPTER TWO

第二章

タルサス四号星の大虐殺

タルサス四号星へ向かう二ヶ月間の旅は平穏に過ぎ、そのうちひどく退屈しだした。子どもの乗船客はトム・レイトンとわたしのふたりだけで、旅の終わりには船内とお互いの隅々までを知りつくしていた。トムにはサムを思わせるところがたくさんある。頭がよく、物静かで読書好き、そして科学者志望。うちとけてからは、魅力あふれる友人になった。トムは面白くてためになる知識をしょっちゅう頭の中から引っぱり出してみせた。

ある晩みんなが寝静まっているとき、興奮したトムに起こされた。

「来いよ、ジム。人工重力発生器の場所を見つけたぞ」何の話かわからなかったが、服を着るとトムについて船のほかの区画に通じるキャットウォークに向かった。宇宙艦隊の船はたいていそうだが、〈ニューロシェル〉も一日を二十四時間とする地球方式を採用しており、夜間シフトのこの時間帯は、クルーの大半が非番で寝ている。

トムはわたしをはしごまで連れていき、主船体の底へ降りていった。デッキに着くとハッチを指さす。

「あそこのちょうど裏側に、船全体を制御する人工重力発生器があるんだ。場所をつきとめるまでずいぶんかかっちゃった」

「見つかってよかったね」わたしは眠くてしかたなく、少なからず混乱していた。

「こっちだ」トムはいうが早いか歩きだした。

「どこ行くの？」

「着けばわかる」

はしごに戻り、再び前方に向かう。貨物倉に忍びこんで、キャットウォークまで来て止まった。倉庫の床から三十メートルばかり上にいる。倉庫の一部はコンテナで埋まっていた。

「ぼくの計算では、人工重力発生器と船首板のだいたい真ん中にいるはずだ」トムが両手をキャットウォークの手すりにかける。

「だから？」

「見てろ」手すりにかけた手で体を押すと、突然デッキから浮き上がる。ひっくり返って足から天井に着地した。逆さまに立っているみたいだった。

「すごいや。どうなってんの？」

「記事を読んだんだ。この手の貨物船は昔、船を知りつくした家族で運営してた。中にはこれを〝ツボ〟って呼ぶ人もいたってさ。やってみろよ！」

わたしは手すりをつかんで押した。はじめは自分の体重をかけて押したのに、突然重さを感じなくなって空中を漂いだす。体が前のめりに回転した。トムにぶつかり、ふたりして〝床〟に倒れこんだが、それは実際には天井だった。不思議でたまらない。

「もう一回やろう！」

ふたりで大笑いし、一緒に飛んでキャットウォークに着地した。とっては返し、笑っては叫び、二度ばかり危うくキャットウォークから落ちかけ、とうとう警備員に見つかって船室まで引きずり戻された。旅のあいだ、何度もこの場所へ忍びこんだ。そのうちわたしはなぜこの現象が起きるのか興味を持ち、説明してくれるクルーを探した。それが宇宙での暮らし、そして人間と宇宙船との関係を理解しようとする最初の経験だった。また、宇宙旅行にはつきものの危険性について貴重な教訓も学んだ。無重力遊泳中に一度だけ、気を散らした。キャットウォークに着地し損なって貨物倉の床へ落ち、手首を折ってしまった。

手首が癒えるまで、トムの両親とたくさん過ごすことになった。とても愛情深い人たちで、トムをかわいがり、わたしを家族同様に扱ってくれた。ふたりはわたしの世話が行き届いているか、ちゃんと勉強しているか気を配った。医師のバーバラは、わたしがどんなことに興味があるのかしょっちゅう質問責めにして、ちゃんと栄養をとっているか目を光らせていた。バーバラは小柄で、たぶん百五十センチちょっとだったが、静かなる熱意にあふれ、そのため自分より図体のでかい三人の男たちを従えていた。ロッドは妻とは対照的にがさつな話し上手で、注目されるのを好んだ。（おばさんはいい顔をしなかったが、旅行中トムとわたしはおじさんにポーカーを仕込まれ、ブラフをたくさん覚えた。現金こそ賭けなかったものの、それでも面白かった）。ロッドは優れた現代建築家で、コロニーの仕事にありつきとても興奮していた。母がタルサス四号星に移って何年にもなるのに、それまでわたしはその星の歴史を調べようとしてこなかった。

二十二世紀のロミュラン戦争終結後、地球人はタルサス四号星に入植した。移住者の大部分は退役軍人たちで、家族を引き連れ、ロミュラン帝国およびクリンゴン帝国とはことさら離れた銀河の反対側にある惑星を選んだ。入植者たちの目標は、平和に徹した社会だった。そのため戦時には船に乗り組んで戦った軍人が大半だったにもかかわらず、科学を基礎とした技術主義社会《テクノクラシー》の実現を目指して粉骨砕身《ふんこつさいしん》した。社会に対し個人が何を求め、見返りに何を提供できるのか、実践的な検討をじっくり重ねて政府が樹立された。一世紀のあいだ、コロニーは地球人が銀河系で達成した最も輝かしい成功例として繁栄してきた。十三歳のわたしがこの世界を作りあげた人々の功績を完全に理解できたかは疑問だが、あとから思えば、輝かしい功績であればあるほど、そのあとに起きた事件の悲劇性がさらに際だった。

貨物船は予定通りにタルサス四号星に到着し、レイトン一家とわたしは惑星降下組第一陣に振り分けられた。パイロットがシャトルを雲の下に突入させると、眼下には不毛な岩だらけの土地が広がる。と思うと遠方に緑地が見えてきて、小さな都市のはずれに設けられた滑走路に着陸した。シャトルを出て、初めて知らない惑星に足をおろしたわたしは、その光景に驚いた。青い空、なだらかな丘、草、木。地球以外のMクラス惑星を訪れるのは初めてだった。異世界にいるという気が全然しない。南カリフォニアにいるといっても容易に通る。

宇宙港は町の中心部から数キロと離れていなかった。円環状にびっしり立ち並ぶ建物に四階以上のものはひとつもない。十九世紀ヨーロッパの街並みを思わせる。密集しているが、どことなく古めかしい。見るもの聞くものすべてを味わおうとしていると、誰かに名前を呼ばれ、どきっとした。

「ジム！」ふり返ると、母がいた。運航中の通信には制限があるため、地球を発《た》ってからの二ヶ月は連絡をとっていない。宇宙旅行と新天地を訪れることで頭がいっぱいで、正直母のことを忘れていた。

こちらへ走って来る母は、満面に笑みを浮かべていた。最後に見たときより年をとっている。心の中の母はまだ若く、小さい頃のわたしを抱え上げるはつらつとした女性だった。わたしのほうが育った今は小さく見える。すり合わせるのが難しい。想像の中では美しい巨人だったのに、今ではわたしよりほんの少し高い程度だ。母は愛情をこめて、思いきりわたしを抱きしめた。涙をこらえ、震えているのを肌で感じる。母に抱きしめられ、子どものわたしは母の愛情を恋しく思ったが、周囲の視線を意識してそのときは愛情を返せなかった。母はわたしの気まずさをくみとって、抱擁を解いた。ふたりの目線はほとんど変わらない。

「こんなに大きくなって」意図的かどうかわからないが、地球を発つ前に母が最後にかけた言葉と同じだった。あのときと違い、声には後悔がにじんでいる。しばらく気まずい沈黙のまま、ふたりで突っ立っていた。すると、レイトン一家がやってきて自己紹介をした。バーバラはわたしがいい子だとかなんとかいう。母はとくだん、一家に愛想のよい態度は示さなかった。そわそわして、わたしを彼らから引き離したがった。

「おいで、ジム。家に行きましょう」

ロッドが母の態度に少しだけ気色《けしき》ばむのがわかったが、バーバラがそっと夫の前腕に手を置いた。あとでまた会いましょうと誠意をこめてわたしにいい、わたしは一家に感謝とさよならの言葉をかけた。母が荷物を運んでくれ、待機していたホバーカーに乗りこむ。トランクつきのシンプルな四人乗りだ。母の運転で中心部に向かう。

通りを滑空しながら母が現地ガイドをしてくれた。やけにぎこちない話しぶりで、正直いうと、こっちから場がなごむような助け船は何も出さなかった。母は道中をコロニーの説明で埋めた。

「大通りが十二本あって、中心部から放射状に延びてるの」都市のはずれまで来たとき、母が話した。ふたりの走る大通りの両側にはレンガと石造りの建物が立ち並び、三階以上高さのあるものは一軒も見あたらない。ひどく古びて見える。

「最初に入植したときの建物をのぞいて、すべてこの星原産の建材を使ってるのよ」わたしは静かに座っていた。「原産の意味はわかる?」

「うん」わざとそっけなく答える。母に会ってからというもの、予想外の怒りを覚え、自分で持て余していた。

大通りはシンプルに〈第十二通り〉と表示され、すべて中央広場に集中している。ここが最初の入植地で、建造物は一番古いにもかかわらず、町の中では一番モダンに見えた。厳しい気象条件に適したプレハブ建築が、広場を囲むように並んでいる。広場は非常に大きく、ホバーカーは横断して町の反対側へ向かった。母はできるだけ情報を仕入れようとして、わたしに旅の様子をあれこれたずねた。わたしはできるだけひとことで返事をした。母は母子《おやこ》のつながりを持とうと心をくだき、わたしはそうさせまいとかたくなな態度をとった。

ホバーカーは赤レンガの二階家のそばに止まった。ホバーを降りて、母に連れられアパートの一階に入る。簡素で清潔で、古風だった。母は壁に写真をかける古式ゆかしい風習を好んだ。どこを見てもあらゆる年齢のサムとわたしがいる。撮られた記憶のない写真もあった。わたしの部屋へ案内される。小さなベッド、ドレッサー、通りに面した窓。

「何にもなくて」と、母。

「いいんじゃない」

「荷物をほどきましょうか」

「ひとりでできる」

「そうなの」ドアの呼び鈴とおぼしき音がした。母が部屋を出て正面玄関へ向かう。わたしは行かなかったが、自分の部屋に立ったまま母がドアを開けるのを眺めていた。ドアの反対側には、頭のはげた小男がいて、制服のようなつなぎを着ている。記章をつけてスタイラスペンつきタブレットを持っていた。親しげな、気さくな様子だ。

「やあウィノナ。無事に息子さんと会えたかどうか、確かめに来たよ」

「ありがとう、ピーター。ちゃんと会えたわ」

「それならお宅の戸籍を変更しておこう」といって、タブレットに入力する。「会えるかい？」

「もちろん。ジム？」

わたしは聞いていないかったふりをして、二度目に呼ばれたときに出ていった。

「ジム、こちらはピーター・オスターランドさん。コロニーの保安部門の方よ」

「よろしく、ぼうや。さてと、ウィノナ。この子を健康診断に――」

「二十四時間以内に連れていけ、でしょ」

「そういうことだ」男はタブレットの入力を終えると「それじゃまた！」といって、立ち去った。

「今のは何なの？」

「コロニーは住人をきめ細かく管理しているの。資源《リソース》の運用計画を厳密にするためよ。コンピューターモデルが正確な予測をつけるのに、わたしたちの遺伝子構造をデータ化して、食料や水や医薬品、あらゆるものの正確な消費量を割り出すの。歩道を舗装したり撤去したりまでもね」

「どうして」

「それはね、ジム。ここは地球と惑星連邦からすごく離れているでしょ。この星は資源の供給が豊富とはいえないから、周到な都市計画が必須なのよ。自足はしてるけど、かつかつってところね」

「わからないよ」

「何が？」

「なぜここに住みたいと思う人がいるの？」必要以上に語気が鋭くなる。無意識の敵意がこもっていて、自分ですら驚いた。

「そうね、やりがいがあるって受けとめる人もいるかもね。地球では達成できないような大きな影響をここでは与えられる。でも、それだけじゃない」わたしは自分の敵意を自覚していなかったかもしれないが、母は確かに肌で感じていた。

母とは最初のうち気まずかったとはいえ、タルサス四号星でのびのび過ごすようになるまで長くはかからなかった。昼間は学校に行き、そのあとはたいていトム・レイトンと遊ぶ。ふたりは水と油のように違っていたが、旅のあいだにつちかった友情は続いた。トムの家でたくさん過ごすことに母は当初、いい顔をしなかった。それでもわたしがこっちの環境でくつろげるように努力した。毎晩夕食を作り、一週間のうち五日働いたが休日は町の外へ連れ出してくれた。この星の耕作に適したひと握りの土地は、入植者第一隊による限られた、原始的なテラフォーミングの成果だった。残りの地勢は、最初にここへ到着したときに目にしていた——岩だらけの不毛な大地。たまたま母は熱心なロッククライマーで、この時期わたしに手ほどきしてくれた。いまだにクライミングは続けている。

宇宙生物学者の母がタルサスで手がけているのは、この星固有の様々な生物や、宇宙から飛来した可能性のある生命体の調査研究だった。宇宙からの生命体は隕石《いんせき》や小惑星に乗って、大気圏を破ってやってくる。そのような生命体の一種が、大いなる災いをもたらすことになる。

ある日学校から帰ると、母がコンピューター上のファイルにあわただしく目を走らせていた。とり乱した様子だ。

「ジム、わたしはラボに戻らないといけないの。レイトンさんに連絡しておいたから、今夜はあちらに泊まってね」普段はレイトン家に長居するのを禁じている母が自ら一泊を手配したという事実が、何かひどくまずい状況が起きたことを暗に示していた。

「何かあったの？」

母はふり向いて、わたしを見つめた。わたしに話そうかどうか、考えあぐねているようだった。

「心配しなくてだいじょうぶ」それから立ちあがってわたしにキスをした。「おいで、着替えを持ったら、職場に行きがてらレイトンさんの家に送ってくから」

レイトン家に向かう途中、すれ違う人々がパニックの様相を帯びているのに気がついた。心配そうな顔つき、不安げな会話、中には走っている者もいる。レイトン家の玄関先で降ろされ、中に入る。バーバラは不在でロッドがいたが、いつもの陽気さが影を潜めていた。トムの居場所を聞くと、自分の部屋で本を読んでいた。

「何があったか知ってる？」

「うん。食料がどうかしたんだって。パパの知りあいに農業部門の人がいるんだけど、たいへんだっていってた」

歴史が語るように、それは控え目な表現だった。未知の菌が、食物を襲った。タルサス四号星土着の菌ではない。菌は、惑星の土壌で何千年も休眠していた。地球のカボチャの種をコロニーの農地に植えつけたとき、どうやら活性化したらしい。胞子は空中を漂い、食料と水を備蓄しているすべての倉庫と生産施設に付着した。緊急処置がとられる頃には惑星じゅうの食料生産能力に影響が出ていた。食料と水の供給量は半減した。当局の試算によれば、救援物資が到着するひと月前に食料が底をつく。人口の六割が死亡する計算だ。

タルサス四号星の住民は理性的な技術者ぞろいのため、当初は他の惑星で起きた場合ほどの混乱は見せなかった。政府の要職は選挙ではなく、特定の業務を執行できる技能保持者が任命される。当時の知事アーノルド・コドスが任命された理由は、官僚的な運営能力を買われたためだ。彼自身の個人的な思想はそのため肩書きには反映されない。コドスは利用可能な資源の詳細な情報を駆使して、コンピューター・モデルにもとづき意志決定していた。今回の危機に際しても同じ様に対処するだろうと市民は考えた。

翌日は休校になり、その晩遅く、母がわたしを迎えにレイトン家を訪ねた。荷物をまとめていると、キッチンで母たちが静かに話しあう声がする。近寄って、テーブルを囲む母たちの話に聞き耳を立てた。

「……議会は何も指示してくれない」バーバラがいった。「病院の管理部は配給について説明があるのを待ってる状態よ」

「対策を講じているはずだ」と、ロッド。「何か手を打つさ」

「政府を信用しすぎ」バーバラが母に向き直る。「何か聞いてる?」

「食料生産の再開を恐れてる。胞子がまだ大気中を漂ってるの。無化する方法をまだ見つけていなくて」

「食料生産をはじめないとなると――」

「ジム、準備はすんだ?」バーバラがキッチンのすぐ外にいるわたしに気がついた。母がレイトンさんにいとまを告げる。帰り際、バーバラが母を抱きしめた。

「だいじょうぶよ」母はバーバラより十五センチほど背が高いが、並ぶと若い娘に見えた。バーバラは自然な母性のオーラをまとっている。

家を出ると、ふたりの保安員が母のホバーカーに近づいてきた。ひとりはオスターランド、わたしが到着した日にアパートにやってきた男だ。以前とは様子が違う。親しげな態度は失《う》せ、連れの保安員ともども武器を携行している。彼は助手席に座っていた。

「ウィノナ。外出禁止だぞ。乗りなさい、家に送ろう」

「結構よ。自分の車があるから――」

「乗るんだ」ホルスターに手をかける。「君の安全のためだ。自家用車での外出は禁じられている。明日とりに戻れ」

母は本能的にわたしに腕を回した。

「ピーター、一体どうしたの――」

「乗れといったんだ！」オスターランドは今では武器を抜いている。宇宙艦隊設立前に出回った旧式のフェイザー銃だ。

母は武器を見て、それからわたしにうなずいた。保安員のホバーカーの後部座席に座り、アパートへ無言で連れ戻される。長い間《ま》を置いて、母がとうとう口を開いた。

「ピーター、何が起きてるの？」

オスターランドはハンドルを握る同僚と目を見交わした。

「話しても構わないぞ。どうせすぐにわかることだ」

「何がわかるの？」

オスターランドが後部座席をふり向いた。

「コドス知事が戒厳令を敷いた」

「そんなのは理屈に合わないわ。なぜ今回の危機に対して今までと違うやり方をするの――」

「知事には考えがある」わたしはこの保安員をよく知らなかったが、銃と使用許可を手に入れて、権威を楽しんでいた。

「じゃあコドスは……議会を転覆したの？」

保安員は答えなかった。ホバーカーがうちの前で止まる。

「指示があるまで家にいろ」

われわれはホバーカーを出て、中へ入った。母の顔は血の気が引き、目がうつろだった。

「ママ、戒厳令って何？」

「戒厳令というのは……民主主義を捨てたときに起きるの。軍部が政府を乗っとり、権力の頂点にいるただひとりの人間が命令を出す。普通は緊急時に限るのよ」

「トムが食料の話をしてた。じゃあこれは、よくないってこと？」

「さあ、もう遅いわ。ベッドに行きなさい」母は質問に答えなかった。

ほどなくして公式の発表があった。発表は、コロニーの建造物すべてに設置された非常用の公共放送システムを通じてなされた。母とわたしが聞かされた内容の正式な布告だった。戒厳令が敷かれ、夜間外出は禁止。食料危機は対策が打たれ、市民は自宅待機して政府からの指示を待つように、とアナウンサーが伝える。ニュースは母を安心させはしなかったが、わたしは大人が事態を収拾してくれるという信頼感を強くした。いつものように、ベッドにつく。

数時間後、揺すぶられて目が覚めた。寝返りをうつと、トム・レイトンがベッドわきに立っている。

「来い。何かでかいことが起きてるぞ」

「トム、どうやって——」

「しーっ……。いいから来い。道々説明する」

深夜の冒険をしに起きるのに、それ以上の言葉はいらない。素早く服を着て、自室がある一階の窓から脱けだした。トムが入ったのもその窓からだ。ふたりでひと気のない通りを静かに移動し、わき道やゴミ箱の裏に隠れ、保安パトロールのホバーカーをやり過ごす。何台かは後部座席に住人を乗せていた。どのホバーカーもコロニーの中央広場へ向かっている。

「ふたりの保安員が来てパパとママを連れていったんだ」と、トムが説明する。「あいつらはぼくが寝ていると思ったけど、ぼくはあとをつけた。広場にみんなが集められてもう一時間ぐらい経《た》つ」

広場から二、三軒分離れた建物の前で、トムが立ちどまる。大きな広場は群衆でぎっしり埋まっていた。何千人もいるに違いない。広場に通じる大通りにはバリケードが張られ、保安員が見張りに立っている。トムが広場に面した建物のそばのドアを指さし、ふたりは素早く中に入った。

「屋上からならよく見渡せる」とトムがいい、階段をのぼる。

屋上に出るると、前かがみになって広場に面したデッキまで移動し、扶壁《ふへき》の裏に隠れた。別の建物の屋上に保安員が何人かいたが、広場の人々に注意を向けている。のぼったのが無人の屋上でついていた。広場への入口は、全部塞がれている。誰何《すいか》されずに出入りすることはできそうもない。

「パパとママが見える？」トムが訊いた。ふたりでしばらく人波を探す。広場はこうこうと照らされ、トムの両親が遠くに見えた。ロッドはバーバラを両腕で抱えている。遠くからでもふたりがおびえているのがわかった。わたしは母のことが心配になってきた。アパートを出たとき、母は自分の部屋で寝ているものと思ったが、もしかしたら広場にいるかもしれない。母を探しはじめると、群衆が一斉に広場前方の建物に注意を向けた。われわれの潜んでいる建物のとなりだ。屋上に通じる入口の左右に二名の護衛が立ち、赤い頭髪にひげを生やした男が上がってきて、デッキに置かれた演台についた。

「わたしはコドス知事だ。タルサス運営評議会は解散した」ここで一拍置く。「革命は成功した」

聴衆のあいだに息をのむ音が広がる。混乱し、不安そうだった。〝革命〟だって？

「どういう意味――」トムが声をあげる。わたしは黙らせ、演説の続きに耳を傾けた。

「だが、コロニーの存続は、大がかりな措置にかかっている。君たちの存在は社会福祉への脅威だ。諸君が生き続けることは、コロニーのより貴重な人材のゆるやかな死を意味する。もはや諸君らを死刑に処する以外、選択の余地はない」コドスは書類をとりだした。

「諸君らの処刑を命ずる。署名、タルサス四号星知事コドス」

麻痺《まひ》したような沈黙が広がる。

「処刑……？」トムがいった。そのとたん、屋上とバリケードに立つ保安員が、一斉に武器を構えて発砲した。沈黙は悲鳴で破られ、高エネルギーの銃が人々を焼きつくす。必死に群衆のなかに母を探すわたしの視線が、ロッドとバーバラに落ちる。ロッドはバーバラの盾になろうとしたが、青い光線がふたりを襲う。苦悶《くもん》の声をあげ、ふたりは黒い灰と化し、塵《ちり》に還った。

「やめろ！」トムだった。両親が焼け焦げになるのを目撃し、仁王立ちになっている。叫び声は、コドスについていた護衛の注意を引いた。武器を構え……。

わたしはトムをつかんでタックルした。倒れざま、トムが悲鳴をあげる。

「トム、静かにして。ぼくたち……」わたしはトムを見た。顔半分が泥に覆《おお》われているみたいだった。トムは叫び続け、わたしは泥を払い落とそうとして、それが泥でないことに気がついた。トムの皮膚がひどく焼けただれている。押し倒したとき、護衛の放ったビームが顔をかすめたに違いない。左半分が炭になり、皮膚がずたずたに垂れ下がっていた。左の眼窩《がんか》は黒ずんだ穴が空いている。トムは苦痛に泣き叫び、わたしはどうすることもできない。護衛のひとりがとなりの屋上から飛び移り、銃を向けた。わたしは信じられない面持ちで銃身を見あげ……

「待て！」護衛の背後で声がした。

コドスだ。わたしのほうへやってくる。

「名前は？」

「ジェ――ジェームズ・タイベリアス……カーク」

われわれに銃を向けている護衛をコドスがふり向く。無言の命令に従うように、護衛は武器をおろしてリーダーをとりだした。

「この子どもは?」コドスがトムを指さす。リストを確認し、コドスに向けてうなずく。

「トム・レイトン」トムの叫びは泣き声になっていた。

護衛は再びリストをチェックした。別の護衛が、別の屋上からやってくる。

「ロッド・レイトン?」リーダーを見ている護衛がいった。「ロッド・レイトンは名簿にある……」武器を構えはじめる。

「トムだよ! トム・レイトン!」

コドスが護衛の肩越しにリーダーを見て何かを指さした。護衛が銃をおろす。

「少年を病院へ連れていけ」コドスがいった。

彼らはトムを連れていき、コドスはわたしを向いた。

「お前は家に戻れ。夜間外出禁止令違反だ」そういって立ち去った。

わたしは立ちあがり、広場を眺めた。人間の形をした黒い灰でいっぱいだった。保安員が大型のモバイル・クリーナーとともに現れる。灰にわけ入りながら、掃除機に吸いこんでいく。みんなが消えうせた。

ぼうっとした頭で家にたどり着き、窓に飛びついて中へ入る。長いあいだ寝室で立ちつくし、動けなかった。母が広場にいたのか知りたい。母の部屋は数メートルと離れていなかった。空っぽだったらと思うと恐ろしくてしかたない。決心がつきかね、どれだけ立っていただろう。とうとうドアへ向かって一歩歩き、もう一歩進んだ。廊下へ出る。母の部屋のドアは閉じていた。そっと、すき間ができるぐらいに開ける。ベッドの端でシーツと毛布がしわになっていた。もう少しだけ扉を開ける。母のナイトガウンのすそと、足がのぞいていた。そこにいる。母は寝入っていた。そっとドアを閉めて、部屋に戻る。あの夜眠ったかどうか覚えていないが、やがては寝入ったらしい。翌朝、母の泣き声で目が覚めたからだ。

あの晩のできごとを、母には決してうち明けなかった。トムがうちに移り住んできたとき、トムもまた口をつぐんだ。なぜ母にいいたくなかったのかわからない。たぶん、目撃した悲劇を追体験したくなかったのだろう。トムがけがをしたわけを保安部隊からは教えてもらえず、本人にいわせるのは母の気がひけた。トムは長いあいだトラウマを被っていた。顔の左半分をパッチで覆った。再建できたはずの外科医は広場で虐殺された。その外科医とは、皮肉にもトムの母親だった。成人後、再建手術を受けることもできたが、トムはしないことを選び、両親を思い出すよすがとして終生パッチをつけていた。

だが、惨劇後まもなく、母のわたしに対する態度が変わった。大人の仲間入りをしたとみなしたのか、もしくはわたしがそうふるまったのかわからないが、それまでは、わたしにはまだ早いと判断した情報は知らせまいとしたのに、何でも話すようになった。今にして思えば、母は事件を乗り越えるための支えを必要としたのだろう。虐殺で友人をたくさん失い、もうお互いしか残されていなかった。

処刑が公表されると、残された市民に狙い通りの効果を及ぼした。コドスの命令にあえて疑義を挟む者は誰もない。タルサスでの生活は続き、残った食料と水が配給され、救援の到着を待った。生存者のあいだで密かに交わされた議論は、コドスはどうやって生者と死者をより分けたのかだ。つじつまが合わない。ある場合は家族皆殺し、ある場合はトムのように一、二名が残された。

やがて、母が友人のキムラ・コウタロウを紹介した。病院でデータ分析をしている人物だ。コウタロウの両親、ホシとタカシはタルサス四号星に最初に移住した人たちで、虐殺民リストに入っていた。コウタロウによれば、コドスは医療データベースを使った。コドス自身の理論にもとづいて、コロニーに最も有益な人材を割り出すアルゴリズムをデータベースにプラグインしたという。生き残りたちは誰も、コドスが自分のどこに価値を認めたのか正確にはわからず、それが自分たちの立場を一層不安なものにしていた。いつ知事が心変わりするかわからない。

だが、処刑から二週間後、ひどく奇妙なことが起きた。ある日トムとわたしが学校から戻ると、母が待っていた。

「コドスが死んだ」

「何が起きたの？」

「誰にもわからない。保安員が、自室で焼死体となったコドスを見つけたの。運営評議会が再編されて、新たな知事を選出する予定よ」

「当然の報いだ。ぼくが殺してやりたかった」と、トム。

母はトムの肩に手を置いた。

「わけがわからない。誰が殺したの？」わたしがたずねた。

「自殺らしいわ」

突如、風鈴のようなリーン、リーンという音がした。初めて耳にする音で、そのとき物質転送の瞬間に初めて立ち会った。宇宙艦隊士官が三名、目の前に現れる。

「ボブ！」母が三名のうちのリーダーに呼びかけた。ゴールドの制服を着て、袖口のモールが一番多い。男は母に近づいて抱きしめた。

「ウィノナ、ここで何が起きているんだ？」抱擁を解いたあと、男がたずねる。

「どうやってこんなに早く来れたの？　救援はあと三週間は来ないはずよ」

「〈エンタープライズ〉だ」男は明らかなプライドをこめていった。「宇宙域一の速力が出せる。宇宙ドックを出る準備が整うまであとひと月かかるはずだったが、急がせた。一週間前にコドス知事に連絡を入れたんだが……」ここでわたしに気がついた。「この子がジムか？」

「そう。ジム、こちらはロバート・エイプリル。助けに来てくださったのよ」母が本心でいっているのがわかった。助かった、と思った。

CHAPTER THREE

第三章

足の生えた本棚
——アカデミー時代

「候補生諸君、栄《は》えある宇宙艦隊アカデミー第一日目へようこそ」

われわれの前に立つ高齢のイギリス人は、アカデミーの校長リード提督だ。今日は入学式だった。十八歳のわたしは午後五時にしてすでに疲労困憊《こんぱい》していたが、疲れを表に出してはいけないと知っていた。同期の新入生と一緒に直立不動の姿勢で、士官候補生の礼服である銀色の上着《チュニック》のボタンを首元までとめ、足もとでは磨きあげた黒いブーツが原油をこぼしたように黒光りしている。われわれの立つ場所は、かつての軍事施設プレシディオの広大な芝地〝グレートローン〟だ。入学式前の十時間でへとへとになり、目をつけられた上級生全員から軒並みどなりつけられる洗礼を受けた。それでも人生最高の日であることに変わりない。すべては五年前、宇宙船の船長がタルサス四号星に転送降下し、将来の夢が決まったときにはじまった。

コドスが死んだあと、コロニーの生活が正常に戻ることは決してなかった。事件のトラウマのせいで生存者の大半がこの星を離れたがり、恐怖のニュースは新しい入植者を遠ざけた。だが、母とわたしはもう一年とどまった。離れる前に、母が仕事を完了させたがったからだ（その成果は惑星連邦コロニーにおける似たような食料危機の再発防止に役立っている）。それでもやがては立ち去るときが訪れ、居残り組とともに引きあげた。[編注3]

その数ヶ月前、トム・レイトンにさよならをいった。トムは地球の植民星Qに住む親戚に引きとられていった。トムとわたしはトラウマをともに体験し、固い絆《きずな》で結ばれた。その後は違う道を歩んだが、生涯連絡をとり続けた。

母とわたしは地球へ戻り、リバーサイドのシャトル港で父と落ちあった。亜空間通信でやりとりはしていたが、じかに会ったときは少なからずショックを受けた。腹回りに肉がつき、こめかみのあたりに白いものがまじっている。わたしと熱い握手をして、肩をぽんとたたく。それからふり返って、母を見た。あいさつ代わりのキスと抱擁をしたふたりからは、愛情とよそよそしさの両方が伝わった。家に帰った三人はもとの生活に戻ったが、以前とはおよそ勝手が違った。サムは大学にいて滅多に戻らない。母は仕事に集中し、しばしば出張はしたものの、ごく短期間で戻った。母は行くともとどまるとも二度と明言しようとせず、父はそれで構わないようだった。思うに一番変わったのは、わたしの内面だ。

タルサスの事件で鍛えられたわたしは、両親もしくはどんな大人であろうと頼りきりにはできないと学んだ。自分の身は自分で守る。残酷にも非情にもなり得るこの世界をコントロールする方法を探した。連邦宇宙船の船長とクルーが姿を現しただけで、混乱した文明の秩序をなかば回復させたのを目《ま》のあたりにし、ひどく感化された。わたしも仲間に入りたいと思った。というより、それを必要としていたのかもしれない。そのため宇宙艦隊アカデミー入学を目指してまい進した。

最初の目標は、成績向上だ。それまで学業に身を入れたことはなかったが、次の二年で変わろうと決意した。かっこうのロールモデルが身近にいる。兄と母は学究肌で、わたしに集中とスケジュール管理のしかたを教えてくれた。たちまち成績は一足飛びに上がった。

また、宇宙艦隊の訓練では護身術が重要視されると知って、マーシャルアーツを習いはじめた。空手、柔道、バルカン武術のスース・マナその他もろもろ。

十七歳の誕生日が近づくと、入学申請を真剣に考えはじめた。競争は、熾烈《しれつ》をきわめる。宇宙艦隊アカデミーは、銀河系屈指の教育機関との評価を確立していた。合格基準はしゃれではなく天文学的に高い。地球の同胞と競うだけでは終わらなかった。他の惑星からの受験生だっている。なかでもバルカン人は、地球人には度を超えているとしか思えないはるかに厳しい教育を受けていた。二二五一年、わたしが入学した年、宇宙艦隊アカデミーが受け入れたのは受験生の二パーセント足らずだった。

それでくじけるわたしではない。こっちには有利な点があった。両親はふたりともアカデミー出身で、母方から数えれば、わたしは三世代目だ。母方の祖父は第一期卒業生で、機関部の大佐までのぼりつめた。だからといってわたしの合格が保証されはしないし、両親のふたりともに宇宙艦隊を早期に退役した事実は不利に働くだろう。切り札になりそうなのは、外交問題を未然に防ぐ中心的な役割を果たしたあの一件だ。どう利用しようか、考える必要がある。

テラライト人大使の命の恩人という栄誉は、当時のわたしに与えられなかった。宇宙艦隊は事故をもみ消した。地球人の少年に外交官が助けられたとあっては、テラライトの面目が立たないと配慮したためだ。両親とわたしに箝口令《かんこうれい》を敷き、もし事件を他人に漏《も》らしたとしても宇宙艦隊は否定すると言明された。だが、あのときわたしに感心してくれたマロリー大佐ならばきっと事件を覚えていて、ひと肌脱いでくれるのではないか。あとは、船長の居どころをつきとめればいい。

宇宙艦隊本部に問い合わせると、准将に昇進したと教わったが、所在については口をつぐまれた。マロリー准将に電子レターを送ろうかと思ったが、届かない場合を心配した。そのため、あとから考えればとんでもなく危なっかしい計画にとりかかる。

うちの屋根裏部屋に、宇宙艦隊時代の父の私物を収めた箱があった。その中には様々な機器や任務を残らず記録したテープ、それから目当ての制服もある。小さい頃はそれを着こんで家を歩き回った。いくら〝大きくなった〟といわれても、やっぱりだぶだぶで、いつも少しだけがっかりした。だが数年ぶりに試したら、まるであつらえたかのようだった。

少尉の制服なのを確認したあと、宇宙艦隊の記章がついた記録用ディスクを見つけた。ディスクを自分のコンピューター・ステーションに挿入し、マロリー准将へのメッセージを吹きこむ。わたしの素性を説明し、推薦状を書いて欲しいと頼んだ。

翌朝早く、制服と記録したメッセージをリュックにつめこんでこっそり家を抜け出し、父のホバーカーを拝借した。父にはリバーサイドまで友人に会いにいき、昼には戻るといってある。時間の余裕はあまりない。リバーサイドの駅に行き、サンフランシスコ行きの地下シャトルを捕まえた。

所要時間は二時間足らず。制服姿の自分を地下シャトルで目撃されるのを避けたくて、サンフランシスコ到着五分前まで普段着のままでいた。席を立ち、洗面所で着替えて宇宙艦隊本部の駅に着くのを待つ。素早く洗面所を出て、地下シャトル[編注4]をそそくさ降りた。

駅を足早に通りすぎ、ロッカーを見つけてリュックをしまい、エスカレーターに乗って宇宙艦隊の所在階に上がる。目の前にいきなり宇宙港が開《ひら》け、びっくりした。シャトルやエア・トラムが離着陸し、サンフランシスコ湾とゴールデンゲートブリッジの上空を飛び交っている。あらゆる地球人種や異星の人々が、明るいゴールドや青の制服に身を包み、目的地に向かって歩いていた。突然自分が真っ赤な偽物に思えたが、この計画に賭けている以上、やり遂げるしかない。周囲の人々のきびきび歩く姿を真似て、宇宙港をあとにする。

宇宙艦隊本部を構成している建物群を調べ、すぐにメインビルがわかった。アーチャー棟。ジョナサン・アーチャーにちなんで名づけられたビルだ[編注5]。

広々とした受付エリアまで歩いていくと、宇宙港に足を踏みいれたときに芽吹いた自己不信の念が一挙に吹き出した。ロビーは士官でいっぱいだった。種族や年齢は様々だが、成人した宇宙艦隊士官たちだ。この場所全体から厳粛《げんしゅく》な雰囲気と威光が放たれており、わたしはといえば、変装ごっこに興じるガキだった。数歩歩いただけでうまくいくはずがないと判断し、きびすを返しかけたとたん、声をかけられた。

「何かご用ですか？」

小柄な若い女性で、わたしとそれほど離れていない。青い制服に身を包み、髪は金色。とても美しかった。

「メッセージを持ってきました」焦ってテープを持ちあげる。「マロリー准将宛てです」

「あら。ではこちらへ」

あとについて受付デスクへ行き、そこで女性はコンピューター端末に何か情報を打ちこんだ。

「マロリー准将は、本部にはおいでになりません、少尉。どこにおられると思ったの？」

「ええと、いえ。つまり、はい、ここにいらっしゃると思いました。でもその、たった今いらっしゃるかどうかの確証はありません」女性は何をいってるんだ、というようにわたしを見た。わたしにもわからない。「いつ戻られますか？」

女性が笑う。「数年間は戻られません。准将が司令をつとめられる第十一宇宙基地は、大規模なアップグレードと改修工事の真っ最中ですから」

計画不足のいい証拠だ。宇宙艦隊将官のマロリーがもはや地球にいないかもしれないと、一度も考えつかなかったとは。艦隊本部に乗りこんでメッセージを手渡すという夢想はついえ去り、ただもうここから出たくなった。

「そうですか。お手数をどうも」テープに手を伸ばす。

「准将にメッセージを届けたいのでは？」

「ああ、その……たぶん……」

「担当者にアップロードさせます。あなたの平時通信コードを教えて」

何のことかさっぱりだった。相手の顔つきが険しくなる。

「そのう、上官に確認をとりませんと」わたしの返事に、彼女がうなずく。

「わかりました。それと、宇宙艦隊士官になりすました場合の罰則についても確認すべきね。流刑コロニーで五年間だったと思うけど」顔から血の気が引いた。そのときまで自分のしていることが犯罪だとは考えもしなかった。マロリー准将が不在で幸運だった。制服姿のわたしを見たら、その場でアカデミーに近寄れないように手配したに違いない。窮地に陥っていた。彼女が優しく腕に手を置いたせいで、なんとかその場を逃げ出さずにいられた。

「心配しないで。わたしが目を通します。不審な点がなければ准将に届くように責任を持つから」

息をつめていたことに気づかなかったが、吐き出した。

「ありがとう。本当に感謝します」

「いいのよ。名前は？」

「ジムです」差し出した手を、向こうが両手で握る。その仕草にすっかり気持ちが落ち着いた。

「はじめまして。わたしはルース」ルースに見つめられ、わたしはばかみたいににんまり笑った。


その後、ルースはマロリー准将の人事主任にテープを渡したと伝えてくれ（そしてわたしのばかげた〝スパイ活動〟については二度と持ち出さなかった）、わたしがアカデミーに合格したと知ると周囲の誰もがひどく驚いたため、准将が口をきいてくれたのだと見当をつけたが、当時は真相を知りようがなかった。

ともあれふた月もするとわたしは荷造りをして、準備を整えた。両親にサンフランシスコまで送ってもらう。朝の六時だった。新入生の士官候補生がゲートに列をなして開くのを待っている。誰もが両親と別れを交わし、わたしは自分の親をふり向いた。父と母を見つめる。ふたりとも年をとったが、幸せそうだった。もしくは少なくとも、以前よりは満足そうだった。今からふり返れば、互いの存在になぐさめを見いだしたのだとはっきりわかる。だが、わたしは出ていく用意ができていた。母を抱きしめ父と握手を交わし、冬休みには戻るといった。

「しごかれるのを覚悟しとけよ」父がいい、母が笑った。すぐに、どういう意味か理解した。


惑星連邦にはたったひとつ、軍事機関が残されている。宇宙艦隊だ。艦隊が〝旗印〟に掲げるのは、探検、外交、科学調査だが、連邦および連邦市民の安全保障はいまだに憲章の重要項目であり、その遂行には軍隊式の指揮系統が要求される。そのためアカデミーの公然の秘密として、卒業後、いざというときの戦力になるように学生を養成する使命があった。それは入学式当日にはじまる。

登録をすませた新入生は、空っぽの大きな赤いバッグを渡され、その瞬間からしごきの迷路に迷いこむ。体《てい》のいい宝探しゲームをやらされ、複数の建物にまたがって必要品を探し回った。そのあいだじゅう、そこかしこで鬼の上級生にののしられる。**ちんたら歩きやがってふぬけの新入**

生め、走るな、敬礼せんか、そんなところに突っ立つな、足を動かせまぬけな新入り、俺が話してるときはバッグを置け、バッグを置けと誰がいった、俺が話してるときは目を見ろ、なぜ俺を見る、俺を見るな！

バッグは刻々と重くなる。キャンパスじゅうを持って歩き、すぐに自分がどこに向かっているのか、どこに向かうべきなのかわからなくなる。それがポイントだった。もし初日を切り抜けたとすれば、それは上級生に命じられた通り、何も考えずにやるしかないと悟ったからだ。骨が折れ、屈辱的でストレスが溜《た》まり、日没まで保たない候補生が少なからずいた。わたしは耐えたが、辛うじてだ。それまであんな風にどなりつけられた経験はなく、しかもまだ序の口に過ぎなかった。

入学して最初の八週間は〝プリーブ・サマー（新入生夏期特訓）〟と呼ばれ、この期間中に肉体的・精神的なストレスに耐えられない新入りをふるい落とす。残った候補生はアカデミーにとどまらず、何より宇宙艦隊につとめるのに必須の規律と能力を体得する。そこが、惑星連邦の他の機関とアカデミーとを隔てる違いだった。士官候補生、一般乗組員、士官たちは命令に従う重要性を知っている。生死がかかっているからだ。

昼を回る頃、ほかのもろもろとともに学ぶのは、二十キロのバッグを持って隊列を作り、行進する方法だ。士官候補生第二部隊の兵舎を割り当てられたわたしは、部屋に向かった。（隊員八人の）部隊長は、ベン・フィニーという候補生大佐だった。二学年上で、筋骨たくましいフィニーはすぐさまわたしともう二名の地球人およびアンドリア人一名に、気をつけの姿勢のまま指示があるまでバッグを持っているように命じた。二段ベッドの前で二名ずつ左右に分かれ、一時間ほど立っていた。疲労で腕が震える。わたしは青い肌をした士官候補生の、薄緑の瞳をまっすぐ見すえた。アンドリア人を見たのは初めてだった。たくさん質問したかったが、初日に学んだ心得のひとつに、上級生から話しかけられるまで自分から話すなというものがある。

「バッグをおろせ！」フィニーがとうとう部屋にやってきた。バッグを床におろし、自制するより先に思わず「ふう」と漏らしてしまった。まずい失点だ。フィニーがわたしの目の前に来る。

「疲れたか、新入り？」

「いいえ、サー！」

「そいつはよかった！　バッグを持て。そのままもうちょっと持ってろ。残りは荷物を出せ。部屋を散らかすんじゃないぞ」そういい残してフィニーが出ていく。ルームメイトがわたしをよけて動き回るあいだ、わたしはバッグを持って立っていた。小一時間後、ルームメイトがベッドでくつろぐかたわら、その場に直立したままのわたしはあぶら汗をたらし、腕をがくがくさせた。

「きをーつけっ！」ルームメイトのひとりがいった。部屋に別の上級生が入ってきた。ショーン・フィネガンという名の候補生大尉だった。がっしりした金髪の、にやけたアイルランド系の男だ。

「何してるんだ、お前たち？」これほどくせのあるアイルランドなまりを聞くのは初めてで、なんとなくわざとらしさを感じた。三人のルームメイトをねめつける。「下におりて昼食をとりにいけ」三人が出ていくと、フィネガンはわたしを向いた。

「で、お前は何をしてる?」

「バッグを持っていろと命令されました!」

「名前は、候補生?」

「ジェームズ・T・カークであります!」

「そうか、よし。ジミー・ボーイ」ボーイを〝バァイ〟と発音した。「荷物を解かないと食いっぱぐれるぞ。下で会おう」

「イエス、サー」わたしはバッグをおろし、フィネガンは『ダニー・ボーイ』の旋律を口笛で吹きながらふらりと出ていった。荷解きをして、なんとかランチに間に合わせる。テーブルにつくと、フィニーがわたしを見あげ、目を丸くした。

「カーク! このふざけた新入り野郎、なぜここにいる?」

「ランチに行けと命令されました!」

「誰が命令した?」フィニーが問いつめる。大声だった。部屋じゅうが静まりかえる。

「サー、フィニー候補生大尉が——」

「フィニー候補生大尉などいない!」

「すみません、サー。フィネガン候補生大尉です」不幸にも似通った名前をとり違えたのは、それが最後ではなかった。フィネガンが立ちあがる。

「そんな命令は与えてないぞ。そのぼうやには長い一日だったようだな」

わたしは頭の中で反すうした。大尉は正しい。フィネガンはバッグをおろせとはいっていない。

わたしがそう受けとっただけだ。

「どう釈明するつもりだ？」フィニーが追及する。

「サー、勘違いしました！」空きっ腹だったがフィニーに命じられて部屋へ戻り、荷物をつめ直して大佐が来るまで提《さ》げていた。命令に従って十五分ばかり過ぎた頃、ランチから戻ったルームメイトのあとにフィニーが入って来た。三人が気をつけの姿勢をとるあいだ、フィニーがわたしのベッド周りを調べ、中味をすべてリュックに戻したか確認する。わたしは気絶しそうだったが、耐えた。フィニーが笑った。

「バッグをおろせ、新入り」ゆっくりバッグを床に置き、気をつけの姿勢に戻る。「荷物を解いていいぞ」フィニーは出ていった。荷物を片づけはじめると、フィネガンが入口に立って笑っていた。

　順調な滑り出しとはいえなかった。

　次の二ヶ月、苛酷な体力作りに励んだ。重りを持ってのランニング、障害物走、戦闘シミュレーション、サバイバルトレーニング。少年時代に身につけた技能は現代社会では原始的で不必要とみなされていたが、この期間は役に立った。登山や父と出かけたキャンプ、西部開拓時代の知識。それでも訓練は決して楽ではなく、驚くことばかりだった。

　プリーブ・サマーはあわただしく過ぎ、ルームメイトと知り合うひまもない。ふたりの地球人、ジム・コリガンとアダム・カストロと親しくなる機会は一度もなかった。シーリンはアカデミーに入ったアンドリア人第一号で、いつでもたやすく周囲になじんでいたとはいいがたい。ふたりには共通点があり、それが仲間から孤立させた。

　プリーブ・サマーの最後の週末、初めて外出許可証《パス》をもらう。わたしは期待でわくわくした。数ヶ月ぶりにルースに会える。何回かデートしたが、アカデミー入学後は顔を会わせていない。外出日前夜、へとへとになったわたしは考え事をしながら部屋に戻った。ルースは初めてできたガールフレンドで、入学後最初の二、三週間に覚えたストレスがある程度ほぐれるにつれ、わたしの心を占めていった。気もそぞろで、カストロとコリガンとシーリンが互いに目を見交わすのに気がつかず、上段のベッドに飛び乗った。しぶきがはねる。そこにあるべきではない何かに飛びこんでいた。見おろすとスープボウルがひっくり返り、油じみた液体がべっとりズボンにかかっている。

「何だこれは？」すっかり混乱していると、答えが歩いてきた。

「きをーつけ！」フィネガンが声を張りあげる。全員が起立した。まっすぐ立ったため事態が悪化して、ベッドでわたしにかかったスープが体からしたたる。スープはその日の昼食に出たコーンチャウダーだった。

「食べ物を持ちこんだな、ジミー・ボーイ？」

「いいえ、サー！」凝固した黄色い液体が床にしたたる。

「自室での食事に関する規則は知ってるな。重大な違反行為だ。二十点の減点」

「イエス、サー！」わたしは怒り狂った。在学中に減点が百点に達した士官候補生は退学になる。この男は古風な悪ふざけをしかけ、わたしには面白くも何ともないどころか将来を危うくされかけている。

「何かいいたいことがあるのか、ジミー・ボーイ？」目と鼻の先の真っ正面に立つ。わたしはその目を見返した。

「いいえ、サー！」

「ほんとか？　俺に一発お見舞いしたそうに見えるがな」大尉は正しい。殴りたかった。それこそがやつの狙いだ。そうすればわたしはおしまいだった。

「ありません、サー！」

「そうか。ならここをきれいにしろ。グズグズしてるともう十点引くからな」フィネガンはわめき散らしながら出ていった。

「すまない、ジム」カストロがわたしにタオルを渡した。「部屋に戻ったとき、フィネガンが部屋から出てくるのを見かけた。でも口止めされたんだ」

「もしフィネガンの行為を訴えるなら」と、シーリンがいう。「彼の記録に傷をつけられる。ぼくの証言が必要なら証言するよ」

アンドリア人には名誉を重んじる感覚があった。ありがたかったが、カストロとコリガンを盗み見ると、ふたりは気が進まなそうだった。ふたりを責める気にはならない。フィネガンにひと泡吹かせたいのはやまやまだが、もししかるべき手続きを踏んだとして、何が起こるかもわかっていた。フィネガンが不必要にわたしを虐待しているという話にはならず、わたしがジョークをジョークとして受けとめられなかったとされるだけだ。

「いいさ」チャウダーをズボンから払いのけながらいった。「生き残ってみせる」

幸いパスは被害をまぬがれ、ルースと落ちあえた。ルースはまだ、宇宙艦隊本部づとめだった。サンフランシスコ生まれで宇宙艦隊のクルーに囲まれて育ったルースは、高校を卒業後自分の道を切り開くべく入隊し、下士官学校で基礎訓練を受けたのち記録部の事務員になった。人生の目標を見失いかけていて、のちに話してくれたところでは、わたしの一途なところに惹かれたという。だが中味はまだ子どものわたしは、ルースに注目されると不安がやわらいだ。

去年出会ってから二、三度顔を合わせたとはいえ、女性とつきあった経験はほとんどなく、あの晩以前のふたりの仲は、手を握る程度だった。サンフランシスコのフィッシャーマンズ・ワーフで待ちあわせる。暖かな秋の晩で、ルースはきれいな白と黒のレースのワンピースを着ていた。制服姿のわたしは任務を帯びたクルーさながら、彼女にキスをするんだとの決意を胸に秘めていた。問題は、いつするかだ。

「なぜ〝フィッシャーマンズ・ワーフ〟というか知ってる?」手入れされた海岸線を歩きながら、ルースがたずねる。

「このあたり一帯がかつては魚業の中心地だったんだ。漁師は小さな船を係留し、早朝に漁に出てできるだけ魚を獲り、帰港したら市場に卸《おろ》して……」続けようとして、ルースが微笑《ほほえ》んでいるのに気づく。

「ああ、質問したんじゃないんだね。教えてくれようと……」

「そうよ」ルースが笑った。「地元育ちだもの。でもうまく説明できてた」

わたしも少し笑った。ばかみたいに思ったが、ルースは腕をしっかりからめてきた。わたしは立ちどまり、オレンジと黄色のひまわりを摘んでルースに渡した。

「花を摘んじゃだめ」

「知ってる。掟破りをしよう」

わたしはルースを見た。セリフとは裏腹に、虚勢を張る余裕なんてなかった。恐れをわきに押しやって、キスをする。ルースは受けとめてくれた。任務完了だ。ルースは体を離すとわたしの目を見つめた。次に起きたことにびっくりしたが、表に出さないようにした。

「うちまで送ってくれる？」ルースが微笑む。


アカデミーの門限は二四〇〇時で、当直の門番は、二三五七時と記録した。夢見心地でぼうっとし、幸せで誇らしいと同時に、今さっきのなりゆきは、自分に主導権があったのではまったくないとわかっていた。舞い上がっていたために、部屋のドアがいつもと違って半開きになっているのに気づかなかった。室内から明かりが漏れ、カストロとシーリンが話しこんでいる。

「起きてたのかい。ちょっと聞いてくれよ——」いい終える前に冷水をかぶり、プラスチックのバケツが頭を打った。あまりの冷たさに、息が止まりそうになる。部屋にはフィネガンがいて、ルームメイトと話していた。

「お帰り、ジミー・ボーイ。また汚したみたいだな。二十点の減点だ」もったいをつけてフィネガンが出ていく。行ってしまうと、カストロがドレッサーからタオルをとりだした。

「あ、ありがとう」わたしは震えていた。

「休暇はどうだった？」カストロがたずねる。

「最高だった。一秒前まで……」

「地球人のこの手のユーモアは理解できない」シーリンがいった。

「ぼくも笑ってないよ」

「きをーつけ！」カストロが声をあげ、ベン・フィニーが入ってきた。全員気をつけをした。

フィニーが部屋を見渡し、それからわたしを向く。

「カーク、説明は？」

「サー、ありません！」

フィニーがバケツを床から拾い、水がしたたっているドアまで行く。何が起きたかつなぎ合わせ、ルームメイトを問いただす。

「お前たちがやったのか？」

「違います！」シーリンとカストロが声をそろえる。間違いなくフィネガンが口止めしていた。

ベンはふたりのせいではないと賢明にも理解した。誰のしわざか問いただすこともできたが、学生はアカデミーの校則をわきまえている。ふたりが違うというならフィニーは信じなければいけない。ほかの候補生について話すように迫るかどうかは別問題で、そうなればわが班全員にとってやっかいな事態を招く。緊張の一瞬だ。

「部屋を片づけろ。それから寝てしまえ。明日は授業だ」フィニーが部屋を出ていく。それまでにどう思っていたにしろ、今では全員が大佐に好感を抱いた。

「つまりこういいたいのかね、ミスター・カーク」ギル教授がたずねた。「君の持論では、カーンは絶対的な悪ではないと」

わたしが持論を展開したとは初耳だ。惑星連邦史の講義中、非常に入りくんで微妙なトピックがとりあげられた。わたしは持論など一度も披露したつもりはない。教授はいった覚えすらないことで非難している。そしてその程度の問題は、毎日はまりこんでいる座学の沼の、ほんの浅瀬にすぎなかった。

プリーブ・サマーが正式に終わり、長い学期がよたよたはじまると、想像したよりずっときつかった。文学、歴史、物理科学の一般科目に加え、一般大学にはない科目がたくさんある。宇宙生物学、宇宙考古学、銀河刑法および法制度、惑星生態学、惑星間経済学。これらと連動した意味論、言語構造、比較銀河倫理学、認識論、宇宙心理学などなど。さらに、宇宙艦隊アカデミーはエンジニアリング専門校でもある。卒業生がどの分野に進もうと、あらゆる緊急事態に応じて求められる技術を理解しなければならない。宇宙艦隊士官が直面する状況いかんでは、医師がシャトルを操縦し、歴史家が転送機を操作しなくてはならない場合もあり得る。基準は厳しかった。大勢の命がかかっているからだ。

高い水準を保つべく、教授陣はその分野の一線級をそろえ、彼らの教えは生涯にわたる影響力を持っていた。歴史学のジョン・ギル教授も例外ではない。第三次世界大戦に関する彼の歴史書はピュリッツァー賞とマクファーレン賞を受賞し、講義でも使われていた。現在議論しているのは第三次世界大戦についてだった。

「その……そういう意味ではないと思います。ただ、ひとりの人間があれほど広範囲な地球の領土を征圧するなんて離れ業だと――」

「ではカーンに一目置くのか？」講義にはすでに何度も出席しており、ギルがどうやら知的な罠《わな》をしかけているのはわかったが、どういう罠かはわからなかった。

「彼の能力を称賛はします、はい」

「数百万人を奴隷にした能力を？」

「彼のしたことを倫理的に裁くつもりはありません。それを達成するための能力がすごいと」

「そうはいうが、指導者として彼の成し遂げた功績は、倫理観の欠如から来ているのではないのかね？　カーンはその優越感ゆえに、他者を抑圧しても当然だと考えたのでは？」

「そうだと思います」

「それでもまだ彼を称賛する。それをどう正当化するね？」

「かつてのアメリカ西部鉄道を、わたしは偉業だと思います。あれほど原始的な時代にあって、エンジニアリングと計画性のすばらしい勝利であり、合衆国のその後の繁栄に大きく貢献しました。ですが、鉄道を敷設できたのは奴隷を使ったからであり、資本主義を優先させたためにアメリカ先住民をほとんど絶滅させるところでした。それでも鉄道そのものには感服します」

ギル教授はわたしに笑いかけた。

「感服すべきではないかもな。代償が高すぎるように聞こえるが」教授は核心を突こうとしていた。完全に理解したのはずいぶんあとになってからだ。興味深いことに、このときの会話がのちに蒸し返され、われわれふたりを根本からおびやかすことになる。

だが、当時は勉強でへとへとになり、じっくり考えを巡らす余裕がなかった。優秀な成績を修める決心をしていた。なかなかルースと会えずにいる。週末の外出許可を数回返上し、勉強に集中した。

ある晩、ひと気のない宿舎でズィンディ事件[編注6]に筋道を通そうとやっきになるあまり、ベン・フィニーが部屋の入口に立っているのに気がつかなかった。

「大佐、すみません」素早く立ちあがって気をつけをする。

「楽にしろ。今夜予定は？」

「何もありません」

フィニーが部屋に来て、勉強内容をのぞいた。

「ああ、こいつは頭が痛いな。白黒つけられたためしがない。休憩しないか？」

フィニーは普通の上級生らしいふるまいをしなかった。数分後、わたしは大佐の部屋にいた。椅子を勧められ、フィニーが酒瓶をとりだす。ややカーブした長い首の瓶だ。コーヒーマグとプラスチックのカップにそれぞれ注《つ》ぐ。

「ソーリアン・ブランデーを試したことは？」にやりとする。実をいうと、酒のたぐいはほとんど飲んだことがなく、候補生大佐に勧められてあぜんとなった。

「それは規則違反では？」

「その通り。隊長に報告すべきだな」それはつまり、彼のことだ。

「大佐……」

「ベンと呼べ。バレたらふたりとも終わりだぞ」

ベンにカップを渡され、ぐいっと飲む。ひとくち目はまずかった。テレビン油にリンゴか何かのくだものを足したみたいな味で、のどを焼いた。咳《せ》きこむわたしをフィニーが笑う。

「もうひと口行け」

効果はすぐに現れた。温かくて、ほっとするような雲にとり囲まれる。

「こりゃすごい。どうも」

「どういたしまして。そいつが必要みたいだったからな」

ふたりは二時間ばかり飲んで笑って過ごし、共通点をいくつも発見した。どちらもアメリカ中西部の出身で、両親がアカデミー出身、宇宙船に乗り組む日を夢見ている。恋人がいるか訊《き》かれ、ベンの想い人の写真を見せられた。ナオミという名前のきれいな女性で、結婚間近だという。

「結婚？　大佐は今年ご卒業でしょう。船に配属されたらまずくないですか？」

「わたしはすでにアカデミーでコンピューターの指導教官をしている。たぶん卒業後も少なくとも一年は続けるよう頼まれるはずだ。そのあとどうなるかは様子見だな。ナオミはわかってくれるさ」

ベンは上級生として演じなければいけない役割が嫌いだとうち明けた。社交好きで親しみやすく、のちに判明するが、人に好かれたいという根深い願望があった。同期にとどまらず、他の年度生からも人気がある。あとからふり返れば、わたしに限らずみんなと友情を結びたいというベンの欲求は、上官としての尊敬を受けるには不利に働いた。彼の性格のそういう側面が、のちに彼の遭う困難な事態を招いたように思える。だが、当時のわたしは腹心の友を持てて興奮した。一年目を生きのびる助けになった。楽ではなかった。初年度に脱落する学生の割合は、二十三パーセントにのぼる。


士官候補生二年目の夏は、宇宙で過ごした。地球の標準周回軌道上に、アカデミーの訓練ステーションがある。ステーションではゼロG戦闘テクニックを学び、宇宙艇の操縦を初めて体験した。一世紀前のシャトルポッドだが、どんな種類だろうと船を飛ばすのは興奮ものだった。

二年目にアカデミーに戻ったとき、ずいぶん変わったように感じた。ひとつには、フィネガンが卒業して宇宙基地に配属された。一年目はあいつに悩まされっぱなしだった。いじめはきりがなかった。卒業前の置き土産《みやげ》にわたしの礼服用スラックスをもっと大柄な候補生のととりかえたため、年度末の礼装パレードでは不幸な事件が起きた。

なぜフィネガンがわたしを標的に選んだのか、おりに触れ考えてきた。もとをたどれば、入学初日、自分の荷物を全部つめたバッグを持って自室に立つわたしを大尉が見かけたときに行きつく。あの瞬間わたしに目をつけ、昼食に行けと命じた。その一件でうぶなわたしを弱者とみなして狙いをつけたのだろう。弱い者いじめの大半がそうであるように、わたしに力をふるうのを楽しんだ。学ぶためにアカデミーに来たわたしの真剣さが、フィネガンの何かを挑発した。皮肉にも、真剣味に欠けたせいで、フィネガンはとるに足らない宇宙艦隊キャリアを歩む。[編注7]アカデミー後、一度も顔を会わせたことはない。

こう表現するにとどめておこう。フィネガンがやっと去ったおかげで、ストレスからずいぶん解放された（とはいえ、身構えずにドアを開けたり、ベッドに入ったりするにはしばらくかかった）。だがより重要なのは、一年目をやり抜いたことだ。フィネガンにくらった減点以外は同期でトップに近い成績を収め、以後も維持しようと決めていた。

ただ、ルースとの関係にしわ寄せが来た。まだ記録部で働いていたルースの人生はこのところ停滞ぎみだ。彼女のために時間を割くのを絶えず期待されているようで、勉強量が増えるにつれ、プレッシャーをわずらわしく思った。今では親友となったベン・フィニーは、ルースを手放すという。ベンは卒業したが、予想通り高等コンピューター・プログラミングの指導教官としてとどまるよう要請された。ナオミと結婚して教職員用の宿舎に移り、休日にはルースとわたしを夕食や飲みに誘った。わたしは楽しんだが、ベン自身は船に配属される日を待ち望んで落ち着かないのでは、と気になった。ある日、ルースとわたしが彼らの家へ夕食に呼ばれたとき、たずねてみた。

「指導教官をもう少し続けても、キャリアに影響はないさ」ベンは、微笑むナオミに向き直った。「息子の顔を見たいんだ」

「まあ、何てすてき」ルースがテーブルの下でわたしの手を握る。

「おめでとう」わたしは笑顔でいった。そっとルースの手を離し、ベンと握手する。ルースは立ちあがってナオミを抱きしめた。

その晩は子育てや住みたい場所、実現のためにベンのキャリアをどうやりくりするかなど、遅くまで話しこんだ。できるだけ応援しようと努めたが、夕げの席の何かがわたしを怒らせた。表に出すまいとしたが、ルースはわたしのよそよそしさを感じとっていた。しばらくしていとまを告げ、ルースを家に送る。

「子どものこと、喜んでなかったみたいね」

「いや、喜んでるよ。ただ……ふたりが現実をわかっているのかなと思ってね」

「ふたりともいい大人でしょ。自分たちで決められる」

「その判断が子どもに及ぶんだ」いくぶん語調がきつくなった。「宇宙艦隊は家族を踏みにじるような要求をしてくる。ぼくの親はそろってキャリアをあきらめた」

「あなたはそれが間違っていたと思うのね？　愛する者のためにキャリアを捨てたって思っている」ルースの問いかけはひとつではなく、いつかはこの話題が来るとはわかっていたが、こんなに早いとは思わなかった。

「間違ってるってわけじゃない。自分は違うってだけだよ」

ルースのアパートまでふたりとも黙って歩いた。ルースはわたしを愛し、わたしの都合に合わせ、わたしの望みをかなえようとしてくれた。さよならのキスをし、それがルースを見た最後になった。彼女への仕打ちを、今でも思い出しては後悔する。ルースを本当に愛していた。事実初恋の相手で、別れた動機について、自分に正直だったかわからない。ルースは積極的にわたしの意に沿おうとしてくれたのに、なぜかわたしには信じられなかった、もしくはしようとしなかった。だから、自分から遠ざけた。


「ミスター・ミッチェル。次は殴る前に考えろ」

「イエス、サー」ミッチェルがニヤリとする。

彼はわたしの足もとでのびていた。〝腰車〟と呼ばれる柔道の技で投げ飛ばしたところだ。わたしは接近戦の指導教官をつとめていたが、一年生のゲイリー・ミッチェルは問題児だった。クラスを落第してもへっちゃらにみえる。たぶん、落第になりそうなのがこのクラスだけではないからだろう。

わたしは三年生になると士官候補生大尉に昇級し、ミッチェルはわたしの隊に配属された。わたしとは正反対の男だ。チャーミングで気さくでずぼらで、やや向こう見ず。少しは分別をつけさせようとしたが、あまり成功していない。あの当時、ミッチェルが卒業できるとはとても思えなかった。

フィニー家を訪ねたある晩、ベンにミッチェルの相談をした。

「落第させればいい。負け犬の卒業生を増やすことはない」

ベンは卒業後、指導教官をつとめて二年目に入り、アカデミーは三年目を打診してきた。フィニーを別にして、コンピューターの専門家は教師としては使えないことで悪名高い。アカデミーにとってベンは貴重な人材だった。だが、ベンは自分を尻目に卒業していく生徒を二年続けて見送り、三度目を迎えようとしている。いい加減へきえきしていた。

ベンの赤ん坊ジェイミーが、パパをずいぶんなごませたようだ。ベンは息子が欲しいといっていたが、娘でもがっかりした素振りはまったく見せなかった。ベンとナオミが第一子の名前をわたしからとったと聞いたときはたいそう驚き、夫妻に対し、身内としての絆《きずな》を一層感じた。ルースと別れたあとは、ずっとふたりが心の支えだった。二、三人と軽くデートへ出かけた以外は、ベンとナオミが主な人づきあいのはけ口となり、残りを勉強に集中できた（あとで知ったが、下級生から〝足の生えた本棚〟とあだ名されていた。あまり気のきいたあだ名じゃないという以外、不満はない）。

いずれにせよ、ミッチェルの成績をつけて提出する期限はすぐだ。指導教官仲間に探りを入れてみると、クラスの大半はパスしているが、宗教哲学課程は落第だった。あとひとつ、わたしのクラスを落第すれば退学だ。わたしは真剣に検討し、合格させることにした。甘いかもしれない、ひいきだったかもしれない。だが理由がどうあれ決定に後悔はない。

その夏、五機ずつに分かれた二部隊による飛行演習に参加した。アカデミーの訓練艇は宇宙艦隊のお下がりシャトルポッドで、前世紀の遺物ではあるが基本的な装備にアップデートした操縦用ソフトウェアを備えている。操縦テクニックでは高成績をあげたため、わたしは三年目に自分の隊《チーム》を持たされ、ゲイリーもチームの一員だった。演習では月まで飛ばし、重力井戸における操縦法を教える。わたしのチームは第二隊で、以前のルームメイト、アダム・カストロが第一隊の隊長だった。第二隊に与えられた課題は、カストロたちについていき、十キロ以上離されることなく彼らの隊形をできるだけ真似るというもの。カストロはエースパイロットの役を演じ、そのため手加減しなかった。二隊のあいだにはまた、多少の競争心もあり、わたしはなるべくそれを抑えようとした。

　第一隊についていくのは比較的容易だったが、最後の隊形が問題だった。カストロたちは翼の先端と先端を合わせるように並び、三次元ループを作った。わたしの隊も真似ると、スキャナーに何かが映る。ゲイリーも気がついた。

〝コブラ・ファイブからコブラ・リーダーへ。向こうは冷却バルブを開いています。あとに続きますか？〟

「コブラ・リーダーからコブラ・ファイブへ。よせ。繰り返す、真似をするな」カストロが何をしようとしているか察したが、いい考えとは思えない。

〝でも、あっちは加速して前に出ています。何をしているかわかってるんでしょう？〟

「ああ、わかってる。コブラ・リーダーからコブラ・チームへ。繰り返す、冷却バルブは閉じておけ。エンジン停止。彼らが隊形を解くまでここで待つ」

　第一隊のシャトルポッドが旋回して輪の内側へ入り、プラズマを排出する。輪の中で互いにすれ違いざま、プラズマに点火した。その隊形〈コルボード・スターバースト〉は通常、別々の方向へ出た機体がプラズマの五芒星《ごぼうせい》を作って終わる。〝トップガン〟の隊形で、士官候補生は何十年もやってきた。だがわたしは自分の隊にその隊形を手ほどきしたことはなく、危険が大きすぎた。用心は報われた。

　シャトルポッドが交錯するとき、一機がコースを外れ、別のポッドに衝突した。ドミノ倒しが起きる。全機が衝突しあい、大破した。

〝なんてこった……〟インターコム越しに誰かがいった。たぶんゲイリーだろう。定かじゃない。

「コブラ・リーダーからコブラ・チームへ。救助任務に向けて待機――」いい終える前に、命令は無意味になってしまった。

爆発が起きた。だがそれは、パイロットたちの意図したものではない。全機が火炎の滝に打たれ、さらにより危険なエネルギー波が五基のエンジン爆発によって発生し、こちらへ向かってくる。

「コブラ・リーダーからコブラ・チームへ。百八十度反転して散開。逃げろ、今すぐ！」わたしは叫んだ。機体をバンクさせ、シャトルポッド全機がコースを変えたのを確認する。古い機体はあきれるほど動きが鈍いが、全機、爆発と仲間から遠ざかっていく。

六時の方角を見ると、追いかけてきたエネルギー波が今まさに直撃しようと……。

「全機、衝撃に備えろ！」

当たった衝撃で、ポッドが前方に揺れる。警報が鳴り、計器がショートした。煙が上がり、咳こみながら手で払う。窓をあおぐ。隊のシャトルポッドを見失った。

「コブラ・リーダーからコブラ・チームへ。損害を報告しろ」もう一度繰り返す。応答なし。通信用パネルがやられていた。操縦パネルとナビゲーションパネルを点検する。計器も、センサーも使用不能。窓外をのぞいた。やはり、一機も見えない。

目視のみで操縦する危険は冒せなかった。このような状況下におけるプロトコルは、連絡をとりあい、救助の要請を優先させる。やみくもに飛ぶ宇宙船は航行上の危険要因となる。この原則に従わなかった士官候補生五名の死を目撃したばかりだ、原則遵守でいくべきだろう。通信パネルを引きはがして開け、回路を修理しようとした。

約三十分後、修理に手こずり決心を後悔しはじめる。シャトルポッドがとっていたのは地球から離れるコースだ。捜索隊に見つけてもらうまでしばらくかかるかもしれない。どこかに散らばっているはずの第二隊員の状況がわからず、規則に従ったばかりに全員が死ぬかもしれない。コミュニケーターはあきらめ、操縦パネルに手を置いた。目視で彼らを見つけるしかない。周囲の空間を見回しはじめたとき、天井に大きな衝撃音が響いた。見あげると、上部のハッチが開いてゲイリー・ミッチェルが顔をのぞかせている。自分のシャトルポッドをわたしのポッドにドッキングしたのだ。

「搭乗許可を願います」笑顔のミッチェルがいう。

「許可する。どうやって見つけた?」

「ただ探したんですよ。先に隊の残りを見つけました。全員無事です」

「計器は使えるのか?」

「いいえ。目視です。ポッドに近づいたら着陸用ライトを使ってモールス信号を送り、ついてくるように指示しました。それからあなたを見つけたんです」

「君は……そいつは……」言葉を失った。非常なリスクを伴うやり方だが、隊をまとめ、ドックまで安全に飛行できる。

「借りができたみたいだな」

「ぼくらはあなたに借りができました。あの隊形をとらなかったことでね」

恐ろしい日だった。五名の仲間が無意味に命を落とすところを目撃した。だが教訓が生かされた。アカデミーは〈コルボード・スターバースト〉を禁じ、今日まで実演されていない。そして、わたしはゲイリー・ミッチェルが頼りになる男だと学んだ。

「ここが労働キャンプです」レブがいった。アクサナー星の住人、レブはヒューマノイドで、彼の種族の特徴通りに背が低くずんぐりした体形、赤らんだ肌をして、首に沿って隆起がある。アカデミー最後の年がはじまった。われわれ士官候補生の一団が立つ場所はレブの母星で、このあたりはかつては中規模な都市の中央広場だった。建物の一部はとり壊され、農地拡大のために地ならしされた。残りをバラックと、怪物めいた工場が占めている。広場をつぶして造られた都市に百万人のアクサナール人が住んだ。惑星じゅうに似たような都市が何十とあり、クリンゴン帝国の苛酷な圧政下で一生を過ごした。人権のない奴隷として扱われ、反乱すれば弾圧された。レブのあとについて、廃墟となったビルの裏手に回る。その光景に胸がつぶれた。息をのむ者もいる。若い士官候補生のひとりが吐いた。

何千もの黒こげになった人骨が、二階分の高さに積み上げられていた。ただ焼かれたのではない。頭はつぶされ、手足は折られている。黒ずんだしゃれこうべは苦悶《くもん》の叫びをあげているようだった。小さい骨もある。子どもたち。赤ん坊。

「悲惨な光景だな」誰かがいった。からかうような口調に、ふり向いて発言した士官候補生を叱責しようとした。だが驚いたことに、われわれの集団にクリンゴン戦士の集団が混じっていた。威嚇するようなゴールドのチュニックに、腰には堂々とした武器を携帯している。声をあげたのはリーダー格の男で、炎も凍りつかんばかりの笑みを浮かべていた。

「あまり本気には聞こえないが」

「いや、本気だとも。規則ははっきり掲示されていた。こいつらが守っていればまだ生きていたんだ」われわれは皆だいたい同じ年頃で、同じ任務のために来ていた。和平目的の任務だが、そのときは不承不承だった。

アクサナーは惑星連邦の宇宙船〈U．S．S．コンスティテューション〉と三隻のクリンゴン船が戦った場だ。〈コンスティテューション〉のガース船長は並外れた戦術を駆使してクリンゴンの〈バード・オブ・プレイ〉を破っている。（学校で教わった手口のひとつに、敵の武器コンソールのリモート・コントロールを奪った戦法があった。誰も試みたことのない手で、その後惑星連邦の全船が独自のコンビネーション・コードを備えるきっかけを作った。自分たちが同じ目に遭わないようにするためだ）

ガースは変わった船長で、講和を求める代わりに、当星系は自分の管理下にあると大胆にも宣言した。大きな賭けだった。クリンゴンはアクサナーを帝国の一部とみなしたため、ガースの行動は戦争の火種になりかねない。だが、ガースはクリンゴンが敗北を恥じる種族だと熟知していた。帝国は恐怖政治を敷いており、もしガースと戦って再び負けることがあれば、全宇宙域における帝国の威信に傷がつくかもしれない。それに加え、アクサナーはもはや帝国にとって価値がなかった。資源の多くは枯渇していた。それらの理由により躊躇《ちゅうちょ》したクリンゴンは、それ以上の行動を起こさなかった。

惑星連邦外交団の出番だ。外交団はクリンゴン帝国に接触し、和平交渉を打診した。史上初めて、クリンゴンは応じた。彼らの真意は、これを最大の敵とみなす惑星連邦から情報を引き出す絶好の機会ととらえ、交渉を利用しようと決めたところにある。

宇宙艦隊も同じ考えだった。この和平任務は艦隊の強硬派たちにとっては、最強の敵についてできるだけ情報を集める好機と映った。そのために、外交団に随行する宇宙艦隊士官が選ばれた。わたしを含めたアカデミー士官候補生が混じっているのは、将来われわれがクリンゴンと闘う日に備えてだ。

その可能性はゼロではない。今このとき、目の前にいるクリンゴンを殴ってやりたい。

「ジム・カークだ」わたしは手を差し出した。相手は好奇と嫌悪の混じった顔で見おろしている。クリンゴンが手をとらなかったので引っこめた。

「コロスだ」

「会えて光栄だ」

「そいつが交渉のプラスになるとは思えんな。互いに嘘《うそ》をつきあってたんじゃ」コロスはこちらの敵意をあおっている。わたしに異存はない。

「そうだな」と、返す。「交渉が思わぬ実を結ばないとも限らないし」コロスはわたしを無視してレブに向き直った。レブは士官候補生たちの後ろで縮こまっている。

「そこのお前。のどが渇いた。ワインを持ってこい」

「すまないが、彼はわれわれの案内係だ。自分で探したらどうだ」コロスがわたしを見た。コロスの背後にいたクリンゴンのひとりがナイフを抜いたが、気づいたコロスが、わずかに手を動かしてやめさせる。わたしに向き直った。

「よくわかった。俺たちが会うのはこれが最後じゃなさそうだ」

「楽しみにしているよ」今度は嘘ではないことを笑顔で伝える。コロスは仲間を引き連れていった。

結果的に、今回のクリンゴンとの交渉によって、その後十五年間平和が保たれ、全面戦争は回避された。だがアクサナーで見た光景は、子どもの頃から抱いてきたクリンゴンへの否定的な印象を強めた。そちらのほうが変わるには、四十年を要した。


ベンは思いとどまらせようと説得したが、わたしは耳を貸さなかった。

「頼みます、あなたが必要なんだ。プログラムバンクにアクセスしなきゃいけないけど、あなたのほうがコンピューター・システムには詳しいし……」

「ミッチェルに感化されすぎだ。いつからそんな危険を冒すようになった?」ベンは正しい。ふたりがやっかいな事態に陥る可能性はあったが、引き受けてくれるとわかっていた。

二ヶ月後の卒業を控え、ある日わたしは〈コバヤシマル〉テストを受けた。当時のアカデミーでは比較的新しいテストだ。生みの親が誰かは知らないが、バルカン人が入学申請の際に提案し、合格したのはそれが理由のひとつだったというわさを耳にした。テストの詳細は秘密にされ、まだ受けていない生徒に漏らすのは、校則で禁じられている。だが校則に目を通さないやからは大勢いて、内容は筒抜けだった。

シナリオでは、宇宙船の指揮官となった候補生が燃料輸送船〈コバヤシマル〉から救難信号を受けとる。発信源は、クリンゴン中立地帯だ。受験者は船を助けるために条約を破り、星間戦争の危険を冒すかどうか決断しなければいけない。もし候補生が危険を選べば、船はクリンゴンに破壊される。指揮官としての資質を問う重要なテストだ。

わたしはくだらないと思った。

宇宙でぶち当たるであろう疑問に備え、答えを見つけられるように過去四年間研鑽《けんさん》を積んできた。このテストまでは、どんな疑問にも答えがあった。任務をやり遂げる方法がいつだってあった。かつてのルームメイト、シーリンもわたしと同意見だった。彼は何度もこのテストを受けている。船を助けようともせず、代わりにクリンゴンを捕らえる餌に使った。この攻撃的な戦略のために卒業を逃した。

〈コバヤシマル〉が問うているのは、テストの攻略法を見つけることだとひとりで合点した。ひどく個人的に受けとめたわたしは、これまで費やしてきた努力を鼻で笑われたように感じた。おめおめと失敗したりするものか。それで、ベンの助けを借りてシミュレーションを再プログラミングしようとした。かくして三度目の正直で〈コバヤシマル〉を救い、クリンゴンから逃げおおせた。

大騒ぎになった。ベンの名前は出さずにすんだが（再プログラミングがわたしの手に余るとは誰も知らない）、わたしは不正を疑われ、倫理審査委員会に呼ばれた。放校になりそうな雲ゆきだった。

「あのような不正工作を働いて、どういい逃れするつもりだ？」バーネット提督が問いただす。提督は、審査委員会の風格ある議長だ。

「提督、お言葉ですが不正工作ではありません。規則のどこにもコンピューターを再プログラミングしてはいけないとは書いてありません」

「お前はテストの精神に背いた！」コーマック提督だ。バーネットのとなりに座り、不快さを露《あら》わにしている。居並ぶ提督たちの反応から察するに、不興を覚えたのはコーマックだけではなかった。委員たちの心証をよくできるとは思わないが、自分の主張が正しいのも知っていた。フィネガンのおかげで一年目に減点をたくさんくらっており、留年からはさほど遠くない。ふり返っても、なぜあんな危険を冒したのかわからなかった。アカデミーに入るためにあれほど努力を傾け、入学後は好成績を重ねてきたというのに。だが実のところ、これまでの経験にもとづいて下した判断だと自分では考えており、委員会にそれを納得させなければならない。

「もし指揮官の座につくなら、持てる知識と経験の限りをつくしてクルーの命を守ることを期待されるのではありませんか?」そう聞いて、バーネットが笑った。怒りの表情を和らげる提督がほかにも二、三いた。ひとりをのぞいて。

「お前は規則を破った」コーマックがいった。

「いいえ、破っていません、提督。わたしは条件通りに二度このテストを受けました。評価はその結果で下せたはずです。アカデミーが三度目の再テストを許したことで、その条件は無効になりました。ですからテストで勝つため自分の経験を生かしたんです」

この主張は、バーネットら二、三の委員には効果てきめんだった。光明が見えた。

「実際、そのまま三度目を受けてプログラムを修正しようとしなかったら、職務怠慢の罪に問われていたでしょう。あらゆる手段を使ってわたしの仮想クルーを救わなかった罪に。そして、アカデミーはそのためにわたしを退学させたでしょう」

「どちらにしろ退学かもしれんぞ」バーネット提督はそういったものの、本気には聞こえなかった。

結果は追って知らせると告げられ、部屋に引きあげたわたしは、将来が見通せないまま悩ましい夜を迎えた。

編注3　タルサス四号星のコロニーはコドス事件の二十五年後に再開された。今回は、別の政府形態がとられた。
編注4　地下シャトルは二十二世紀初頭に開通した地下高速移動システムで、地球を蜂の巣状に貫くトンネルを利用していた。二二六七年に廃止され、より優れた物質・エネルギー転送装置にとってかわる。
編注5　カーク船長はよくある勘違いをしている。正確には、ジョナサン・アーチャーの父親で、ワープ五エンジンの設計者ヘンリー・アーチャーにちなむ。ジョナサン・アーチャーが惑星連邦大統領在任中に建設され、父の名前をつけるよう大統領が要請した。
編注6　ズィンディ事件は二一五三年、ズィンディ人が地球を攻撃し、プロトタイプの兵器で七百万人を虐殺したのがはじまりだった。より巨大な兵器によるさらなる攻撃計画を宇宙艦隊が防いだ。
編注7　カークの評価はいささか公正さに欠ける。本書が出版される少し前、〝とるに足らない〟キャリアのショーン・フィネガンが宇宙艦隊アカデミーの校長に指名された。

CHAPTER FOUR

第四章

二十七歳、初めての指揮
——〈U.S.S リパブリック〉、
〈U.S.S ホットスパー〉

「見えたぞ、あれが〈リパブリック〉だ」ベン・フィニーがいった。

われわれ新米士官のふたりは、下士官たちに混じってシャトルクラフトの窓に群がり、初めて配属される船をひと目拝もうとした。窓のすき間越しに〈U.S.S.リパブリック〉がほの見える。旧式のバトンルージュ級だ。エンジン部分を通りすぎるとき、周りとは毛色の違う補修パネルに気づいた。修理作業を相当重ねてきた証拠だ。〈リパブリック〉はくたびれさびついたバケツ船で、機関部に配属された少尉にとって魅力的なポストにはなり得ない。

アカデミーの倫理審査委員会はわたしの卒業を許可したのみならず、独創的な発想を称賛しさえした。ひとりだけ、反対者がいた。コーマック提督はわたしがテストの精神に背いたという見方に固執したが、しりぞけられた。だが、コーマックは独自に罰を下す手段を持っていた。提督は士官候補生の配属先を決める委員会の議長をつとめている。この年のほぼトップで卒業したわたしは恒星間宇宙船勤務を希望したが、一番希望が多いとされる調査船には配属されないよう手を回された。代わりに配属されたのは、船齢二十年の「定期輸送《ミルクラン》」船で、地球で積んだ人員、医療品、予備の部品、その他補給物資を宇宙基地やコロニーへ送り届けては引き返す。苦情を訴えることもできたが、それは図に乗りすぎのように感じた。〈コバヤシマル〉の罪滅ぼしと思い、甘んじて受けることにする。

そんなに失望はしていない。欲しいものを手に入れた。宇宙船乗りの士官になった。今こうして迫り来る船を目のあたりにし、興奮で圧倒されている。わたしの連れも同じ気持ちだといえればいいのだが。

〈リパブリック〉はベン・フィニーの求めた船ではまったくない。本当なら、もっと華々しい任務でキャリアにはずみをつけかった。何年も指導教官を引き受けたおかげで、すでに不当に出遅れたように感じていた。とはいえ士官候補生の中でも年長のベンは、下級士官を自分流に仕込みたい船長には魅力薄だ。ベンに与えられた唯一の選択肢は、やはり〈リパブリック〉しかなかった。だが受け身になるつもりはない。ドッキングする前からすでに、この船を降りてもっとましな任務につくための計画を立てはじめた。

シャトルが格納庫に滑りこみ、われわれは混雑したベイに降りたった。アカデミーで見慣れた清潔な最新施設とは違う。パネルをとり払ってシャトルをさらに収納できるように改修してあり、船の上部構造《スーパーストラクチャー》がのぞいていた。頭上には、様々な小型宇宙艇がドックに積み重なってつながれ、めいっぱい空間を利用している。真新しい光景のすべてを飲みこむ前に、二等曹長《CPO》に出迎えを受けた。ごま塩頭のベテランで、ティチェナーという名前だ。

「乗船を歓迎します、士官どの」こちらが名乗るより先に、ティチェナーが叫ぶ。「きをーつけ！」

その下士官ともども気をつけをすると、今後われわれの指揮官となるスティーブン・ガロビック船長が格納庫に入ってきた。ストイックかつ、威圧感がある。背は百八十センチをゆうに超え、髪の生えぎわに少しだけ白いものがまじり、一見いかめしい顔つきだが、あとからわかってみれば、その下に微笑《ほほえ》みを隠している。船長は小ばかにしたような目つきでわれわれを一瞥《いちべつ》した。

「カークとフィニー。二等曹長がお前たちを船室まで案内する」それだけいうと、船長はきびすを返して立ち去った。わたしは拍子抜けしたように思う。「君たちも今日からこの船の一員だ」的なスピーチを期待していた。ずいぶんとあっけない。ダッフルバッグを手に、ティチェナーについて格納庫を出ていく。

二等曹長に、〝船室〟へ通される。豪勢なのを期待したわけではない。格納庫で見かけたシャトルよろしく、四段ベッドにクルーが積み重なって寝るような、二・五平米程度の部屋でもあてがわれるのだろうと予測していた。楽観的すぎた。

われわれがいるのは第一船体の機関デッキで、モニターや配管、騒がしい修理作業に従事するクルーで混み合っていた。インパルスエンジン《通常》に上がる階段下の空間を、ティチェナーが指さす。カーテンが引かれていた。

「サー、こちらが貴官の寝台です」

冗談だろう。新任士官をからかってるんだ。わたしはティチェナーを見て、それからフィニーを見ると肩をすくめた。

「不服でもおありですか?」ティチェナーが顔に笑みを浮かべている。不服を訴えて欲しそうだ。

「いや、二等曹長。ここでいい」

「結構です。部屋の片づけがすみ次第、規程に従って医療室へ出頭し健康診断を受けてください」そういうと、ティチェナーはフィニーを連れていった。おそらくはフィニーのにわか船室に行くのだろう。階段下の狭苦しいスペースを眺める。体を伸ばせるかどうかさえ怪しい。ダッフルを放り投げて〝片づけた〟ことにし、医療室へ向かう。

途中でフィニーが加わった。

「光子魚雷ベイで寝ろってさ」

船の医療主任ドクター・パイパーはがっしりした体格の気さくな熟練医で、含み笑いをした。

「ずっとじゃないさ。いい働きをした士官はこの船を出ていく」

就役した当時の〈リパブリック〉は、最新型の調査探検船だった。しかし小ぶりな設計の同船はより新しい船級の船にとって代わられ、本来の用途とは違う任務を割り当てられた。そのしわ寄せで、クルーの船室は大部分が倉庫に追いやられた。かくして宇宙艦隊の最初の半年をわたしは階段下で眠り、機関部の共用トイレ兼シャワーを使った。

健康診断後、われわれは直属の指揮官であるハワード・カプラン機関主任のもとへ出頭した。頭のはげた、ふくよかな五十代の男だ。しかめっ面が彼にとっては心穏やかな状態だと理解するのに長くはかからなかった。

「フィニー、お前はベータシフトだ。カークはガンマシフトにつけ」宇宙艦隊の船は地球の一昼夜に合わせているため、ガンマシフトは真夜中から八時までだ。ということは〝日中〟のベータシフトのあいだに睡眠をとらなければいけない。一番あわただしい時間帯だ。

カプランがコンソールのクロノメーターを確認する。

「フィニー、お前はあと一時間でシフトだ。カークは九時間後。それまでに仕事を覚えておけ。船が爆発するのでもない限り起こされたくないからな」いい終えると、機関主任は同僚を向いた。「スコット大尉! 船を案内してやれ」

ベンより少し年上の大尉が、近づいてきて手を差し出す。

「モンゴメリー・スコットだ。スコッティと呼んでくれ」名前に似つかわしく、スコットランドなまりがある。

「フィニー、一緒に行け。シフトに遅れても一度だけ見逃してやる」

スコットは素早く回れ右すると、ふたりに船首から船尾まで案内して回った。数時間かけてはしごというはしごをのぼり、船内のあらゆるハッチを開ける。見て回るあいだ、わたしは知らず知らず、ミスター・スコットに感心していた。ベンやわたしの予測より、はるかにエンジニアリングの知識に長《た》けている。転送機から厨房《ちゅうぼう》の照明に至るまで、あらゆる修理箇所や間に合わせの工作まで見せてもらったが、すべて彼の手になるものらしかった。〈リパブリック〉は寄せ集めで体裁を整え、機関士助手のスコットが大部分の面倒を見ていた。

五時間後、見学を終えてベンがシフトに入る。わたしはベンについて仕事ぶりを覚えるようにカプランからいわれた。ガンマシフトはわたしひとりだったからだ。

「船が爆発するのでもない限りわたしを起こすなよ」カプランが念を押す。最初のシフトが終わる頃には、ほとんど二十四時間起きていた。せわしない階段下なんかで眠れるだろうかという心配は杞憂《きゆう》だった。

補給品の貨物を積んで地球を発《た》ち、最初にベネシア・コロニー、次に第九宇宙基地と第十一宇宙基地を回り、それから地球に戻って再び同じルートをとる。最初の二、三週間で、宇宙航行の真理のひとつが骨の髄までしみこんだ。すなわち、とんでもなく退屈にもなり得る。主要なメンテナンスと修理作業はアルファシフト中に処理され、さまつな修理とフォローアップ数点が、ベータシフトに回される。ガンマシフト（わたし）は単独シフトにつき、監視作業に限られた。何の面白みもないが、〈リパブリック〉ぐらいの船齢になると、重大な責任を伴う任務なのも承知している。

ところがベンは、どうやらバカンス気分でいるらしい。非番の時間帯が一緒のクルーが多く、すぐに社交生活に精を出した。友人をたくさん作り、着任後まもないのにもう全員と顔見知りになったようだ。それには二、三うま味があって、人事士官にまともな船室とベッドを都合してもらっていた。クルー七人との相部屋だが、階段下よりましだ。

朝食時、ベンにとっては夕食時（わたしは起きぬけ、ベンは午後から晩までのシフトにつく前）に顔を合わせることもあった。二ヶ月経《た》った頃、ベンに頼まれごとを持ちかけられた。「地球と交信できるように、通信士官のハーディを説得した」大白星だ。亜空間通信の使用は厳格に制限されている。

「なぜ交信したいんだい？」

「ジェイミーの三歳の誕生日でね。逃したくない」ベンがどんなに心を痛めているか、そのとき初めて思いあたった。子ども時代、誕生日にタルサスから母が連絡してきたことを思い出す。当時の自分には、一大事だった。そのうち、もっとひんぱんに連絡をくれないことを恨みに思いはじめた。今こうして船に乗り、亜空間通信を送るのに要するパワーを理解すると、母があれほどの回数、連絡をくれたのは驚くばかりだった。

「ぼくに何をして欲しいんだって？」

「ハーディがいうには、チャンスはシフトの終わりに公式な通信を終了したときだけだ。わたしのシフトの終わりでもあるが、二、三分ほど早めに交代して欲しい。ハーディのところへ行くのに間に合うようにね」

「カプランに捕まらないといいけど」

「心配いらないさ。カプランはわたしと君のシフトじゅう寝ているよ」わたしは笑った。事実上の機関主任はモンゴメリー・スコットで、カプランが彼に転属を許さないのは、スコットがいればカプランは働かずにすむからだとの結論に、ふたりは達していた。

　数日後、十分ばかり早くシフトに出た。ベンは行きたくてうずうずしながら、アルファおよびベータシフトが実施した船の核融合炉[編注8]メンテナンスを手短かに説明した。

　ベンが行ったあと、わたしは日課にかかり、機関コンソールを調べてシステムの状態を確認した。すぐに、核融合炉のベンチレーターが開きっぱなしになっているのを発見する。そのために機関室の空気が汚染され、さらに重大なのは、五分後にブリッジがパワーを核融合エンジンに切り替えた場合、船を吹き飛ばしかねなかった。

わたしはただちに回路を閉じた。「船が爆破するのでもない限りわたしを起こすな」というカプランのセリフが頭の中でこだまし、危険は回避されたため、上官は寝かせておくことにした。だが規則に従えば、この件を記録に残さなくてはいけない。

わたしはためらった。ベンが困った立場になるかもしれない。彼のシフト中に気づくべき過失だ。ジェイミーと話したくて頭がいっぱいだったのだろう。記録には残さず、ベン・フィニーにこっそり事後報告しようかと考えた。だがフィニーが見逃したとしても、そもそも開きっぱなしだったのは彼の落ち度とはいえない。責任の所在がわからなければ、同様のミスがまた起きるのは目に見えている。記録をつけるしかないと思われた。ふり返ってみると、フィニーの肩代わりをいくらか不愉快に思ったのかもしれない。個人的な欲求のために、われわれ全員の命を危険にさらした。それが、シフト明けにそのまま寝床に戻り、ベンを探して一件を伝えようとしなかった理由かもしれない。完全な判断ミスだった。

「起きろ、この野郎！」

三時間ばかり寝ただろうか、自分が罵倒されているとすっかり理解するより先に、わたしは階段下の仮設船室から引っぱり出された。上半身裸で半分寝ぼけたまま、機関室の真ん中に立つ。面食らったアルファシフトのクルーがこちらを見守っている。怒り狂ったベン・フィニーがわたしにかみついた。

「一体何をしやがった⁉」

「ベン、しかたなかったんだ……」

ベンはわたしのいいわけに聞く耳を持たなかった。いつもの朝と同じく、わたしのつけた機関部の日誌に目を通した機関主任はカンカンに怒った。カプランの面目までつぶれるとは計算外だった。部下の怠慢は上官の評価を下げ、カプランはフィニーに全面的な責めを負わせた。ベンは手ひどいけん責をくらい、昇進リストの最後尾に回された。

「三年もよけいにアカデミーに残ってお前みたいなマヌケどもにコンピューターを教えてやったのに、お前のせいで永遠に少尉止まりだ！」こんなに怒っているベンを見たことがない。

「ぼくは義務を果たしただけで――」

「選択肢はあった。わたしがお前にしてやったようにカバーできたはずだ！」

「ごめん……」

「悪いなんて思ってやしないさ。乗船以来張りあってきたライバルをやっつけたな！　おめでとう！　気分がいいか？」ベンはわめきちらしていた。偏執《パラノイア》じみて聞こえる。わたしが何をいおうと火に油を注ぐだけだ。わたしは黙って立ち、ベンはわめき続けた。最後にやっと、すごい剣幕で出ていった。

今しがた起きたことを、整理しようとした。時間が経てばベンの頭も冷えて、同じ立場であれば自分も同じ行動をしたと理解するだろうと考えた。だが間違っていた。それからの数日間、機関室のシフトを交代するとき、ベンはエンジン周りについて教科書通りの概要報告をよこした。何度か話しかけてもだんまりを決めこまれた。なお悪いことに、ベンはクルーのあいだにわたしの悪評を立てて回った。何を吹聴したのか全容はわからずじまいだったが、回路が開いていたのはベンではなくわたしのミスで、濡れ衣《ぎぬ》を着せられたとのでっちあげが、士官たちのあいだでまかり通った。とはいえ誰も事故についておおっぴらに話そうとしなかったため、無実を晴らす術《すべ》がなかった。

　次の数ヶ月は、ひどい孤独をかこって落ちこんだ。士官たちはわたしから距離を置いた。食事に行ったり船の娯楽エリアに行くたびに、冷ややかな空気が流れるのを感じた。加えて、カプラン機関主任はわたしに生き地獄をなめさせるのに熱心だった。わたしの行動によって船長の覚えを悪くしたものの、対処自体は適切だったため責めを負わせるわけにもいかず、代わりにガンマシフトから配置転換させる素振りは露ほども見せない。

　ある晩、シフトの数分前、娯楽室にひとりで座り夕食を食べていると、スコット大尉が入ってきた。普段は滅多に姿を見せない。仕事一筋のタイプで、オフの時間は技術書を読んで過ごしていた。フード・シンセサイザーのディスペンサーから食事を受けとると、わたしの席へやってくる。

「一緒していいかい、少尉？」

「構いません」大尉は座るなり、すぐに食べはじめた。しばらくふたりとも黙って食べ、そのうち大尉が口を開いた。

「教えておいたほうがいいと思うが、君をほかの部署に異動させるべきだと機関主任に上申した」

「そうなんですか？」何のことかさっぱりだった。

「間違っていたらいってくれ。エンジニアリングに興味があるわけじゃないだろう？」ショックだった。スコットとはたいして一緒に過ごしていない。なぜそんな印象を持ったのだろう。ベンの立てたうわさを信じ、わたしを追い払いたいのだろうと推測した。

「わたしはするべきことをしただけです」

「何の話だ?」

「報告書にベンの行動を載せたことです。うわさは知ってます……」

「会話がかみ合わないな」スコットは本気でまごついてみえた。

「その、わたしはきちんと仕事をしています。なぜ配置替えなさりたいのか――」

「追い出したいんじゃない。君のためを考えたんだ。君は仕事をこなしている、もちろんんだ。だが機関士はそれで終わりじゃない。常に修理し、手を加え……ワープ航法で進む宇宙船なんてのはな、夢の工房だ。ところが君ときたら、周囲の評判を気にしてる」わたしは相手を畏怖の目で見た。

「その通りです」

「着任した一日目にいったろ、スコッティと呼んでくれ」

そのあと、多少状況が好転した。非番の時間はスコッティと一緒に過ごそうと決めた。修理やアップグレードを手伝う。作業を通し、ワープ航法船の限界について詳しくなった。ここで身につけた知識は、のちのち役に立つことになる。

しかし、ほかのクルーとはいまだに冷え切ったままで、第九宇宙基地へ向かう航程が終わる頃、ティチェナー二等曹長に揺り起こされた。

「少尉、船長がお呼びです。船長室へ出頭してください」

わたしはできるだけ早く服を着て、ティチェナーについてガロビック船長の船室へ通された。船長は机についており、PADD《パッド》に何か入力している。ティチェナーを下がらせ、わたしを見あげた。わたしはとてもナーバスになっていた。通路で何度かあいさつする以外、船長がわたしに話しかけたのは過去六ヶ月間でわたしが乗船したとき以来、ふたりきりで会うに至ってはこれが初めてだ。

「カーク少尉。互いに知りあうひまがなくて残念に思う。だが、君を〈リパブリック〉から転属させる」

では、船長ですらうわさ話をうのみにしたというわけか。

「何かいいたいことはあるか、少尉？」やや詰問調だったが、あえて訴える気も起こらない。わたしの誠実さに価値を認めないなら、こっちだって船長に用はない。

「いいえ、ありません」

「よろしい。あと二時間で第九宇宙基地に到着する。入港次第、船を降りる用意をしたまえ。辞令はそのときに与える。下がってよろしい」どうやら一刻も早く追い払いたいらしい。

「失礼します」

自分の寝床に戻り、荷物をまとめる。まとめながら、思いあぐねはじめた。宇宙艦隊という組織について、自分ははきちがえていたのだろうか？　わたしはつとめを果たした、自分なりの矜《きょう》持《じ》を持って。その結果がこれだとは。たぶんはきちがえたのだろう。

荷造りを終えてもまだ一時間以上あったため、スコッティに別れを告げようと思った。よい思い出をくれた唯一の人物だ。左舷に通じるジェフリーズチューブにいるところをつかまえた。

「船を降りるだと？　あたしは誰に工具箱を運んでもらえばいいんだ？」スコッティが笑っていった。

「いろいろお世話になりました」

「礼をいうべきはこっちだ。楽しかったよ。面白いじゃないか、君と船長が同時に船を離れるなんて」

「船長が？」なにせ友人にとぼしいため、船のゴシップにはうとい。

「そう聞いてる。とにかく幸運を祈るよ。いつかまた任務で一緒になるといいな」

わたしはまったくもって混乱していた。船長自身が出ていくなら、なぜわたしを追い出したいんだろう？　意味が通らない。

第九宇宙基地にドッキングしてまもなく、クルーがシャトル格納庫に呼び集められた。ガロビック船長はもうひとりの大佐と一緒だった。知らない顔だ。ダッフルバッグを足もとに置く。

「静聴！」ティチェナーが大声をあげ、クルーは全員直立不動の姿勢をとった。ティチェナーからPADDを受けとり、ガロビック船長が読みあげる。

「〈U.S.S.リパブリック〉指揮官、スティーブン・ガロビック大佐に達す。貴官は本日付けで指揮権を放棄、ロナルド・トレイシー大佐に委譲のこと。そののち〈U.S.S.ファラガット〉のL・T・ストーン大佐のもとへ出頭、指揮権を引き継ぐものと……」

ほう、ガロビックはコンスティテューション級の船を指揮するのか。〈リパブリック〉から偉い出世だ。酷薄そうな中年のトレイシー大佐が、ガロビック大佐の任を解くのを見守る。わたしは自分の処遇にいささか不安を覚え、混乱した。大佐は辞令を与えるといっておきながら、今にも離船しようとしている。トレイシー新船長がクルーに向き直った。

「新たな指示があるまですべての服務規程は有効。次に呼ぶ士官は〈U.S.S.リパブリック〉を即刻離船し〈U.S.S.ファラガット〉へ乗船すること」間があき、このごみ溜《た》めを降りる可能性に興奮した乗員たちが視線を交わす。

「マーク・パイパー医療主任《CMO》、ジェームズ・T・カーク少尉、以上。フライトデッキ担当はシャトル発進に向け格納庫の準備にかかれ。クルーは解散」全員の視線がわたしに注がれ、わたしは自分の耳を疑った。ガロビック大佐のほうを見ると、ドクター・パイパーとシャトルのそばに立っている。大佐に目くばせをしたあとパイパーがシャトルに乗りこみ、ガロビックがわたしを向いた。こちらの反応を楽しんでいる。大佐の企みだ。わたしが一連のつじつま合わせをする前に、シャトルに頭を曲げてみせ、来るようにうながす。わたしはすぐさまダッフルを持ちあげ、クルー仲間の嫉妬の目を無視した。途中、ベン・フィニーの前を通る。別れをいいたかったが、純粋な憎しみのこもる視線で見すえられ、寒気を覚えた。そのまま歩き続ける。ガロビックのもとへ行くと、トレイシー船長と話をしていた。

「幸運を祈る、ミスター・カーク。君を手放すのは残念だ」トレイシー船長と握手を交わす。展開が急すぎて、霧の中を歩いているみたいだった。ガロビックについてシャトルに乗りこむ。

ドクター・パイパーが後部席に座っている。となりに座ろうとすると、ドクターに止められた。

「大佐は副操縦士をお召しだぞ」と、大佐が座る操縦席のとなり、空席の航法士席《ナビゲーター》を指さす。わたしはおずおずと前に行った。

「座ってくれ、少尉」ガロビックがいう。

ダッフルをおろし、となりに座る。〈リパブリック〉が格納庫のドアを開くのを舷窓から確認し、ガロビック大佐がシャトルを発進させた。窓の外ではオレンジ色の惑星が、星々を遮っている。しばらくのあいだ黙々と飛んだ。

「大佐」とうとう沈黙を破ってたずねた。「質問してもよろしいでしょうか」

「何だね、少尉？」

「なぜわたしを？」

「君の勤務記録を読んだ。フィニー少尉と非常に近しかったな」

「はい、大佐」

「それなのに楽にごまかしのきく事件をあえて記録した。なぜだね？」

「記録しなければ、似たような事故が再発するのを恐れたのです」

「聞きたまえ、少尉。親友との友情を船の安全のために犠牲にできる人材は、いかなるときも重宝する。うわさのすべてを握りつぶすことはできんが、正しい行いをした君への遇し方は気に入らなかった」

辞令式典の目的はそれだった。大佐はわたしを引き抜いて、フィニーを信じた士官たちの鼻を明かしたのだ。

わたしは感謝とともに、ほろ苦い思いをかみしめた。ベンはかつて、親友だった。アカデミーではずいぶん世話になった。だが〈リパブリック〉を離れるとき、好ましい思い出はベンの憎しみに満ちた視線の前にかすんだ。

ガロビックが通信機のスイッチを入れる。

「シャトル〈マコーリフ〉より〈ファラガット〉へ。乗船許可を願う」

舷窓越しに、コンスティテューション級の船が迫る。シャトルは円盤部分の基部に向かった。船の名前をつづった文字が、シャトルをちっぽけに見せる。「乗船を許可します」通信機越しに女性の声がいった。「メイン格納庫へどうぞ」

「後戻りはできないぞ」ガロビックがいった。

「そう願います」わたしの返事に、大佐が笑う。


「あったぞ、わが友ジェームズ」タイリーが耳打ちする。「ムガートの糞《ふん》だ」

森の中の小さな空き地から、一隊は黄色い糞の山を見おろしていた。上陸班が同行している原始的なヒューマノイドの狩人《ハンター》は、全員動物の皮をまとい、矢を弓につがえ、注意深く周囲を見渡している。彼らの見立てでは糞はまだ新しく、それは獲物が近くにいる証拠だと考えているらしい。ムガートを追って、はや三時間になる。足跡や臭いをたどり、やっと緊迫した局面を迎えた。わたしはポーチにフェイザー銃を隠し持っていたが、使用禁止を厳命されていた。現地の人間は、わたしが実際にはこの星の人間ではないのを知らない。惑星に上陸する調査任務は初めてだったため、宇宙艦隊規約第一条、いわゆる「艦隊の誓い[編注9]」を破ることを何より恐れた。

〈ファラガット〉に乗り組んで八ヶ月、コンスティテューション級宇宙船での生活は、〈リパブリック〉とは天と地ほどに違った。一番の変化は、自分の船室を持てたことだ。それに、もはやガンマシフトの機関士ではない。すでにいくつか異なる部署をローテーションで受け持っている。保安部、天体科学部を数種類、それから入港時の操船。〈ファラガット〉自体は、調査任務についていた。乗船して以来十一個の恒星系を星図に加え、わたしは八ヶ月足らずで大尉に昇進した。

ブリッジで自分の部署についていたとき、うしかい座ゼータ星系に入った。〝ニューラル〟と名づけられた第三惑星に知的生命体の兆候を探知し、船長の命で船を標準周回軌道に乗せた。探査機《プローブ》を準軌道に発射し、ブリッジのメインスクリーンに表示させる。原住民の原始的な住まいが映し出された。人口は小さな村落、農地、それから荒野に住む部族に分布している。

「テクノロジーのレベルはどの程度だ」ガロビック船長が質問した。

「原始的です」科学ステーションからコト中佐が答えた。「およそ五世紀の地球に匹敵し、農耕社会。感熱センサーによれば、鉄の鍛造《たんぞう》をしています」

「ずいぶんと未開だな」と、わたし。

「ふむ」ガロビック船長が応じる。「彼らから学べることはなさそうかね、ミスター・カーク？」

「どうでしょう」そう答えたが、内心ではあるはずがないとたかをくくっていた。

「そうか。では確かめてみるとするか。調査班を送ろう。ミスター・カーク、君が指揮をとれ」

「ええっ……いえ、イエス、サー！」初めてだった。調査には二度ほど参加したが、上陸班を指揮したことはない。唐突に、一度もしたことのない決断を迫られた。班の人数は？　誰を連れていく？

「準備がすみ次第出発してくれ、ミスター・カーク」船長は面白がっている。わたしはインターコムを入れた。

「その、ブラック少尉およびシフト中の保安士官二名は、上陸班として備品室に出頭せよ。衛星映像から関連データを歴史コンピューターに検索させて、ふわさしい服装を――」

「連れていくのはたった三名かね？」船長がたずねた。まるで誤りみたいな口ぶりだ。

「そうです。あの星の人口はとても希薄そうです。突然大人数で現れたら、不必要に注意を引きかねません」船長の顔色をうかがい、肯定か否定かのヒントを探ったが、何もつかめない。「ブラック少尉がサンプルを集めるあいだ、わたしは山の部族を調査します」

「進めてくれ」ブリッジを離れしな、船長がいたずらそうな視線をコトと交わすのが見えた。

　クリスティン・ブラック少尉、保安士官サスマンとストロング、わたしの計四名は土地の者でじゅうぶん通用しそうな服装をして、正体を隠した。転送降下して岩だらけの丘に立つ。緑に囲まれ、暖かくさわやかなそよ風が吹いている。みんなの気持ちがほぐれるのを感じたが、わたしは気を引き締めた。ストロングを護衛につけてブラック少尉を生物サンプル収集に送り出す。終わったら船に戻るよう指示をした。ミンカ・サスマンはわたしに同行だ。現地住民とは接触せずに観察できるよう望んだが、すぐにその可能性はなくなった。気がつけば、山の部族のハンターたちにとり囲まれていた。

全員、弓か槍を手にしている。サスマンの手がフェイザー銃のポーチに伸びたが、手ぶりで押しとどめた。こちらに矢尻を向けてはいない。ハンター集団の指導者が前に出て、未知の言語でしゃべった。宇宙翻訳機がすぐに言葉をくみとり、やりとり可能になる。リーダー格の男はタイリーと名乗り、われわれがどこから来たのかたずねた。遠い別の土地から来たと話し（「艦隊の誓い」により、宇宙航行や他の星々に文明が存在することに無知な現地住民に対し、正体を明かすのは禁じられていた）、長居はしないと説明する。タイリーがついてくるように手ぶりで示す。部族の居留地へ連れてこられた。洞窟と泉のそばにテントが思い思いに寄せ集まっている。

タイリーたちは驚くほど簡単に人を信用した。部族の長《おさ》はイエタエという名前の年かさの男で、部族に受け入れてくれた。サスマンを女たちのテントに入れ、わたしはタイリーのテントで寝起きし、食事や狩りに同行した。

原住民との生活で何を目撃させられるはめになるか、わたしは恐々としていた。事実タイリーたちは迷信的な宗教を信じ、暴力的な方法でいけにえを捧げる。また、部族の原始的な作法が理解できないために図らずも問題を起こす可能性が大いにあった。サスマンに言動に注意するようくぎを刺す。

次の三日間で、彼らが狩りをするのは食料と衣服にするためであり、植物の根に関する知識が豊富なのを学んだ。錬鉄に長《た》けている村人とは良好な交易関係を築き、すきやナイフを食料や皮であがなった。精霊と呪文を信じるものいいを耳にしたが、それをのぞけば山の部族の暮らしぶりは素朴で平和だった。自分たちで消費するか、限られた交易のためだけに生き物を殺し、原始的な人間社会にはつきものの対立や嫉妬はみられなかった。わたしを快く迎え入れたタイリーの熱意はこちらにも伝染する。ある朝タイリーに起こされた。

「わが友ジェームズ、今日はムガートを狩る」

　ムガートは類人猿に似た凶暴で危険な肉食動物で、原住民は食料用に狩っていた。サスマンとわたしは四人の山の部族とともども狩りに出た。サスマンはタフな保安部員だが、そんな彼女でさえこの共同体に滞在中は肩の力を抜いている。

「一番早く仕留めるには目を狙うんだ」と、タイリーが助言した。

　わたしは子どもの頃、弓を使った経験があり、サスマンには槍を持たせる。出発した一行は獲物の糞を見つけ、狩りは山場を迎えた。サスマンの様子をうかがうと、タフな反面、びくついているのが感じられた。フェイザーの収まるポーチに手をしっかり当てている。どんな状況にあってもわれわれの進んだテクノロジーを現地の人々に見せてはいけないと厳命しておいたが、現状から受けるプレッシャーにわたしの命令は上書きされたらしい。サスマンに近寄って静かにいさめようとしたとき、脅すような金切り声を聞いた。

　白い類人猿ムガートは人の身の丈ほどもあり、隆起した骨が頭から背中にかけて並んでいる。そいつが一行のど真ん中へ飛びかかった。片腕でタイリーともうひとりをなぎ払う。残りふたりが矢をつがえて生き物に射かけると、胸にぐっさり刺さった。だが勢いは衰えない。

けものはサスマンに向かっていき、パニックになったサスマンは槍を落としてポーチを探り、フェイザーを探した。ムガートがサスマンに飛びつくと同時に銃をとりだすが、殴り倒されて小さなフェイザー銃が弾け飛ぶ。タイリーが飛び起きて参戦し、矢を射かけるも怪物はサスマンを離さない。ムガートに食いつかれ、サスマンが叫んだ。

わたしは弓を射たが、興奮しているけだものには何の効果もない。フェイザーを撃てばあとかたもなく消滅させられるが、身についた訓練のおかげで衝動を押しとどめた。そんなことをすればこの星の文明を汚染してしまう。「艦隊の誓い」がわれわれを消耗品扱いしているとはいえ、サスマンの苦境を前に何か手を打たねばならない。タイリーは目が弱点だといっていたが、サスマンに覆《おお》いかぶさっているため狙えない。弓矢を捨て、山の部族が落としたナイフを拾いあげる。

「タイリー！　構えろ！」

わたしはムガートに飛びつき、足を骨の隆起にかけると首の側面を刺した。けだものが立ちあがって背中に手を伸ばし、ナイフにしがみつくわたしをつかもうとした。タイリーが弓矢を構えるのが見える。獲物がそり返り、わたしは手を離した。地面に飛び降りたとたん、ムガートが素早く向き直って吠《ほ》えた。

そのとき、矢が獲物の左目を貫いた。硬直して仰向《あおむ》けに倒れ、絶命する。タイリーの手柄だ。すぐに立ちあがって、サスマンのもとへ駆けつけた。ムガートに首をかまれ、震えている。毒の一種が傷から入りこんで血と混じっていた。わたしは急いで思案した。ポーチの中に医療品があるが、とりだせば正体をさらすことになる。医療品のどれかひとつでもムガートの毒に効くかどうかさえ定かじゃない。助けが必要だった。船に戻らなくては。通信機《コミュニケーター》を使えば文字通りキャリアの終わりだったが、選択の余地はない。死なせるわけにはいかなかった。ポーチに手を伸ばすと、タイリーが腕を触った。

「心配するな、わが友ジェームズ。この人を助ける」わたしは彼を見た。サスマンを助けられるだって？　原始的な人々を信用してだいじょうぶなのか？　相手は確信に満ちて見えた。仲間をふり返り、〝カヌーソ〟を見つけるようにいった。宇宙翻訳機はその意味を解さなかった。タイリーはわたしに、サスマンのフェイザー銃をそっと手渡した。彼の仲間が地面から拾いあげていた。

「この女のものだ」タイリーがいった。

「そうだ」

「それは何だ？」

「それは……いえない」タイリーは受け入れた。残り三人に命令してムガートをキャンプに運ばせ、わたしに手を貸してサスマンを運んだ。

居留地の洞窟で、イエタエと山の部族の誰とも違う服装の若い男が待っていた。褐色に近い肌色、漆黒の髪、違う種類の、より黒っぽい動物の皮をまとっている。タイリーが待っていたのはこの男、カヌーソだった。どうやら自分のクルーの命運を呪術師の手に委ねたらしく、いい気分はしない。船に帰還させて実際の医師に任せられたらどれほどいいだろう。

太鼓が一度だけ打ち鳴らされる。カヌーソの男はサスマンのかたわらにひざまずき、黒い植物の根をとりだした。根は動物のようにのたうっている。イエタエが太鼓を叩くと呪術師はトランス状態に入り、サスマンの傷に根を激しく打ちつけた。ふたりとも痛みに体をそらし、それから意識を失った。いまだかつて見たことのない光景で、傷口を見ると、あとかたもない。サスマンの意識が戻った。疲れた様子だが、傷は癒えている。

船に連絡を入れる予定を思い出し、カヌーソに声をかけ、礼をいったがまったくの無反応だった。それから洞窟を出て、泉のそばのひと気のない場所を見つけると通信機をとりだす。

「カークから〈ファラガット〉へ」

〝ミスター・カーク、待ちわびていたぞ〟ガロビック船長だった。起きたことを報告する。疑いを招かずに立ち去るには、もう一日サスマンの回復を待つ必要があると思うと伝えた。ガロビック船長は同意し、次に予想外な言葉をかけた。

〝ついていたな、未開な種族が助けてくれて〟

「彼らは未開ではありません。すばらしい種族で……」

〝われわれだけが宇宙で唯一価値のある人類でないとわかり、収穫になったよ〟船長は通信を切り、わたしは教訓を受けたことに気がついた。恥じいって、身の置きどころがない。通信機を閉じると、タイリーがわたしを見つめていた。混乱している様子だった。

「神と話していたのか？」

「違うよ」彼に真実をうち明けたかったが、「艦隊の誓い」は厳守しなければならない。もちろん真実をいわねば、彼の妄想が悪い種類の文明汚染を招くかもしれない。この二日間でタイリーの人となりを学んだ。わたしのクルーの命を救い、友人だった。第三の選択肢がある気がした。

「タイリー……秘密を守れるか?」

守れると、のちに判明した。


タイリーと山の部族のもとで過ごした経験は、士官として成長するきっかけになった。宇宙艦隊に入ってからそれまで経験したなかで、おそらくは最悪の事態——自分の指揮下で仲間を失いかけるところまで行った。それ以上に恐ろしいことなど、想像できない。ところがほどなくして、運命は浅はかなわたしを罰することになる。
二、三ヶ月後、わたしは兵器コントロールのシフトについていた。宇宙空間での戦闘訓練は受けたが、一年半の宇宙艦隊勤務中に一度も遭遇したことはない。われわれはタイコス恒星系第四惑星の軌道上にいた。惑星の地勢を星図に記載するため、上陸班を送りこむ。生命反応はなし、もしくはそう思われた。
〝非常警報《レッド・アラート》!〟インターコムから船長の声が響く。〝シールドを上げろ。フェイザー・コントロール、状況を報告!〟わたしはメトレー主任、プレス下士官とともに兵器コントロールの部署を受け持っていた。兵器はすべて充填され、準備は万端だ。

「フェイザー・コントロールよりブリッジへ。兵器すべて準備よし」報告し終えたとたん、目の前のモニターがブリッジのビュースクリーンに映る映像を表示した。惑星が見えるほかは特に何もない。それから、大気中の雲と思われたものが、宇宙へのぼってくるのに気がついた。まっすぐ本船に向かってくる。これが標的なのか？　ガスのような雲が？（のちにこの〝ガス雲〟が上陸班を襲って殺りくしたと知るが、あの瞬間は目にしているものの正体さえまったくわからなかった）

〝フェイザー、標的をロック〟ガロビック船長が命じる。わたしはすぐにトラッキング・システムでとらえ、〝ガス雲〟をレンジ・ファインダーの中央に合わせた。〝ガス雲〟の成分はダイキロニウムとセンサーが表示する。ガス状の性質のせいでコンピューターはロックオンできずにいた。「船長、うまくロックできません」〝ガス雲〟はどんどん移動速度を上げ、スクリーンを占める割合が増えていく。

〝フェイザー発射！〟ガロビック船長の号令がする。わたしは〝ガス雲〟を見た。今ではビュースクリーンいっぱいに映っている。至近距離だ。ほんの一秒、間《ま》をとって正体を見きわめようとした。そして、そのとき〝ガス雲〟が消えた。発射ボタンを押したが遅すぎた。

「大尉」メトレー主任がいった。「メインのフェイザーバンク・エミッターから何か侵入したぞ……」

それは技術的に不可能だ。エネルギー体だけがエミッターを通過できる。だが何が起きているのか理解する前に、メトレーとプレスが白いガスに包まれた。コンソールから湧いて出てきたのだ。ひどく甘ったるい、蜜のような独特のにおいがする。と、メトレーとプレスがばったり床に倒れ、絶息した。

わたしは自分のコンソールへ走った。

「兵器コントロールからブリッジへ！　船内に侵入された！　繰り返す、船内にいる！　この区域を封鎖する」

ガス状の雲塊の正体が何であれ、ここで食い止めねばならないとわかっていた。非常用隔壁を閉じ、この区域を封鎖する。半分封鎖したところで、甘いにおいが強くなった。

そして、わたしに襲いかかってきた。シロップの入ったおけのなかで溺れたみたいだ。息ができない。意識を失いながら、何かを聞いた。声ではない。頭の中でした。

《餌がいっぱいだ……》

どれだけ意識を失っていたか、わからない。人々の話し声や非常警報の音がおぼろげに聞こえ、それから静かになった。だがすべてがゆがみ、霞《かすみ》がかかっている。すると、首に注射を打たれるのを感じ、ゆっくり意識をとり戻した。

目の焦点が合い、自分は医療室にいるのだと気がついた。コト副長がベッドわきに、ドクター・パイパーと並んで立っている。照明は落としてあった。腕には医療用の機器がつながれている。

「輸血中だ」パイパーがいった。「だが回復するよ」

雲についてたずね、何が起きたか理解しようとした。

「あれは船から出ていった」コトの声は重かった。安堵《あんど》したようにはまったく聞こえない。

「あれは……生き物でした」

コトとパイパーが目を見交わす。

「どういう意味だ？」

「感じたんです……想念を。われわれを餌にしたがった……」コトの目つきで信じていないのがわかった。だがパイパーは思案した。

「それでいくらか説明がつく。あれは制御不能のガスのようにただ船から漏《も》れ出たわけじゃない。犠牲者から赤血球だけを抜きとった。最初に上陸班、次に兵器コントロール室のクルー二名を襲い、ところがカークは助かっている。数度にわたる攻撃は突発的だった――一度に二、三名を殺し――ほかにいい形容がないが、満腹になった」

「待って……数度の攻撃？　犠牲者は何名ですか？」

パイパーは口が滑ったことに気がついた。気まずそうに、コトに目をやる。

「教えてください」

「二百名以上だ」

「船長は？」たずねる前から答えがわかった。

「亡くなられた」

「申しわけありません……」声がつまる。「遺憾きわまりなく……」

「君のせいではない。兵器コントロール室に残り、あの区域を封鎖して船を救ってくれた……」耳に入らなかった。士官たち、そしてガロビック船長が、わたしが発射のタイミングを外したために死んだ。たまらず、顔をそむける。

「休みたまえ、大尉」コト副長はきびすを返すと退室した。

クルーが半分に減った〈ファラガット〉は、第十二宇宙基地にほうほうの体《てい》でたどり着き、修理と再補給、人員補てんを行った。わたしは二週間リハビリ施設で過ごした。雲状の生物に赤血球の大半を体内から奪われ、回復するまで長い時間がかかった。心身が癒えるにはそれより長い時間が必要だった。

リハビリ中、コト中佐とドクター・パイパーのふたりがたずねてきた。宇宙艦隊はコトを大佐に昇進させなかったものの代理指揮官に据え、その権限により人員補てんを監督した。中佐はわたしを航法主任《チーフ・ナビゲーター》に任命する許可を得ていた。承諾したものの、確たる自信はない。任務は当面ささやかなものになるという。あれほど大人数の補充クルーが第十二宇宙基地にそろうには、何週間もかかる。

病院から解放されると、船には戻らず基地に部屋をとった。地上に住むのはアカデミー以来だ。第十二宇宙基地は最新施設で、艦隊船に格納および修理の場を提供し、周辺には住居と娯楽設備が広がる。約四千名の宇宙艦隊人員と家族がここに暮らしていた。

わたしの部屋は、独身士官の居住区にある二階建てアパートで、起伏のある草地と木々のあいだを通る曲がりくねった道沿いに建っていた。部屋は機能的で清潔、キッチンつきだが、食事は士官用の食堂か、民間人や星間商人が利用する基地内の小さなレストランとバーでたいていすませた。この期間、浴びるように酒を飲んだ。眠れるのは酔っ払っているときだけ、それとても断続的で、悪夢に襲われた。

とりわけ、〈フィーザル〉という店に入り浸った。わたしにはなじみのない種族の友好的なオーナーが経営している。頭でっかちで、ほおの両わきと額に隆起があり、一見恐ろしげな外見だが、いつも陽気にしているためそんな印象はない。〝シム〟と名乗ったが、本名とは思えなかった。かなり年がいってそうで、出身星などの個人的な情報を聞きだそうとすると、やんわりそらされた。ひとつだけ教えてくれた話によれば、バーの名前は妻のひとりにちなんでいるという。

だがシムのほうはわたしにたいそう関心を示し、過去や経歴について質問攻めにした。誰かに話すのはいいセラピーになる。シムは惑星タルサスで親友を失っており、コドスの死の真偽について何度か議論になった。コドスが逃亡したといううわさが、宇宙を駆けめぐっている。シムはわたしに何が必要かいつでもお見通しらしく、ある晩若い女性に引き合わせられ、一瞬面食らったもののすぐに相手がわかった。

「ハロー、ジム！」

キャロル・マーカスと出会ったのは、アカデミー時代だ。キャロルはラボのアシスタントとして働きながら、分子生物学の博士課程を学んでいた。彼女とは短期間軽くつきあい、卒業と同時に自然消滅した。

キャロルを目にして、長続きしなかったことをすぐに悔やんだ。魅力にあふれ、金髪、小柄――どうもそれがわたしのタイプらしい――そしてとても賢い。見ないあいだにキャロルは博士号をとり、現在は基地の付属施設でリサーチプロジェクトに参加している。たちまち彼女に惹《ひ》かれるのを感じた。温かく思いやりがあり、改めてわたしに関心を示されて喜び、焼けぼっくいに火がついた。

〈ファラガット〉の人員補てんは数週間かかったが、気にならなかった。一日八時間〈ファラガット〉のシフトをこなし、明けると基地に戻ってキャロルと過ごす。彼女のアパートに引っ越し、情熱的で気のおけない、親密な関係を結んだ。フリータイムにはロッククライミングや乗馬をし、ともに料理をし、ともに本を読んだ。わたしは飲酒をやめ、悪夢は完全には去らなかったものの、薄れていった。地に足がつき、幸福だった。終わりにしたくなかった。

「結婚してくれる？」ある朝まだベッドにいるとき、申しこんだ。

「ジム、待って……何？」

「結婚したい。君と一緒にいたい」

「ジム……愛してるわ……でも仕事を離れるわけには……」

「それならぼくが離れよう」本気だと思った。「基地の空きポストに申しこんだ。ふたりならやっていけるよ。君と家庭を持ちたい」

「それは……わたしもそうしたい」キャロルがキスする。船に連絡を入れ、下級士官にシフトを代わってもらうと、一日じゅう一緒に過ごした。

次の朝、シフトにつくため〈ファラガット〉に乗船する。船内はにわかに活気づいていた。航法主任として、わたしのもとへ出頭してくる部下ができた。コト中佐に会いに船室へ行き、基地へ転属したいと願い出る。中佐はしぶしぶ受け入れたようだ。キャロルとの関係を知っていたコトは、この展開を予想していたという。

「いいか、ジム。この件をとやかくいう気はない。だが、君はきわめて優秀な宇宙艦隊士官だ。わたしが正式に指揮をとるようになったとき、君のように頼れる男にクルーの命を預かる補佐をして欲しい」

「すみません、大佐。もう決めたんです」実は、決めていなかった。わたしはキャロルにかまけ、そのためあんな言葉が口をついた。だがコトにそういわれると、中佐とクルーの安全に対する責任を感じた。少なくとも転属を遅らせ、最後の補充員が到着するまで二週間ばかり待つよう頼まれた。わたしは了承した。

時間が過ぎるにつれ、自分の決定をより迷いはじめた。キャロルとの時間を満喫したが、宇宙船暮らしにこがれるのを感じた。そして、新米クルーが〈ファラガット〉に着任すると、自分の重要性を認識するようになった。彼らの大半がアカデミーを出たてで、わたしはまだ卒業後二年も経っていなかったが、それほど短期間に積んだ経験でも、後進に分け与えるべき知識を驚くほどたくさん身につけた。また、ガロビック船長と同胞の失われた命を悼むうち、艦隊に奉仕し、犯した間違いを正したいという決意を新たにした。キャロルに話さなければならない。だが傷つくのはわかっていた。

二週間後、〈ファラガット〉の補てんがほぼ完了する。シフトの終わりにコト中佐がやってきた。「大佐に昇進した」わたしはお祝いを述べた。船をもと通りにすべく誰よりも力をつくしたコトが報われたのはうれしい。そして、二日後に出航すると伝えられ、気が変わったか訊《き》かれた。まだ航法主任の代わりは埋まっていない。もしわたしが望めば、わたしのものだった。望むと答えた。重い心を抱えて船を離れる。キャロルにこのニュースを伝えなければならない。考えてきたことを洗いざらいうち明けようと決心する。鎮魂のために必要なのだと。傷つくのはわかっていたが、理解してくれると思った。わたしがどんな目に遭ったか知っているからだ。だが、機会を逃した。部屋に入ると、キャロルが笑顔で迎えた。

「ジム、わたし子どもができたの」そういって、腕の中に飛びこんだ。

子ども。予期していなかった。興奮し、混乱した。突如として自分の身勝手な理屈をむなしく感じた。赤ん坊ができたとの思いはあまりに圧倒的で、とても喜ばしく、すごくまごつき、そのため二の句をつげなかった。だが、キャロルはすぐに何かおかしいと気がついた。体を引きはがし、わたしを見た。

「なんとかするよ。約束す――」

「これって、まさにあなたが望まないといっていた状況なのね」キャロルが泣きながらいった。

「そうだ。でも君を愛して――」

「お母様が遠くに行ってしまって恨んだといってたわ。自分の子どもは同じ目に遭わせたくないって」子ども時代の苦い思い出を、キャロルには話していた。だがその瞬間は、違うようにできると思った。父親としてそばに寄りそい、なおかつ宇宙艦隊士官の仕事もこなせると。うまくやれる。キャロルを愛し、家庭を築きたかった。

「産んで欲しい。そばにいるよ」


「ブリッジを出ろ!」叫んだが、遅すぎた。わたしは〈U.S.S.ホットスパー〉の機関ステーションについていた。船は数発の直撃をくらい、最後の一発で機関コンソールがショートし、操作にあたったクルーを感電死させた。わたしはパワーをシールドに回そうとしたが、うまくいかない。シェリダン船長が操舵に回り、軌道を離脱しようとした。

アルタイル四号星に補給品および医療品を届ける途中、惑星連邦のはずれで海賊の攻撃に遭った。この一帯では船籍不明の船が貴重な貨物を狙い、宇宙艦隊の船をしばしば襲っている。海賊船の一部がクリンゴンのものだというのは、実をいえば暗黙の事実だった。帝国から命令され、非公式に連邦の輸送船を手あたり次第に略奪している。捕まったときは帝国の関与を否定した。〈ホットスパー〉の現在応戦している船がクリンゴンと百パーセント決まったわけではないが、可能性だけでもわたしを奮い立たせる。あの種族と顔を合わせるたび、個人的な敵意がかき立てられた。ずんぐりした海賊船がさらにもう一発魚雷を発射し、船長はちょうどそこへ舵《かじ》を切った。魚雷が第一船体とブリッジめがけて飛んでくる。ターボリフトから一メートルの場所にいたわたしは命中する直前、士官たちに叫びかけてからリフトに飛び乗った。

　魚雷は防御《ディフレクター》シールドの残りを粉砕し、第一船体を十メートルばかりえぐりとった。ブリッジが宇宙空間にむき出しになり、空気もろとも、固定されていない物体が一切合切、穴から吸い出されていく。わたしはターボリフトの閉まりかけたドアのへりをとっさにつかみ、わずかミリ秒の差でもろもろとともに吹き飛ばされずにすんだ。船の拘束から解かれた大量の空気によって体がデッキから持ちあげられる。両手でドアをつかんだ。凄まじい勢いの空気と、突如として舞いこんだ宇宙の冷気で握力が弱まる。わたしは息を止めた。時間はあまりない。

　風は吹いたときと同様、突然やんだ。

　体がデッキに落ちる。ブリッジは空気のない宇宙空間にさらされ、耐えがたい冷たさが制服を貫くのを感じた。気を失うまであと十秒あるかないか。顔を上げる。右手はまだ、ターボリフトのドアをつかんでいる。感触がない。手足はすでに完璧に麻痺《まひ》していた。今まで命が長らえたのは、解決不能なジレンマに立ち往生している船内コンピューターのおかげだった。人間がドアを押さえているのをセンサーが感知している限り、ターボリフトは閉まらない。手を離さなければ、ドアは閉じなかった。

狭いすき間へ体を引きよせると、信じがたい圧力が肺にかかるのを感じる。息を吐きたい衝動に襲われたが、そうしたらおしまいだとわかっていた。リフトがはるか遠くに感じられる。よろめき立ち、足を引きずって前に進む。闇が周りをとり巻いている。これ以上は足が動かず、体を引っぱろうと渾身《こんしん》の力をこめ、それからデッキを転がる感触があった。

なんとかリフトに体を引き入れたとたん、シュッという音とともにドアが閉まる。音がしたのは、空気が存在する証だ。息を吐いて、吸いこむ。床に横たわったままブルブル震え、必死に息をしようとした。気絶する一歩手前、転がって膝だちになり、リフト操作のハンドルに手を伸ばす。ハンドルを握り、わたしを飲みこもうと狙う闇を追い払おうとした。立ちあがって通信パネルを押す。

「カークから……補助コントロールへ」

〝はい〟声が答えた。

「シェリダン船長がとったコースは――」

〝見えています、表示が――〟

「実行しろ……すぐに」シェルターを求め、シェリダン船長はコースを近くのガス巨星にとった。海賊船は古くて小さすぎ、惑星の気圧には耐えられない。〈ホットスパー〉は〈リパブリック〉のようなバトンルージュ級の船で、やはり長くは保たないにしろ時間は稼げる。

デッキのプレートが振動するのを感じた。船が動きだす。ターボリフトの操作ハンドルをひねって補助コントロール室へ向かうと、がらんとしたリフトとその意味するものが胸にしみこむ。

ブリッジの生存者は自分だけだった。船長と副長はふたりとも犠牲になった。シェリダンはよい指揮官だった。部下の言葉に耳を貸し、わたしの助言を求めた。船長からは多くを学んだ。今はもういないという事実を考えまいとする。

〈ホットスパー〉に来て、わずかひと月だった。望んだポストではない。老朽船だ。だがコト船長に航法士として仕えて平穏に二年が過ぎる頃、変化を求めるようになった。コトがクルーの安全を最優先にするといったのは、誇張ではなかった。危険を極端に避けるようになった。コト船長の被ったトラウマを思えばいちがいに非難はできないが、結果的に〈ファラガット〉は常に安全な道を通るようになった。そのため、〈ホットスパー〉が四番目の指揮権を持つ通信士官を募集したときに飛びついた。〈ホットスパー〉も〈リパブリック〉同様〝ミルクラン〟の船だったが、より危険な星域《セクター》の担当だった。

ターボリフトが止まる。補助コントロール室に向かった。あまり面識のないクルー二、三名と、よく見知っている者が一名持ち場についている。機関主任で三番目の指揮権を持つハワード・カプラン、〈リパブリック〉時代の上官だ。カプランは〈リパブリック〉が退役したときに〈ホットスパー〉に移ってきた。厳密にいえばわたしより上の階級だが、ブリッジ士官のわたしが着任したのを快く思っていなかった。残りふたりは本船に乗り組んだばかりの新米だ。予備のクルーで、非常警戒時に補助コントロール室を埋めるよう指示を受けていた。ブリッジの使用不能が宣告された際、手の空いている上級士官はひとり残らずここへ出頭して引き継ぐ決まりになっている。カプランとわたしだけが現れた。

「だいじょうぶですか、サー？」操舵についているクルーが訊いた。若く美しい女性で、ウフーラといい、アカデミーを出たばかりだった。

「現状報告」質問を無視する。だいじょうぶとはほど遠かったからだ。凍え、足ががくがくし、視界はぼやけている。だが、気《け》どらせるものか、特にカプランには。

「現在ガス巨星の中です、サー」ウフーラがいった。

「ワープ・ドライブは故障、長居はできないぞ」カプランがどなる。

解決策の提示はしてこない。カプラン以外の面々を見渡したがいずれも年下で、誰もが指示をあおいでいた。彼らからも進言は望めない以上、自分で何か考えつかねばならなかった。

われわれより武力に勝る海賊船に奇襲を受けた。引き返して定石通りに戦うわけにはいかない。兵器照準コントロールを破壊された――まともにやりあえば、相手のほうが断然有利だ。

「少尉、敵の情報を見せてくれ」ウフーラがスイッチをいくつか切り替えると、ビュースクリーンに海賊船の概要が現れた。ただちに容積を調べる。〈ホットスパー〉の約三分の一だ。頭で素早く計算し、ひとり笑いをする。プランが練りあがり、うまくいく確信があった。

再度カプランに目をやる。厳密には指揮権は彼にあり、アイディアを具申するべきだが、無意味だった。彼には船を指揮した経験がない。わたしを前に危惧し、怒り、おびえている。わたしのアイディアを判定できる状態にはまったくなく、船の命運がかかっているときにためらうひまはなかった。

「トラクター・ビームの用意」チェックすると、まだ使用可能だった。「ガス巨星から出たら敵船をロックオンし、そのままガス巨星に引きずっていく……」

「推力に余力がないぞ――」カプランがいった。

「必要ない。相手よりも重力井戸深くにいて、三倍の容積がある。それが仕事の大半を引き受けてくれる。海賊船は逃れようとしてエンジンが過負荷になるか、ガス巨星に押しつぶされるかのどちらかだ」

ウフーラとクルーたちは安堵したように、自信満々なわたしの態度を歓迎した。助かるかもしれない。カプランはいたずらにわたしをにらみ、まごついてはいたが悔やんでもいた。

「命令を遂行しろ」わたしはカプランを向いた。「ワープ・ドライブの修理をはじめてくれ」

「アイ、サー」カプランがいって、退出する。

わたしは二十七歳だった。そして船長となった。

二年間、息子を見ていない。

編注8　〈リパブリック〉はワープ・ドライブを備えていたが、バトンルージュ級は推力と内部パワーの緊急バックアップ用にまだ核融合炉を使用していた。

編注9　「艦隊の誓い」とは、宇宙艦隊規約第一条を指す。原始的な星の自然な発展、もしくは文明社会の内政の両方において、宇宙艦隊士官による干渉を禁じている。

CHAPTER FIVE

第五章

宇宙艦隊史上最年少の船長

「わたしは医者だ、子守りじゃない」マッコイがいった。彼をぶん殴ってやりたい。

レナード・マッコイを知るようになって一年、〈U.S.S.ホットスパー〉に乗り組んで以来になる。共通点はあまりない。年上で、アカデミーの在籍期間は多少重なるが顔を合わせたことはなかった。船医としてのマッコイは有能だが、いつもどことなく不機嫌そうにしている。わたしが指揮権を握ったとき、関係が悪化した。一度ならずマッコイははっきり、わたしでは力不足だといい放っている。的外れな意見とはいえないだろう。二十九歳のわたしは宇宙艦隊史上最年少の船長だった。命令に従う限り、普段ならばマッコイの態度は無視した。だが今回に限ってはドクターの助けが必要だった。

「子守りを頼んでるわけじゃない。男の子が三週間乗船する。船内は手狭だから、危険がないか確認して欲しいだけだ」

「乗船しなけりゃなおさら安全だぞ」

「マッコイ――」わたしがいらだっているのをドクターは察した。

「いいかね、中佐。わたしに何といって欲しいんだ？　この船は大人にとっても安全とはいいがたいのに、二歳の子どもだと？　そもそも何だって乗るんだ」

マッコイであれ誰であれ、キャロルと幼いデビッドを地球に送り届ける理由も、わたしとの関係も、教えるつもりはなかった。少なくとも今はまだ。医療室に足を運んだときは、宇宙船に閉じこめられる母子《おやこ》にドクターは温情を示すものと思いこんでいたようで、とんだ見こみ違いだった。

「第一に、その子は三歳だ」そういって、質問をはぐらかす。「第二に、乗員全員の健康と福祉は君の管轄だ。それには乗客も例外ではない。三歳児を保育できる環境を整えてくれ。命令だ」

「イエス、サー」退室するわたしに、マッコイは好奇の目を投げかけた。

ブリッジに向けて通路を歩きながら、マッコイは例外なのだと改めて思い起こす。クルーの大半は、わたしに恭順と尊敬の意をこれ見よがしに示した。だが、矛盾するがその敬意が、ある種の孤独にわたしを押しやった。これは〈リパブリック〉で味わった友人のいない孤立感とは別種のものだ。今では背負うようになったクルーへの責任が重くのしかかる。わたしの行動が文字通り、クルーの死活問題となった。そして、船長となったわたしは奇妙な感覚を覚えた。わたし個人としての人格が縮み、あたかも神経終末が〈ホットスパー〉の物理的な限界まで延長されたみたいだった。もう以前のようには熟睡できない。なりたての親のように、就寝中でさえ不安げに聞き耳を立てている。クルーはわたしの子どもたちだ。全員の面倒を見ているため、誰とも友情を結べない。

ところが皮肉にも、わが子に対してはまだそんな経験をしていなかった。それを変えるつもりでいる。今回、最後の航程で第十二宇宙基地に立ち寄る。キャロルがそこにつとめてからもう四年が経《た》った。亜空間通信でひんぱんに連絡をとり、デビッドが赤ん坊のときはスクリーンまで抱っこして連れてきてくれた。だが、最近のキャロルはひとりで通話に出て、いつも何らかの理由でデビッドには会えなかった。最後に交わした会話で、プロジェクトが終了し、地球に帰ると告げられた。本船の定期便だと第十二宇宙基地へ寄るのは一ヶ月後になるため、先延ばしにしていたちょっとした船のメンテナンスを口実に、基地への一時寄港をスケジュールに入れ、キャロルとデビッドを故郷まで送ることにした。

わたしの船に、ふたりを迎え入れるのが待ち遠しい。任務優先でふたりをないがしろにしてきたのはわかっていたが、今の地位であれば自分の人生をある程度思うように持っていく力があるように感じた。なかには妻帯者の船長だっている。わたしがそのひとりになってもいいじゃないか。そういうわけで、この旅のあいだにキャロルと晴れて結婚しようと決めていた。指揮官は自分だったため、誰に式を挙げてもらえるのかはわからなかったが。

ブリッジに入ると、副長が船長席からふり向いた。

「船長がブリッジにお見えです」ゲイリー・ミッチェルが告げた。ゲイリーはわたしが形式張るのを嫌うのを百も知っている。わたしは〝船長〟ではあるが、大佐としての正式な任官はまだだった。

「現状を報告」ゲイリーが操舵ステーションに向き直る。

「第十二宇宙基地の標準周回軌道に入りました」

「よろしい。乗客と貨物を転送しろ」

わたしが船長に就任したとき、ゲイリーは〈U.S.S.コンスティテューション〉に乗り組んでおり、宇宙艦隊の人事部にゲイリーを副長に欲しいと早々に要請した。ゲイリーもまた、副長には少々若いかもしれない。それが彼を望んだ理由のひとつだ。当時のわたしは二十七歳、本船の上級士官は全員わたしよりも年上だった。同年代（かつ友人）を副長に持てれば自信につながる。ゲイリーの唯一の欠点は、女性クルーとの恋愛をいさめる軍規を軽視しがちなところだ。

船は煩雑な荷おろしをはじめた。二時間が経つ頃、暫定通信士官のウフーラ少尉が基地管制からのメッセージをつないだ。

「船長、先方がキャロル・マーカス博士の転送許可を要請しています」

「博士は辛抱しきれないようですね」ゲイリーが品を欠く表現をする。キャロルとわたしの事情を彼は詳しくは知らない。つきあっていたのは知っているが、どこまで進展したのかまでは把握していなかった。わたしはゲイリーに眉をひそめて見せた。

「許可する。わたしは転送室に向かう」

ブリッジを離れながら、わたしは微笑《ほほえ》んでいた。デビッドに会えるという思いで胸がいっぱいになる。父や母が何かの用事でしばらく家を空けたあとで戻ったときのうれしさや、宇宙船に乗るのはどんなだろうと空想した日々を思い出す。今度は、きっと同じ気持ちに違いない息子に自分の船を見せてやれるぞ。わたしはひとりで妄想をふくらませた。自分の船の通路を堂々と歩くわたしにクルーが敬意を表すところを見れば、坊主はさぞや父を誇らしく思うだろう。敬慕の目と、無条件の愛を期待した。

転送室に到着する。技術士は、一名が転送を待っていると報告した。

「一名だって？」どういうことだかわからない。「よろしい、転送」

転送台の像が揺らめいて、キャロルだと見わけがついた。荷物は持っていない。ここにいたくないと思っているのがすぐにわかった。

「やあ、キャロル」

「船長」人目のあるところで個人的な話をするつもりはないようだ。転送技術士をふり向いて任を解く。だが人払いをしたあとも、キャロルはうちとけた素振りを見せない。

「デビッドはどうした？」

「子守りと一緒にいるわ」

「二時間もすれば船は軌道を離れる。落ち着く時間が欲しいかと思ったのに――」

「あなたと一緒には行かない。息子にとってためになると思えないから」

「父親に会うのがためにならないだと？」わたしは少しばかりかちんときた。

「今のところ、父親の存在を知らないの」

ぼう然とした。どう反応したものかわからず、そのため腹をたてた。

「今すぐ息子を連れてくるんだ」自分にさえばからしくきこえ、キャロルは笑ったが、ほがらかさはなかった。

「わたしはあなたのクルーじゃないのよ。もう戻らせて」

「ダメだ、待ってくれ。キャロル、ごめんよ。わたしはただ――」

「デビッドはまだ小さいの。父親がどうしてそばにいて、愛してくれないのか理解できないわ」

「いられるようになったんだ。チャンスをくれ――」

「何度かあげたじゃない。チャンスなら何年もあった。ずっと待ち続けた……」キャロルが涙ぐむ。そのときまで、どれほどわたしの不在がキャロルを傷つけてきたのかわかっていなかった。

いつか一緒になれる、家族になれる方法を思いつくと自分を納得させてきた。だが長引かせすぎた。「じゃあ……息子に会えないのか……」

「そのほうがいいと思う」聞くのはつらかったが、いうほうもつらいのがわかった。間を置いて、やっとキャロルが転送台から降りる。「ジム、容易な答えなんてないの。どちらも仕事を捨てられない。そうであれば、どちらかひとりしかデビッドについていてやれず、それはわたしだったということよ」

キャロルの気持ちは揺るがないと悟る。そして、母との確執から、わたしにはわかった。ある意味彼女は正しい。デビッドには理解できまい。

「わかった。だがいつか、大きくなったら……」

「いつかね」ほおにキスをすると、キャロルは背を向けて転送台に乗った。わたしはコントロールパネルについて基地に信号を送り、何もいわずにキャロルを転送した。一瞬のうちにキャロルは消え、わたしはひとりになった。

少しして、ブリッジで軌道を離れる最後の準備をしていると、ドクター・マッコイが会いに来た。

「中佐、遊び場の用意がすんだぞ」

「え？」

「スポーツジムから小さなロッカーを持ってきた。幼児向けのゲームを置いて、けがしそうな物は全部とりのぞいた。それから世話をする看護士のローテーションを組んで――」

「もう必要ない」マッコイを遮っていった。ドクターに与えた仕事をすっかり忘れていた。

「どういう意味だ？　子どもはどうするんだ？」

「乗船しない。予定の乗客はほかの船に乗る手続きをした」

操舵席のゲイリーが驚いてふり向く。

「操舵に集中しろ、ミスター・ミッチェル」

わたしのそっけない様子から、これ以上の情報を得るのは少なくとも今は無理だと悟り、コンソールに向き直る。だがマッコイは食い下がった。

「三時間かけて準備をしたんだぞ」

「いいか、ドクター――」

「わたしは本船の医療主任だ。クルー三百人の健康を預かるわたしの時間を、君はたわけた悪ふざけで無駄にした――」

「もういい」

「いいものか――」

「下がってよし、ドクター」マッコイはそこに立ったまま、わたしをにらみつけている。わたしは気に入らなかった。「ブリッジから出ていきたまえ」

「この件は医療日誌につけておくぞ。これで終わりじゃないからな」ドクターはターボリフトまでのし歩いていった。ブリッジクルーは一体何ごとかと、こちらを盗み見ている。

「ショーは終わりだ、諸君。発進するぞ」

軌道を離れ、コースに乗ると少し落ち着いた。マッコイに謝るべきかもしれないが、向こうの態度に気持ちがそがれた。とはいえ医療日誌に記録されてはやっかいだ。おそらくはすでに、若輩のわたしは司令部から目をつけられているはずだった。宇宙艦隊のわたしへの心証をおとしめるようなことを、マッコイが日誌に書くのはこれが初めてではないだろうという気がした。出航後、ブリッジを離れてマッコイのオフィスに出向く。

「船長、入ってくれ。ちょうど会いに行くところだった……」ドクターは予想に反し、敵意むきだしの態度はとらなかった。しかも、わたしを〝船長《キャプテン》〟と呼んだ。大半のクルーと同様、海軍の伝統に敬意を表して。だが年長のクルーには、わたしの実際の階級である中佐《コマンダー》で呼ぶ者もいる。わたしを船長として完全に認めてはいない印だと受けとめていた。この瞬間まで、マッコイはそのひとりだった。

「その、マッコイ。ひとことわびようと……」

「いや、そいつは無用だ、船長。わたしが出すぎた」怒りと敵意は影を潜めている。

「だがやはり、謝りたい」

「そうか。謝罪を受け入れよう」ふたりでつかの間ぎこちない沈黙のうちにたたずみ、立ち去ろうときびすを返したところを呼びとめられた。マッコイが隔壁のキャビネットに足を向ける。「一杯どうだね……」

戸棚を開けると、中には様々な色や形の瓶が入っていた。突然のもてなしに、わけがわからなくなる。同じ男とは思えない。

「すごいコレクションだな」

「医師はあらゆる医療上の非常事態に備えておかねばならないからな」マッコイはソーリアン・ブランデーの瓶をとりだし、二個のグラスに注《つ》いだ。わたしは腰をおろしてグラスをとった。

「で、つい三十分前はわたしの頭をもいでやろうとしたドクターが、今度は秘蔵の酒をふるまってくれるのかい」

「どうやらわたしたちには思いがけない共通点があるようだ」コンピューターをつけ、画面をわたしに向ける。少女の写真が映っていた。年の頃はおよそ十一、黒髪、青い目。ポーチらしき場所の柱にもたれ、芝生の庭を眺めている。

「かわいい子だな。誰なんだい？」

「娘のジョアンナだ。母親と住んでる」口調から、後悔の念がうかがえた。

これには驚いた。ひとりとして、ゲイリーにさえ、デビッドが息子だとはうち明けていない。どうしてバレたんだ？

「ふたりは乗船するはずだった、ところが直前にとり消した」わたしのとまどいが伝わったのか、ドクターはこういい添えた。「身につまされる話なもんでね」

それが、他人の気持ちを読みとるマッコイの能力に初めて触れた瞬間だった。やがては彼の洞察力を頼みにするようになるが、このときは不意を突かれた。一瞬後、ほっとしてもいる自分に気がついた。わたしの抱える罪悪感を知り、理解する者がいる。グラスを空けると、写真を見直した。

「最後に会ったのは？」

「ずいぶん前だ」そういって、瓶を持ちあげた。「もう一杯いくか？」


「結晶《クリスタル》はあとひとつしかない」カプランがいった。「どんどん割れていってる。あとどれだけ保つかわからん」わたしは小ぢんまりとした作戦会議室に士官を集めた。マッコイ、カプラン、ゲイリーが席についている。壁ぎわに立っているのは通信士官のチェンと貨物士官のグリフィンだ。わたしは相当頭に来ていた。本船にとってカプランは最悪の人選だった。教科書通りに行動し、そのため表だっては彼を非難できないものの、ひどい老朽船の〈ホットスパー〉には一層の創意工夫が要求され、それはカプランの能力外だった。彼が組んだダイリチウム室のメンテナンス・スケジュールは緩すぎ、それがもとで結晶が異常に早く摩耗した。結晶がなければワープ・パワーが得られないというのに、カプランはギリギリになるまで状況を報告しなかった。最後の結晶がつきてしまえば、宇宙の真ん中で立ち往生するしかない。

〈ホットスパー〉で過ごした歳月は、実際より甘美な記憶として残っている。任務といえば、同じ惑星を往復し、同じ補給品を輸送するくらいで、貨物を狙う海賊船のしかけた罠《わな》を避ける方法を編みだすのに長くはかからなかった。調査探検とは事実上無縁で、船そのものが決して操りやすくない。だがあの時代の単純さをしばしば懐かしく思う。初めて指揮した船は、積み荷を守るためだけにクルーがしょっちゅう命の危険にさらされていた。

「意見を述べてくれ」わたしはカプランを見た。黙って座り、眉根を寄せている。

「ダイリチウムを探す必要があります」ゲイリーがいった。

「たいへん有益な意見だな、科学士官」クルーには専門の訓練を積んだ〝科学士官〟はいない。ゲイリーを指名したのは、烏合《うごう》の衆の中で一番ましだったからだ。

「テラライト人が、以前ディモラス星でダイリチウムの採鉱をしていました」グリフィンがいった。「前に乗っていた〈ロードアイランド〉の船長が、彼らと取引したのを覚えています。安くはなかったというにとどめますけど、おまけにあいつらときたら議論好きで……」ざっくばらんで恰幅《かっぷく》のいいグリフィンは前任者が任命した士官だが、理由は定かでない。

ゲイリーが目の前に置かれたコンピューター・コンソールで情報にあたる。

「事実です、船長。テラライト人は約五年前に採鉱施設を放棄しています。相当数の機器を残していってますね」

「テラライトの採鉱設備を操作できるなんて期待しないでくれ」カプランがいった。

「覚えておこう」わたしがいった。「テラライト人が放棄した理由はわかっているのか？」

ゲイリーがスクリーンを見つめる。「採鉱事業が『もはや利益を生まなくなった』と記録されています」

「におうな」マッコイの意見にわたしも賛成だった。だが選択の余地はなさそうだ。

「惑星上に知的生命体は？」

「様々な固有生物がいますが、脅威となるような種は何も……」


どうにかディモラス星の軌道まで行きついた〈ホットスパー〉は、地表に二棟の建物を感知した。一棟は明らかにダイリチウムの採鉱場だが、三十キロほど離れたもう一棟は用途不明だ。標準周回軌道から見た限りでは、何らかの研究施設と動物用の檻《おり》らしい。さらに、施設の周りには動物の大規模な群れがいた。奇妙このうえないが、好奇心を満たす時間はない。

ゲイリー、マッコイ、機関士助手リー・ケルソー、保安主任クリスティン・ブラックとともに採鉱施設に転送降下する（船はカプランに委ねた。彼を上陸降下させるのはいつもひと苦労するためだ）。テラライトの採鉱施設は掩蔽壕《バンカー》に似た建物で、岩と砂漠の乾燥した地帯にあった。建物内にはコントロール・ステーションがあり、そのわきに地下深く、巨大な穴がうがたれている。採光用のレーザーがつり下がり、ダイリチウムの鉱脈に行きあたるまで掘り下げられた坑底を照らしていた。結晶はトラクター・ビームで引きあげられる。設備は最新式で、ステーションの動力源である反応炉《リアクター》は停止していたが、まだ生きていた。豊富なダイリチウムともども、テラライト人がそのまま放棄していくというのはどうにも解せない。唯一妥当と思われるのが、彼らはあわてていたという説だ。

「ジム」トリコーダーをのぞきながらマッコイがいった。「生命体が近づいてくるぞ。すごい数だ」素早く結晶の回収作業にかかるケルソーを残し、ゲイリー、マッコイ、ブラックとわたしは外に出た。テラライト人の施設は防壁に囲まれ、要塞じみた造りになっている。壁の上に上がった四人の目に飛びこんできたのは、予想もしない光景だった。

「何てこった」マッコイがいった。

茶色と灰色の動くかたまりが、こちらに押しよせてくる。かたまりを個々に判別するのは難しいが、何百、何千もの目と牙を備えていた。近づくにつれ、四本足で移動し、太い後ろ足と小さな前足を持つネズミを思わせる個体の見わけがついた。ネズミといっても、ばかでかい。一〜一・五メートルはある。もつれあい、かみつき、引っかきあっているが、猛スピードで距離をつめてくる。近づくにつれ、キーキー耳障りな声が激しくなった。

「テラライト人が引き払った理由がわかったぞ……」ゲイリーがいった。

「ディモラスにこんな生命体の存在する記録はないのに――」マッコイがいぶかしむ。

「今は存在してる」わたしは通信機《コミュニケーター》をとりだした。「カークからケルソーへ、そちらの状況は？」

〝ケルソーです。最初のサンプルを確保中です――〟

「サンプルひとつで切りあげるぞ」予備にもう少し欲しいところだが、そうもいかなくなった。

「急げ、撤収する」次にチャンネルを変える。「カークから〈ホットスパー〉へ。緊急転送のスタンバイ」たとえ結晶一個すら入手できなくても、離れるつもりだった。ところがその選択肢は即座になくなった。

〝中佐、こちら〈ホットスパー〉〟カプランがいった。〝パワーレベルが低すぎて転送できません〟

「シャトルを寄こせ」迫り来る毛むくじゃらの不快な集団を見やる。わたしは怒っていた。理不尽にも状況全体をカプランのせいにした。

〝すでに発進しました。数分でそちらへ着きます〟少なくともその点は適切な処置だ。

生き物の金切り声に邪魔されて聞きづらい。本能的にフェイザーを抜いたが、ゲイリーとブラックがわたしにならうと、責任を思い出した。

「麻痺《まひ》にしろ」

「本気ですか？」ゲイリーはすでにフェイザーをフルパワーにセットしていた。「おセンチになってるときですかね？」ブラックの顔つきで副長に同意しているのがわかったが、発言を控えるだけの分別があった。

「ミスター・ミッチェル」マッコイが口を挟む。「われわれの任務は生命の保護にあるんだぞ」

「ええ、それには自分たちも入るってずっと思ってたんですが」ゲイリーがまぜっ返す。

「マッコイ、行ってケルソーを手伝ってやれ」他の生命体に対する自分たちの責務をくどくどマッコイが説教しても、何の足しにもならない。すべき行動をわきまえていた一方で恐怖も覚えていたわたしは、マッコイの正義漢めいた口調に反発を覚えた。

「あの生き物を追い払えるか試してみよう。前列のやつを数匹撃て」

フェイザーを発射し、手前の十数匹に命中させる。群れの速度は落ちない。生き物は気絶した仲間をよじのぼり、足を止めなかった。茶と灰色の波が個別に分かれ、採鉱施設をとり巻く平野に広がる。戦線を広げて向かってきた。列は薄くなったが、広がりすぎてわれわれにはカバーしきれない。

「船長、あれは戦術行動ですよ」ブラックが指摘する。彼女は正しかった。どう猛で執拗《しつよう》だが、知性のある印だ。やつらは野生動物ではない。そのとき、わたしがまた別のことに気づくと同時に、ゲイリーも気づいた。

「ジム、あいつらの一部は……武装してる?」後ろ足の上あたりの背中に弾薬帯のようなものが巻かれ、先のとがった飛び道具を装着している。

「ゲイリー、左の壁につけ。ブラックは右だ」

「殺していいか?」ゲイリーがいった。

「ダメだ。フェイザーがすぐ干上がってしまう。慎重に撃て。発射は短くだぞ」ブラックとゲイリーが配置につき、わたしはフェイザーを撃った。ふたりもすぐに加わり、三本のビームが生き物を次々に麻痺させていく。時間稼ぎでしかなかった。いつまでも気絶していてくれはしない。戦線を食い止める術《すべ》はなかった。数が多すぎる。じりじり間合いをつめてくる。何匹かは前進しつつ、背中にしばりつけたダーツに似た飛び道具を後ろ足の一本で抜きとると、投げつけてきた。幸いまだ射程距離の範囲外だったため、ダーツは壁の数メートル手前で落ちる。わたしは通信機をとりだした。

「カークからマッコイへ、報告しろ！」騒音に負けじと叫ぶ。

〝ケルソーが作業を終えた。出ていくところだ〟空を見あげると、シャトルがオレンジ色の雲を割って現れた。と同時に、繰り返し防壁に物がぶつかる音がした。齧歯《げっし》類の生き物が射程内まで接近したのだ。シャトルが降りてくる。着陸台は採鉱施設の壁の外にあり、どう考えてもうまくいくはずはないが、壁の内側にシャトルの着陸できる場所はなかった。

「カークからシャトルへ」

〝ウフーラです〟ついている。ウフーラは仕事熱心な士官で、専門は通信だが非常に腕のいいパイロットだった。

「ウフーラ、着陸台までたどり着けない――」

〝見えてます。バンカーに着陸可能ですが、シャトルの重量をどれだけ長く支えられるか……〟

「実行しろ」

素早く左に目をやる。ゲイリーは戦列の進行を抑えていたが、撃ち方が少々手荒でよく外した。

巨大ネズミどもが迫ってくる。右を見ると、ブラックの射撃ははるかに効率的だった。右側のほうが進度は遅い。シャトルが頭上近くを飛んでバンカーに向かう。マッコイとケルソーはダイリチウムを収めたキャニスターを手に、すでに待機していた。

「ブラック、バンカーまで戻れ」ネズミ軍団がたどり着くにはブラック側のほうがより長くかかるだろうと踏む。二、三本、ダーツがわたしの足もとに命中した。「着いたら援護射撃に備えろ」

ブラックが壁から飛び降りてバンカーまで駆け戻る。シャトルがバンカーに着陸し、わたしはゲイリーをふり向いた。

「行け！」自分もきびすを返して飛び降りる。ジャンプすると同時に、ダーツが壁を飛び越えた。バンカーに先に着いたブラックめがけて走ると、ブラックがフェイザーをこちらへ向けてまっすぐ撃ってくる。ビームはわたしを素通りし、背後の壁をよじのぼってきた生き物に当たる気配がした。

「シャトルに乗れ！」マッコイとケルソーはすでにバンカーの屋根にのぼっていた。ブラックが素早く壁をよじのぼり、すぐさまひざまずいて撃つ。ふり向くと、齧歯類に似た怪物の群れが防壁を越えてくる。数発撃ち、ゲイリーと一緒にバンカーに着いた。わたしは撃ち続け、素早く足場になったゲイリーに乗ってバンカーに上がる。それからゲイリーをつかんで引きあげた。足もとを見ると、バンカーの屋根を亀裂が走っている。シャトルが重すぎたのだ。ハッチまで行きブラックに中に入るよう合図する。続いて乗りこんだとたん、やにわに押されてデッキにばったり倒れた。ふり向くと、ゲイリーがバンカーに突っ伏している。わたしを突き飛ばした拍子に、右上腕にダーツを受けていた。シャトルが傾く。バンカーの屋根が崩落しはじめた。

「ブラック、援護しろ！」

シャトルから飛び出すと、怒りをたたえた空虚な両の目が屋根からのぞいた。わたしに襲いかかるネズミの化け物をシャトルハッチからブラックが撃ち、そのすきにゲイリーを担いでシャトルに連れ戻る。相手の数が多すぎて手に余り、ブラックが体を引いてわたしのために入口を空けた。勢いよく走ってくる生き物の騒音を数十センチ背後に聞きつつ、シャトルに転げこんだ。首に熱い息がかかると同時にハッチが閉じる。操縦席のウフーラが悲鳴をあげた。

ふり向くと、閉じたハッチが化け物の首と前足を切断していた。こちらを向いた頭部がデッキの上で口を開け、不自然に鋭い牙をさらし、黄色い血をしたたらせている。機体にぶつかる化けネズミたちの音が聞こえた。

シャトルが揺れ、右手の隔壁に全員投げ出された。屋根が崩落する。

「ウフーラ！」叫んだが、気をとり直したウフーラはすでに操縦席についていた。スロットルを前に倒すとエンジンがうなり、水平になったシャトルが離陸する。

マッコイはすでにゲイリーについて傷口にあたっていた。シャツの袖を裂き、傷をさらす。黒いしみが、ダーツの刺し傷からべっとり広がっていた。マッコイがスキャナーをとりだす。ゲイリーが頭をあげ、苦痛を押して笑ってみせた。

「何て無茶をするんだ」わたしがいった。

「それが」ゲイリーが声をしぼり出す。「問題……だったでしょ……アカデミーから――」

「ゲイリー、気絶させるぞ」マッコイが腰の医療キットから麻酔をとりだしてゲイリーに注入すると、たちまち意識をなくした。マッコイがブラックを向く。

「君のフェイザーをくれ」ブラックが銃を渡す。「全員後ろに下がって」

「何をするつもりだ？」武器を調整しているマッコイにたずねる。

「毒素の正体がわからない。時間を稼ぐ」マッコイはゲイリーの負傷した腕を体から離し、注意深くフェイザーで狙うと傷の上で腕を切断した。フェイザーの熱で切り口が焼灼《しょうしゃく》される。

全員が驚き、無言のまましばらく座っていた。クルーを見渡すと、おびえてげっそりしている。床にはちぎれたネズミの生首と前足が転がり、副長であり親友でもあるクルーの切断された腕が横たわっていた。

「その……。みんな、今日はよくやってくれたな」一瞬後、疲労のあまり発作的な笑いが出た。皆があとに続いた。


「DNAは、ディモラスの固有動物と六十一パーセント合致した」マッコイがいった。「しかし、誰かが手を加えている」

机上のビュースクリーンに、二重らせんが浮かんでいた。

「遺伝子操作は百年間禁止されている。テラライト人が――」わたしはとまどいを口にした。

「誰が何をしたという証拠は何もない。だが誰かが何かをたくらんでる。ダーツの毒でさえ自然のものじゃなかった」

　実験の収拾がつかなくなったのであれば、テラライト人がダイリチウムの豊かな鉱脈と最新施設を放棄した説明がつく。それでも、答えのない疑問をたくさん残した。それが解けるのは、何年もあとになる。

「ゲイリーの様子はどうだ？」

「快方に向かっている。腕の毒をすべてとりのぞいてから再接合した。毒はあの惑星の産物だが、兵器化されていた。きわめてたちが悪い。あと数秒で手遅れになるところだった」

「みごとな手際だ、ソウボーンズ」

「なんだ？」マッコイがこの古英語スラングを知らないとは意外だった。

「大昔の北米西部では外科医をそう呼んでいた。君の同胞が患者を救うにはたったひとつの手段しかない場合がしばしばあったんだ。感染を防ぐため、手足を切除するしかないって場合がね」

「その施術は知っている。けどそんな呼び方は聞いたことがない。ぞっとせんな。二度と使わんでくれ」

　たぶん、マッコイは発言を後悔しているはずだ。

ディモラス星での事件のあと、わたしは上陸休暇を楽しみにしていた。まだキャロルのことで傷ついていたが、ほかの女性になぐさめを見いだした。ジャネット・ルボウは若き内分泌学者で、〈ホットスパー〉の目的地のひとつ、ベネシアで博士課程を修めている。ディモラスから持ち帰ったネズミのサンプルを調べたチームの一員だった。ジャネットに会ったとたん、親しみを覚えた。あとから考えると、彼女はキャロルを彷彿《ほうふつ》させる。一途で美しく、有能で、仕事に打ちこむまじめな知性あふれる女性。その一途さゆえに、感情的に距離を置く理由づけができ、いっとき燃えあがったロマンスは長続きしなかった[編注10]。

私生活では心に穴があいたままでも、仕事は堅調だった。クルーを管理するうえで当初感じた不安はほとんど消え、指揮スタイルを確立した。自分がどんな船長であるか心得ていた、もしくは心得ていると思った。野心に燃え、より重い責任と社会的地位を引き受けたくてうずうずする。数年かけ、いいクルーをまとめあげた。わたしとともに進歩し、すばらしいチームになると見こんだ優秀な若い男女。彼らがよりよい条件を提示されて去っていくより先に、わたしについてきてくれるまでに育てあげる時間はあると考えていた。むなしい望みだった。

ある晩、インターコムに起こされた。ブリッジの夜間シフトについていたウフーラだった。

〝お起こししてすみません、船長。宇宙艦隊より緊急通信です〟

「読んでくれ」わたしはあくびをして、ベッドに座った。

〝〈U.S.S.ホットスパー〉カーク船長宛て、発信者は宇宙艦隊司令部コマック提督。即時、太陽系火星、ユートピア・プラニシアへ最高巡航速度で向かうこと。貴船はその地で退役となる〟

「ありがとう、少尉」目が覚めた。「コースを太陽系へ変更、安全に支障の出ない範囲の最高巡航速で向かえ。以上だ」

通信機を切る。バトンルージュ級の船がすでに数隻、退役になったと聞いていた。どの船も盛りを過ぎていた。任務に特化して建造された、より優れた設計の船に置きかえられる。いいニュースではなかった。

わたしは指揮権を失うが、転属の指示は受けておらず、それはつまり船長席の空きはないという意味だ。長いあいだ陸《おか》にとどまり空席を待つことになるかもしれない。危険信号だ。地上にいるのが長引くほど、宇宙艦隊がそこへ放ったらかしにする確率が高くなる。戦闘中弱輩の身で〈ホットスパー〉の指揮官についたわたしは、より年長の中佐や大佐と空席を争うことになるのを懸念した。

翌朝、クルーに周知させたが、それまでにはすでに大半の耳に入っていた。次の二週間、多くの者が転属の辞令を受けとった。宇宙艦隊がわたしのクルーを引き抜きにかかり、それはつらい経験だった。またとない条件を与えられた乗員も多い。ケルソーとウフーラは〈U.S.S.エンタープライズ〉に配属されるも昇級はなし。ブラックは〈U.S.S.エクスカリバー〉の保安主任へ。マッコイもコンスティテューション級の船に移るのだろうと予測したが、医療主任士官の地位を約束するオファーは皆無だったため、すべて断った。だが、一番の驚きはゲイリーだった。

「ロナルド・トレイシーをご存じですか?」ゲイリーがある日、朝食をとりながら訊《き》いてきた。

「〈リパブリック〉を引き継いだときに五秒間ばかり会った」

「今度、〈エクセター〉を指揮します。わたしに操舵士のポストをオファーしてきました」

「〈アストラル・クイーン〉のメンデスが副長職をオファーしたと思ったが」

「だから？」

「メンデスはまもなく准将に昇進する。君は指揮官の地位につけるぞ」

「保証はありません。それにもし別の船を指揮するあなたから副長のオファーを受けても、〈エクセター〉ならあとくされなく去れます」

わたしは驚き、感動した。ゲイリーは自分のキャリアを棚あげにして、わたしと一緒の任務につけるチャンスをとった。

「自分の船を持ちたくないのか」

「わたしが絶対権力を？」ニヤリとする。「それはちょっとばかり、危険すぎると思いませんか？」


　ユートピア・プラニシア艦隊造船所は火星の地表と軌道上の両方にあり、当時でさえ壮観だった。赤い惑星の上空にドライドックの上部構造《スーパーストラクチャー》が十基浮かび、大半はオーバーホール中や建造中の様々な段階にある船で満杯で、宇宙服を着た修理要員や小型の〝働き蜂《ワーク・ビー》〟シャトルが周りを飛び交い、建造や補修作業にあたっていた。

〈ホットスパー〉を低軌道のドライドックに入渠《にゅうきょ》させる。クルーの大半は下船し、機関部の基幹要員がドックのクルーと連携してシステムのシャットダウンをはじめ、サルベージ可能な機器の在庫調べをした。火星に達する前日、辞令がおりた。サンフランシスコの宇宙艦隊本部にある戦略立案・研究部門へ異動。机仕事の典型のような部署だ。

帰途、個別の退任面談を全乗員とするよう心がけた。大半の者に、再びともに任務につけるよう心から願うと伝える（カプランにいった際はたぶんのぞいて）。火星に着いたとき、改めて別れを告げる必要は誰に対しても覚えなかった。ダッフルバッグに私物をつめてシャトル格納庫に向かう。船のシャトルを徴用しておいたので、地球まで自分の操縦で飛べる。

〈ホットスパー〉の通路を歩きながら、船内がすでに廃棄された様子を帯びているのに驚きを覚えた。降りる道すがら、別れの言葉を二、三さらりとでもかけられることを内心期待していた。格納庫に行きつくまで文字通り、ただのひとりもすれ違わずにわびしい気持ちになる。そこで気がつくべきだったかもしれない。

「きをーつけ！」格納庫へ出るドアが開くと同時に声があがり、わたしは驚きを隠そうとした。叫んだのはゲイリーで、三百人のクルーがひしめきあい、しゃちほこばっていた。格納庫の両側に並び、シャトルのハッチへ向かう道を空けている。わたしは微笑んで、肩にダッフルを担ぐと歩いていった。気をつけの姿勢のケルソー、ブラック、（涙ぐんでいる）ウフーラの前を通り過ぎる。列の終わりにゲイリーとマッコイが待っていた。マッコイはわたしと地球へ向かうが、ゲイリーとは当面これが見納めとなる。ふり返り、クルーを見た。初めて指揮した部下たち、なかにはわたしが選んだのではない者も大勢いたが、全員につながりを感じた。

「全クルーは解散」

「総員解散！」いつになく、ゲイリーの声が真摯《しんし》に響く。「シャトル格納庫は発進の準備にかかれ」

「見送りありがとう」わたしは静かにゲイリーにいい、握手をした。

「連絡を待っています」ゲイリーがクルーと一緒に格納庫を出る。わたしはマッコイの荷物をシャトルに載せるのを手伝った。ドクターのダッフルはクレート並みの重さだ。

「中味は例の〝非常事態対策医薬品〟かい？」シャトルに積みながらたずねる。

「経験の浅い者が扱うには危険なのさ」マッコイが腰をおろし、わたしは操縦コントロールについた。舷窓から、格納庫が空になるのが見える。インターコムを入れた。

「シャトル〈ゲイツ〉より発進コントロールへ。離船許可を願う」

〝発進コントロールよりシャトルクラフトへ。許可します〟格納庫の発着センターにいるゲイリーが応答した。〝そうだ、ジム。軌道コントロールからあなた宛てに、地球まで一名便乗させて欲しいとの要請がありました。宇宙艦隊の士官です〟

「わかった。その人物の座標を送ってくれ」

ほどなくしてわたしはシャトルを格納庫から出し、〈ホットスパー〉をあとにした。ドックに入渠《にゅうきょ》中の、船の迷路に入る。老朽船、新造船、どれもわたしの船ではない。〈ホットスパー〉にとって返したい衝動に駆られたが、船の寿命はもう長くなかった。

　追加の乗客は、上層軌道上のドックで待っていた。近づきながら、停泊中の堂々とした船をとっくり眺める。

「あの船は何だ？」マッコイが訊いた。

「〈エンタープライズ〉さ」〈ホットスパー〉と違い、洗練され、しゅっとしている。

「美しい船だな。船長は？」

「クリス・パイクだ」パイクはおびただしい功績を挙げた士官として、宇宙艦隊で名をはせていた。コンスティテューション級宇宙船を十年間指揮し、ファースト・コンタクトを何十件もこなし、新世界を山ほど発見した。調査探検に送り出されたセクターではまた、クリンゴンとの小競りあいも何度かやっている。船長仲間は彼の業績をうらやんだ。

　造船所の司令は、船に直接ではなく、周囲に巡らされたクモの巣状の構造物にシャトルをつけるように指示してきた。ドッキングし、ハッチを開く。反対側に立っていたのは、宇宙艦隊少佐で、ひと目でそれとわかる種族だった。

「搭乗許可を願います」彼の堅苦しさにわたしは驚いた。

「その、許可する。ミスター……？」

「スポック少佐です」落ち着き払い、小さなスーツケースを手にシャトルに乗りこむ。操縦ステーションのかたわらに立って、わたしを見おろした。それまでバルカン人ならたくさん見てきたが、彼らの不吉な、ほとんど恐ろしいともいえる容貌には慣れたためしがない。とがった耳、つり上がった眉毛、そして黄色じみた肌、またそれとはひどく裏腹に、超文明化されたストイックなものごし。

「操縦に助手は必要ですか？　わたしはシャトルを操縦する資格を有しています」

「ああ、いや、だいじょうぶだ。座ってくれ」スポックは静かにマッコイのとなりの客席に座った。マッコイがぐりっと目を回してみせる。スポックは同乗者の名前を知らずともきわめて快適そうだ。

「わたしはジム・カーク」それからマッコイを指し、「こちらはドクター・レナード・マッコイ」

「乗船前にあなた方の氏名は把握しています」

「そうだとしても、名前を訊くのが一般的な礼儀ってもんだ」マッコイがいった。

「残念ながらわたしは冗長な地球人のエチケットを研究するに至っておりません」ひどく冷淡にいい放つ。彼が地球人だったなら皮肉と受けとめただろうが、バルカン人となると度しがたかった。

「こりゃあすてきな旅になりそうだ」マッコイがいった。

「ちっとも構わないよ、ミスター・スポック」わたしが割って入ったが、マッコイの気持ちを代弁していないのは明らかだ。「シートベルトを締めてくれ。発進する」操縦に戻り、コースを空けたとの指令を造船所から受けると同時に、マッコイが〝クレート〟を開く。

「誰か飲みたいやつは？」

「シャトルクラフト乗船中に酒類を摂取するのは規則で禁じられています」スポックがいった。

「君は友だちづくりの達人に違いないな」

「友情とは、地球人が情緒的な関係を定義するのによく使う分類法です。非論理的だ」

「ああ、まあお前さん向きじゃなさそうだな」

「ボーンズ」声の調子で黙らせる。シャトルをドックから出し、軌道を離れた。火星をあとに、地球への三時間の旅がはじまる。長いあいだ沈黙が続き、やがてマッコイがおかわりをする音で破られた。

「ミスター・スポック、君は〈エンタープライズ〉勤務なのかい？」わたしがたずねた。

「そうです。わたしは科学士官です」

「なるほど。パイク船長の下について、どれくらいだ？」

「九年十ヶ月十六日間です」バルカン人相手に気軽なおしゃべりをするのは至難の業だ。

「そりゃあ奇遇だな」マッコイがいった。「このシャトルが飛ぶ日数と同じじゃないか」

「地球へは何の用件で？」マッコイを無視してたずねる。ドクターが何を飲んでいるにせよ、急速に上下関係をおろそかにしはじめていた。

「北アメリカ大陸の親族を訪ねます。グローバーズミルという東海岸の小さな町です」妙な話だ。地球のその地域にバルカン人の居住区があるとは聞いていない。

「そうか。駐在しているのか？」

「いえ、土地の者です」それで思い出した。アカデミー時代、地球人とバルカン人のハーフが生徒にいるといううわさを耳にしたことがある。確か、きわめて優秀な学生という話だった。十年もコンスティテューション級の船で任務についているというだけで、スポックはすでに抜きん出た存在だ。

「じゃあ、地球人の親戚を訪ねるんだな」

「そうです。〈エンタープライズ〉はしばらくドライドックに入渠しています。その間《かん》に母の用事で伯母と姪《めい》を訪ねます」スポックは母思いの息子だった。その資質はバルカン人のものなのか、人間のものなのだろうか。

「待てよ」マッコイのろれつはやや怪しかった。「地球人の親族がいるのか?」

「すでに申しましたように、母は地球人です」

「それなら何でまた、礼儀知らずのくそ野郎なんだ」

「もしわたしが礼儀知らずならば、ドクター。それは何十億もの地球人と共有する特徴といえます」

わたしは止めようかと思ったが、スポックが助けを必要としていないのは明白だった。それに正直楽しんでもいた。

ふたりはもうしばらくやりあっていたが、マッコイはやがて寝入ってしまい、スポックとわたしは〈エンタープライズ〉の再艤装《ぎそう》について話した。船に投入された資源《リソース》の量に、わたしは感嘆した。コンスティテューション級の船は注目の的だ。〈ホットスパー〉のような船はとぼしい資源でやりくりし、やがてはスクラップ工場行きになる。おりをみて、頭にあった本当に訊きたいことをたずねる。

「〈エンタープライズ〉が次に出る五年間の調査航海を、パイク船長は指揮すると思うか?」コンスティテューション級の船で、ポストに空きが出るのはまれだ。

「そのような任務は、宇宙艦隊と惑星連邦にとって有益になるでしょう」

答えになっていなかった。たぶんスポックは何かを知っていたのかもしれないし、いなかったのかもしれない。どちらにせよ答えるつもりはなかった。次の質問をしようと彼を向くと、その顔に何らかの感情が差したように思ったが、たちまち消えた。

「パイク船長は好きかい？」

「有能な指揮官です」十年間彼に仕えながら、これっぽっちの感傷も一切交えない。突然嫉妬に駆られ、コントロールに向き直った。スポックはアカデミーを出てからずっとパイクを指揮官とあおいだ。ガロビック船長は二年で亡くなっている。

そのあとは〈エンタープライズ〉が貢献した科学的な発見についてたずねたが、スポックは任務における自分の役割を控え目にいっている印象を受けた。話の最中、意外な共通の〝知りあい〟が登場した。

「……ですがあれは主にドクター・マーカスの率いる部門が、亜原子《サブアトミック》エンジニアリング分野での――」

「待ってくれ。キャロル・マーカスのことかい？〈エンタープライズ〉に乗っていたのか？」

「短期間ですが。博士の仕事をご存じで？」

「多少はね」

わたしはほとんど二の句をつげなかった。キャロルの名を口にするだけで、彼女とデビッドに対する感情が呼び覚まされる。この異種族《エイリアン》に奇妙な嫉妬を覚えた。キャロルと会い、しばらく一緒に過ごしたというだけの理由で。

「優秀な科学者です」スポックがいい、わたしはうなずいて操縦に集中した。それ以上わたしが話を続けなかったため、どちらも黙りこんだ。わたしは内心自分をなじった。スポックがたまたまキャロルと仕事をしたからといって、邪険にするなど馬鹿げている。

地球が舷窓の真ん中に現れ、再突入の指示を受信した。シャトルを宇宙艦隊本部に着陸させ、酒が効いて寝こけているマッコイを揺すって起こす。

スポックは同乗の礼を述べ、ふたりに礼儀正しく別れを告げた。

「愉快なぼうやだ」去っていくスポックを見守り、マッコイがぼやく。わたしは返事をしなかった。スポックに気づいた素振りはなかったが、キャロルのことで不機嫌になった自分が恥ずかしい。あのときはスポックをどう思えばいいのかわからなかったものの、何か胸に迫るものがあった。ひどく印象づけられた。

「さてと、ジム。次はいつ会えるかね」

「おかげで楽しく仕事ができた、ボーンズ」ふたりは握手を交わした。「連絡をくれ」マッコイは笑みを浮かべたものの、同時にややいらだってもも見えた。

「そのあだ名を使い続けるつもりだな？」

わたしは笑った。地球にいるうちに落ちあう約束をして、地下シャトルの駅に向かう。

　実家に帰るのはひさしぶりだった。家がひどく小さく映る。記憶の中でぼんやり拡大していたのだろう、たとえ家を出たのが成長期を過ぎたあとであっても。リバーサイド転送ステーションから歩いて帰ることにした。里帰りを家族に知らせてはいたが、誰にも正確な時間は伝えていない。

　ポーチに十歳ぐらいの少年が座っていた。その年頃の兄のサムにそっくりだ。あぐらをかいて、拡大鏡を握っている。目の前の床に小さな虫が二匹いた。

「順調かい？」男の子がわたしを見た。

「何が？」

「虫を燃やしてるんだろう」少年は気分を害したようだ。

「燃やしてなんかないよ。観察してたんだ」

「それは悪かった」この子は科学者だ、父親と同じく。「ピーターだね。わたしはジムだ」

「ああ、ごめんなさい」ピーターは立ちあがって手を差し出した。「はじめまして、ジムおじさん」最後にサムを見たのは、兄がオリーランに出会ってまもない頃だ。任務で宇宙に出ていたため結婚式には出席できず、十年前に息子が生まれたときもしかりだった。そして今、目の前に生身の甥《おい》っ子が、元気そうに、好奇心に満ちて立っている。ろくに言葉を交わす前に家族がみんなポーチに出てきて、ひとしきりねぎらわれた。サムは老けて見え、豊かなひげを蓄えていたが、オリーランはいまだに艶《つや》やかで若々しく、とても十歳の子どもがいるようには見えない。だが父と母については、心の準備がちゃんとできていなかった。わたしは本当に、長いあいだ留守にしていたのだ。ふたりとも白髪になっていた。父は貫禄がついていて、母は少し痩せた。まだ元気にしているが、少しばかり頼りなげだった。母はわたしをきつく抱きしめ、父には肩をつかまれた。

「お帰り、船長」誇らしげに微笑む。

「まだ正式な船長じゃないんだよ、父さん」やや照れくさかった。

「いずれそうなるさ」みんなから家に引っぱりこまれる。

夕食の席では〈ホットスパー〉での生活を質問攻めにされた。できるだけくつろいでみせたが、骨が折れた。過去数年間指揮をとる立場にあり、決して完全には警戒を解いたことがなく、今さら簡単にはいかない。たくさんのストレスを経験し、まだすっかり解消できたとはいえない状態で、わざわざ蒸し返したくはない。なるべくサムの家族に話題を振ろうとした。サムはシカゴ大学で生物学の研究にいそしんでいたが、おそらくはリサーチに特化した植民地、地球コロニー2かデネバ星に転属になるはずだった。ピーターは宇宙に行くという考えにわくわくしているらしい。その晩はもっぱら、ピーターと一番気安く話をした。

「キャロルとは連絡をとっているの？」夕食後、母が訊いた。母も父もキャロルとの仲が真剣だったのを知っていたが、デビッドの存在は伝えていない。だが、サムは知っていて、わたしの答えに注意を向けているのを感じた。親に秘密にしているのが具合悪いのだろう。

「そうはいえないな。ふたりとも別の道を進んでる」母が失望したのを感じたが、口には出さない。母はアカデミーにいた頃のキャロルと面識があり、意気投合していた。のちに偶然、ふたりの仕事が重なるときがあった。ふたりにはたくさんの共通点があり、母はわたしたちの仲が続くよう望んでいた。ピーターがそのとき、大きな箱を持ってきた。

「ジムおじさん、おじさんは三次元チェスが得意だってパパに教わったよ。ぼくと対戦しない？」

わたしは、兄とうりふたつの少年を見た。熱心で快活、そしてわたしの注意を引きたがっている。もうひとりの少年を思った。どんな子どもだか知らぬまま、今頃はわたしそっくりに育っているかもしれず、またピーターと同じことをしたがるだろう男の子を。罪悪感で胸がひどく痛んだ。

「ごめんよ。すごく疲れちゃったんだ。明日遊ぼう」ピーターの頭をクシャッとし、手短かにみんなにお休みをいって自室に引きとった。

翌日、宇宙艦隊に部屋をとった。農場に泊まるのは感情的に疲弊しそうだったためだ。だが両親には週末に戻ると約束し、実際そうした。

戦略立案・研究部門は、皮肉にもアーチャー棟に入っていた。十年ほど前、宇宙艦隊士官になりすました場所だ。ロビーに足を踏みいれたとき、まだ自分が偽物のような感覚に襲われた。十階に上がり、上官のオフィスに出頭する。

「本日より着任いたします、提督」机に座っていた人物は、ヘイハチロー・ノグラ。日本人の血を引き、総白髪、小柄だが静かな威厳がある。

「楽にしてくれ。しばらくのあいだは机仕事でも構わないかね、中佐。わが部門に実地経験豊富な士官を欲しくてな」

「光栄です」嘘《うそ》をついた。

「ここではいろいろと起きている。手とり足とり教えている余裕はない」提督は机に何本か積まれたテープを指さした。「それを持っていけ。早急に報告書を作成するように」

わたしはいささか面食らった。提督は何の報告書か明言せず、それが意図的なのは明らかだった。アカデミーに舞い戻ってテストを受けているように感じる。テープを受けとった。

「承知しました。仕事にかかる場所が欲しいのですが」

ノグラは秘書を呼んで小部屋に案内させた。コンピューターとビュースクリーンだけのシンプルな机がしつらえてある。腰をおろし、テープを再生した。宇宙船および宇宙基地の司令官や士官が記録した日誌の抜粋だ。最初の二、三本をざっと見ると、クリンゴン船との遭遇について記されている。見ていくうち、事件はどれも先月に起きているのがわかった。ノグラが何を求めているのかわからぬまま、情報を整理しはじめる。遭遇場所のグラフ、事件の帰結、当事者の士官によるクリンゴン軍の動向と目的の考察。エントリーはクリストファー・パイクの日誌からの引用が多かった。〈エンタープライズ〉に割り当てられたセクターはクリンゴン帝国との境界が大半で、パイクは対クリンゴンの経験をみるみる積んでいった。クリンゴン船との小競り合いを幾度も切り抜けたが、戦闘でクルーを大勢失っている。

仕事は面白く、数日がすぐに過ぎていった。この部門の同僚とも顔を合わせた。ランス・カートライトは二歳ほど年上の大佐で、ノグラの参謀長に任命される前は〈U.S.S.エクセター〉の船長を数年間つとめている。カートライトは親しみやすい人柄と鋭い頭脳の持ち主で、おそらく二年もすれば提督に昇進するだろう。ハリー・モローとウィリアム・スマイリーはわたし同様中佐で、この内勤を望んだ仕事とみなし満足していた。わたしは仕事に忙殺されたが、ブリッジに戻りたくてたまらなかった。

一週間ほどで報告書をまとめ終え、ノグラ提督のオフィスでスタッフを前に発表を命じられた。わたしは日誌から引用したデータを説明し、私見を要約した。

「わたしの調べた日誌の期間内において、クリンゴン帝国は惑星連邦との境界のうち紛争地帯で示威行動をとることにより、こちらの出方をうかがっていたと思われます」

「目的に関する推測はしたのか？」ノグラが訊いた。その口調から、可能性のある答えはひとつだと彼が考えているのがうかがえる。

「確証はありませんが、侵略の前哨《ぜんしょう》戦ではないかと思います」

「だとすれば」カートライトが意見した。「このセクターを〈エンタープライズ〉で警戒にあたらねば、わが艦隊が無防備になってしまう」

「〈エンタープライズ〉は絶対的に改修の必要があり、少なくとも八ヶ月はかかります」モローが指摘した。「あの船は船齢二十年で……」

「では当該セクターに他の宇宙船を配備せねばならんな」カートライトがいった。

「その、提督」わたしはノグラに提案した。「別の解決策があります。〈エンタープライズ〉の修繕スケジュールを調べると、二ヶ月と六ヶ月の期間に分割できます。二回目に必要な機材は第十一宇宙基地に送れます」

「なぜそんな必要がある？」カートライトが疑問を呈した。「〈エンタープライズ〉が八ヶ月任務につけんことに変わりはない」

「はい、ですがアップグレード用の機材と人員を、注意深く秘密裏に輸送すれば、宇宙艦隊は太陽系外でも造船能力の余裕があるようにクリンゴンには映るでしょう。もし相手が侵攻計画を立てているなら、一時中断してその点を考慮した戦略の練り直しをせざるをえなくなります」

誰も異を唱えないところをみると、一理あると思われたらしい。ノグラに命じられ、必要な機材を輸送するのに必要な日数を試算した。はじめに想定したよりもはるかに難事業であることがすぐに判明する。標準的な輸送ルートでは、あれほどの遠方へすべての材料と人員を送りこむには一年以上かかる。結論をノグラに伝えたが、この案に先があるとは思えなかった。

日が経つにつれ、当部門は戦略を研究する以上のことにいろいろと手を染めているのがはっきりしてきた。ノグラ提督には影響力があり、自身の部門を利用して宇宙艦隊と惑星連邦の政策決定にそれとなく関与し、絶大な効果をあげている。戦略立案・研究部門の口利きで資源が動かされ、士官たちが配属、昇進した。ある日、ノグラ提督のオフィスに呼びつけられた。ひとりの大佐と、士官候補生の制服を着た若者が先客にいた。

「ジム・カーク、こちらはマット・デッカーだ」ノグラが年長のほうの男を紹介した。うわさには聞いていた。若き少佐時代、彼は戦力の勝るクリンゴン軍とドナテュー五号星で戦い、休戦に持ちこんだ。デッカーはわたしより背が低かったが押し出しが強く、腹にいちもつありそうだった。

「はじめまして、デッカー大佐」

「准将になったところだ。モールを変えるひまがなくてね」デッカーの船、〈U.S.S.コンステレーション〉は先頃五年間の任務を終えて地球に帰還した。ノグラがデッカーを准将に推挙したのを知っていた。船の指揮権は維持しつつ、クリンゴン帝国と開戦した場合、将官であるデッカーは一帯の宇宙船を陣頭指揮できる。戦略的な昇進であり、ノグラは自分と考えを同じくする士官を仮想前線における戦力の責任者に据えた。

デッカーは続けて若者を引きあわせた。

「こいつは息子のウィルだ」若者は、父親とは似ても似つかない。マットが粗暴で野暮ったいのに対し、ウィルは人あたりがよく洗練されているが、上官たちに囲まれていくらか緊張していた。驚きが顔に出たのだろう。デッカーは「母親似でね」とつけ加えた。

「士官候補生か」握手しながらたずねる。「四年生？」

「そうです」

「俺に似ていないもんで、みんなに息子だと周知させておきたくてな」デッカーはノグラを向いた。「息子を宇宙基地に捨てたりするなよ」

「考えておこう」ノグラが滅多にない笑顔になる。デッカーは次に、わたしを向いた。

「待てよ、君は〈ホットスパー〉の指揮官だったカークか？」

「そうです」

「ガス巨星の作戦を聞いたぞ。よくやった。マットと呼んでくれ」デッカーはノグラに向き直り、わたしの口添えをした。「この男もブリッジに置いてやれ。使えそうだ」ノグラがデッカーの提案を聞き入れるよう願ったが、そんな素振りは見せなかった。

　数日後、カートライトのオフィスに足を運ぶと、見知らぬ士官と打ち合わせていた。

「ジム、オリバー・ウェスト少佐だ」カートライトが紹介する。われわれは握手をした。わたしよりずっと上背で、〝さもしい〟としかいいようのない目つきをしている。少佐《メジャー》の階級で、宇宙艦隊士官のなかでも歩兵作戦に特化した小分遣隊の所属だった。カートライトが呼び出した理由は、ディモラスの一件についてウェストがわたしを尋問したいためだった。少佐はわたしの日誌のそのくだりを精読したらしい。

「どれだけ持ちこたえられたと思いますか？」

「長くはない。数が多過ぎ、恐れ知らずだった」

「解せないのは、殺さずに麻痺を選んだ理由です」

「『艦隊の誓い』を守ったまでだ。わたしの知る限り、相手は惑星の固有生物だった」

「あなた方の命が危険だったとしても？」

「そのための規則なのでは？」

「では惑星連邦市民の命を守るために『艦隊の誓い』を破るような事態は想像できないと？」

ひっかけ問題のように感じた。心中では答えはひとつしかないからだ。

「破らないのがわたしのつとめだと思う」ウェストとカートライトが目を見交わす。

「ご苦労だった、ジム。下がってくれ」カートライトは立ちあがり、わたしを追い出した。

何かのテストを受けて、落第したように感じた。


「パイクは艦隊指揮大佐に昇格した」ノグラがいった。わたしは提督のオフィスに単独で呼びつけられた。パイクの昇進は驚くにはあたらない。彼の対クリンゴン戦術知識が宇宙艦隊にとってどれほど貴重か、そしてそれを包括的な任務計画に組み入れる必要性について、たびたび部内でとりざたされた。昇進は必然だった。

「貴官は大佐に昇進し、〈エンタープライズ〉の指揮を引き継ぐ」

「ありがとうございます、提督」わたしは声をしぼり出した。青天のへきれきだった。

「礼は無用だ。君は昇進リストのトップにいた。〈ホットスパー〉での仕事ぶりは本部でも心証がよくてね。危険な一帯に派遣されながら、ひとりも犠牲を出さずに任務をまっとうした」提督は合理的に聞こえるように話したが、この部門に配属されて以来、わたしは指揮官クラスの士官を片端から調べてきた。最年少のわたしよりも船長としての経験豊富な候補者が数名いる。

「それと、〈エンタープライズ〉の改修作業を第十一宇宙基地で完了させる君のプランを実行に移した」

「提督、第十一宇宙基地に機材が届くのは少なく見積もっても十ヶ月かかります」

「船はそれでも支障なく機能するはずだ。君は最新以下のテクノロジーに慣れているはずだな。パイクが明日〈エンタープライズ〉を地球に帰還させる。そのときに指揮権を移そう。人事を確認したまえ。二十四時間で埋められそうなポストをあたるように。わたしの記憶が確かなら、副長が必要になるはずだ」提督が立ちあがり、握手を交わした。

「おめでとう、ジム」

「ありがとうございます、提督」混乱していた。望みがかなったが、このときはなぜ自分が選ばれたのか定かでなかった。一週間前にカートライトとウェストと交わした会話が何らかの形で関係しているように思えたが、なぜなのかはわからない。

湧きあがる疑惑の念を頭から追い出すようにした。机に戻り、〈エンタープライズ〉のファイルをダブルチェックして副長ポストが空いているのを確かめると宇宙艦隊人事部に連絡を入れ、ゲイリー・ミッチェルを所望する。ゲイリーの現船長は気に入らないだろうが、いつか埋めあわせをしよう。次に、そのほかの人事ファイルを開いてあたりはじめ、合間をみて両親に連絡を入れる。スクリーンに呼び出した。父が出た。

〝やあ、船長〟多大な誇りをこめて、わたしをそう呼ぶ。〝どうした?〟

「父さん、正真正銘の大佐《キャプテン》になったよ。船をもらった。〈エンタープライズ〉だ」

〝なんてこった。ボブ（ロバート）・エイプリルの船か？〟

「そうだよ。でも彼の船だったのは十年も前だ。それはさておき、今はジム・カークの船さ」父が笑い、感無量なのが伝わってきた。

〝とても誇らしいよ。お前は二十九歳だから、何かの記録になるに違いないぞ……〟父が持ち出すまで思いいたらなかったが、素早く記録をあたると、その通りだった。わたしは宇宙艦隊史上、最年少で大佐に昇進した船長だった。それまでの記録は、興味深いことにマット・デッカーが保持していた。三十一歳で大佐となって船長の座についている。

話し中の手なぐさみに、人事記録をスクロールしていると、話が途切れた。父が何かほかにいいたいことがあるのがわかったが、見当がつかない。うながすか、話題を変えてもらいたがっているのを感じた。

「母さんはどこだい？」後者を選ぶ。

〝母さんは今朝がた、会議のためにロンドンに発《た》った。じき戻ってくるはずだ〟

「そうか、吉報を伝えておいて。出航前に家に顔を出すようにするよ」

〝するべきことをしなさい。大きな任務を負ったのだから。気をつけるんだぞ。お前の望みがすべてかなうように〟

「ありがとう、父さん。どうもそうなりそうだよ」さよならをいい、通信を切る。父が誇りに思っているのを感じたが、ほかにも何かがあった。そのとき、キャロルとデビッドを思った。父はふたりについてはっきりと知っていたわけではないが、あとから思えば、わたしが手放さねばならないものを教えたかったのだろう。すでに身にしみていることを、父は知らなかった。

すぐに、目の前の仕事に忙殺された。人事記録に目を通し、空きスポットを埋めなければならない。それから適切なモールのついた新しい制服に袖を通し、出航前に最後の調整が必要な箇所の有無も確認しなくては。それらの手続きで忙しく、充足感を覚えた。夢の実現だ。苦しかった過去とはすっぱり訣別できそうな気になったとき、人事記録のとある箇所に目がとまり、それほどことは簡単に運ばないとくぎを刺された。

〈エンタープライズ〉の記録担当士官は、ベン・フィニーだった。

編注10　ジャネット・ルボウはやはり内分泌学者のドクター・セオドア・ウォレスと結婚後、ジャネット・ウォレスとなる。結婚してわずか二年後に夫と死別。ジャネットは順調に業績をあげていったが、二二八三年、〈U.S.S.ベンジェンス〉に乗船任務中、消息不明に。

CHAPTER SIX

第六章

〈U.S.S. エンタープライズ〉で
五年間の調査航海へ

「〈エンタープライズ〉へようこそ、船長」クリストファー・パイクがいった。わたしは転送台から降りて、握手を交わした。彼の長身に驚いた。わたしよりずいぶん高い。親しげに微笑《ほほえ》んでわたしを迎え入れ、〝船長〟と発した口調には連帯意識がにじんでいた。ひどく内輪のクラブに加わったみたいだ。

「うちの転送オペレーターは知っているね」コンソールに見覚えのある顔がいた。

「ミスター・スコット」工具箱を運ぶ人間が要るかい?」力強い握手を交わす。スコットが機関士として配属されたと知り、わくわくしている。ひどくついていた。当たり前には思わず、スコットがずっと本船にとどまってくれるように目を光らせるつもりだ。

「お気遣いをどうも。でももう人手はじゅうぶん足りています」スコットが弱々しい笑みを浮かべた。少し目が赤い。

「眠れなかったのか?」

「わたしの歓送会だよ」パイクがいった。「来たまえ、見せるものがたくさんある」

パイクは船を案内し、まだ終わっていない改修エリアの説明をしてくれた。コンスティテューション級の船に乗るのはひさしぶりで、居心地のよさにうっとりする。ブリッジに行くと、〈ホットスパー〉の倍の広さがあった。まるでリビングルームだ。

見知った顔が何人かいる。リー・ケルソーはナビゲーション・コントロール、転送室から上がってきたスコットは機関コンソールに目を走らせている。そして、科学ステーションについたミスター・スポックがビュワーをのぞいていた。パイクが彼のもとへ連れていく。

「ミスター・スポック、カーク船長だ」スポックがビュワーから頭を上げ、直立不動の姿勢をとる。

「前に会っているね。休んでくれ」わたしがいった。

「彼は休んでるよ」パイクが笑った。

「君の経歴にはとても感銘を受けたぞ、ミスター・スポック。君との仕事を楽しみにしている」

「ありがとうございます、船長。わたしでお役に立てることがあればいつでもおっしゃってください」暗記カードをそらんじたみたいな話しぶり。当時、この男と完全にうちとけるようになるのかこころもとなかった。

パイクが案内を続け、スコッティが機関室まで同行した。機関室にいるあいだ、第二船体の機関室裏手にある小さなハッチへ連れていかれた。

「センサーポッドですか?」パイクがうなずいて、ハッチを開ける。宇宙空間を鮮明に観測できるように内部はプラスチックの隔離室《バブル》になっており、様々な科学調査機器でたてこんでいた。宇宙船の科学任務には、イオン嵐やクエーサーなどの特殊な状況における放射線数値の計測が含まれる。数値は必要な機材をプラスチック・ポッドで包み、船の外殻に出して直接さらすことでのみ得られた。船が異常な現象に遭遇した際にはきわめて重要となる任務だ。現象のしきい値と組成は急変する可能性があり、そのため遠隔操作に切り替えることもままあった。

よじのぼって、ポッドの中に入る。狭苦しい空間はひとりが限界だ。だが〝見あげ〟ると、あたかも船の外に立っているようだった。地球や、軌道上にいる様々なシャトルや宇宙船が見える。ポッドは危険な装置だ。イオン嵐ではたやすく帯電してしまう。船に接続されているため、もし負荷が大きくなれば過電流が回路をみさかいなく流れ、緊急事態のさなかに船の主要システムを吹き飛ばすかもしれない。船を危険にさらすことなく、クルーをいつまでポッドにとどめておけるだけ情報を取得させるか、船長は決断を迫られる。長く待ちすぎれば、クルーを乗せたままポッドを切り離すしかなくなるかもしれない。〈ホットスパー〉ではポッド射出のためにハッチに上級士官を立てたが、パイクによればブリッジの船長席にコントロールを移したという。

「もし誰かを犠牲にせねばならないなら、その責を他人に負わせたくはない」

ポッドを出ると、パイクがそばにいた士官を手招きして紹介した。われわれが顔見知りなのを知らないのだろう。ベン・フィニーだった。ていねいにパイクの紹介を遮り、フィニーに手を差し出す。

「会えてうれしいよ、ベン」悪感情を引きずる気はなかった。意外にも、ベンは笑って手を握り返した。いささか堅苦しくはあったが。

「就任おめでとうございます、大佐。再会できてうれしいです」

手短かにジェイミーの消息を聞いたあと、ベンは持ち場に戻るといって離れた。わたしに抱いている感情は推しはかりがたい。ベンは丁重に応対し、親しげでさえあった。彼がクルーに混じっている不安が杞憂《きゆう》に過ぎないという意味だと願う。

パイクとわたしは船内の見回りに戻り、最後に彼の船室に来たが、しばらくして、もうすぐここが自分の私室になるのだと気がついた。コンスティテューション級の船長室がいかに広々としているか、忘れていた。〈ホットスパー〉のベッドとクローゼットだけの船室がすっかり当たり前になっていた。

パイクとわたしは机を挟んで腰をおろし、特定のクルーについて検討した。パイクはスポックを副長に推したが、わたしはそこまで彼に気を許していない。スポックは科学士官にとどめ、彼を差しおいてほかの者を副長に抜擢《ばってき》したら気を悪くすると思うか、パイクにたずねる。

「もしそうだとしても、君に気《け》どられるぐらいなら死んだほうがましだろう。仕事がすべての男だよ」次に、もう数名あたっていった。パイクの機関主任は引退するため、その地位はスコッティに与えるつもりだ。パイクの任務が終わる一年前に医療主任のフィリップ・ボイスが死亡し、〈リパブリック〉のマーク・パイパーがあとを引き継いでいた。ボイスの死は、自分が宇宙に長くとどまりすぎたことを示す最初の兆候だったとパイクはいう。わたしは話題を変えてパイクの昇進を祝福したが、彼は微笑むばかりで言葉少なだった。このとき初めて、宇宙艦隊においては昇進が政治の道具となる実態を知った。

「艦隊指揮大佐という階級は閑職だ。わたしをやっかい払いしたいのさ」

デッカー准将とパイクは同期だが、宇宙艦隊船長の役割については考えを異にしていた。デッカーは防衛を重視し、パイクは自身を探検家とみなしていた。ノグラ提督はデッカーに目をかけ、もしクリンゴンが攻めいってきた場合、境界セクターにいる全船の陣頭指揮を彼にとらせることにした。デッカーがパイクをうとんじたため、〈エンタープライズ〉を彼からとりあげるよう手を回したのだとパイクはにらんでいた。

「たぶん、休養が必要だったのさ」といったものの、とってつけたように聞こえる。〈エンタープライズ〉について、および彼にとって船がどれほどの意味を持つのか話しはじめたが、任務自体は予想よりもずっと苦しかったという。コンスティテューション級の船は、支援なしで単独航行するようデザインされている。頼れるのは自分だけ。〈エンタープライズ〉で過ごした十年間で、パイクは多くの友人を失った。

「船長という職務は身も心もずたずたになる。仲間に命を預ける以外の選択肢はない。クルーが君の友となる」

パイクは長い間《ま》を置いた。

「そして、死んでいく」

ふたりでしばらく無言で座っていた。この忠告をどう受けとめたらいいのだろう。クルーの死とはキャリアを通して向きあってきたが、応じるのは弱みを見せ、自己正当化の印象を与えるような気がした。それでわたしは無言を続け、パイクは次の話題に移った。やがて、指揮権を移す時間が来たと切りあげ、総員を格納デッキに呼び集めた。

数分後、かつて一度だけ立ちあったことのある儀式の当事者になっていた。パイクとわたしは格納庫入口付近の演壇にたち、四百名のクルーと向かいあった。かたわらに立つスポックに、パイクがうなずきかける。

「静粛に」スポックが大声をあげた。バルカン人が声を張りあげるのを見たのは初めてだ。落ち着かない。だが宇宙船の任務上、必要なのだろう。わたしは演壇に上がり、備えつけられたビュワーに辞令のテープを入れて読みあげた。

「〈U.S.S.エンタープライズ〉船長クリストファー・パイク大佐。貴官は宇宙艦隊指揮大佐に昇進、本日付けで指揮権をジェームズ・T・カーク大佐に委譲するものとする。宇宙艦隊司令部、ヘイハチロー・ノグラ提督承認」パイクを向く。「お疲れさまでした、大佐」

「あとをよろしく頼みます」パイクが返す。握手を交わしたあと、わたしはふり向いてクルーを見渡した。なじみのある顔が数名いる。スコッティ、ケルソー、〈リパブリック〉のマーク・パイパー、ウフーラ。だが、たちまち見知らぬ者たちの海に紛れた。このような状況で船を指揮するのは初めてだ。〈ホットスパー〉の指揮権を与えられたときは、すでに同船で任務についており、そのためクルー全員が同僚で、儀式の必要もなかった。今このとき、クルーの大半はわたしを見ていない。パイクを向いている。彼らの表情からは愛情と敬意をたやすく読みとれた。

わたしは嫉妬した。彼らにそれ以外の反応を期待するのは馬鹿げている。クルーの信頼を勝ちとるのは人生最大の難事業となるだろう。なぜなら、いい船長とはすなわち部下の信頼を勝ちとろうなんて画策は一切しない者だからだ。部下の任務遂行を頼みにし、わたしは彼らの安全を守るために全力をつくす。それは、パイクの言葉とは裏腹に、部下の誰ひとりとしてわたしの友人にはできないという意味だ。〈ホットスパー〉の指揮をとる状況に追いこまれたときは孤独を感じはしても、これほどではなかった。

そのとき、群集のなかに思わぬ顔を見つけた。後方にゲイリー・ミッチェルがいる。乗船したばかりなのだろう、まだダッフルを肩にかけていた。ゲイリーは秘密めかしてニヤリとすると、うなずいてみせた。わたしは笑った。

「追って指示があるまで、すべての服務規程は有効とする。解散」パイク大佐が最後のあいさつを告げに立ち寄り、握手を交わす。

「また会う機会があればいいんだが。幸運を祈る」

「あなたにも」

つい先ほどまでパイクのものだった船室に戻る。彼の所持品はすべてなくなっていた。わたしの衣服が到着し、魔法のように整とんされている。船の現状報告書《ステータス・レポート》に目を通そうと決め、晩までかかったのでそのまま就寝した。

翌朝早くに目が覚め、着替えてから船室を出た。通路を歩いていると、すれ違うクルーから親しげだが遠慮がちなあいさつを受ける。ターボリフトに着いたところ、あとからひとりの大尉がこちらをやってきたが、ぎりぎりで気が変わり、回れ右をしてはしごをのぼっていった。誰だか知らないが、新任船長とリフトを相乗りするのが気まずいのだ。構わなかった。大尉が神経質になった事実を好ましいと思った。

単独でリフトに乗り、ブリッジに出る。ビュースクリーンは切られていた。まだ夜間シフトだ。

ウフーラが右手側の通信ステーションについている。

「また会えてうれしいよ、少尉。各部署の主任がシフトに入り次第、ブリッジまで出頭するように伝えてくれ」

「わかりました。ああ、それからご就任おめでとうございます」わたしは微笑んで、船長席に向かうとスポックが座って指揮をとっていた。パイクによれば彼自らの要望で夜シフトでは指揮官を、昼シフトでは科学士官をつとめている。

「代わろう、ミスター・スポック」

「あなたのシフトまでには十五分と四十四・三秒早いですね、船長」そういいながら、椅子から立ちあがる。

「船長特権さ」席についた。〈ホットスパー〉よりずっと座り心地がいい。ブリッジを眺め渡すと、活気がありながらも静かだった。肩の力が抜けていく。今では早く出航したい。あれこれ空想していて、二十代の熱意あふれる少尉が席に近づいてくるのに気づかなかった。突然横に立たれ、少しばかりぎょっとした。

「モーガン・ベイトソン少尉、シフトにつきます」わたしはうなずいた。この若者が何者かわからず、何を待っているのかも見当がつかない。

「よろしい、少尉。部署についてくれ」

彼はとまどったようにわたしを見た。

「あの、パイク船長はわたしがブリッジに控えているのを好まれました。どこか別の場所がよろしければ……」何のことやらさっぱりで、顔にそれが出たのだろう。

「船長」少尉が声を落とす。「わたしはあなたの秘書《ヨーマン》です」自分が馬鹿に思えた。船長には秘書がつくのをうっかり忘れていた。〈ホットスパー〉ではそんなぜいたくの余地はなかったのだ。わたしの服を魔法みたいに片づけたのは、彼だったのか。少尉に朝の状況報告とコーヒーを頼む。仕事を与えられ、ベイトソンが嬉々として退出する。

少しして、コーヒーを飲みながら報告書に目を通していると、昼シフト要員がブリッジに来た。なかにはわたしが先に来ているのを気にする士官もいた。ロイド・オールデン大尉がウフーラと通信担当を交替し、操舵を引き継いだゲイリーがケルソーとともにナビゲーション席につく。数分後、各部署の主任士官がわたしの後ろ手に集まった。

医療主任のドクター・パイパー、初顔合わせの天体科学主任ヒカル・スールー、そのふたりに挟まれたスコッティは、わたしが近づくと上体を前に傾けた。

「お礼を申しあげます、船長」スコッティは正式に機関主任に昇進した。「ご期待に応えますよ」

「頼りにしているぞ」それから他の面々を向いて、即席の会議を開いた。各自、担当部署の状況を報告し、発進準備は整っていると請けあう。ドックマスターにいって周囲を空けさせるよう通信士官に命じ、ケルソーにパトロールセクターのコースをセットさせた。ドックが空き、わたしは席に戻った。

「ミスター・ミッチェル、発進だ」

「アイ、サー」ゲイリーがコンソールに入力し、わたしは急速に小さくなる地球をビュースクリーンで見守った。

あの瞬間をふり返ると、パイク船長の最後の忠告は、結果的に的を射ていた。ブリッジにいた者は全員変わるか死ぬことになる。そしてわたしは身も心もずたずたになった。想像したよりもずっと早く。


「銀河系を離れるぞ、ミスター・ミッチェル。ワープ係数《けいすう》一」

〈エンタープライズ〉は静止したまま、銀河の〝端〟まで五光分足らずの距離にいた。命令一下、ゲイリーがコントロールを調整すると今ではおなじみとなったエンジンの振動を感じる。〈エンタープライズ〉の船長席に座って二年近くになるが、特筆すべきことはまだ何ひとつ成し遂げていない。本船改修の見積もりを、甘く見すぎた。信頼のおけない船でクルーを危険にさらすよりはと、期間の大半を第十一宇宙基地に機材が到着するのを待って過ごした。運悪く間違ったナセル・ドームが届き、おまけに新しい船内通信システムのパーツがなぜか積み荷目録から抜け落ちており、そのため途中で引き返さなければならなかった。その後、試運転航行にもう一ヶ月を費やした。担当セクター内の地球所属コロニーと宇宙基地のパトロールになんとか漕ぎついたのは、地球を発《た》って一年以上あとだった。

スケジュールの遅れにもかかわらず、わたしの〈エンタープライズ〉改修計画は狙い通りの効果を発揮したらしい。クリンゴンはなりを潜め、それどころか、惑星連邦との紛争エリアに関する交渉に合意した。平和が保たれ、宇宙艦隊は純粋な調査任務をわれわれに与え、船の科学者たちは全員わたしと同じぐらい胸を躍らせた。歴史に残る真の冒険ができる。たとえ何も発見できずとも、それもまた感慨深いものになるだろう。だがそれも、ほんの少し前までのことだ。

われわれは旧式の航行レコーダーを発見した。〈S.S.バリアント〉から射出されたもので、二百年前の船がこんな辺境まで航行してきたことに首をひねる。痛んだテープには、〝磁気嵐〟[編注11]に遭った〈バリアント〉が銀河系から投げ出され、戻る途中で未知の力に出くわし、その結果、船長が自爆を命じるに至ったいきさつが記録されていた。

純粋な調査任務がにわかに危険味を帯びはじめる。われわれが調べているのは人類未踏の領域で、将来の航行が安全かどうか見きわめるのはわたしの責務だった。

突然、前方のビュースクリーンに鮮やかな深紅のバリアーが現れた。

「何らかのフォース・フィールドです」スポックが分析する。フォース・フィールドだって? 銀河系の周囲にフォース・フィールドが存在する? 科学的に筋が通らない[編注12]。

「ディフレクターは存在を感知していますが、センサーには何も引っかかりません。密度、なし。放射線、なし。エネルギー……なし」ケルソーの肩越しにディフレクタースクリーンをのぞくと、マイナスエネルギーの壁が無限方向に表示されている。抜け道はどこにもない。文字通り銀河系をとり囲み、船はそちらへ向かって突き進んでいた。これこそ〈バリアント〉が遭遇した未知の力に違いない。

ビュースクリーンを見ているうちにフォース・フィールドが大きくなり、画面いっぱいを塞いだ。〈エンタープライズ〉の防御シールドであれを防げるだろうかと自問していると、エネルギー波が計器をくぐり抜けてきた。ブリッジのコントロールパネルが残らずショートし、爆発した。ケルソーが必死に煙を払う。とても太刀《たち》打ちできない。操舵手のゲイリーに命じ、船を回頭させた。

だがコントロールを操作したとたん、ゲイリーの体から突然エネルギーがほとばしり、燃えあがった。ゲイリーがデッキに倒れる。スポックが舵《かじ》をとり、奇妙なバリアーから離れた。

エンジンが焼き切れ、九名のクルーが死亡した。わたしはゲイリーの容態をあらためた。無事だ。安心したが、その目を見て驚いた。銀色の瞳をしている。ゲイリーの身に異変が起きた。

一週間後、われわれはデルタ・ベガの周回軌道上にいた。数日かかってワープ・エンジンなしでたどり着き、その後さらに二日を費やし、きわめて優秀な機関士官たちが惑星上のオートメーション化された基地の部品を使って船を修理した。やがて、軌道を離れる準備が整う。そのとき三人のクルーを失った。ひとりはゲイリー・ミッチェルだった。

わたしが彼を殺した。

何が起きたかを説明するのは難しい。一連の出来事が重なり、副長にして親友の命をわたしが奪う結果に終わった。銀河の端に張られたバリアーがゲイリーにほとんど魔法のようなパワーを注ぎこみ、テレパシーとテレキネシス能力を与えた。船がバリアーから離れるとともにパワーは増し、それとともにゲイリーはかつての自分を失っていった。超能力を使い、船のコントロールを奪いはじめた。望むものは何でも奪えることを、はっきりと表明した。スポックはクルーの中でただひとり、ゲイリーがやがては躊躇《ちゅうちょ》なくわれわれを滅ぼすという真実を突きつけた。

「可能なうちに、ミッチェルを殺すんです」

わたしは耳を塞ぎ、殺す代わりに〈エンタープライズ〉をデルタ・ベガに運んでゲイリーを惑星に幽閉した。置き去りにしていくつもりだった。ところがゲイリーは脱走した。

そして、リー・ケルソーを殺した。

ケルソーはゲイリーのいい友人だったが、まばたきひとつせずに殺した。スポックは正しい。このまま放置できる状態ではなかった。ゲイリーの能力のほどを測るのは、もはや不可能だ。彼を止めなくてはならない。

わたしはゲイリーを追い、デルタ・ベガの荒野に出た。まったく勝負にならなかった。幸運が味方したか、もしくは相手が自信過剰だったのか。ゲイリーは足を滑らせ、わたしがフェイザーで撃ち落とした巨石の下敷きになった。

生まれて初めて、相手の顔をじかに見て殺した。船同士の戦いにおいては、倒した相手の顔は決して見えない。あの顔、ゲイリーの顔が今でも毎日目に浮かぶ。十年近くゲイリーはわたしを支え続け、二日足らずのうちにモンスターに変わった。それでもあの日の悪夢の中で、友だった男の顔が今でも現れる。

軌道を離脱しようというとき、ブリッジで日誌を吹きこんでいたわたしは、ゲイリーは「任務遂行中に死亡」と記録した。スポックが聞いているのに気がついた。

「あいつは望んでああなったわけではない」スポックはそのとき、わたしを驚かせるような発言をした。

「わたしも残念に思います」

どう受けとめればいいのかとまどった。スポックは感情を露《あら》わにしたことは一度もない。それでもあえて、唯一無二の親友を失い、絶望と喪失感にうちのめされたあの瞬間、わたしに共感を示そうと決めたスポックの心遣いを、忘れはしない。

「君にも望みがありそうだな、ミスター・スポック」微笑んだのはたぶん、ひと月ぶりぐらいだ。

デルタ・ベガでワープ・ドライブは修理できたものの、〈エンタープライズ〉本体の損傷が著《いちじる》しかった。修理のため第十一宇宙基地に戻らねばならない。その頃には最後の改修機材も届くだろうから、ついに改修作業を完了できる。クルーには今回の事件から回復する時間ができ、わたしは失った乗員の補充をはかれる。だが船の損傷ぶりからみて、基地にたどり着くには三週間ほどかかる予定だった。

ゲイリーの死から数日後、ブリッジに座ってもの思いに沈んでいると、ターボリフトからホン大尉が現れ、近づいてきた。

「すみません、船長。おつらい時期なのは承知しておりますが、別室で相談するお時間をいただけないでしょうか」わたしはうなずき、ブリッジを出て第五デッキの会議室へ向かった。ホンが単刀直入に切り出す。

「お手間をとらせて申し訳ありません。ですが、早急に三人分のポストを埋める必要がございまして」ホン大尉は人事士官だ。仕事のひとつに、服務表に空きが出た場合は適切に埋め、特定のクルーによけいな負担がかからないように気を配ることがある。死者が出たばかりで持ち出すには難しい案件だが、任務上必要だった。ホンはテープをスロットに入れ、使えそうなクルーのリストをビュースクリーンに表示した。

「三つの部署については、即刻ご判断をいただきませんと。新しい航法主任が必要です」

「ベイリーはベータシフトだな。彼をアルファシフトに回そう」ベイリーは有能な若手士官で、アカデミーから出て二年ほど経《た》つ。二、三度ブリッジでシフトを同じくした。少し熱心すぎるきらいはあるが、仕事はこなしていた。

「船長、ベイリー少尉はアカデミーを二年前に出たばかりです。通常ですと航法主任には四年以上の乗船任務が必須です」

「ベイリーならだいじょうぶさ。昇格を考えていた」それは真実ではなかった。わたしは決定を焦っていた。白状するが、一部には手続きと、あの場のホンのさしでがましさがわずらわしく、さっさと片づけてしまいたかったのだ。

「わかりました、船長。それから……後任の操舵士が必要です」ホンが涙目になる。副長だった操舵士のゲイリーは人事問題を一手に引き受けていた。ホンに冗談を飛ばし、気を引いているのを見たことがあるが、他の女性にも同様にしていた。今回の件はホンにとっても痛手だった。もう少し、彼女に寛容にあたるべきだ。

「オールデンはどうだ？」オールデンは通信士だが、その部署なら資格のある士官がほかにいるし、必要なときは操舵士をしばしばつとめた。有能な、資格のある士官だ。

「ミスター・オールデンは操舵士の候補から外して欲しいと要望しています」妙な話だ。追って調べる必要があるが、本人が望まないのに重要な部署につけるいわれはない。ホンがファイルをあたっていく。

「ミスター・スールーは過去に受け持ち、その際に経験をじゅうぶん積んでいます」

「わかった、彼と話してみよう。三つめの部署は？」

「副長です」またゲイリーだ。操舵士の補充がひとつ。難しい仕事だが、適切な訓練を受けた者ならつとまる。副長となると話が違う。わたしの都合がつかないときに指揮をとり、一番頼りにする相談役でもある。クルーの中で、ゲイリーほど信頼のおけた者はいない。

「最上位の候補は？」第十一宇宙基地に着くまでの三週間を一番目の者に任せ、それまでしのげればいい。

「ええと……」ホンがリストをあたる。「ベンジャミン・フィニー少佐です」

「だめだ」言下に却下した。悪く思ったが、絶対にうまくいかない。フィニーはまだわたしを憎んでいた。二週間前にゲイリーから聞いたところでは、フィニーとちょっとした口論になったという。夕食の席で数人の同僚に、わたしが彼のキャリアを破滅させた、妨害したと陰口をたたくのを聞いたためだ（どうやってフィニーを黙らせたのかゲイリーははっきりいわなかったが、想像するに、たしなめただけでは終わらなかっただろう）。フィニーは早いうちに転属願いを出したが、コンスティテューション級の船に空きがなく、それ以下の船を望まなかったため〈エンタープライズ〉に残った。やっと昇格の機会が巡ってきたと思えば、わたしに足止めされた。

いや、これはフィニー自身の責任だ。わたしに対する彼の態度が、わたしの彼への評価に影響したのだ。だが慎重にならなくては。明らかに彼より資格の劣る者を起用できない。フィニーはわたしへの不平をいえるが、わたしが彼の不平に正当性を与えるような真似をするわけにはいかない。そしてそのとき、目の前に答えがぶら下がっているのに気がついた。

「スポックだ。スポックにやらせる」完璧に理にかなっている。スポックはすでにブリッジ士官であり、それは必要条件ではないものの少なくとも効率的だ。パイクは副長職にスポックを推していた。クルーの大半はそれを知っている。彼らはスポックの友人ではないかもしれないが、全員が彼を尊敬していた。とりわけわたしは。船長として最もつらい一連の決定を下したばかりだが、スポックの忠告はすべての面で正確だった。自分の人選に悦にいりすぎて、ホンの表情に気づかなかった。賛同しているようには見えない。

「わかりました。では定例人事会議を、ミスター・ミッチェルのときと同様ミスター・スポックとも持つのですね？」質問にはちょっとした言外の意味が含まれており、わたしは理解した。スポックは与《くみ》しやすい人間ではない。バルカン人の態度はかなり不快で、少々恐ろしくさえあった。そして、ホンを笑わせたりしないのは確実だ。「そうだ、大尉」われわれには皆、割り当てられた任務がある。

「標準周回軌道に入りました」スールーがいった。第十一宇宙基地の見慣れた姿が、前方のビュースクリーンで回転している。スールーは少なくとも、操舵士の職を得て喜んでいた。話をしたとき、彼は下船させられると思ったらしい。大半の船は天体科学主任を必要とするが、〈エンタープライズ〉はその限りではない。科学士官のスポックがいればじゅうぶんで、スールーは所在のなさを感じていた。彼は指揮官を目指しており、ブリッジ士官への昇格は早道だった。

スポックは、副長就任を知っても何の感情も見せなかった。「責務を果たすべく尽力します」といったきりだ。ベイリーは航法士としてよくやっていた。三つの部署は埋まったが、第十一宇宙基地に着く頃にはさらにふたつの空きが出た。

通信士のオールデンが船を降りる。彼は睡眠も食事もとらず、ドクター・パイパーの診断によればトラウマによるストレスだという。ゲイリーが彼と交替して操舵についたのは、バリアーに足止めされる十分前だった。ゲイリーの身に起きたことで自分を責めていると、ドクターは考えた。もし操舵についていたのがオールデンであったとして、彼が変化したと予測できるような根拠は皆無だというのに。オールデンに医療休暇を与えろとのパイパーの進言をわたしは了承した。損失ではあるが、ウフーラがすでにオールデンのシフトを何度も埋めており、後任として昇進させるのが順当だろう。オールデンの下船だけが、パイパーのもたらした悪い知らせではない。

「ジム、わたしは引退しようと思う」パイパーは古参の医師で、その点で頼りになったが、未知な症状に出会ったときは、しばしば短所にもなった。ゲイリーの経験で身にしみたという。患者の身体的健康にばかり注意を向けていたが、心の健康にはなんの見通しもつけられなかった。われわれの誰かが結果を変えられたかどうかは疑わしいが、パイパーはとりわけあの状況を自分の手に余ったように感じた。わたしは医師に幸運を祈り、多少ばつの悪い思いをしながら速やかに後任確保に動いた。

ついていたことに、マッコイはそれほど遠方にはいなかった。カペラ四号星に派遣されていた。原始的な文明の星だが、惑星連邦の存在は知っている。そのため連邦憲章により、宇宙艦隊は限定的な援助を認められていた。マッコイはその地に駐在して医療支援を提供している。ほどなくして、ドクターの不機嫌な面構《つら》えがビュースクリーンに現れた。

〝受けるぞ〟マッコイがそういい、わたしは笑った。

「まだ何も頼んでないが」

〝何だっていい。カペラ人は戦闘種族だ。テクノロジーは劣り、医学はさらに劣る。病人は死ぬべきだと思ってるんだ。医者にかかりたがらない。この星から連れ出してくれるなら便所掃除だろうと喜んでする〟

カペラからマッコイを救い出してやり、改修が完了するかなり前に合流できた。わたしはほくほくした。マッコイは安心毛布みたいな存在だ。だが本船の副長が、数年前に地球行きのシャトルで乗りあわせたバルカン人だとは教えていない。マッコイが気に入らないのは予想がつき、それが理由で、第十一宇宙基地に到着したマッコイの出迎えにはスポックを同行した。改めて紹介すると、マッコイはわたしを向いていった。

「カペラにいりゃあよかった」

わたしは笑い、ふたりを基地のカフェに連れていった。そこで、ベン・フィニーが女性と同席しているのに気がついた。はじめは奥さんのナオミだと思った。懐かしさがこみあげ、声をかけに行ったが、近づくにつれ、女性が若すぎることに気がついた。一メートルほど来たところでわたしを見あげ、誰だかわかるとにっこりした。

「ジムおじさん！」立ちあがって抱きしめる。

「驚いたな、ジェイミーか。君だとわからなかったよ」ベンも立ちあがっていた。いつわりの作り笑いを浮かべている。ジェイミーに注意を向けた。「ここで何をしてるんだね？　学校にいるはずでは？」

「早く卒業したの。大学に行く前に一年休みをとったのよ。パパがここでの仕事を見つくろってくれて、少しはそばにいられるようにって」いっぺんには飲みこめなかった。

「とても自慢だろうね」ベンにいった。

「はい、船長」少し堅苦しすぎる。ジェイミーが気まずい雰囲気に気づいた。

「〈エンタープライズ〉がこんなに長いあいだ基地にいるなんて、ついてたわ。パパとたくさん一緒にいられるのはアカデミー以来よ」

「それじゃ、君たちの食事が冷めないうちに戻るよ。会えてよかった、ジェイミー」名前を口にしたとき、ベンが顔をしかめた。わたしにちなんでつけたことを苦々しく思っている。スポックとマッコイのところへ歩いて戻りながら、まだわだかまりが解けていないのを知った。


「偽物は、古巣へ戻った。もう忘れよう」そうわたしはいった。だが、忘れられない。あいつはわたしの中に戻り、記憶もすべてわたしのものとなった。ぞっとするような記憶だ。わたしはパイク船長のいわんとしたことを理解しはじめた。

転送機の事故に遭い、わたしはふたりの人間に分かれた。だが等分に分かれたのではない。機械が人間の知性を宿していると思ったことはないが、転送機が自ら善と悪の概念を〝もてあそぼう〟と決めたような気がしてならない。フロイトの精神分析用語を借りれば、ひとりはイドとエゴの両方を持っていた。暴力的で野蛮だが、賢くて機転が利く。もうひとりは道徳心を持つスーパーエゴだ。どちらもわたしであり、どちらももう半身がいなければ生きていけない。

わたしの身に起きたことを、乗員の大半には知らせずにすんだ。クルーがもし、もろくて人間的なわたしを目にすれば、船長として指揮をとるのに不可欠な、近寄りがたいまでに完璧なイメージを損ねてしまうとスポックが正しく指摘した。野蛮な半身を、ただ〝偽物〟とだけ呼び、地球人もしくは異種族がわたしになりすましたように思わせた。乗員は変身種族カメロイドの伝説になじみがあり、それに出くわしたのだと信じる者も大勢いた。だが彼は偽物ではない。わたし自身の一部だ。

スコッティとスポックで転送機を修理し、ふたつに分かれたわたしの半身をひとつに転送し直した。もと通りの指揮官に復帰し、席に向かって歩いているところへ、秘書のジャニス・ランドがわたしに話しかけてきた。

前任者のベイトソンが昇進して転属になり、後釜には魅力的な女性秘書をあてがわれて内心閉口していた。自分を信用できないのかと、マッコイにからかわれた。その通りだ。ランドに心を乱された。だがどれほど個人的に惹《ひ》かれようと、ふたりに望みがないのはわかっていた。わたしはランドの指揮官であり、一方が相手に対して職務上これほど優位な立場にあれば、真の恋愛関係は築けない。

しかるにわたしの野蛮な半身は、道理に従う必要も、ジャニスを尊重する必要もなかった。自分の地位を利用しようとし、ジャニスが拒むと暴行に及ぼうとした。彼の記憶は今ではわたしのものだ。その場に立ちつくしたまま秘書を見ると、やつの、いやわたしの、彼女にした仕打ちが思い起こされる。悲鳴をあげ、わたしに組み敷かれて抗《あらが》った。わたしは胃がむかついて、怒りに駆られた。時間を遡《さかのぼ》ってあの怪物をくじきたかったが、わたしがその怪物だった。

「船長、偽物から真相を聞きました」ランドは静かにいった。わたしが半分に分裂したと、半身が彼女に教えたのを覚えている。あいつが偽物ではないのを秘書は知っていた。知っているのだ。

「お伝えしたいと……その、わかっていただきたくて……」言葉が見つからないなりに、わたしを気遣っている。ジャニスは事実を理解していると思っていたが、とり違えていた。転送機が邪悪なカークを創り出したと思っている。彼女にはおよびもつかない真相は、邪悪なカークは常にわたしの中に在るということだ。それがさらに気分を悪くする。秘書の顔をまともに見られない。

それでも微笑んだ。

「ありがとう、ランド秘書」わたしは船長席についた。向きあおうと、受け入れようとしても、できなかった。

「ロバート・トムリンソン大尉、アンジェラ・マーティーニ少尉の両名より、結婚式の申請がありました」スポックが報告した。「船長に挙げていただきたいそうです」反射的にわたしは笑い、それからスポックがわざわざわたしの船室までジョークをいいに来るはずがないと思いあたる。スポックは大まじめだと悟り、違う反応をした。

「そいつはめでたい」皮肉を抑えられなかった。祝うべきなのに、これという理由もなくすべてがしゃくに障った。

「式の予定を組む必要があります。それと、マーティーニ少尉はカトリックであり、当該宗教の伝統に則った儀式を希望しています」昔の地球で行われた宗教のしきたりについては、何も知らなかった。

「カトリックとクリスチャンはどう違うんだ？」

「どちらも同じ宗教から発していますが、結婚式の細部に違いが――」

「やっぱりいい。誰かにしかるべき文言を書かせてくれ、その通りにいうから」

　トムリンソンは現在、兵器コントロール室の責任者をつとめ、マーティーニは持ち回りでその部署についていた。わたしがマーティーニに目をとめてリクルートしてから、二年も経っていない。アカデミーを次席で卒業し、幅広い専門を修めている。逸材のクルーだ。ふたりが結婚すると聞いて、なぜそれほど否定的な反応をしたのか最初はわからなかったが、やめさせようと内心決めていた。「ふたりを呼び出してくれ、今すぐ」

「わかりました」スポックが退出する。数分後ドアチャイムが鳴り、トムリンソンとマーティーニが入ってきた。両人を机の向かい側に座らせる。トムリンソンはボーイッシュで人あたりがよく、わたしの見たてではマーティーニとは釣り合わない。ふたりをいい含めようとした。

「まずはおめでとうをいおう」

「ありがとうございます、船長」ふたりは図らずも同時にいった。それから顔を見あわせて笑う。

「結婚は人生の一大事だ。ふたりはどのくらい……」含みを持たせて言葉を濁す。トムリンソンが食いついた。

「長くはありません。部下との恋愛に関する規則を厳密に守っています」

「それなら、こういってはなんだが結婚したいとどうやってわかるんだ？」辛らつな指摘に、トムリンソンが面食らう。たった今、わたしにペットの犬を殺されたような顔つきになった。

「わたしたちは愛しあっています、船長」マーティーニが毅然《きぜん》という。

「疑問の余地はないのかね。代償を払うことになるぞ」

「それが愛というものです」連帯と愛の証に、マーティーニがトムリンソンの手をとる。

自分がまぬけに思えた。何をしようとしていた？　カップルの仲を裂く、ふたりの愛が定かじゃないから？　ふたりの若者を前にし、愛と欲望の激しさを思い出した。自分は嫉妬していたのだと悟る。伴侶を見つけたふたりをうらやんだ。

「そうだな」一本とられ、引き下がる。「それが愛というものだな」間を置いてから、司祭をつとめられて光栄だとつけ加えた。感謝を述べ、手に手をとって退出するふたりは、両親を思い起こさせた。外見はまったく似ていないが、互いに対する思いが父と母を思わせる。

六日後、結婚式はロミュラン人に妨害された。

百年前、地球は謎の種族との戦争に突入した。宇宙空間が戦いの場となり、船と船が争った。地上戦はなく、捕虜もなく、白兵戦は一度もなかった。和平条約は亜空間通信でとり交わされている。地球側はロミュランを倒して中立地帯に追いやり、銀河系から締めだした。小惑星に前哨《ぜんしょう》基地群を建設して境界を監視し、ロミュランが決して侵犯しないように目を光らせた。一世紀のあいだロミュランはなりを潜め、その間《かん》ふたつの新兵器を発明した。宇宙船の透明遮蔽、および壊滅的な威力を秘めたプラズマ兵器。新兵器を用い、ロミュランは前哨基地を破壊する挙に出る。こちらの出方を探るため、かっこうの標的を襲ったのだ。〈エンタープライズ〉は彼らと一戦交え、闘いのさなか、今後数十年の宇宙域情勢を左右するだろう秘密を発見する。

「相手のブリッジをスクリーンに映せそうです」姿の見えない船との出会いがしら、スポックが報告した。敵の通信を傍受し、テクノロジーを自在に操る彼の魔法の指で、発信源をつきとめる。ビュースクリーンにロミュラン船の狭苦しいコントロール室が現れ、指揮官の顔が映し出された。とがった耳、つり上がった眉毛。スポックの父親だったとしてもおかしくない。

驚愕《きょうがく》の事実だった。バルカン人とロミュラン人は同じ種族――ロミュランはバルカンから枝分かれし、断絶した移民団の末裔《まつえい》だった。考えるだに興味深い。ロミュラン戦争時、われわれがバルカン人の存在を学んでから、まだ数十年しか経っていなかった。ロミュランとのつながりを知ってもなお、地球人はバルカン人と末永く続く友情を築けただろうか？　宇宙艦隊司令部がたとえ事実をつかんだとしても、ひた隠しにするのではないだろうか。戦争のため、地球人はロミュラン人に対し、あまりに否定的なイメージを持つに至った。[編注13]

一世紀も経つ今ならば問題にはならないかに思えたが、すぐに自分の読みの甘さを悟る。航法士のスタイルズ大尉は先の戦争で先祖を数名亡くしており、ロミュラン人を目にした瞬間、スポックをスパイと決めつけた。

このところ、航法士には恵まれていない。ベイリーはまだこの任の準備ができていないと気づいて船を去った。ほかに二、三人起用してみたがいずれもどんぐりの背比べに終わり、スタイルズに至っては無分別ぶりをさらし、外見にもとづき公然と上官を侮辱した。スポックは、見あげたことに受け流した。もしくはそういい張った。だがわたしは我慢ならない。ばかげた、未熟かつろこつな偏見であり、交代要員が見つかり次第スタイルズを追い払うつもりだった。とはいえ、危機のさなかではだめだ。

敵は大型の小惑星をも粉々にできる武器を備えた、姿の見えない船だ。何としても、船をロミュランに戻してはならない。さもないと全面戦争になってしまう。しかし、境界を越えればわれわれが責めを負う危険があった。〈エンタープライズ〉はロミュラン船と数時間いたちごっこを繰り広げている。敵方の司令官は切れ者だったが、船の圧倒的な性能は見せかけに過ぎないのを露呈した。透明フィールドにパワーを食われ、武器の有効範囲は限られていた。敵戦力の威力をそぐことに成功し、〈エンタープライズ〉に勝機が見えた。だが交戦中、ロミュラン宙域へ帰投する前に敵船を足止めできなかった。彼らは境界の向こう側、われわれは超えてはならないと厳命されている境界の先へ行ってしまった。ロミュラン船をこちら側へ引き戻さねばならない。

わたしは危険な戦略を立てた。相手から損害を被《こうむ》ったため、無防備な状態を装うのは難しくない。中立地帯に逃れたとはいえ、こちらの息の根を止めるチャンスをロミュランは見逃さないだろうことに賭けた。それで、〈エンタープライズ〉に死んだふりをさせる命令を出した。

もしロミュランをこちら側におびき出せれば、わずかな時間、砲撃のチャンスができる。姿を消しているあいだ敵船は武器を使えず、姿が見えなければわれわれは撃てない。慎重を期し、スタイルズをトムリンソンの補佐に行かせた。トムリンソンは単独で前部フェイザーのコントロールにあたっている。

わたしは席に座ってビュースクリーンを見つめ、船影が現れるのを待った。シールドは解《と》き、エンジンパワーを最小限に抑える。もしロミュランが先に撃ってくれば、プラズマ兵器を避けきれないだろう。待ちながら、〈エンタープライズ〉と四百名のクルーについて思いをはせた。一瞬後には全滅に遭うかもしれず、そうなれば責任はわたしにある。数秒が過ぎ、自信が揺らぎはじめた。出力を上げてワープで脱出すべきだと、ぎりぎりになって考えを変えた。それが賢明だろう。命令を出そうとした矢先、スールーが一報した。

「敵船が姿を現します」腹を据える。わたしはフェイザー・コントロール室に発射を命じた。

何も起きない。

敵船が近づく。どういうわけか、スタイルズとトムリンソンがわたしの命令に従わない。パニックを抑え、船内放送システムを入れてスタイルズに発射せよと叫ぶ。反応なし。

ロミュラン船に目を向ける。かなりの至近距離だ。わたしは自滅の道を選んでしまったのか。

すると、フェイザーが放たれた。ロミュラン船に命中した。

わたしは知るよしもなかったが、このときフェイザー・コントロール室で事故が発生し、リアクターの冷却装置が漏《も》れだしてスタイルズとトムリンソンを窒息させた。幸い付近にいたスポックがコントロール室に駆けつけ、フェイザーを発射した。次にスタイルズを引きずり出して、命を救った。スタイルズを先に選んだのは、過剰反応のせいではないかと常々疑っている。スポックの選択は、それ以上の結果をもたらした。

スタイルズを先に救い、そのせいでトムリンソンが死んだ。

のちに、アンジェラ・マーティーニを礼拝堂で見かけると、少尉は一心に祈っていた。今の世でも、人々がいまだに祈りからなぐさめを得るのがわたしには驚きだった。だがこの女性の悼み方を批判する立場にはない。少尉はふり向いてわたしを見、それからわたしを抱きしめた。

「不条理に思えるだろうね」と、声をかける。「だが意味ある死だと、わかって欲しい」むなしい言葉だ。それでもマーティーニの忠誠心、奉仕精神に訴える以外、何をいえばいいかわからなかった。少尉にもわからず、無言で立ち去ると、ひとりわたしを礼拝堂に残した。

祭壇を見あげる。あまたの宗教のしきたりについて考えた。どんな宗教もこれと似たような祭壇から、聖職者が説教し、なぐさめ、守り、あるいは励ます。信者に慰謝や励ましを与えるため、聖職者は個人的な生活を犠牲にするのを余儀なくされる。他者が幸福と安寧を得るための支えとなり、唯一の見返りは奉仕そのものにある。心からやすらげる日は、自らには訪れない。

わたしはその職務を理解した。礼拝堂を出て、任務に戻る。

「トム・レイトン博士から、惑星Qに立ち寄って欲しいとの要請がありました」朝の会議でスポックが知らせた。「緊急だそうです」

トムとは彼の結婚式以来、五年ほど会っていなかった。父親そっくりになり、一見熊を思わせるが、ロッドの陽気さは持ちあわせていない。タルサス四号星の事件で背負った重荷を、大人になっても引きずっている。それはトムのキャリアにも影響した。宇宙農業科学者となり、とりわけ地球のコロニーに向けた合成食料の開発に心血を注いだ。そして、いまだに顔半分にパッチを当てている。だが仕事で成果を上げ、美しく献身的な女性と結婚してからいくらか丸くなった。結婚式は晴れがましく、古くからの友人にもやっと運が巡ってきそうだった。

「惑星Qはコースから三光年外れているぞ」

「博士は合成食料の組成に成功し、シグニア・マイナーの飢餓問題を解決できそうだと報告しています」

奇妙な偶然だった。シグニア・マイナーは地球所属のコロニーで、人口増加に歯止めがきかなくなり、乱開発により耕作地が減っていた。その星系は主要輸送ルートからは外れていたため、食料危機が加速するおそれがあるが、まだ由々しき事態には至っていない。宇宙艦隊と惑星連邦のコロニー群が警戒態勢に入ってひと月そこそこだ。レイトンが早くも解決策を見つけたとは信じがたい。だが確認する必要があった。

「宇宙艦隊司令部に知らせろ、惑星Qに向かう」スポックが退出する。トムに会うときは、いつも葛藤を感じた。わきに押しやっていた思い出がよみがえるとともに、トムには絆《きずな》と責任を感じている。

惑星Qに到着すると、首都のユー市にある劇場で落ちあおうとのメッセージを受けとった。どういう意図なのか見当がつかないまま転送降下する。モダンな街並みが無秩序に広がり、市の入口には特徴的な、大きなアーチが建っていた。劇場へ行ってみると、巨大な銀色の卵を横倒しにしたような建物だ。窓口にわたしのチケットがとってあり、中に入る。

ステージでは、シェイクスピアの悲劇『マクベス』のアークトゥリアン版が演じられていた。空席に向かって移動しながら、大半を見逃したらしいと察しをつける。舞台はすでに、マクベスがダンカン王を殺すくだりにかかっていた。

先に来ているトムのとなりに座る。いつものように気さくなあいさつをかけてこない。舞台に集中していた。何とも不可解な状況だ。この星に来たのは合成食料のためなのに、トムは三時間の芝居を最後まで観《み》せたがっている。

そして、マクベス役の俳優の声に注意しろという。

「あいつは〈死刑執行人コドス〉だ」トムの声は緊張と怒りで震えていた。わたしはとまどった。マクベスがコドスを思い起こさせるといっているのか? 役者に見入る。ほぼ四分の一世紀が経っており、マクベスの演じ手と似ていなくもない。だがトムが本気であの役者をコドスだと思いこんでいるとは信じがたかった。わたしを呼びつけた理由の信憑《しんぴょう》性が怪しくなってくる。

幕間《まくあい》の最中、最後まで座っている時間はないと教えた。トムの自宅に場所を移し、そこで真相を明かされた。合成食料など存在しない。惑星Qに足を向けさせるためにでっちあげたのだ。トムはこの役者、アントン・カリディアンの存在を知り、コドスだと確信している。筋が通らない。トムの推測に従えば、コドス知事は死を出し抜き、あまつさえ銀河系を芝居して回っている？苦楽をともにしたわが旧友の正気を疑った。

トムが死んでしまうまでは。彼は殺害された。

「お前は、コドスか？」わたしはアントン・カリディアンから一メートルと離れていなかった。どことなくコドスの面影がある。だがいまだに記憶はあやふやだった。コドスを見たのは一度きり。のしかかるようにそびえ立ち、わたしはおびえ、ショック状態で、泣いていた。顔なんてまともに覚えていない。だが、死んだトムは確信していた。

「わたしが本人だと信じているのか？」問い返したカリディアンにそうだと答えたが、まだ確信はなかった。状況証拠が積み重ねられていく。カリディアンの経歴は、コドスがかき消えた直後にほぼはじまっていた。そして、七人の不審死がある。コドスを目撃したことがありその容貌を知る者は全員、カリディアン一座が身辺に現れたときに死んでいた。

それでもなお、確信がなかった。

もしコドス本人だとすれば、何という怪物だろう。どれだけ強烈なエゴの持ち主なのか。何千人もの人間を殺し、罪を逃れ、隠れるどころか舞台に立っている。注目を浴びたいという欲求が分別のすべてを凌駕《りょうが》した。

トムはカリディアンがコドスだと断言したあとに殺された。見つけたとき、自宅のそばで刺し殺されていた。はじめは耳を貸そうとしなかったのを後悔し、それが執念に変わった。カリディアンと一座が〈エンタープライズ〉で移動する状況になるように手を回す。トムが正しかったかどうか見きわめ、トムを殺し、トムの両親を殺し、子ども時代の友人知人を殺した人物がもし本当にカリディアンであったなら、報いを受けさせる。

すべてが戻ってきた。タルサスで迎えたあの夜の恐怖が。悪を目の前にして、自分の無力さと再び向きあうあの恐怖。

そのため自らが悪となり、カリディアンの弱点に狙いをつけて攻めた。

彼の十九歳の娘、レノアを誘惑しようとした。

レノアは愛らしく、知的で、たやすくわたしに陥落したかにみえた。惑星Q、その次には〈エンタープライズ〉船内で長い散歩に連れ出した。演技論、シェイクスピア、船長としてのつとめ、宇宙を渡り歩くレノアの生活について話をした。一座が乗船中のある晩、照明を落とした観察デッキへレノアを案内し、キスをした。そのあと、居室へ連れ戻った。

孤独なレノアはわたしと同類の人間で、良心がうずいた。なぜなら本当のつながりを覚えたからだ。だがわたしの目的は、父親の正体を白日の下にさらすことだった。レノアは助けにならない。出産時に亡くして母親を知らずに育ち、そのため父親がすべてだという。

「パパは立派な人よ」わたしの船室でともに過ごした晩、レノアがそういった。「たくさんのものを与えてくれた。すばらしい人生と仕事をくれた恩を、とても返しきれない」レノアは大人で、また子どもでもあり、わたしは彼女からたったひとりの親を奪おうとしていた、トムの両親が奪われたように。じかにカリディアンと対決し、かわいそうな娘からは手を引こうと決心する。

役者の船室を訪ね、虐殺を命じた際にコドスが行ったスピーチを読みあげさせた。記憶を頼りにわたしが書いた原稿をカリディアンが朗読し、それを録音した。

「革命は成功した……」あの文句を、忘れはしない。当時コドスは自信たっぷりに、傲慢にいい放った。住民虐殺の狂った理由づけに、まるで何らかの正当性があるかのように。このときは、ひとりの老いた役者が弱々しく、多少の苦味をにじませて朗読した。全文を読みあげさせる。

それでも確信がつかめない。

「使い方は知ってるわ、船長」レノアがわたしにフェイザー銃を向けている。

レノアは女優だ。ずっと演じ続け、わたしのとりこになったふりをしていた。レノアこそ、トムを殺し、残りの六人を殺した犯人だった。ずっと、レノアはわたしの死を願っていた。父親に害をなすとみなした相手のひとりだからだ。わたしに殺意を抱くとは、皮肉な話だ。いまだに記憶があいまいなのだから。カリディアンの口から、自分がコドスだと白状させる必要があった。わたしは愚か者だった。カリディアンと同じぐらいの大ばか者だ。このナルシストの父は、娘をどれだけ深く損なっていたのか、手遅れになるまで気がつかなかった。

われわれは〈エンタープライズ〉の劇場に集まり、カリディアン一座演じる『ハムレット』の舞台に立っていた。レノアが銃を構え、引き金を引く。

そのとき父親が前に飛び出し、わたしを助けた。それはやはり、彼の虚栄心のなせるわざだった。大勢の命を奪っておいて歯牙にもかけずにいながら、自分の娘が人殺しだと判明したとき、後悔の念に駆られて自分の身をなげうった。

〈死刑執行人コドス〉は死んだ。わが子の手にかかり、自分のした行為によって。生涯犯した罪を償わず、最後につけが回ってきた。シェイクスピアの『リア王』を思い出す。「われわれは自分の被った災いを太陽や月や星のせいにする。まるで悪人になったのが必然であったかのように」

この一節はわたしにも当てはまる。コドスを捕らえることがわたしの〝必然〟であり、わたしは悪人になった。


〈エンタープライズ〉は惑星サイ2000に墜落していた。年老いた、断末魔にあえぐ氷に覆われた星だ。われわれが派遣された当初の理由は、科学班を収容し、安全な距離から惑星の崩壊を観察するためだった。だが計画通りにことは運ばない。科学班は全員奇妙な病気にかかり、自制心をなくした。班員のひとり、ロッシというクルーが生命維持システムを切ったあと、服を着たままシャワーを浴び、残りの班員は全員凍死した。現場へ到着したときは死後一日以上経っており、上陸班が感染源を〈エンタープライズ〉に持ち帰った。

船は急速に、ほかにましな表現がないが、精神科病棟と化した。上半身裸になったスールーが剣でわたしを刺し殺そうとし、新任航法士のケビン・ライリーは文字通りエンジンを切ってしまった。マッコイがなんとか治療法を見つけたが、船は惑星の大気圏にらせんを描いて落ちはじめた。通常の手順でエンジンを再稼働している時間はない。唯一の望みはスポックだった。わが優秀なる科学士官は手遅れになる前にエンジンを〝コールド・スタート（冷えた状態でのエンジン始動）〟させる方程式を組めるだろうか？　それが最後のチャンスだ。

スポックも感染していたが、なんとかやり遂げた。スコッティの手を借りて、ふたりがかりで物質と反物質を手動で融合させ、制御爆発を起こしてエンジンをジャンプスタートさせる。われわれは、死にゆく世界から脱出した。

そして、とてつもないパワーによりタイムワープが起きた。われわれは七十時間分、過去に逆行した。

どれほど画期的な発見なのか、最初は気づかなかった。わたしもやはり病気にかかっていたためだ。症状は酔っ払ったときに似ている——自分の周りに築いた心の壁がとり払われてしまう。そして同時に、自分がどれほど〈エンタープライズ〉に愛着を持つに至ったのかを浮き彫りにもした。すべてを喜んでなげうってもいいと思う対象を見つけても、無生物である船は、何も返してはくれない。それは、暗い自己発見の瞬間だった。わたしの愛するものは愛し返してこない。

だが、われわれの発見は個人的な恋愛関係の悩みより、はるかに重要だと科学士官が思い起こさせようとした。

「未知への扉が開かれましたね、船長」どんな惑星のどんな時代にでも戻れるとスポックは指摘する。

「いつか試す日がくるかもしれんな、ミスター・スポック」とはいえ本気で検討したわけではない。スールーに命じ、次の目的地へコースをとらせる。スールーは従ったが、わたしはハタと思いついた。

「ちょっと待て。スポック、今は三日前なんだな。つまり、サイ２０００はまだ破壊されていない」

「そうです」と答えてから、スポックはわたしの意図を理解した。「科学班はまだ生きているかも――」

「ミスター・スールー、引き返せ！　サイ２０００に戻るんだ、ワープ最速！」

われわれは引き返し、転送降下した。班員は全員病気にかかっていたが、生命維持システムを切る前にロッシを見つけた。フェイザーで麻痺《まひ》させねばならなかったが彼を止め、みんなを救った。マッコイが治療にあたり、船に収容し終えるとサイ２０００の崩壊を再び観察する。今度は安全な距離をおいて。

負ける日もあれば、勝つ日もある。

船が激しく揺れた。ナビゲーション・センサーを確認する。イオン嵐の中心にも達していない。さらに揺れが激しくなる。操舵で相殺《そうさい》してやらないと、嵐の渦で船がコースから外れるおそれが出てきた。

「コースを維持しろ、ミスター・ハンソン」

「アイ、船長。固有振動、フォース二……三……」ベータシフトの操舵士ハンソンが右舷エンジンを逆進させ、嵐のフォースを相殺する。ハンソンはイオン嵐の最中に操舵について欲しい男ではない。自信と経験に欠けるが、今は任を解けなかった。

イオン嵐の原因を完全に解明した者は誰もいない。イオン粒子が時速数千キロの速度で移動して起きる磁気嵐だ。謎は威力の一因でもある。嵐は乗員と船長の両方を恐怖させた。悪意を感じた。船を動かせば嵐がカウンターをかけ、丸ごと飲みこもうとする。最大の威力は恐怖を引き起こすことにあり、恐怖で船長は間違った決定を下しかねない。わたしは計器をチェックして機関士に推力をあげるよう命じると、イオン計測ポッドを呼び出した。

〝イオンポッドです〟ベン・フィニーが冷静かつ自信に満ちた声で応答した。ベンは以前にもイオン嵐のさなか、センサーポッドに入ったことがある。可能な限りセンサーデータを集め、ポッドが帯電する前に退避命令がかかるのを知っていた。微妙なバランスだった。ポッドからのデータなしでイオン嵐を抜けるのはほとんど不可能に近い。イオン嵐は数分のうちに数千キロ単位で大きさを変えることで知られる。データを集めるほど、素早く突破口を見つけられた。

「脱出の準備をしろ、ベン」右手のパネルを見おろす。警戒警報《イエロー・アラート》のスイッチを押した。非常警報《レッド・アラート》を押せば、それがベンにはポッド脱出の合図となる。顔をあげ、ナビゲーション・センサーを確認すると、船は嵐の三分の一ほどを過ぎたのがわかった。

「安定を保ちつつ前進しろ、ミスター・ハンソン」

「外殻への圧力が増しています」スポックが報告する。

「固有振動フォース五。六……」船は振動の増加に耐えられるものの、嵐を抜けるのが早いほどいい。センサーポッドからのテレメトリーをチェックする。嵐の三次元映像がナビゲーション・コンソールに映った。〈エンタープライズ〉は小さな点だ。コンピューターがコースを投影する。素早く計算する。三分もしないうちに現在のコースを抜けるが、荒い航海になりそうだ。

船が揺れる。振動が絶え間なく続くようになった。

「固有振動、フォース七です」ハンソンが騒音越しに叫ぶ。

自分のコントロールパッドを見おろし、非常警報を発動する。ポッドを出るときだとベンにはわかるだろう。

非常警報のサイレンは、船の振動音にほとんどかき消された。うねる波に乗った空っぽのブリキのコップさながらに翻弄され、惰性ダンプナーがフル稼働でわれわれを立たせている。ハンソンの手元のコンソールを見守った。相殺が追いついていない。

「操舵士、右へ二度切れ」

「アイ、サー」ハンソンが変更を実行したとたん、船が激しく揺れた。惰性ダンプナーが間に合わず、船が右舷に傾く。わたしは椅子から投げ出された。スポックが操舵席近くで転がる。コントロールまで這《は》っていき、ダンプナーの出力を上げると船が起き直った。ハンソンを助けて椅子に座らせ、次にコースを確認する。嵐のふちから出るには、まだ数分かかる。ブリッジ全体が震えていた。わたしはパニックの波を感じたが、自制をとり戻した。わたしの決断は正しかった。

そのあと意識がポッドに戻る。この規模の嵐で、もしコントロール回路がひとつでも焼き切れれば船はおしまいだ。数秒が過ぎる。フィニーには退避する時間はじゅうぶんあった。ブリッジは全員自分の受け持ちに手一杯で、目をコンソールに据え、船の安全を保つために自分の職務を果たしている。わたしは席に戻り、分離ボタンを押した。緑色に点滅する。ポッドが切り離された。

ほどなくして揺れが静まり、船は落ち着きはじめた。

「固有振動、フォース五……四……」ハンソンの声が数字ごとに平静になっていく。

「船長」ウフーラが呼ぶ。「ミスター・フィニーからの報告がまだありません」ポッドを受け持った士官は脱出後、ただちに出頭するのが標準的な手続きだった。

「保安要員に連絡しろ、けがをしているのかもしれん」わたしは嵐から抜け出すことに注意を戻した。

一日かけて捜索しても、フィニーは見つからなかった。わたしが切り離したとき、まだポッドにいたと結論づけられた。理屈に合わない。ベンは危険を知っていた。非常警報が鳴れば、ポッドから退避しなければならないのを知っていた。

真相は、さらに意味が通らなかった。二週間後、わたしは船のビュースクリーンが記録した事故当時の映像を観《み》ていた。わたしの右手がクローズアップされ、分離ボタンを押しているが、まだ警戒態勢の段階で、船が非常態勢に入るずっと前だった。

そのために、わたしは軍法会議にかけられた。

第十一宇宙基地の法廷で、わたしは礼装したストーン准将、並びに三人の指揮官クラスの士官と向かい合って座った。争点になるのは、わたしが精神的な疲労からパニックに陥り、必要以上に早くポッドを切り離したか、もしくはそれよりさらに悪質なことをしたかどうかだ。検察側は、わたしがベン・フィニーへの敵意を募らせ、彼を排除する機会に乗じたと主張している。

ビュースクリーンの映像を確認し、わたしの手が記憶よりも早い段階でポッドを切り離すのをこの目で見ると、自分の記憶を疑わざるをえなくなった。ベンに抱く気持ちはわかっている。目の上のこぶとはいえ、優秀な、信頼できる士官でもあった。とるに足らない理由で彼を殺したなどと考えるのは単に真実でないばかりかわたしに対する侮辱だ。まだしもパニックに陥ったという憶測のほうが受け入れやすい。嵐のただ中で、わたしはパニックになりかけたが気をとり直した。適切な判断を下している。

だが記録映像では違った。どうみても有罪だ。

わたしは法廷にひとりで立ったのではない。サミュエル・コグレーという弁護士がついていた。

へんくつな老人で、読書家だった。本を偏愛している。古い、製本の立派な紙の本をだ。わたしには懐古趣味に映り、裁判中はコンピューターの記録についてはこれといった策を打たなかった。ところがコグレーの書物にかける情熱が、最終的にはわたしのキャリアを救った。

コグレーが弁論を終えた直後、スポックが新たな証拠を持って法廷に現れた。何者かが〈エンタープライズ〉のコンピューターに手を加えたのをつきとめたのだ。しかしすでに弁論を終えていたため、法廷側に聞く義務はない。そのときコグレーが真価を発揮した。

彼は熱のこもった弁舌をふるい、人間が機械の影に隠れ、コンピューター・テクノロジーが日々の生活様式に入りこむにつれて個人の権利を失ったと主張した。コグレーの弁論は何世代もの人間、二十一世紀初頭に原始的なインターネットに屈した人々にまで遡って意義があるように思われる。そして、判事たちに証言を聴取する気にさせた。

審理は〈エンタープライズ〉に場所を移して再開された。スポックの証言によれば、コンピューターの改変は非常に巧妙で、プログラミングの専門家だけになしえる技だった。三名のみがスポックの眼鏡にかなった。彼、わたし、ベン・フィニー。そのとき、コグレーがにわかには信じがたい論を張る。映像日誌を変えたのはベン・フィニーであり、死亡と推定されたあとにコンピューターに手を加え、わたしが殺したように見せかけたというのだ。

それが真実なら、ベンは自分の死を偽装し、船内のどこかに身を隠しているはずだ。船のセンサーを使って、まさしくベンの生存が証明された。

フィニーは分別をなくしていた。キャリアをつぶしたわたしへの復讐《ふくしゅう》にとりつかれた。深刻な病気をわずらうフィニーを、わたし自身で見つけなければならない。ベンは船の機関室に隠れていた。ねじくれた計画が暴かれるともみ合いになり、必死にわたしを殺そうとしたが、望みはなかった。とうとうデッキに倒れ伏し、うちひしがれてすすり泣いた。

「ベン。なぜだ？　君を愛する妻と娘がいるのに」

「いいや、愛してない。俺を愛してなんかない」

彼は病んでいた。真に病んでいた。やっとそれがわかった。生まれつきなのか、生活状況がそうさせたのかは不明だが、どちらにしてもベンは自分を見失った。


宇宙艦隊アカデミー校長の推薦を受けて、年若い少尉が第十一宇宙基地から本船に乗り組んできた。アカデミーを卒業したばかりで、科学と航法においてずば抜けた成績を修めた。わたしは新たにクルーが着任するたび、自己紹介に出向いている。ガロビック船長がそうしていたのを覚えており、彼のひそみにならった。また、スポックかわたしのどちらかが、最初のうちだけでも新米クルーの指導にあたるしきたりも作った。そのようなわけで、若者が転送搭乗したとき、わたしは転送室にいた。

「チェコフ少尉、着任します、船長《ケプティン》」わたしを見ると、気をつけの姿勢をとる。強いロシアなまりに驚いた。なまりは二十三世紀の言語指導でほとんど駆逐されている。例外は、個人がなまりをなくしたくない場合だ。チェコフはこの範ちゅうに当てはまるのが、このあとすぐに判明する。

「楽にしてくれ。乗船を歓迎する、少尉」握手を交わした。

「恐れいります。ふたりとも、同じ地域出身の先祖を持っているようですね」

「何だって？」脈絡が追えなかったが、少尉は話し続けた。

「おそらくは昔の、旧ソビエト社会主義共和国連邦の共産党員だったのでは……」

「少尉、何の話をしているんだ？」

「あなたのご先祖はブルガリアのキルコボ《Kirkovo》の方、そうではありませんか？　わたしはサンクト・ペテルスブルク生まれですが、母方の父はオデッサ生まれで、黒海の向かい側の……」

「がっかりさせて悪いんだがね、少尉」わたしは遮った。「わたしの先祖はキルコボ生まれじゃない。先祖に共産党員がいるとは思わないな」チェコフは失望を隠せず、わたしは面白がっているのを隠せなかった。医療室に行って健康診断を受けるように指示する。この若者には、スポックをメンター《指導者》につけよう。


「最後の案件です、船長。ウェズレー准将からクルーの転送要請がありました」と、スポックがいった。朝の会議中で、場所はわたしの船室だ。マッコイが居あわせたのは、持ち場に向かう前にコーヒーを飲みに顔を出したためだ。「どうも不可解な話です」

「誰を転送したいんだね?」わたしはすでに答えを知っていた。ウェズレー准将はジャニス・ランドを彼の船〈U.S.S.レキシントン〉に転属させ、通信部門の空きスポットを埋めたがっている。ボブ・ウェズレーはわたしがアカデミー在学中、短期間指導教官をつとめていた。その後、〈ホットスパー〉の船長時代に数回顔を合わせ、親交を結ぶ。わたしがこの件を打診すると、快く受けてくれた。

「中尉昇進を申し出ています」

「それのどこが不可解なんだ?」マッコイが訊いた。「いい話じゃないか」

「不可解なのは、ドクター。ランド秘書は転属を要望していない点です」スポックの目を逃れる術《すべ》は何ひとつない。普段ならそれはいいことだ。だがこの場合、わたしの息がかかっているのを誰にも気づかれぬよう願っていた。

「ジャニスは行きたがっているのか?」スポックが暗に呈した疑問を避けるため、あえてたずねた。もし直接聞かれれば、わたしは嘘《うそ》はつかない。わたしを見て、話題を避けているのをスポックは感づいたらしい。

「ホン大尉に、この件はランド秘書には伝えないよう指示しました。あなたの承認待ちです」わたしは伝えてよしといい、スポックはうなずいて出ていった。だが、彼が出ていってしまうと、マッコイは単刀直入に核心に入った。

「ウェズレー准将は君の友だちだろう?」わたしはうなずいた。「ランドがこの船を離れたがるとは思わない。君の主治医として、これが最善の対処法だとはいえんぞ」マッコイはわたしがジャニスに抱く罪悪感を知る唯一の人間だ。罪悪感はわたしを苦しめ続けた。多少は薄れ、対処できるかに思われた。だが先だっての出来事で考えを改めた。

「ボーンズ、彼女はここにいないほうがいいんだ。フィニーをそうすべきだった。船を降ろしていれば、わたしから遠ざけていれば――」

「ちっとも同じじゃないぞ。ベン・フィニーは病んでいた。パラノイア患者は頭が回る。うまく健常者を装うんだ。わたしは計六回、年に四度の定期検診をしたのに見逃した」

「たぶん、君を転属させるべきだな」マッコイはわたしが話題を終わらせようとしているのを理解した。

「自分の問題を〝転属〟させることはできんぞ、ジム。これは個人的な問題で、人事の問題じゃない」マッコイの指摘は正しいが、耳を貸さなかった。


「これが最後の記録になるかもしれない」わたしはメトロン人に持たされたレコーダーに話しかけた。荒れ果て、高温の、無人の小惑星にいるわたしは、鉱物の露出した岩山に座りこみ、疲れきっていた。右足がたまらなく痛む。もうおしまいだと思った。足もとの鉱物を見おろす。ダイヤモンドと硫黄。何かを思い出しかけたが、あいまい模糊《もこ》としている。武器を探した。屈強で、危険な生き物を殺せる武器だ。硫黄《いおう》と武器とのつながりを思い出せずにいる。立ちあがり、歩き続けた。

セスタス三号星の惑星連邦コロニーは、ゴーンとして知られる種族に破壊されていた。〈エンタープライズ〉は犯人を追跡して未知のセクターへ踏みこんだ。メトロンと名乗る別の種族が、驚くべきことに彼らの母星からわれわれに接触してきて、本船とゴーン双方の船を停止させると、わたしと敵の船長をブリッジからさらい、この荒涼とした岩だらけの星へ降ろして決闘させた。

最初から、わたしは相手をみくびっていた。二メートル超の爬虫類で、ゴールドのチュニックを身につけ、驚異的な怪力だが身のこなしはわたしよりずっと遅い。それを、あまり知恵のない証拠だと誤解した。ところがわたしはゴーンのしかけた罠《わな》に引っかかり、足にケガを負いながら辛うじて逃れた。食料も水もない。もうじき力つき、相手に追いつかれるだろう。

メトロンがわれわれをこの星に降ろしたとき、武器があるといったが、敵を倒せるような武器をまだ見つけ出していなかった。だがあきらめるわけにいかない。もし負ければ、船を破壊すると警告されている。

わたしは大きな岩場でつまずき、岩肌を滑り落ちた。白い、ざらついた粉に手が触れる。見覚えがあった。味見をする。しょっぱい。硫黄にまつわる記憶が、とうとう水面に浮かびあがった。

サムだ。

五歳のわたしは、兄のサムが納屋で大砲を組み立てるのを観察していた。サムは底をくり抜いた古いブリキ缶をはんだづけし、テーブルの上に三つの化学物質を広げた。

「それはなに？」

「硫黄だ」黄色い山を指して、サムがいった。「黒い粉は炭で、白いのは硝酸カリウム《ソルトピーター》」兄が止めるより先に、わたしは硝酸カリウムを味見した。

「吐き出せ！」すぐにいう通りにする。

「塩《ソルト》だっていったよ」

「硝酸カリウムだ。食うもんじゃない」

「何に使うの？」

「火薬だ」

それからサムは自信に満ちた手つきで、化学物質を適切な割合で慎重に混ぜてからつぶした。あの味がよみがえり、セスタス三号星のわたしは、手についた白い粉を味見したあと吐き出した。同じだ。思い出し笑いをする。サムの大砲が天の助けになった。

公的な記録では、竹の砲筒とダイヤモンドの砲丸でわたしがゴーンを倒したとされている。驚いたことに、爆発で砲筒から撃ちだされたダイヤモンドは奇妙な生き物を失神させるにとどまった。わたしは上手《うわて》をとって、敵を殺すチャンスを手に入れたが、殺す代わりに命を救い、その結果、ゴーンと惑星連邦は今では良好な関係を結んでいる。サムに借りができた。

だが、礼をいう機会は訪れなかった。

スポック、マッコイ、スコッティ、そしてわたしは、カーン・ノニエン・シンと向きあって座っていた。わたしは人工冬眠中のカーンとその眷属《けんぞく》を古代の宇宙船で発見した。遺伝子操作の産物、超人カーンは一九九〇年代に地球の四分の一を支配した。彼についてはアカデミー時代、ジョン・ギル教授の講義で教わったことがある。そして今、彼がここにいる――前の日、カーンは船を奪いわたしを殺害しようとした。企てに手を貸した者がいた。士官のひとり、歴史家のマーラ・マクガイバー少尉だ。少尉が造反したのはカーンと恋に落ちたせいだった。マクガイバーに手伝わせ、カーンは原始的な船内でいまだ冬眠中の部下七十二名を蘇生させた。一味は速攻で〈エンタープライズ〉を奪った。だがカーンはわたしのクルーがいなくては船を動かせず、クルーはカーンに従わなかった。カーンがわたしを殺そうとしたとき、変心したマクガイバーが邪魔をしたために助かった。わたしは船を奪還した。

そして今、身なりを整え礼装したわれわれは、カーンとマクガイバーの処遇を決める査問会の席にいた。どたん場で心変わりしたとはいえ、わたしはまだ少尉の反逆を許せずにいる。カーンを見ると、拘束されてもなお、リーダーだった。その瞬間、なぜか彼の本性を忘れた。殺人者であり、何百万もの人間を死に追いやり弾圧した独裁者の本性を。その代わりに、文明的な態度で恩情をかけるという考えに、得意になった。

「本件に関するすべての告発をとり下げると宣言する」マッコイただひとりが抗議したが、彼を遮ってスポックを向いた。スポックとわたしはすでに、セティ・アルファ5に目星をつけていた。現在のコースからさほど遠くない星だ。ほぼジャングルに覆われた世界で、何種類もの捕食生物が棲息《せいそく》している。カーンと彼の一味に、そこで暮らす選択肢を与えた。傲慢さにおいてわたしに非があったが、それがわからなかった。人道的な判断を下したと思っていた。カーンたちはずば抜けて優秀なため、再教育センターに閉じこめても益はない。脱走を試みて大半を費やすだけだろう。その代わり、彼に手なずけられる世界を与えた。カーンは笑みをもって申し出に応えた。

「ミルトンの『失楽園』を読んだことは、船長?」彼がほのめかしているのは、地獄に堕《お》ちるルシファーの放ったセリフだ。いわく〝天国でかしずくよりも地獄でかしずかれる方を選ぶ〟。彼の返答は教養があり、高邁で、洗練されていた。わたしは彼を称賛し、カーンはわたしを手玉にとっていた。

わたしは造反の歴史家に迫った。軍法会議か、それとも愛する男とともにこの苛酷な世界で生きるか? もちろんマクガイバーは後者を選んだ。わたしが創作に手を貸した物語の、ロマンチックかつ英雄的《ヒロイック》な結末に水を差す者はいない。

拘束者たちが退出すると、スポックが今のひと幕を反すうした。

「さぞかし見ものでしょうね、船長。百年後にここへ戻り、今日まいた種がどんな実を結んでいるのか確かめられたなら」すばらしく、希望に満ちた考えで、わたしが提案をしたとき、まさにそれを考えていた。

もちろんわれわれはもっと早く戻り、わたしの職務上犯した最大の過ちの結果と向きあうことになる。だが当面は、自分の浅はかな思いあがりのせいで意気揚々、満足していた。

セティ・アルファ5までは一週間かかり、航行中はカーンととり巻きを貨物室のひとつに拘禁し、周囲にフォース・フィールドを張った。貨物室にはじゅうぶんな食料と生活必需品を備蓄しておき、フォース・フィールドを解かずにすむようにした。一味が再び船の乗っとりを企てないとも限らない。セティ・アルファ5に着いたら、貨物室から直接惑星に転送降下させる。旅のあいだ、格納庫にあった貨物ポッドをスコッティに命じて地表で使う仮設住居に仕立てさせ、到着したら降ろす予定でいた。仕上がり具合を点検していると、スポックが会いに来た。

「船長に、結婚式を挙げて欲しいとの要望がありました」わたしはいぶかしげにスポックを見返した。なぜ今時分にそんなことを持ち出すんだ？

「カーンを降ろすまで待てないのか？」

「待てないでしょうね。要望はカーンからです」わたしはスコッティと目を見交わした。

「これだから船長になるのは願い下げなんです……」スコッティがいった。

スポックに無理だと返事をした。遺伝子操作された人間七十二名が参列する結婚式などリスクが大きすぎる。スポックの反論によれば、カーンはすでに、船がセティ・アルファ5に着いて、彼のとり巻きが惑星に転送降下するまで待つと申し出ているという。式に出るのはカーンとマクガイバーのみ。何かの罠のように感じたが、スポックは同意しなかった。

「それについてじっくり検討してみました、船長。カーンは未開な時代の未開な男です。昔のシーク教の儀式で気がやすまるかもしれません」

「待て。シーク教の結婚式をしたいのか？」

スポックはその点でも抜かりなかった。チェコフ少尉に儀式のやり方を調べさせてあり、結局わたしは了承した。だがどうしても信じがたい。自分でカーンに問いたださなければ納得できず、自室に戻ると机のビュースクリーン越しに会話した。

「カーン、こういってはなんだが、これはジョークか？」

〝いい加減つきあいは長いのではないかね、船長。わたしにユーモアセンスはないとわかる程度には〟その通りだった。〝惑星に着いたあとの状況は未知であるし、新世界に第一歩を踏み出す瞬間から、マーラにわたしの妻でいる名誉を与えたい。ふたりでともに征服するのだ〟

「それなら……結婚式をとり行おう」

船はセティ・アルファ5に到着した。貨物ポッドを地表におろし、そのあとカーンの郎党を転送して彼とマクガイバーのみを船内に残した。再び礼装になり、礼拝堂に向かう。新郎と新婦はチェコフ少尉がウフーラ大尉の部屋から手に入れたクッションに座った。列席者は、やはりクッションに座るスポックとマッコイのふたりだけだ。五人の保安部員が隔壁を背に立っている。わたしは礼拝堂に入ると、わたし用に用意されたとおぼしき空のクッションに座った。

式次第はできる限りシーク教の伝統に則っている。チェコフがそっと〝アナンド・カラジ〟、翻訳すれば〝喜ばしき結合〟の儀式をうながした。花嫁と花婿が互いへの愛を誓い、平等なパートナーシップにおけるそれぞれの役割を挙げていく。風変わりでもあり進歩的でもあった。伝統では花婿が花嫁を家族から連れ去って終わるが、この状況では独自の意味あいを帯びる。

ふたりを転送室までエスコートした。転送台に上がる両人は幸福そうで、満ち足りた、誇らしげな夫婦だった。カーンでさえ、婚姻の喜びと無縁ではなかった。わたしはふたりを転送降下させた。

「じゃあ、何かね」マット・デッカーがいった。「すべてまぼろしだというのか」

わたしはデッカーの船、〈U.S.S.コンステレーション〉の会議室にいた。二日ほど前、惑星連邦とクリンゴン帝国の開戦が布告された。それは、二日間で終結する（そのため「二日間戦争」と呼ばれている）。わたしはその渦中にいて、だいたいの経緯を知っていた。主力部隊の指揮を任されたデッカー准将はクリンゴン軍とすわ開戦、というところで突然待ったをかけられ、そのため説明を求めた。亜空間通信にてノグラ提督も出席し、テーブル中央のビュースクリーンから見守っている。

「正確には、まぼろしではありません。たぶんはじめから報告すべきでしょう」デッカーの顔には疑惑の色が浮かんでいたが、無理もない。容易には受け入れにくい事実だ。戦争が勃発した際、〈エンタープライズ〉は要衝地点にあるMクラスの惑星オルガニアに送られた。現地種族と条約を結び、作戦基地にするためだ。原始的な社会のオルガニア人は、われわれにも、迫り来る危険にも関心を示さなかった。援助の手を拒み、そうこうするうちクリンゴンが襲来した。

スポックとわたしは惑星にくぎ付けになり、現地人になりすましたところでクリンゴン兵士数百名に囲まれた。わたしはアクサナーで見た光景で頭がいっぱいになった。素朴で平和な社会がクリンゴンの占領により破壊されていくのを、今まさに目《ま》のあたりにしようとしている。クリンゴンの占領軍司令官コールは、わたしがあの種族を嫌悪するに至ったすべてを集約したような男だ。傲慢にして非情、戦争を賛美する社会を誇っている。それが彼に鼻持ちならないおごりを与え、弱者への残忍な仕打ちを正当化させた。

　だがオルガニア人は無力で素朴な民ではなかった。ヒューマノイドの形をとって見せただけで、実際は純粋なエネルギー体であり、何万年もわれわれより進化していた。彼らは戦争を凍結し、宇宙空間にいる船、並びに地上の武器を操作不能にした。わたしは当初、カンカンに怒った。自分は平和を愛する人間だと思っていたが、クリンゴンへの憎しみで周りが見えなくなっていた。開戦を望み、オルガニア人はそんなわたしの自由を奪った。それでもオルガニア人と直接渡りあったため、わたしには状況を受け入れる時間の余裕ができた。任務報告を終えたあと、デッカー准将は受け入れていないのがわかった。

「俺たちがどうすべきか、あんな存在に指図されるいわれはない」デッカーはわたしが味わったばかりの葛藤を味わっていた。地球人類が宇宙で一番進歩した文明ではなかった、およそ近づいてもいなかったという事実を突きつけられたのだ。「手をこまねいて座しているわけには――」

「クリンゴンもわれわれと同様、手も足も出ません」オルガニアは惑星連邦の大統領とクリンゴンの総裁に発効ずみの条約を突きつけ、どちらかが違反すればどこにいようと宇宙船を活動停止にするとの脅しをちらつかせた。

「クリンゴンは裏をかく手段をひねり出すさ」デッカーがいった。「まだ戦時中だと想定し、計画を進めるべきだ。二日でクロノスに一団を送りこめる……」最後の部分はノグラに向けた発言で、提督は片手を挙げると頭を横に振った。わたしには知らされていない何かについて言及しているのだ。連邦評議会の大統領、アンドリア人のボーメナスから宇宙艦隊司令部に対し、条約に従うよう厳命されたと、ノグラが准将をいさめた。デッカーは収まらない様子で、果たしてこの状況を受け入れる日が来るのか怪しかった。

そしてまた〝一団〟とはなにを指すのか、わたしはいぶかしんだ。[編注14]

ともかく全面戦争はまぬがれた、少なくとも当面のあいだは。これは〈エンタープライズ〉の指揮をとって以来、阻止に貢献した三度目の戦争だ。わたしは実績を積んでいるように感じた。歴史の一部になった。

ほどなく、歴史を救う方法をひねり出さねばならなくなる。

編注11　一般に支持されている理論によれば、〈S.S.バリアント〉が出会った〝磁気嵐〟の正体は、乗船していた科学者には未知の、不安定なワームホールだった。

編注12　今日まで、銀河系をとり巻くマイナス・エネルギー・フィールドの発生源について広く受け入れられている科学的な定説はない。

編注13　カーク船長の直感は正しかった。本書の出版される少し前、宇宙艦隊はロミュラン戦争関係書類の貴重な発見を公表し、宇宙艦隊司令部と地球の指導者たちはバルカンとロミュランのつながりを戦時中に知ったが、バルカンと地球の関係を保つため秘密にしていたと、初めて認めた。

編注14　英語の〝Kronos（クロノス）〟に似た発音で、クリンゴンの母星。

CHAPTER SEVEN

第七章

危険な過去への旅
――育まれたスポック、マッコイとの友情

地下室の階段を降りてきた天使は、ひと目でわれわれに何が必要かを見てとり、スポックとわたしに仕事をくれた。

「一時間十五セント、一日十時間。お名前は？」

「わたしはジム・カーク、彼は……スポック」一九三〇年代のアメリカについてわたしが知っているのは、異文化に対する興味と知識の一般的な欠如だ。スポックはざっくり、アジア系で通るだろう。

「わたしはエディス・キーラー。じゃあ、この部屋の掃除からはじめてちょうだい」エディスがいい、上の階に戻ろうとした。行って欲しくない。

「キーラーさん、ここはどこですか？」

「二十一番街の救済会館よ」宗教的な響きだ。彼女が尼僧じゃありませんように、と思わず願う。

「ここの責任者？」

「その通りです、カークさん」エディスは散らかった地下室にふたりを残し、階段を上がっていった。スポックとわたしはすぐに清掃作業にとりかかった。一週間前には想像もつかなかった場所に、わたしはいた。[削除] セクターを〈エンタープライズ〉でパトロール中、クロノメーターが奇妙な動きを見せはじめた。二時間ごとにメーターがミリ秒〝スキップ〟しているのに、スポックが気づいたのだ。スポックは未知の粒子波動の発生源をつきとめ、〈エンタープライズ〉でたどっていった。その惑星は、［削除］星系にあり、惑星連邦の最も近い星系から［削除］光年以上離れている[編注15]。

　奇妙な古代惑星に近づくにつれ、粒子波動の影響はさらに増し、〈エンタープライズ〉はスポックいうところの〝時間の波〟に翻弄された。波のひとつにさらわれたとき、マッコイが危険な興奮剤コルドラジンをうっかり自分に打ってしまう。マッコイは錯乱状態に陥り、船から逃げ出した。スポックとわたしは上陸班を組んで惑星に降下し、マッコイを探した。

　地表では、はるか昔に滅びた文明の遺物で、どうみても直径三メートルに育ったドーナツとしか形容できない物体が、こうのたまった。

「わたしは〝永遠の管理者〟だ」

時間の門《タイム・ポータル》。たずねるより前に、物体は地球の過去をドーナツの穴に映し出してみせた。そのときマッコイが、止める間《ま》もあらばこそ門に飛びこむ。

だしぬけに、〈エンタープライズ〉と連絡がつかなくなった。マッコイが何らかの形で過去を改変したせいだ。スポックとわたしはドクターのあとを追い、門をくぐって過去に戻り、それ以上のダメージを防ごうとした。飛びこむ時間を正確には計算できない。マッコイより前に着いたことだけは確かだ。どれだけの開《ひら》きがあるのかまではわからなかった。

今は、地下室を掃除しなくては。掃除道具は原始的かつ非効率的だ。ほうきは古く、わらでできている。床の上をほこりを押して回り、後ろに掃き残しを作った。また、部屋にあるのは直しようのない家具か、とっておく価値があるとは思えないガラクタばかりだった。

「七日間働くとして」スポックが口を開いた。「昔のアメリカ通貨で、ひとり週に十ドル十五セントになります」われわれの今いる時代において、それがどれだけの稼ぎにあたるのか、見当もつかない。スポックの指摘によれば、必ずしもそれが稼げる上限ではない、なぜなら二十四時間サイクルで十四時間、ほかの日雇い仕事を見つける時間があるからという。わたしは気が進まなかった。

「眠る時間が要るだろう」

「わたしは必要ありません」

それについては反論できないが、地下室を掃除する方法を見つけない限り仕事を探す時間は作れないといった。スポックはフェイザーを最小分解値にセットすれば、室内を傷つけずにほこりを払えると提案した。それではいかさまをしているような気がする。

「清掃競技に参加していたとは知りませんでした」と、スポックが返す。自分たちのしなければいけない作業を数え直し、早道をしても時間の流れは気にしないだろうと思った。

「フェイザーをセットしろ。わたしはドアを見張る」

二十三世紀の利器の助けを借りてさえ、部屋の掃除には二時間かかった。仕事を終える頃、料理のにおいが上から漂ってきた。肉とたまねぎを合わせたにおいで、くらくらする。何時間も食べていないことに気づき、急いで片づけると上階の救済会館に出た。

そこはキッチンを備えた小さな空間で、カフェテリア形式の食事エリアにはアップライトピアノが置かれ、施設はほかに十五台の簡易ベッドがしつらえられた部屋と、共同のトイレ・シャワーを備えている。食べ物のにおいが強まったが、コーヒー、腐った木材、体臭のにおいも混じって鼻をつく。

すり切れて汚れた服を着た、ひげ面《づら》のみすぼらしい男たちでダイニングエリアは混み合っていた。希望を失くしガラス玉のような目をした男たちが列を作り、スープ、コーヒー、パンひと切れをもらっている。スポックとわたしも並び、彼らに混じって席につく。周りの人間と同様、希望を失ったように感じた。もしマッコイを止められなければ、この世界は何かが変わるのだろうか？　残りの人生をここで過ごすことになるのか？

そのとき、エディス・キーラーが立ちあがってスピーチをした。未来について話し、宇宙への旅や、将来は人類が飢えと病気を克服するといったことがらについて、奇妙に的を射た予見をしてみせた。

「明日という日に備えましょう。備えて、あきらめない。今の窮状を自分ではどうにもできなくても、それに屈するかどうかは自分で決められます。飢えは減らないかもしれませんが、だからって泣いて暮らすのですか。寒さが毛布を突き通してきても、一緒に絶望まで背負いこむ必要はありません。どんな人間になるか、困難に対し、どう応じるかはあなた次第なのです。

約束を守り、恨みは忘れ、省みるべきは省みて、愛を語るのです、何度でも」まるで、わたしに語りかけているようだ、「自分を信じろ」と。心がやすまり、惹《ひ》きつけられた。部屋を見回すと、わたしだけではない。エディスはこの人たちに生きる場を提供していた。あとでエディスが来て、わたしに声をかけた。

「ミスター・カーク、あなたはとんでもない働き者なのね。地下室が磨きあげたみたいにピカピカしてたわ」褒《ほ》められるとうしろめたくなったが、微笑《ほほえ》んで受け流す。彼女のアパートにスポックとわたしで借りられる空き部屋があるといい、そこならわれわれの賃金でまかなえそうだった。エディスが案内してくれた。

アパートまでしばらくかかったが、遠いせいではない。ニューヨーク市の通りは寒く、苛酷だった。歩いていると、玄関先や公園のベンチに体を丸めてよれよれの毛布や新聞にくるまり、暖をとろうとしている人々を見かけた。エディスはいちいち立ちどまり、救済会館の場所を教え、そこではゆっくり休めて暖もとれるとうながした。敵意を向けられ、酔っている者もたくさんいたが、エディスはひるまない。顔見知りで、会館に戻る者もいた。彼女の無心の行為にわたしは頭が下がった。

やっとアパートに着くと、家主を紹介された。大柄な、息の荒い男で、しみのついた下着をのぞかせており、アルトマンと名乗った。われわれをねめつける。

「つり目野郎をここに住まわすのは許さん」わたしは面食らった。「中国人はよそへ行け」彼のいっている意味を理解するのにしばらくかかり、それからスポックに向けていっているのだと気づいた。これほどあからさまな人種差別は見たことがない。当たり前のような空気にぞっとする。だが、エディスは慣れたものだった。

「わたしが雇ったの。わたしに免じてくれないかしら」

「ここに住んどるのはあんただけじゃない。ほかの住人が怒るぞ」

「カウリー神父も感謝しますよ、きっと」神父を引きあいに出すと、男は軟化した。エディスは紙切れを二枚とりだし、しばらくしてそれが紙幣であることに思いあたった。われわれの宿代を先払いしているのだ。

「あいつには裏口を使わせろ。白人の女子どもに話しかけているところを見たら追い出すからな」

「妥当ね」それどころかばかげて聞こえたが、郷に入っては、というやつだ。

エディスはわれわれふたりをアルトマンに委ね、家主が部屋に通した。これまでに目にしたあらゆるものと同様、室内はくすんで陰うつな印象だった。たわんだベッド、すすけたカーテン、木のテーブルと椅子は、傷と汚れがついている。部屋はタバコの吸いがらのにおいがしみついていた。喫煙の習慣は、この時代の病だ。生きるには難しい時期だと知っていたが、エディスはなぜだか希望を与えてくれる。

毎日が矢のように過ぎていった。救済会館では仕事はいくらでもある。スポックとわたしは〝パーコレーター〟と呼ばれる器具でコーヒーを淹《い》れる方法を学び、皿を洗い、そのほか昔の調理器具を使った料理法を覚えた。また、エディスにつきあって市内じゅうのオープンマーケットで食料の寄付集めをした。ニューヨークは、恐ろしい不況に見舞われていた。至るところで人々が列を作り、スープやパンの施しを受けている。街角に立った覇気のない男が、腐ったリンゴでいっぱいの木桶《きおけ》を抱え、一個一ペニーで売っていた。だが、エディスは高級ホテルやレストランのキッチンにずかずか押し入り、捨てられた骨や傷んだ野菜をスープ用に集め、三日経《た》ったかびたパンは、スポックとわたしにあとで切らせた。

エディスについてもっとよく知るようになった。牧師の娘で、英国はロンドン育ち。一九二〇年代にアメリカに渡り、教会で働いた。当時も今と同じことをしている。いつでも助けの必要な貧しき者はいるという。現在は数が増え、なかにはかつて羽振りをきかせた者もいた。

救済会館での初日は朝七時から午後五時まで働き、そのあとに別の仕事を探したが、見つけるのは容易ではなかった。荷役場で、日雇い仕事にありついた。また、救済会館のご同輩からアイディアを頂戴もした。朝がたに富裕層の住む地区まで行き、捨てられた新聞を拾い集めてダウンタウンで売る。はした金をたかっているようなものだが、なりふり構ってはいられない。

スポックは市の貧民街で、チャイナタウンを見つけた。中国人で通り、ポケットの宇宙翻訳機のおかげで中国語を話せるふりをした。そうやって仕事を手に入れ、最初は地元のレストランで皿洗いを、次には壊れた機械の修理をした。

先立つものができると、スポックがメモリー回路を組み立てるのに必要な、原始的な電子機器を集めはじめた。トリコーダーの記録映像の再生速度を落とし、歴史がどう改変されたのかを確かめられるように何らかの手段を講じなければならない。どれだけ時間に余裕があるのかわからなかった。スポックの予測では、マッコイが現れるまでひと月はある。

身を粉《こ》にして働いているのに、これまでにないほど、リラックスしていた。肉体的には疲れるが、任務の責任はすべてスポックにかかっている。わたしにできるのは、彼の装置が動くのを待つだけだ。気持ちに変化が生じた。未来の男や女たちへの感情的なつながりが心の中で薄れていく。わたしは発展途上の地球に住む、市井の労働者になった。一風変わったバケーションに出ているようだ。雇い主にこき使われ、たいていひどいにおいがして、いつも空きっ腹を抱えている。

そして、エディスに惹きつけられた。彼女もまたわたしに。

夕暮れどきをふたりで散策し、未来について率直に話すと、エディスは冗談を聞いたかのように笑った。しかし、エディスは旧弊な人間ではない。進歩的な視野を持ち、二十三世紀に来たとしてもすぐになじむだろう。金持ちの実業家たちは金にしがみつき、その気になれば一瞬で世界の苦しみを終わらせられるのに、そうしないのを知っていた。

「彼らが財布のひもを緩めるのは、戦争を起こすためだけよ」

エディスはこの時代の価値観にうんざりしていた。彼女の放つ熱意は魅惑的で、ほだされる。ふたりの関係は情熱的であると同時に慎み深くもあった。エディスは信仰に厚く、今は粗野な時代だ。だが、わたしは彼女の部屋で幾晩も過ごし、〝シェパードパイ〟と呼ぶ手料理をふるまわれ、談笑し、互いにやすらぎを覚えた。ロマンチックな気分のまま自室に戻ると、スポックが日増しに大きくなるワイヤと真空管の発明品にとりくんでいる。ある晩、この時代に来て一週間半が過ぎた頃、部屋に入るなりスポックは見せたいものがあるといった。トリコーダーの小さなスクリーンに映し出されたのは、今から六年後の新聞記事に掲載されたエディスの写真だった。最初の一文を読んで、わたしは驚き、誇りに思った。

「『大統領とエディス・キーラー、本日会談に——』」

突然スポックの発明品が爆発し、スパークが走り煙が降り注ぐ。

「直せそうか？」

「重傷です」だが、わたしはエディスの未来を思い、有頂天になった。

「大統領とエディス・キーラーが――」

「それはあり得なさそうですよ、ジム……。この直前、一九三〇年の新聞を読みましたが……」聞いていなかった。それでなければスポックが〝ジム〟と呼んだのに気づいただろう。

それはたいてい悪い兆候だ。

「エディスの未来がわかったぞ。六年後、国家的な重要人物になる――」

「もしくは、船長。エディス・キーラーは死にます。今年じゅうに。死亡記事を見ました。交通事故死でした」

「どちらもが真実ではあり得ない」わたしはうろたえた。スポックは何の話をしているんだ？

だが、問いながらも答えはわかっていた。

「エディス・キーラーが、われわれの探す時間の焦点だったのです。彼女に向かって、われわれとドクター・マッコイが引きよせられた」スポックの〝時間の川〟理論は、真実だったとのちに判明する。だが、ひとりの人物によって歴史があれほど激変するとは考えにくい。マッコイがこの時代に現れたとき、何かをしでかすのだ。

「あの状態でドクターが何をするというんだ？　エディスを殺すとでも？」いったあと、ひどい気持ちになった。マッコイが彼女を殺すことを、わたしは実際に望んでいた。そうであればわたしが阻止し、エディスは生きのびられる。

「もしくは事故から救うか。どちらかわかりません」

スポックに、機械を修理してつきとめろと命じた。すると、何週間もかかるとの返事だった。

「できるだけミス・キーラーのそばにいましょう。そうすればドクター・マッコイが歴史を変える行動をする前に、止めるチャンスが最大限増します」

「それは問題ない」

「難しいようでしたら、わたしが――」

「だいじょうぶだ、スポック」わたしは部屋を出て、外の空気を吸いにいった。

数日が数週間になったが、マッコイの現れる気配は一向にない。わたしはもうひとつの仕事をやめ、エディスを職場へ送り迎えした。起きているあいだは一緒に過ごし、ときどきアパートの向かいの屋根にのぼり、彼女が明かりを消してベッドに入るのを見守った。エディスがアパートに泊まらせてくれる晩もあったが、床で寝る条件でだった。わたしは彼女の身の安全をはかっていたが、実際には、彼女のそばにいると自分が安心した。何年かぶりに、指揮官としての重圧から解放され、恋に落ちるのを自分に許した。

マッコイが救済会館に現れたのを見逃したのは、一生の不覚だった。ドクターは疲れ、せん妄状態にあった。エディスがドクターの手当てをした。自分がここにいるのを誰にもいってくれるなと、マッコイが頼みこんだ。エディスは会館裏手の上階にある部屋へドクターを連れていき、世話をして秘密を守った。わたしにさえ漏《も》らさなかった。この頃になるとスポックが機械の修理を終える。エディスが平和運動をはじめたため、アメリカの第二次世界大戦参戦が遅れ、ドイツが勝利する。歴史がどう変わるのか、はっきりした。エディスは死なねばならない。

だが、死なせるつもりはなかった。スポックにはいわなかったが、愛する女性を死なせるものか。わたしにはできない。未来において人生が変わる者たちは、もはや現実味がなかった。わたしは過去に残り、エディスとの人生を生きる。ともに未来を変えていけるという幻想に浸った。わたしの記憶と知識でドイツの勝利を防ぎ、エディスは生き続ける。スポックはわたしの思惑を疑っていたようだが、もしわたしが心のままに従えば、死なずにすむ何百万もの人間が死ぬことになると指摘するにとどめた。

ある晩、仕事を終え、エディスと帰途についた。ポケットにはわずかな所持金がある。もう真空管を買わなくていい。夕食に連れていこう。だが、エディスは別の提案をした。

「急いで行けば、クラーク・ゲーブルの映画に間にあうわ――」

「誰だって?」

「あら、ドクター・マッコイも同じ反応を……」わたしは立ちどまり、エディスの肩をつかんだ。

「マッコイ! レナード・マッコイか?」マッコイがここにいる……。

「そう。救済会館にいるわ……」一体いつからだ? マッコイはすでにエディスの命を救ったのだろうか? われわれは機を逃した? 切実にそれを願った。

「ここにいて。動くんじゃない」わたしはふり向いた。「スポック!」道路を渡る。まだ会館で働いていたスポックは、わたしの呼ぶ声を聞いた。彼が出てきて、一瞬後、マッコイも姿を見せた。信じられない。わたしはドクターを抱きしめた。それから体を離した。

ドクターは宇宙艦隊の制服を着ていた。自分の制服は、ひと月以上見ていない。部屋のクローゼットに、袋に入れて放りこんである。突如としてわたしは船に戻り、船長の思考にたち返った。これまでの行動と思考に、罪悪感を覚える。ふり向いて、エディスを見た。通りを渡ってこちらへ向かってくる。そこへ、トラックが疾走してきた。

「行け、ジム！」マッコイが叫ぶ。その声は、スポックの叫び声でほとんどかき消された。

「ダメだ、ジム！」

わたしはエディスを見つめ、凍りついた。心の中で、制服が輝きを放つ。

マッコイがわたしを押しのけてエディスを助けに行こうとするのを察し、彼をとり押さえた。エディスの悲鳴がして、トラックの警笛が鳴り響き、金属と肉の裂ける恐ろしい音がした。長いあいだマッコイを押さえ続けたわたしの耳に、エディスの苦痛に満ちた悲鳴がこだまする。

「わざとわたしを止めたのか、ジム？」マッコイはいぶかり、怒っていた。わたしは彼を押しやった。三人はすぐさま二十三世紀に戻り、あの死の世界に立っていた。

〈エンタープライズ〉に戻って一週間後、自分が過ちを犯したと確信を持つようになった。わたしの心は任務になかった。エディスのことしか考えられない。過去にいたとき、未来は心の中から消えうせた。だが、自分本来の時間に戻ったとき、エディスはそこにいた。エディスを助けるべきだった。彼女をみすみす死なせてしまった。何百万人ものわたしが救った人命についてはまだ実感がない、毎日同じ時間を過ごしていてさえも。こんな気持ちのままどうやって生きていけばいいのか、わからない。今ではもう、ある意味エディスの記憶は薄れたが、まだ後悔の念でいっぱいだ。あのとき、わたしは満ち足りていた。義務も名誉もない人生を見いだした――仕事と愛だけに生きた。後悔の念を持つなど不遜で、自己中心的な考えだ。そして身勝手への代償は払ったと思う。なぜなら、あの満ち足りた感情を味わうことはもう二度とないのだから。

〝船長の要請された通信相手が待機中です〟インターコムを通じて、ウフーラが知らせた。わたしは自室で横になっていた。何日も寝ていないが、この通信は先延ばしにできない。ベッドで身を起こし、小さなビュースクリーンをつける。

「ありがとう、大尉。つないでくれ」ビュースクリーンに映るウフーラの顔が、母と父に代わる。ふたりともずいぶんやつれた顔をしていた。

〝ジム、これはうれしい驚きだな〟父はそういったが、母は心配そうな面持ちだ。

〝ただのあいさつじゃないと思うわ、ジョージ〟即座に母が察した以上、引きのばしても意味がない。

「父さん、母さん、サムが死んだ」母はとたんにむせび泣いた。父が腕を回す。わたしは先を続けた。「オリーランも」

〝それじゃ……ピーターは？〟聞いたのは母だ。泣いてこそいないが、父はぼう然として、押し黙っている。

「ピーターは無事だよ。一緒にいる」表面的には真実だった。両親の死以来クルーたちに面倒を任せきりにしていたが、夕食の席で顔を合わせる手配をしてある。

〝何が起きたの？〟

「宇宙寄生生物の一種にやられた。デネバの住民が大勢寄生されたんだ。たくさんの犠牲者が出た」

〝だけどお前が食い止めたんだな〟父がやっと口をきいた。

「わたしが止めた」

〝それは……苦しいの？〟母がたずねる。オリーランが想像できないほど苦しんだすえに死ぬのをわたしは見た。サムも同様だったに違いない。

「いや、あっという間だった」デネバの一件は伏せられているため、有効な嘘に思えた。「双子の様子はどう？」

〝おかげでこっちは寝不足だよ。でも孫たちは元気にしてる〟オリーランは双子を産み、その二ヶ月後にサムがデネバに転任になった。赤ん坊は宇宙旅行には早すぎると判断され、生後六ヶ月になって安全に旅できるようになるまで父と母が面倒を見ると申し出た。だが、今となっては……。

「ピーターを第十宇宙基地に連れていく。そこから地球までは短時間で行ける」

〝あなたが……〟母が間を置いた。〝あなたが連れてこれないの――〟

「すまない、母さん」ピーターを自分で家に連れ帰るのが筋だとわかっていたが、できなかった。最初にエディス、そして今度はサム。くずおれないようにするのが精一杯だった。もし家に戻れば、二度と離れられない気がした。だが母の表情で、傷ついたのがわかった。母にはわたしが必要だった。

〝気にするな。あの子はどんな様子だ？〟父が引きとる。

「強い子だよ」本当だった。ピーターは悲しんでいたが、よく持ちこたえている。宇宙船の仕事に興味を示し、クルーが子守り役としてよく気を回してくれた。話している最中、サムのふたりの赤ちゃん、ジョシュアとスティーブンが目を覚まして泣き出した。

〝体に気をつけてな……〟父の声はひび割れていた。涙をこらえている。〝愛してるよ〟

わたしは微笑んで、ビュワーを切った。

うしろめたかった。ピーターに丸一日会っていない。船室を出て、娯楽室に向かう。ピーターはスポックと三次元チェスをしていた。船の補給品担当が、甥《おい》のためにゴールドの指揮官用制服を見つくろってくれていた。わたしはフードディスペンサーに行き、コーヒーを淹れてからふたりに加わった。ゲームの行方をたずねる。

「ミスター・カークは、意外性を偏愛する船長と同じくせがありますね」とスポック。

「パパが教えてくれたんだ」

「じゃあ、同門の弟子だな。たまには勝たせてもらえたかい？」

「あんまり。パパはそんなんじゃちっとも上達しないって。でも一度負かしたよ」ふたりのゲームをしばらく見守る。最後はスポックが勝ったが、楽勝ではなかった。そのあとスポックは席を外した。行って欲しくなかった。ピーターとふたりきりになると、甥とつながらなければというプレッシャーに圧倒される。

「次のゲームの用意をする?」わたしはいいよと答えた。駒を並べるピーターを観察した。サムを思い出させる。同じ髪と目の色、同じ熱心さ。ピーターは駒を並べるのに余念がないが、悲しみが伝わってくる。彼に何をしてやればいいのかわからない。そのとき、母が家を離れた当時を思い出した。サムがわたしにしてくれたことを。

「ピーター、パパとママが恋しいかい?」盤に駒を置く手が止まる。「悲しんだっていいんだよ」しばらくのあいだ、しっかりピーターを抱きしめてやっていた。

「あの人は親切で、わたしたちのためを思っています」キャロリン・パラマスがいった。「そしてとても孤独なんです。そんな人を悲しませるなんてあまりに気の毒です。わたしにはとても……」

ポルックス四号星、別名「オリンポス山」にいたわたしは、自らアポロと名乗る存在に囚《とら》われていた。わたしの経験したなかでも、最も現実離れしていた。実際にギリシャ神話の神だったと主張する存在に出くわすとは。彼は高度に発達した種族の一員で、遠い過去に地球を訪れ、先史時代の原始的な人間の目には神のごとく映った。理由を理解するのは難しくない、わたしでさえたやすく信じただろう。彼は強大なパワー源を自在に操り、自分の肉体に注入できた。最初に〈エンタープライズ〉がこの星系に着いたとき、アポロは一種のフォース・フィールドを使って巨人のような手を伸ばし、船を〝つかんだ〟。スポックにブリッジを任せ、わたしは上陸班を組んで彼に会いに降下した。アポロは神殿、それがパワー源なのだが、その前に立ち、われわれ人類が再び彼をあがめるよう期待するといった。そして、いやしくもギリシャの神を名乗るなら誰もがそうするように、人間の女を誘惑した。たまたま、上陸班には女性が混じっていた。

キャロリン・パラマス中尉は考古学、人類学、古代文明の専門家だ。すこぶるつきの美女にして学識豊か、そして、トーガ姿の男に首ったけだった。彼はキャロリンに〝魔法のように〟ピンク色のドレスをまとわせ、ふたりきりになるために連れ出した。乗船して一年ほどの、きわめて優秀な専門家だった中尉が、喜んですべてを捨てようとしていた。それがわたしをむかつかせる。軽蔑したからではなく、理解したからだ。

エディスとサムの死という私生活での二重の不幸に遭い、わたしは感情というものを顧みなくなった。他人とのかかわりを避け、クルーに対し厳格にふるまった。そんなことから、わたしはパラマスに彼をはねつけろと要求した。もし中尉を失えば、思惑通りにいけばアポロは弱ってもろくなる。中尉ははじめ、拒絶した。愛のために任務を忘れた。思い出させるのがわたしのつとめだ。

「手を貸してごらん」パラマスが差し出した手を、わたしはきつく握りしめた。忠誠心に訴える。

長広舌をふるい、自分たちがどれほど引き離されても強い絆《きずな》で結ばれており、われわれにあるのは人間性だけだと説いた。彼女はわかったといい、立ちあがった。果たしてうまく説得できたのか確信はない。わたし自身の経験から話していると教えることもできた。任務のために愛をあきらめたのだと。だが、それはしたくなかった。中尉には純粋に、わたしの命令に従って欲しかった。

パラマスは従った。中尉が立ち去ってまもなく、暗雲がたれこめて雷がとどろき、遠くで彼女の悲鳴がした。この星の気候をコントロールする力があるとアポロが見せつけ、それは中尉がわたしの命令を実行した印だと解釈した。スポックはまだ〈エンタープライズ〉にいたが、船を押さえている力を突き崩す方法を考えつき、アポロの神殿にフェイザーを放った。神たる異星人が戻ってきたが、遅すぎた。彼のパワー源は破壊されていた。あざを作り、殴打された状態のパラマスが見つかる。神が中尉に手をあげたのだ。アポロはうちひしがれ、弱り、文字通り消えてしまった。われわれは勝った。だが勝利の喜びはない。

船に戻って数日後、わたしはブリッジにいた。マッコイが顔を見せる。キャロリン・パラマスが医療室をたずね、気分がすぐれないと訴えたという。惑星から伝染病でも拾いこんだのかとたずねた。マッコイはもの悲しそうに笑った。

「そうともいえるな。彼女は妊娠している」わたしは驚いた。スポックがスキャナーから顔を上げてこちらを向く。及びもつかなかった。ふたりは異種族だ。

「それは興味深いですね」とスポック。「〈エンタープライズ〉で生まれた嬰児《えいじ》が父親の能力の一部もしくは全部を受け継いだ可能性のある例は、たくさんあります」わたしはこの赤ん坊を自分の船で産ませまいと決心した。最大巡航速度で第十二宇宙基地にコースをとるようチェコフとスールーに命じ、ブリッジを離れて医療室へ向かう。

パラマス中尉は診察用ベッドに横になっていた。スコッティが彼女のそばについている。アポロが現れる前、スコッティは中尉と恋愛関係を築こうとしたが、うまくいかなかった。スコッティは愛情深く気遣わしそうな様子で見守り、パラマスは彼の存在になぐさめられたようだった。

「ミスター・スコット、まだシフト中ではなかったかね」

「はい、船長。ちょっと様子を見に来ただけです」

「医療スタッフは有能ぞろいだと思うが」スコッティはうなずき、いらだちを抑えるとパラマスを向いた。

「あとでまた来るよ」スコッティが出ていった。わたしを見たパラマスは、冷淡としかいいようのない笑みを浮かべた。具合はどうかたずねると、少し吐き気を覚えるという。船は第十二宇宙基地に向かっていると教えた。あそこならば人間と異種族のあいだにできた子どもの出産にも対処できるだけの設備が整い、慣例にならって二年間の休暇を喜んで許可しようと申し出た。

「その必要はありません。わたしは退役します」

「今それを決める必要は――」

「妊娠とは何の関係もありません。ポルックス四号星で決めたんです」くどいいいわけはせず、その必要もなかった。わたしは彼女を強く押しすぎた。あのときは、選択肢があるとは思えなかった。あとになって思えば、スポックが神殿を破壊できる手段を見つけた時点で任務のためにアポロを袖にさせる必要は、おそらくはなかった。そうさせたかっただけかもしれない。

「失礼します、船長。とても疲れておりまして」

「そうだろうね。必要なものがあればいってくれ」彼女はいわなかった。〈エンタープライズ〉を降り次第、連絡がつかなくなった。編注16

この当時、わたしが個人的に頼みにしていた人物は、スポックとマッコイだけだった。マッコイとのつきあいは長く、友情に揺るぎはない。だがスポックとの友情は違う。バルカンの信条を信奉する彼に親密さを覚えたことは決してなく、向こうから感情的な支えを要求されたこともない。だが、いつもそばにいて、頼りになる存在だった。それならば、一度スポックが精神的な苦境に立たされたとき、そばにいてやるのは当然だろう。

スポックは恋愛沙汰のために失う心配をしなくてすむクルーだ。これっぽっちも女性には関心がなさそうに見える（船の看護士長クリスティン・チャペルがたびたび迫っているにもかかわらず）。だからこそ、スポックの結婚にまつわる一連の騒動は、青天のへきれきだった。

発端は、スポックが隔壁にスープの椀《わん》を投げつけ、故郷の星への上陸休暇を強く求めたときだ。何が起きているのか見当もつかない。やがて、スポックをバルカン星に戻さなければ死んでしまうのだと判明する。

当時、それはバルカン人以外では滅多に知る者のない事実だった。スポックは〝ポンファー〟に入っていた。一種の性的な狂熱状態で、バルカンの男性が七年ごとに体験する。古代のバルカン人は野蛮な人種で、今では銀河系きっての文明種族に数えられるが、おりに触れ、秘めたる野蛮性を表に出して生殖する必要があった。この激しい生殖衝動は生化学的な不均衡が原因で起き、無視すればやがて死に至る。それで納得がいった。過去数十年でバルカンは彼らの生殖の流儀についてよりオープンになったが、あの時点では秘密は堅く守られていた。

そういったわけで、スポックをバルカンに連れていく必要があり、そのため艦隊司令部の命令に反《そむ》いた。友人を死なせるわけにいかない。

船が到着したとき、スポックはわたしとマッコイに地上に降りて儀式に参加するよう求めた。バルカン星に降りたつのは初めてだ。空は赤く、風は暑く、空気は薄い。

儀式は非常に原始的で、古代から使用されている野ざらしの石のアリーナで行われ、真ん中には銅鑼《ゴング》が置かれている。スポックの一族が有力な名家と知り驚いた。式をとりしきるのは一世紀以上バルカンの指導者をつとめるトゥパウだ。

スポックのいいなずけはトゥプリングという名前の美しい女性だった。儀式がはじまる。スポックの口癖を借りれば〝魅惑的〟だった。

ところがそのあと、どんどんまずい展開になった。女性には決闘をして勝った者を選ぶ権利があるという古代の掟《おきて》を、トゥプリングが持ち出した。スポックは闘って花嫁を勝ちとらなければならない。誰ひとりとして、とりわけわたしは、トゥプリングの選ぶ挑戦者が自分だなんて予想もしなかった。

あとになり、ほかに意中のバルカン人のいるトゥプリングが、スポックとの結婚を反故《ほご》にしようと策を弄したのだとわかった。わたしを選んだことで、スポックも〝挑戦者〟も彼女との結婚を望まなくなるのは必至で、それによって彼女は自由の身になる。

わたしはスポックとの決闘を了承したが、ただし書きを読まなかった。いわく、「戦いはどちらか一方が死ぬまで続く」。双方に「リルパ」が手渡された。古代の武器で、一方の先に刃がつき、もう一方には重い棍棒《こんぼう》がついている。熱に浮かされたスポックはわたしへの明確な殺意を抱き、武器の扱いにも通じていた。胸に切りつけられ、わたしは地面に倒れた。二、三発お見舞いしたものの、劣勢だった。

マッコイが割って入り、わたしには空気が薄すぎ、呼吸をするために注射が必要だとバルカン人に訴えた。マッコイはわたしに注射をしたが、あまり助けになるとは思えない。われわれは新たな武器、ループタイに似た「アンウーン」を与えられた。スポックはすぐにわたしを地面に倒した。アンウーンのひもがわたしのクビにきつく巻きつけられ、スポックが手を緩める気配はない。視界が闇に包まれる。

「気分はどうだ?」マッコイだった。医療室で、上からわたしをのぞきこんでいる。

「のどが」それからスポックのアンウーンで首をしめられたのを思い出した。すべてがつなぎあわさる。「君が注入したのは――」

「神経麻痺剤だ。ほんの少量だったから、君を気絶させるのに一分ほどかかった」わたしは上体を起こした。

「スポックはどうした？」

「まもなく転送されてくる。熱は引いたようだ。故郷の者に別れを告げてるんだろう。で、感謝の言葉は聞かせてもらえるのかね？」

わたしを死なせるほうが簡単だったのに、と返した。マッコイがとまどい顔になったので、説明する。あれは〝死闘〟であり、われわれがかついだ相手はバルカンで最も尊敬されている指導者だ。バルカン人のお気に召すとは思えない。

「解決策がある。彼らにいわなければいい」

「ボーンズ、これは冗談なんかじゃ――」

「冗談じゃないさ。トゥパウは二度と君に会うことはないし、彼女が宇宙艦隊船長の足どりを追うとは思わないね」いい点をついていた。トゥパウが再びわたしに出会う可能性はなさそうだ。少なくともあの時点では。そして、それについてわたしにできることはどちらにしろ何もない。

ほどなくして船に戻り、わたしを目にしたスポックは、感情を抑えられなかった。にっこり笑ってわたしをつかみ、「ジム！」と声をあげた。それからすぐに、いつもの自制をとり戻した。まれな愛情表現の瞬間だ。わたしはずっと覚えている。

マット・デッカーの死に立ち合った。

犯人はロボット宇宙船〈惑星の殺し屋《プラネット・キラー》〉だ。長さ数キロ、ニュートロニウム製で、反陽子ビームを放って惑星を破壊し、破片を燃料にしている。異なる銀河系から飛来した太古のマシンで、たぶん数百万年の年を経ていた。すでに三つの星系を破壊し、四つめにかかったときにマット・デッカー指揮の〈U.S.S.コンステレーション〉が立ちはだかった。その結果、難破した船と死んだクルーが残された。

宇宙を漂い、燃えつき、破壊された〈コンステレーション〉をわれわれは見つけた。まるでひびの入った鏡で〈エンタープライズ〉を見ているようだった。乗員はマットのみ。クルーを救おうと転送させた惑星を、〈惑星の殺し屋〉がすみやかに破壊した。マットは放心し、衰弱し、無精ひげがのび、ヒステリー寸前だった。わたしのよく知る自信に満ち、苦労人の船長とは似ても似つかない。失敗にうちのめされていた。そのため本船に収容後、シャトルクラフトで逃走しマシンの口に突っこみ自爆した。

彼の死は、まったくの無駄ではなかった。シャトルの爆発は〈惑星の殺し屋〉内部に多少の損害を与え、彼にならってわたしは〈コンステレーション〉の残骸を、巨大な建造物の内側に差し向けた。そしてマシンの内部に侵入直後、エンジンを爆破した。〈惑星の殺し屋〉は活動を停止した。

〈エンタープライズ〉のブリッジから、ビュースクリーンに映るニュートロニウムの死んだ船体を眺める。マット・デッカーとの初顔合わせを思い返した。息子連れだった。自爆したとき、マットは息子のことを忘れたのだろうか？　船を失い、わが子に会わせる顔がなかったのかもしれない。ご子息は現在、どこかの宇宙船に乗り組んでいるはずだ。自分の息子を思った。もう何年も話していない。わたしのことを知っていて欲しかった。父を誇らしく思っていて欲しい。息子を念頭に、その夜日誌をつけた。

「航星日誌四二二九・七。前回の日誌に記した星系破壊マシン〈惑星の殺し屋〉の機能停止に成功した。マット・デッカー准将はわたしの支援に回るため、〈エンタープライズ〉のシャトルクラフト〈コロンブス〉を駆って〈コンステレーション〉に戻る途中、〈惑星の殺し屋〉のトラクター・ビームに捕らえられた。逃げ出せないとわかるとエンジンを過負荷に設定。この無私の行為はマシンの弱点を探るうえで貴重なデータを提供し、われわれは〈コンステレーション〉のエンジンを用いて同様の方法でマシンを機能停止させた。デッカー准将には最高位の追叙を推奨する」

事実にフィクションをちりばめた。彼の息子のために。編注17

ダイリチウムの結晶《クリスタル》は、ワープ・エンジンには欠かせない。この結晶固有の特性により、宇宙船を光より早く進ませる物質・反物質の反応を正確にコントロールできる。不幸にも、結晶はどこにでもあるわけではなく、そのためセンサーが惑星ハルカンに反応したとき、惑星連邦は採鉱条約を結ぶため〈エンタープライズ〉を送りこんだ。

ハルカン人は宇宙への進出はすませたが、自分たちには向かないと判断した。平和に繁栄している社会に暮らす彼らはわれわれを友好的に迎えた。だが母星に埋蔵されたダイリチウムの採鉱には関心がない。彼らには教理があり、ダイリチウムを使ってひとつの命が失われるよりは、種として滅びる道を選んだ。マッコイ、スコッティ、ウフーラとわたしは最善をつくし、惑星連邦の平和的な意図を説明しようとしたが、話は平行線をたどる。惑星上陸中にイオン嵐に見舞われ、〈エンタープライズ〉が飲みこまれた。船が損害を受け、ハルカン人との交渉に進展が見られないこともあり、一時中断して上陸班を転送収容させた。

これまで何百回とやった転送同様、〈エンタープライズ〉の見なれた転送室が周囲に現れたが、それから再び消えた。めまいがして、やっと物質化したときはすべてが違っていた。

室内がやけに暗い。スポックと転送主任カイルはわれわれに奇妙なあいさつをした。装飾過多な制服を着ている。

そして、スポックがひげを生やしていた。

危険な状況だと、本能的に察した。手の内は伏せておこう（そして見おろすと、実際にゴールドのベストを着ていた）。すぐに、ひげスポックのいう〝いつもの方法〟が、ダイリチウム結晶の提供を拒否したハルカンへの攻撃を意味するとわかった。続いて、転送収容時の小さなミスをしたカイル大尉を、スポックが拷問器《アゴナイザー》と呼ばれる小さな装置で拷問するのを目撃した。ここは狂った世界であり、上陸班たちだけになって状況を分析する必要があった。

適当に理由をつけて四人はマッコイの研究室に行くと、プライバシーを確保した。イオン嵐のなかで転送したために、回路の混乱した転送機がわれわれを平行宇宙《パラレル・ユニバース》へ転送し、こちら側の〝実世界〟におけるわれわれを転送し返したという仮説を立てる。もうひとりのカーク、マッコイ、スコッティ、ウフーラが、われわれの〈エンタープライズ〉にいる計算になる。わたしの任務はハルカン人との採鉱条約を結ぶことだったが、今は彼らを救う方法を考えださねばならない。一方でまた、もといたところへ戻る算段もしなければならなかった。この世界のチェコフがわたしを殺して昇進しようとした。この船のカーク船長が〝女性を囲って〟いるのも発見した。女は大尉だが、この船での彼女の役目が宇宙艦隊の職務だけでないのは明白だった（われわれの宇宙におけるこの女性の平行《パラレル》な存在が、やはり宇宙艦隊士官であるため名前は伏せておく）。ここはイドの宇宙であり、かつて生身の〝イド〟と対峙《たいじ》したことのあるわたしは、彼らの一員で通るやり方を心得ていた。

パラレル世界のスポックは、われわれのスポックと同じほど賢かった。こちらの正体を見抜き、最後には自分たちの宇宙に戻る手助けをしてくれた。また船内で唯一スポックだけが、誠実さを持ちあわせていた。わたしがここを去り次第、ハルカン人は一掃されるだろうと予測した。無駄な死以外の何ものではないと思い、賭けてみることにした。スポックに、こちらの世界での〝わたし〟を排除してハルカン人を救い、世界を変えろと訴えた。われわれが転送されるとき、彼はその気にみえた。二度と戻らなかったし、戻りたくもないが、彼が変革を起こしたことを望む。


「これをもっとくれ」タイリーがいった。手には火打ち式銃《フリントロック》を持っている。怒り、おびえていた。

「もっとたくさん！」

タイリーに会うのは十三年ぶりで、二日前、通常調査のため彼の世界に戻ったときは、ふたりとももっと若く、わたしが恩義を受けた頃の、温厚で親しみやすい男に見えた。だが山の部族と平和に暮らしていた村人たちが、この世界のテクノロジーでは進みすぎた武器を手に入れた。クリンゴンが火打ち式銃を村人に与え、見返りに服従とこの星の豊富な資源を求めた。帝国の一部にとりこむのが狙いで、村人を奴隷にするために使った手口は、彼ら自身に奴隷を与えることであり、この場合はそれが山の部族だった。

今、わたしは空き地に立ち、タイリーの目の前で彼の妻が村人に襲われ、残虐に殺されるのを目撃した。タイリーの人が変わった。

「あいつらを殺す」妻を殺した相手への復讐に燃えていた。

タイリーたちをみすみす奴隷にさせるわけにはいかず、彼らに火打ち式銃を提供しようと決めた。クリンゴンが村人に進んだ武器を与えた以上、惑星連邦は山の部族に同じことをして力の均衡を図るだろうと考えた。船に戻り、宇宙艦隊司令のノグラ提督に連絡をとる。提督はわたしの計画に感心しなかった。

〝道理が通らん。そうするにはクリンゴンが村人にどんな進歩的手段を与えたのか、正確に何を与えたのかを知る必要があろう〟宇宙艦隊のアドバイザーを惑星に永住させ、その情報を伝達させてはどうかと提案したが、ノグラは鼻で笑った。それでは歴然と「艦隊の誓い」に違反する。

「提督、もし何もしなければ山の部族は村人に屈服します。山の部族が征圧されれば、ひとつになった政府機関が喜んでクリンゴン帝国に加わるでしょう。そうなるとオルガニア平和条約の条項に従い、クリンゴンは連邦領域内の惑星を手に入れます」これはノグラの気をもませた。

〝クリンゴンが武器を供与している証拠があるんだな？　それをクリンゴンに突きつけよう。条項の手前、引き下がるしかなくなる〟証拠を手に入れたときはわたしもそう考えたが、今はそれが望みではない。

「ですが提督、ダメージはなされました。村人はまだ火打ち式銃を持っています」

〝ダメージはわれわれが与えたのではない。事実、この状況に首を突っこんだ君は、「艦隊の誓い」に違反した疑いがある〟

「クリンゴンはすでに干渉しています」

〝彼らは「艦隊の誓い」を破れん。持ってないのだからな〟提督があざける。「われわれにはある。だからやつらが何をしようが、いいわけにならん〟ノグラはわたしが集めた証拠があれば、クリンゴンはこれ以上進んだ武器や新しい機材を提供しないだろうとにらんでいた。惑星が払う犠牲は一時的で、やがては再び本来の道を見いだすだろう、と。

「唯一の犠牲は、山の部族ですね」

ノグラはこれ以上の議論に興味をなくし、通信を終了した。タイリーは自分を頼みにするしかない。村人は彼の民を殺し続け、土地を奪うだろう。永遠には続かないだろうが、友人が生き残るとは思えない。その瞬間、ドアチャイムが鳴った。スコッティが入室すると、火打ち式銃を抱えている。彼に山の部族用に作るよう指示を出したのを忘れていた。機関主任は自分の手仕事を自慢に思っていた。ふと、ある考えが浮かぶ。

「スコッティ、それを作ったと日誌につけたか?」

「いいえ。用途を教えていただくまで待っていました」

「いいか、君はそれを作らなかった」スコッティがニヤリとする。

あの星に勃発した問題がそれで解決しはしないだろうが、友人を完全に見捨てることにもならない。提督は間違っている。「艦隊の誓い」を錦の御旗に、クリンゴンが美しい物を破壊するのを傍観はできない。その後に待ちうけていることを思えば、この議論をした提督がノグラだったのは皮肉な話だった。


一週間ばかりして、わたしは惑星ニューラルの話を再び一から話していた。スティーブン・ガロビック船長指揮下の〈U.S.S.リパブリック〉と〈U.S.S.ファラガット〉での日々を楽しく反すう、いや、より正確には演説していた。船長室で、好物のソーリアン・ブランデーを、たったひとりの熱心な聞き役と分けあう。聞き役はガロビックの息子デビッド、今では奇遇にも、わたしの保安主任をつとめている。

ガロビックは十二歳のときに父親を亡くし、情報に飢えていた。わたしは思い出せる限りすべて話したが、話の大半はわたしの視点からで、ガロビック船長と個人的に過ごしたことはほとんどなかった。それでもある種の余興にはなったようで、とりわけ〈ファラガット〉にわたしが転任するのがわかったくだりに興味を示した。

「父はずっと口をつぐみ続けて、いざ離船という段になって、シャトルに乗れと船長にいったとおっしゃるのですか?」ガロビックは疑わしそうだった。まじめで責任感のある人物だと思った父親が、およそそんないたずらをするとは。

若いほうのガロビックを知るようになったのは、現地の人々に神を信じこませた恐ろしい偶然を通してだった。〈エンタープライズ〉はかつて〈ファラガット〉クルーを大量虐殺したガス状の生き物と偶然行きあった。そいつはわたしのクルーを数名殺し、それがきっかけでガロビック少尉がわたしの船に乗り組んでいる事実を知った。最後には力を合わせてあの生き物を滅ぼしたが、代償は払った。

何年も、わたしはガス状生物の悪夢にうなされた。夢の中で、フェイザー・コントロール担当のわたしはためらわない。発射して、クリーチャーを仕留める。それはいつも決まって悪夢だった。なぜなら目覚めたときに事実ではなかったと知るからだ。夢の中ではときおり、ガロビック船長がわたしのかたわらに立っていた。

その夢がやがて、実現する。数日前ブリッジにいると、当の生き物が船に接近してきた。すると、ガロビック船長がわたしのとなりに立っていた。彼の息子の形をとって。夢の中同様、フェイザーを撃てとチェコフに命じたとき、勝利の手応えを感じた。

何の効果もない。

そして、すでに経験ずみの悪夢同様、その生き物はわたしの船に入りこみ、再びクルーを殺しはじめた。わたしは生き物を船から追い出すのに成功し、ガロビックとともに反物質爆弾を使って爆破した。

その後、若者を飲みに誘った。彼は父親を彷彿させ、幅広い話題を話しあった。ガロビックがアカデミーに入った理由は、自分探しのためで、父親のキャリアをなぞることでつながりを新たにできる望みを持ったためだという。初めて彼に会ったとき、わたしは自分が一瞬ためらったために息子から父親を奪った事実がうしろめたかった。その後、わたしのためらいは何の違いも生まなかったと判明する。このクリーチャーにはフェイザーは無力だった、今も十一年前も。

だからといって気分は晴れない。この若者と談笑しながら、会話の何かがわたしに罪悪感を抱かせた。理由に気づいたのは、話を終え、少尉が立ちあがって引きとるときだった。

「おやすみ、デビッド」何杯か飲んではいたが、息子と同じ名前であることに気がつかないほど、酔っ払ってはいなかった。

「地球の一国家としての統治能力は、ずば抜けていた」と、ジョン・ギルがいった。

わたしはナチス党員の身なりをして、ナチスの星に来て、総統を見つめていた。

ジョン・ギル、アカデミーの歴史学教授。

椅子に座るギルはメラコンという現地人に薬物を盛られており、ギルの代理総統をつとめるメラコンが今やこの星を牛耳《ぎゅうじ》っていた。ギルがエコスに来たのは、洗練されていない未熟な人々の世界で、文化オブザーバーをつとめるためだった。エコスのテクノロジーは地球の二十世紀に匹敵する。ギルからの報告が途絶え、そのため彼の消息を確かめにわれわれが派遣された。あるときギルは自分自身のナチス運動を起こし、自ら総統となってこの星を乗っとろうと決めた。わけがわからない。

「おそらくギルは、ナチスの国家形態に修正を加え」スポックがいった。「サディズムをとり去って効率的な面だけを残そうとしたのでしょう」まじめにとりあうのに苦労する。スポックもナチの服装をしていた。第一、それでは説明にならない。

ジョン・ギルは、彼の世代では最も優れた歴史家だった。生涯をかけて歴史を研究し、研究で得た知識を何年にもわたって学生に教えてきた。アカデミーの学生時代、わたしは教授から多大な影響を受けた。歴史を原因と動機から考察し、大規模な苦しみや紛争の火種となる流れに抵抗する手段を教わった。宇宙艦隊でわたしが何らかの善をなしたとすれば、教授の教えが少なからず影響しているのは否定できないと思う。カーンについて教授と戦わせた議論は、とりわけ記憶に新しい。成果に対する称賛と、それを達成した者の裏にあるモラルをわたしが区別できていないと教授は指摘した。それは真実であり、やがてわたし自らが身をもって学ぶことになる。

だがやはりわたしはギル教授、および彼がエコスにしたことを理解できず、そして教授は彼自身の口から釈明できるまで生きながらえなかった。教授の与えたダメージをできるだけ修正してから〈エンタープライズ〉に戻ったとき、ギル教授は一緒ではなかった。教授は殺害された。マッコイとわたしはなぜ平和を愛する男がこのようなことに手を染めたのか、長いあいだ話しこんだ。いつも通り、マッコイは核心を突いた。

「たぶん歴史を教えているあいだずっと、ギルは宇宙へ出ていって、自分の手で歴史を作りたかったんだろう」

〈エンタープライズ〉の最初の五年間が終わりに近づく頃、わたしの中で何かが起こりはじめた。たくさんの成果を上げ、たくさんの発見をした。戦争を防いだ、ときにはたったひとりで。ファースト・コンタクトの記録を作った。死を何度もまぬがれた。自分に限らず、クルーを含めた死を。

きっかけは〝自分の評判を信じ〟はじめたときだったように、今では思う。傲慢になり、自分にできないことはないと思いこんだ。自分が何者かを見失い、宇宙船の船長に伴う特権を享受しはじめた。〈エンタープライズ〉の任務を遂行する以外、わたしの人生には何もなかったため、さらに上を目指すべきだと考えはじめた。昇進したかった。不必要なリスクをとりはじめ、上官からもっと注目を集めようとした。

とある任務が頭に浮かぶ。宇宙艦隊から、暗号化した指令が届いた。ロミュランの新型透明遮蔽装置《クローキング》に関する情報だった。新たなアップグレードにより、われわれの追跡センサーは形骸化した。以前の遮蔽《クローク》は姿を消しこそすれ、惑星連邦船は動きを探知できた。だがロミュランは問題を解決した。われわれの安全保障への重大な脅威だ。ロミュランは二年前に戦争をしかけ、今またこの新兵器を用いて再び打って出ようとしている。敵に分がありすぎ、解消しなければならなかった。

わたしの受けた指令は、単に〝情報を詳細に集め、可能ならば機能する実物を入手せよ〟だった。それだけだ。命令を出したのが誰であれ〝機能する実物を入手〟がまず不可能な要求なのはわかっていた。だが当時のわたしは、不可能を可能にできると確信していた。計画を思いつき、スポックに話した。はじめは副長だけをこの作戦に引きいれた。情報説明をし、わたしの意図を伝えた。

「盗みにいくぞ」相手からの反応を期待したが、涼しい顔をされた。

「実行に移せば、困難をきわめると実証されるでしょうね」

「考えがある」わたしの立てた計画では、ふたりでロミュラン船に乗りこむ。実行するには流ちょうなロミュラン語を話す必要があった。ロミュラン語習得コースの近道として考えたのは、スポックに精神融合をしてもらうことだ。

彼との精神融合は以前に試したことがある。どのようなものか、表現するのは難しい。精神の防壁がとり払われる。想念がそこに在り、バルカンが精査する。スポックがわたしの記憶と想念を拾いあげる、書架にささった本のように。秘密を守ろうとしても、バルカンがそこへきてわきにどける。最も恥ずべき記憶と想念が、彼のものとなる。それでも相手の論理的な所作がこちらを信用させ、そのすきに私的な欲望と恐れを読みとられる。だがあえて、それをするつもりだった。スポックが習得している言語を効率よく覚えられる。

「どうやって切り出すのですか、船長。ロミュラン船に乗ったとして？」

そこがより危険なパートだった。数週間ほど気難しい船長として自船で過ごし、わたしが理不尽になり、手柄に飢えているとクルーに思いこませるつもりだ。皮肉にも、わたしが演じたのは、実際にそうなりつつある人物像よりもう少し愛想の悪いバージョンだった。この栄光を求める船長は、中立地帯を越えてロミュラン宙域に〈エンタープライズ〉を連れていくことになる。

「比較的早々に捕まりそうですね」スポックが所見を述べた。

「そうだな。捕まったら君はロミュランの同胞に、わたしのせいだといいたてろ。それから忠心の証《あかし》にわたしを殺せ。わたしは死んだあと、ロミュラン人に化けて装置を盗みだす。しかるのち、〈エンタープライズ〉がわれわれふたりを転送収容して、とんずらといく」

スポックが片眉を持ちあげる。欲しかった反応だ。

計画は向こう見ずで、危険で、あとから思えばばかげていた。そして、たまたまうまくいった。考えるに、成功した唯一の理由は、たまたまロミュランの司令官が惑星連邦の現用宇宙船を捕獲できる望みに目がくらむあまり、自分が踊らされているというきわめて明確な警告のサインをいくつも無視したせいだ。何にしろ司令部に新型の遮蔽装置を届け、それによって新たな戦争を未然に防いだ。そして、それから一年足らずのうちに、自分の望みと思っていたものを手に入れた。

編注15　カーク大佐は読者に小さないたずらをしかけたがった。回想録に記した星系は実際のものではなく、本来の位置からは数千光年離れていると、わたしにうち明けた。この発見に関する情報が数十年後には世間の知るところとなったのを踏まえ、律儀に位置を伏せた。大佐の没後、宇宙艦隊司令部は原稿を見直し、著者が無意識に実際の位置の手がかりを提供していたとわかり、宇宙艦隊は虚偽の記述部分を削除した。手がかりが何だったのかわたしには教えてもらえなかったが、著者のもともとの意図を明かすのは問題ない。

編注16　キャロリン・パラマスは出産後、子どもにトロイラスと名づけた。二二七一年、パラマスはポルックス四号星にコロニーを建設する移民団に加わる。

編注17　本書にこれを残すべきか、著者に問い合わせた。虚偽の記録だと本人が認めているためだ。

彼の返事は、「当局がこのせいでわたしを拘束するとでも？　彼らに幸運あれだ」大佐はできるだけ正直に書こうと決心すると同時に、しばしば規則をあいまいに解釈すればこそ功績をあげてこられた英雄を、宇宙艦隊が訴追したりはしないと踏んでいた。どちらにせよ、本書出版時の事情によりその件は不問に付された。

CHAPTER EIGHT

第八章

三十六歳、提督への昇進と任務の終わり

「ノグラがいうには、司令部はわたしを提督にするつもりらしい」わたしはマッコイ、スポックとともに船長室にいた。マッコイは向かいに座り、一杯ひっかけている。スポックはドアのそばに立っていた。データパッドを携え、どうみても業務上の打ち合わせのつもりで来ている。

あと六ヶ月もすれば、五年間の任務が終わる。スポックとふたりきりで会うのが筋だったが、三人で一緒にいるのに慣れすぎてプロトコルを破った。この件を話すとふたりは祝いの言葉をかけてくれたが、厳密には初耳とはいえないとマッコイがいった。うわさは何週間も亜空間を飛び交っていた。

「ですが、論理的な判断です、船長」スポックがいった。「あなたの働きと能力に対する正当な評価といえますね」

「上から目線はよせよ、スポック」マッコイが茶化す。

わたしは後任がまだ決まっていないことを指摘した。含みを持たせてしばらく間を置き、スポックに笑いかける。

「スポック船長か」マッコイがいった。「慣れるのに時間がかかるな」

スポックは餌に食いつこうとせず、そのため、望むなら〝トップの座〟は君のものだとノグラがいっていたと単刀直入に伝えた。

「そのような信頼をいただき光栄です。ですが、つつしんで辞退いたします」

これにはいささかあわてた。スポックに、あとを引き継いで欲しい。わたしにとって、それが船とクルーとのつながりを保つ手段だった。しゃくに障る。感情を傷つけられ、理由をたずねた。航海が終わり次第、宇宙艦隊を退いてバルカンに戻る決心をしたという。

あまりのことに受けとめきれない。考え直せと頼んだ。スポックはわたしに礼を述べ、感謝はすれどもう決めたことだといった。しばらく気まずい沈黙が流れたあと、スポックが退出した。彼が行ってしまってから、マッコイに向き直る。

「こんな事態を予想したか？」

「いや、まったく。だが驚かないね」

「なぜだ？」マッコイは笑って、もうひと口あおる。ドクターが指摘したのは、われわれとともに任務についた数年で見せた、スポックの変わりようだった。

「シャトルに乗りあわせたあのとうへんぼくが、君の親友になるなんて思ったことがあるか？」

これにはわたしも笑った。初めてわたしの下についたとき、スポックは冷淡でよそよそしく、辛らつだった。時間とともに、自分の人間的な側面をもっとさらしてもいいのだと自信をつけていった。以前、地球人との接触が長すぎて〝汚染〟されたのが原因だといったことがあり、それはジョークにせよ、人間である半面をのぞかせるのに抵抗がなくなったというさらなる証《あかし》だった。

それについては、しょっちゅうスポックをからかったわたしも一役買っている。だが、やがて本人には表現できないなりに、彼の友情を感じるようになった。わたしはスポックの指揮官だが、ふたりは対等なパートナーだ。

「友情は、わたしの胸中からは一番遠いことだった」

「それじゃ、あいつがどう感じたか想像してみろ。ひとりでも友人を持とうなんて、あいつはたぶん一度も考えなかった。ところがやがて、世界で一番親しい人間が自分のもとから去るといううわさが立ちはじめる。その苦痛にどうやって対処する？　彼の先祖がやったことだ、論理だよ」

マッコイの基準からしても、それはきわめて鋭い洞察だった。スポックに傷つくことがあるなんて、わたしには思いもよらなかった。

「あいつは論理の大統領になるな、もしそんなものがあるとすれば」マッコイがいった。

たぶん、わたしにも理解できる。昇進の知らせを受けたとき、わたしは相反する気持ちを抱いた。提督にはなりたい。宇宙艦隊の政治におおもとからかかわりたかった。同時に〈エンタープライズ〉を去りがたくもある。

二ヶ月後、パトロール宙域の変更を命じられた。〈エンタープライズ〉が任務を終えたとき、宇宙艦隊は船を地球に戻しておきたかった。そのため司令部は本船のコースを、惑星連邦の中枢に近づく航程に変更した。艦隊はコンスティテューション級の宇宙船を十二隻擁していたが、その半分が失われた[編注18]。司令部としては、〈エンタープライズ〉を無傷で故郷に帰投させたい。帰還後、本船はわたしの承知している限り、大がかりな改修工事に入るはずだ。以前実施したときよりさらに徹底したものになるだろう。本来ならば新造船を望みたいところだが、〈エンタープライズ〉

としての個体性は残しておきたい。この船の存続は、宇宙艦隊の強力な宣伝になる。

そんなわけで、われわれは五年の任期を終えるにあたり、あまり荒れていない一帯の、危険もそれほどなさそうな任務をあてがわれた。たまたま新しい航路はバルカンからはほんの二日間ほどの地点を通るため、スポックが来て、わたしにいとま乞いをした。

「バルカン星に戻りたいのですが。たまっている休暇をとります」これは珍しい。覚えている限りスポックが休暇をとったのは一度だけだ。その結果、四ヶ月分以上の休暇がたまっている。スポックの意図に思いあたるのに長くはかからなかった。休暇が終わる頃には彼の任期が明ける。地球に帰還したあかつきには盛大な祝賀が催され、ひどく感傷的な別れが待っているだろう。スポックとしては休暇に出たまま任期を終えて、何としても愁嘆場を回避したい。

「君は複雑な男だな、スポック」わたしの心は千々《ちぢ》に乱れた。〈エンタープライズ〉を故郷に持ち帰るとき、そばにスポックを置いておきたかった。わたしの友人だからというだけではない。客観的にみて、いくつもの任務が成功したのは、彼のおかげだ。だが、同時に彼の意思を尊重もしよう。わたしは休暇を許可した。バルカンにコースを向ける。

スポックの母星に着くと、マッコイとわたしは転送室でスポックを待ちうけた。ダッフルを提げたスポックが入ってくる。わたしは転送技師のシフトを解いた。

「さてと、スポック」マッコイが切り出した。「いよいよだな」

「何がですか、ドクター？」

「さようならだよ」

「さようなら」スポックがいうと、マッコイがかぶりをふる。

「せめて握手ぐらいできるだろ」差し出した手を、スポックがとった。「さびしくなる」と、マッコイ。

「そうですね」

「お前は面倒くさいやつだ」

「わたしの見たところ、あなたは小言をいうのを楽しんでいます。その限りでは、わたしを懐かしむのは確実でしょう」わたしが笑い、マッコイも加わった。スポックがわたしをふり向く。彼の手を握った。いうことが山ほどある。実際、ありすぎて、それでわたしは何もいわなかった。

「船を離れる許可を願います」

「許可する」スポックが転送台にのぼった。

わたしはコントロールパネルについた。

「トゥパウによろしく伝えてくれ」マッコイがいった。

「お望みなら、ドクター」

「わたしは結構」とわたし。「死んだと思われているからな」

転送機を起動し、スポックが消えるの見守る。消えながら、かすかに微笑んだような気がした。

約ひと月後、われわれはデルタ四号星にいた。この星を訪ねるのは初めてだ。宇宙艦隊はここに基地を置き、星そのものが惑星連邦の各種族たちから関心を集めていた。デルタ人はヒューマノイドだが全員丸坊主で、〝性的に進化した〟社会を持ち、だがそれがどういう意味なのか誰も知らずにいた。なぜなら彼らは交わる相手について厳格な基準を設けていたからだ。

ウィル・デッカーがこの地に駐留している。ウィルは覚えていたとおり、ひょろ長くて少年っぽさの残る、ほがらかで気さくな印象のままだった。崖の上に立つバーでテラライト・ビールを飲み交わす。崖下には宇宙基地があり、三面を蒼《あお》い山麓と緑色の海に囲まれている。遠方に見える島に建てられた都市（デルタ人は単純に〝シティ・アイランド〟と呼んでいる）では金属製の尖塔が輝き、空気は花の香りに満ち、なじみはないが、それでもとても気持ちがやすまった。

ウィルは満ち足りて見えた。会ったのは一度きり、もう五年以上前になる。一年前に父親をなくしてから会うのは初めてだが、動向は把握していた。船を転々とし、やがて探査船〈U.S.S.リビア〉に乗り組むと、そこで中佐に昇進する。その後、指揮官席《センターシート》を降りて彼が考案したプログラムに加わっている。

「シャトルクラフト用の緊急転送装置なんです」船長の地位を何のために放棄したのか訊《き》くと、そう答えた。「提案書を、アカデミー同期のエンジニア数名と共著で書きました。デルタ四号星は実験に適した地です。デルタ人は小さな転送装置を設計・生産して集めたパターンから、植物を複製していますから」

「進み具合は？」

「その、失敗は発明の母といいますが、その伝《でん》で行けばわれわれは発明家です」小さな冗談にわたしが笑い、ウィルが続ける。「装置が標準装備されるようになるのが二、三十年先なのは確実ですが、未来のいつか、父の遭ったような状況で誰かの命を救えるなら本望です」わたしはうなずき、マット・デッカーの死が話題にのぼった居心地の悪さをごまかした。彼の研究は、ものになれば宇宙艦隊にとってとてつもない恩恵になり、何百名もの命を救える。

すべてはわたしが日誌に記した嘘から端を発していた。マット・デッカーは、緊急転送装置でシャトルクラフトから脱出したりはしない、たとえ設置されていたとしてもしなかったであろうことを、息子が知らずにすむよう願う。わたしは話題を変えようと決め、旅の目的である本題に入った。

「君は船の指揮をとったことがある。恋しくないか？」

「どうでしょうね。わたしはまず何よりも科学者であり、艦隊士官は二の次です。それにわたしはここで、とても幸せなんです」ピンと来たわたしは、ヤマをかけた。

「相手の名前は？」経験上、船の指揮に対抗できるのは唯一女性だけだ。デッカーが笑う。そして、わたしの読みは当たっていた。アイリーアという名のデルタ人とつきあいはじめているという。

「彼らはひどく誤解されてるんです」デッカーがやや弁解がましくいった。

「わたしは何も批判してないぞ」それはちょっぴり嘘だ。内心批判はしていたが、ウィルの思っている理由でではない。彼は定住生活を選んだ。わたしには別のプランがある。「単刀直入にいうとだな、ウィル、わたしには新しい副長が必要で、それを君に任せたい」

「えーと……何ですって？」驚くのも無理はない。わたしがスポックを失い、副長候補のスコッティは人事関係の仕事を忌み嫌っているのをウィルは知らない。他のコマンドクルーのメンバーを検討してはみた。スールー、チェコフ、ウフーラ、皆すばらしい士官だが、全員何かが欠けているように思えた。実際、彼らの誰であってもそれぞれにすばらしい選択になったと今では思うが、たかだか四ヶ月のために副長を探しているのではなかった。

「願ってもない機会です、船長。ですが、あなたの任務はほぼ終わりかけていますよね。このプロジェクトをほんの二、三ヶ月、あなたの副長になるために放棄したくはありません」

「もっともだ。わたしは〈エンタープライズ〉を地球に持ち帰る。そこで大がかりな改修工事に入る予定だ。その前に、次期船長とともに本船で過ごす機会を持てれば都合がいいなと思ってね」

デッカーはしばらく悩んでいた。無理もない。数ヶ月限定の副長職から、任務で結果を出す限りはコンスティテューション級宇宙船の指揮をずっと任せようと、申し出の内容が変わったのだ。

ようやくデッカーが口を開く。

「なぜ、わたしになんです？」

「これは特別な船だ。改修を監督するには相応のエンジニアリングの背景を持つ船長が必要だ。君の記録を調べたよ。適任だ」いかにもとってつけたように聞こえる、当のわたしにさえ。それに、わたしは少し傲慢になっていた。艦隊司令部を納得させねばならないが、彼らの一員になるとなれば、ごり押しできる自信があった。

「カーク船長、どう考えたらいいのかわかりません。あまりに突然で」

「こんな機会は一生に一度もない。棒に振るな」ビールを飲みほして立ちあがり、とうとつなその動きは若者をさらに驚かせた。あと二日、軌道上にいると伝える。意味は明確だ。そのあいだに申し出を受けるか決めろ。乱暴な交渉術だが効き目はあった。

翌日、デッカーが〈エンタープライズ〉に現れ、申し出を受け入れた。少しばかりひるんでいるようだった。たった一日で私生活を切りあげ、まだ落ち着かないのかもしれない。軌道を離れ、次の二週間は〈エンタープライズ〉内に少しばかり不穏な空気が流れたと、認めねばならない。クルーは新しい副長をうろんな目で見ていた。選ばれなかったために感情を傷つけられた者が少なからずいたのだろう（スコッティは机仕事から解放されてほっとしていたが）。だが、ウィルは懸命に働いて、彼らの支持を得ようとした。はじめは神経質になって口数も少なかったが、われわれはすぐに気安い友情を結び、たちまち職務になじんだ。ところがマッコイは、わたしがふたりの関係の真実を見ていないとなじった。

「そういう君は、乗船し続けるのか？」酒をやりつつたずねる。マッコイはどうするつもりなのだろう。

「わたしは降ろさせてもらう。医療経験はずいぶん積んだから、新米医師たちにいろいろと教えてやれる。バトンをタッチする頃合いだ。それに、デッカーから命令は受けられない」わたしは不意打ちを食らった。そのときまでマッコイがデッカーを不適任だと考えていたというヒントは何も受けとっていない。何が問題なのか問いただした。

「デッカーには問題ない。彼が職を得たやり方に問題がある。君は罪悪感から彼を選んだ」

「罪悪感？　どんな罪悪感を持つというんだ？　副長職を与えたときは、ほとんどあの若者を知らなかったんだぞ」

「君は仕事一筋の男で、それが終わりに近づき、故郷に戻ろうとしている今、ずっと無視してきた穴を埋めようとしている」ふたりともしばらく無言で座っていた。マッコイのいわんとすることに耳を塞ぎたくなったが、無視できない。

「続けろ」

「君は自分に似た人間を選んだ。彼の亡き父親に代わって導き、キャリアの手助けをしてやれる。いう必要があるかね？　君は船長の代わりが欲しいんじゃない、息子が欲しいんだ」

「その意見にうなずけるかは疑問だな。だがもしその通りだとして、何か弊害があるのか？」

「害は、そこに本当の関係はないってことだ。誰かがひどくがっかりして終わるぞ」ふたりは黙って杯を空けた。マッコイがいったことはわたしを深く傷つけたが、計画の邪魔はさせない。あとになってみれば、もちろんドクターが全面的に正しかった。わたしはデッカーを利用した。それにもかかわらず、ウィルは真にとてつもない経験をしたが、わたしの下した判断によって彼の命を奪ったことを、今日まで恥じている。

任務の残りは滞《とどこお》りなく過ぎた。スールーとチェコフのおかげで、出航後五年間きっかりに地球に戻ってこられた。今では宇宙艦隊の司令官となったノグラ提督が、惑星連邦のボーメナス大統領とともに乗船してきた。壮大な式典が催され、クルー全員がメダルを授かり、わたしは提督に、デッカーは大佐に昇進した。式のあと、シャトル格納庫でレセプションが開かれた。

両親も招かれている。ふたりとももう七十代だがスリムでかくしゃくとし、わたしに会えてうれしそうだった。十五歳に成長したサムの息子ピーターと、三歳になる双子の兄弟ジョシュアとスティーブンも一緒だ。子どもたちは周りの光景に目を白黒させている。ピーターはクルーと親しげに接し、みんなが覚えていてくれたのでご満悦だった。レセプションの最中、父がノグラ提督とひどく親密に話しこんでいるのを見て驚いた。ふたりが同じ船に乗り組んでいたとは初耳だ。

三人でしばらく談笑し、それからノグラが座を外した。

「ヘイハチローは〈ケルビン〉でロバウの秘書をしていたんだ」

「仕事はできたの？」ノグラがコーヒーを注いでいる図を思い描けない。

「仕事をどう定義するかによる。手厳しかった。秘書には珍しく」

お開きになる前に、パーティーを辞した。なぜスポックがこの場を避けたかったのかを理解した。クルーに別れの言葉をかけていると、胸がいっぱいになった。それに、自分はどのみちここへ戻ってくると確信していた。

翌日はおろしたての提督用制服を着て出頭した。

司令部はアーチャー棟の最上階にあり、秘書に迎えられてオフィスに案内された。通路沿いには提督たちのオフィスが並ぶ。どれも知った名前だ。カートライト、ハリー・モロー、ビル・スマイリー、そして、突きあたりにノグラ。彼は自分の戦略立案・研究部門をうまく司令部に移しかえ、比較的若い提督たちから成る一団に自分の政策の補佐をさせた。

ノグラのオフィスへ出頭すると、任務を与えられた。宇宙艦隊作戦本部の部長職。実際よりも重要な肩書きに聞こえる。格上の提督がやりたがらないメンテナンスと補給関係の、単調でさまつな仕事の責任者だ。とはいえ、やはり幕僚の一員であることに変わりはなく、毎日の会議に出席して政策と立案の決定をした。だが初日は追いつくことがたくさんあり、そのためオフィスに引きこもった。

机に座る。背後の壁は一面透明になっていて、ゴールデンゲートブリッジを望める。その先には、いにしえのアルカトラズ刑務所島が見えた。

わたしは三十六歳にして提督となり、そしてこのしゃれたオフィスは独房にも転じた。

自分もその一部となった果てのない、だが効率的なお役所仕事を、提督に就任する前に完全に把握していたかといえば、定かではない。宇宙艦隊司令部の仕事は山積みだ。艦隊の維持、人員の訓練、宇宙基地と地球所属コロニーへの物資の供給と防衛、惑星連邦加盟国と非加盟国間の貿易監視、法の執行、緊急医療に災害支援、さらには惑星連邦議会の政治方針の履行。しかも、今は戦時体制ですらない。

毎日山のように命令を出し、惑星連邦領域全体における大小の作業に支障が出ないよう、気を配るのが司令部の一員としてのつとめだ。とある一日。ユートピア・プラニシアで建造中の宇宙船〈U．S．S．オバマ〉がスケジュールの遅れで予算オーバーとなり、造船所の士官たちを会議に呼びよせてスケジュールを軌道に戻す方策を立てないといけない。第十宇宙基地の司令官コルト准将が突然亡くなり、そのため彼女の後任を見つける必要に迫られる。情報部からの報告がわたしの机に回され、それによればゴーンとの境界沿いでソリア船の動きが活発になってきているようだ。その対処のため、最新の監視機器を搭載した貨物輸送船を当該宙域付近へ派遣し、さらなる情報を密かに集めるよう指示する。また、新しい貨物船〈ウォルドロン〉〈カールマン〉〈アサード〉三隻の建造予算を通した。

そして、その上に政治があった。提督たちは皆それぞれの優先順位があり、長年温めてきたプロジェクトのロビー活動に余念がない。互いにむつまじくやっていたが、クリンゴンを迫り来る脅威とみなすサブグループの影がちらつく。クリンゴンとの外交努力はここ数年、失速ぎみだ。提督たち、とりわけカートライトは境界沿いの防衛費増額を推している。それは、二段構えの戦略だった。防衛線を強化するとともに、クリンゴンが連邦に対抗するように仕向け、彼らの資源《リソース》を境界線の防衛にめいっぱい投入させる。理論上そうすることで、年数をかけてじわじわ相手を疲弊させられた。それはまた攻撃を挑発する行為でもあり、カートライトはこちらの備えはできていると考えた。戦略立案・研究部門でノグラが進めていた計画と地続きなのは明白だが、当時はもう少し穏便にやっていた。

新たな任務についたわたしを、補佐してくれる者がいる。ウフーラを参謀長に立て、スールーとチェコフも引きいれた。これには二重の利点があって、彼らが別の船に新たに配属されるのを防ぎ、ときが来れば〈エンタープライズ〉に戻すことが可能になるのと同時に、すでに気心の知れた部下を手元における。

多忙ではあったが、ふと気がつけば思いは内を向き、これがわたしの望んだものなのかどうか、首をかしげた。〈エンタープライズ〉での最後の二、三年にむなしさを覚えはじめ、昇進こそが解決の道だと考えた。だが自分が何者なのか、何者になりたいのか、さらに疑問が増すばかりだった。この自問自答がはじまったのは、司令部本会議初日の席でだ。将官のひとりに話しかけられた。実に二十年余ぶりになる。

「マロリー提督」

「船長、親書の礼をいわせてくれ」マロリー提督は、子どもだったわたしがテラライト人大使を救った件でアカデミー入学を推薦してくれた人物だ。だが彼に会うと、他人から見ればわたしの任務は成功でも、自分の下した決定のために命を落としたすばらしい人材がたくさんいることを思い起こさせた。〈エンタープライズ〉に就任した当初、自分の指揮下でクルーを失うことは一度もなかった。やがて、五年間で毎年平均十一名の死に対して責任を負う。その数にはゲイリーを入れてすらなく、毎日のように彼の死を思わずにいられない。何年も前、パイクの話していたのはこのことだった――はらわたをえぐられ、小さな穴があいたきり塞がらない。人的損失のひとりに、マロリー提督のご子息がいた。アカデミーに入れてくれ、わたしの人生を変えた人物の息子。

「いたみいります」親書の件について返す。「息子さんは立派な乗組員でした。それに、提督にはご恩がありますし」わたしは微笑んだが、提督はとまどった様子だ。

「はて、前に会ったかね？」今度はわたしがとまどう番だった。彼はもうろくする年ではない。わたしは子どもの頃のテラライト人の一件を話した。マロリーはその話を聞いて、愉快そうに笑った。

「あれは君だったのか？　覚えてなくて悪かった。あんまり昔のことで……」

「ですが、アカデミーに入る手助けをしてくださったのでは」そして彼に助けを乞うメッセージをルースが送ってくれた話をした。

「すまない。わたしは受けとらなかった」ルースは提督の人事主任に渡したといい、嘘はついていない確信がある。唯一導かれる結論は、人事主任が渡さなかった、そしてわたしはどうにかしてアカデミーに自力で入った。なんだか釈然としない思いが残る。


「ディモラスという惑星が、数年来接近禁止になっている」わたしはスールー、チェコフ、ウフーラをオフィスに呼び寄せた。人材がある以上使わない手はない。〈ホットスパー〉でわたしが記録した日誌、なかでも齧歯《げっし》類に似た謎の生物による襲撃の詳細を伝え、あの星のテラライト施設に関する情報を集めるよう指示した。彼らは有能な集団だ。週の後半には報告書をまとめてきた。ダイリチウム採鉱施設はテラライトの所有だが、他の施設はその限りではないという事実をウフーラがつきとめた。スールーはテラライトの大使館に連絡をとり、ダイリチウム施設に関する詳細な記録を入手したが、もう一棟の施設については空振りに終わった。

「もし違法な遺伝子実験をしているなら、テラライト側は内密にしているのかもしれない」わたしが指摘する。

「はい。ただし、向こうの記録には、ダイリチウム施設を廃棄するに至ったのは、やはり生き物に襲われたせいだときっちり記されています。もし遺伝子実験を秘密にしているなら、その事実をこうも公にするでしょうか？」一理ある。施設の所有者に言及している情報に行きあった者がいないかたずねた。

「テラライト人管理責任者の日誌に」ウフーラがいった。「部下複数名が大けがを負った事故の詳細がありました。医療面の援助を受けたと記していますが、どこから受けたかは書いていません」彼らはすでに監督個人を特定してあり、その人物によれば、援助は連邦宇宙船〈コンステレーション〉から送られた覚えがあるとのことだった。当時〈コンステレーション〉はすでにマット・デッカー指揮下にあり、ノグラが直属の上官だった。

ウフーラたちは日誌をあたり、その時期に〈コンステレーション〉がディモラスに立ち寄ったという記録は一切見つからなかったが、船の所在記録には穴があった。陰謀のにおいがする。ウフーラは調査を続けるべきかたずね、わたしは当面は放っておくようにと答えた。やぶへびを懸念して、どうしたものか持て余す。とりあえずチームに感謝し、探りあてたテラライト人監督の口が軽くて幸いだったとねぎらう。ウフーラ、スールー、チェコフはばつの悪そうな、得意そうな、陰謀めいた顔を同時に浮かべ、目くばせし合った。

「そのう、提督。誰の指示で調査しているかについて、わたしは完全に正直ではありませんでした」チェコフがつけ加える。「それに、自分の階級も……」

「みなまでいわんでよろしい」


仕事をこなし、月日は過ぎていくが、司令部の流儀に完全にはのめりこめずにいた。どうかと思うほど時間を割いて〈エンタープライズ〉の改修に身を入れた。一年をかけ、デッカーやスコッティ、〈エンタープライズ〉で新たに仕事についた設計技師や技術者全員に助言を与える。改修に採用された設計は、現用新型船級の多くにとりいれられているテクノロジーと建造テクニックを下敷きにしている。スコッティとわたしは、五年間の調査航海で得た実践的な経験にもとづいて設計を検討し、改修の手助けをした。さらに、エンジニアリング部門のすべてを監督した。うとまれているらしい自覚はある。だが当時は気にしなかった。船は何というか、まだわたしのものだった。出航が二、三ヶ月後に迫ると、新しいクルー集めにまで首を突っこんだ。

主な関心は、科学士官を見つくろうことだ。わたしの経験がいっている。どれほど優秀な、またはよく訓練された地球人の士官だろうと、バルカン人にはかなわない。子どものときから受ける厳格な教育とトレーニングが、彼らをあのポストにうってつけの人材にした。生きたコンピューターがつきっきりでそばにいるようなものだ。〈エンタープライズ〉に一名確保したい。いの一番に浮かんだのは、スポックをあたることだった。その職務に誘うのではなく、心あたりの有無をたずねるためだ。もちろんそれは、彼と再び話すための口実にすぎない。もう二年以上会っておらず、懐かしかった。ウフーラがわたしをバルカンの自宅につないでくれた。スポックは不在だったが、お母上が応じた。

〝カーク提督〟アマンダがいった。〝またお会いできてうれしいわ〟スポックの母親には数年前〈エンタープライズ〉で対面している。地球人の女性で、地球人の母親の多くがそうであるように、母性愛にあふれ、息子を守り、慈しんだ。

「わたしもです、アマンダ。スポックと話したかったのですが」

〝ここにはいません。実をいえば、家を空けて一年以上になります。息子はコリナールに入りました〟アマンダの顔が少し曇る。何のことか、わたしにはわからなかった。

「コリナールとは？」

〝バルカン人が感情を完全に捨て去る修行です。厳格で苛酷なものなの〟なぜアマンダが悲しんでいるのかわかった。バルカン人に対する大きな誤解は、感情がないとする説だ。それは真実ではない。感情に耳を貸さないことを選び、代わりに論理の哲学に従うと誓っただけだ。だが感情は依然そこにあり、アマンダのような地球人の母親は息子が自分を愛していると、いまだに信じた。たとえ表には出さなくても。だが、この場合は話が違う。

「では、彼は実際に感情を持たなくなると？」

〝それがあの子の意図したことです。世間から隔絶された場所に行き、コリナールの神殿にとどまる〟

「どれくらい？」

〝船長、コリナールは……〟アマンダは言葉をつまらせたが、無理やり続けた。〝残りの人生をずっとそこで過ごすの。神殿にいる個人と連絡をとるのは禁じられています〟コリナールの修行者は、いわば論理の〝シンクタンク〟として機能し、相互に共鳴しあい、ときおりバルカン社会と接触して助言を与える、そういうことらしい。

わたしは礼をいって通信を切った。ようやく理解した。アマンダは息子を完全に失った。再び彼を見ることはかなわず、そしてそれはわたしも同じだった。


「アカデミーの同窓生にバルカン人がひとりいました」その後、科学士官の候補者をさらっていたときにチェコフがいった。「ソナクという人物です。現在は科学調査船〈オクダ〉の副長をつとめています」経歴を調べる。たいしたものだった。次に写真を見る。少しスポックを思わせさえした。

一週間後、若いバルカン人とオフィスで向かいあって座っていた。

「〈オクダ〉の任務は好きかね？」

「質問は」ソナクがいった。「まとはずれです」

「では〈エンタープライズ〉に科学士官として乗り組むことに興味は？」

「それもまたまとはずれです。興味があるのは宇宙艦隊につとめることにあります。どこにつとめるかはあなたや司令部が決めるべきことです」わたしは笑った。バルカン人が好きな理由は、上官に意見するときにものおじしないのがひとつあると思う。彼が去ったあと、スタッフを呼び集め、わたしの推薦つきでデッカーに引き会わせるように指示した。この打ち合わせの場で、ウフーラが転送主任には〝彼女の友人〟を特別に考えて欲しいと求めた。ビュースクリーンにファイルを映す。

ジャニス・ランドだった。

四年ばかり目にしておらず、経歴を見ると、たくさんの功績を挙げている。少し年を重ね、愛らしい女性から今では成熟した女性に変貌していた。過去の出来事に対する罪悪感と居心地の悪さが消えるには、じゅうぶん時間が経《た》ったように思う。それにどちらにしろわたしは乗船しないのだ。ランドをウィルにきっと推しておくと、ウフーラに保証する。

また、三人に〈エンタープライズ〉に戻って欲しいと打診した。チェコフは保安主任を希望した。もろ手を挙げての賛成とはいかない、全員もとの部署に戻って欲しかったからだ（実際、それは厳密にはデッカーの決めることで、この欲求に合理的な説明はつけられなかった。二、三週経ってから、裏の感情に思いあたる）チェコフはまた、航法士には悪運続きだった本船の流れを、秀でた働きで断ち切ってくれた。だが無理強いはしたくなかったので、意向に沿った。ウフーラは誰かひとり手元に残し、新スタッフを指導させたいのではとわたしをおもんぱかってくれたが、〈エンタープライズ〉は彼らなしでは同じ船に思えないとうち明けた。

「提督、あなたがいらっしゃらないならば、同じではありません」世辞に礼をいいながら、船のクルー探しに精を出した真の動機に気がついた。文字通り、時を再創造しようとしていたのだ。わたしのキャリア、人生の絶頂期を。それも、自分抜きで再創造していた。

改修した〈エンタープライズ〉の出航が近づくにつれ、自分がどんどん気落ちしていくのがわかった。いろんな場所へシャトルやトラムを見に出かけ、わたしの船に乗っていないことをごまかした。とうとう試運転に出る三日前になると、休暇に出ようと決めた。

母の兄がアイダホに農場を持っていた。数年前に亡くなり、母に遺した。持て余したが、売り払ってもいない。管理人に維持を任せていた。叔父は二頭の馬と、広大な土地を所有していた。家族で旅行に行くにはもってこいじゃないか。母と父を誘うと、ふたりは甥《おい》っ子たちも連れてきた。家族こそがわたしに必要なものかもしれない、ちらりとそう考えた。もうひと組の家族がわたしを残して太陽系を発《た》とうとしていたからだ。

すてきな二日間で、甥っ子たちと両親との旅は、子ども時代の好ましい思い出をよみがえらせた。母に会ってすぐ、何か思案しているのを感じていたが、ふたりきりで話したいといわれた。

「キャロル・マーカスに会ったわ」

「へえ？」地球に戻ったとき、キャロルを探そうかと思った。だがいつも何かが邪魔をして実行に至っていない。

「北京《ペキン》で会議があってね。息子さんがいるって知ってた？」

　母は鋭い。知っていたか、当て推量した。わたしのほうに自ら明かすつもりはなかった。子どもがいるとは聞いていると答えた。

「かわいい子よ。小さいときのあなたみたい」母はわたしに話して欲しがった。だができない。今のわたしは少々無防備だった。〈エンタープライズ〉はわたしを置いて発つところで、幼少期以来会っていない息子をうんぬんする心の余裕はない。最初、母はわかってくれたと思った。話題を変えたからだ。

「〈エンタープライズ〉に乗れなくてがっかり？」

「ああ。手放すのがこんなにつらいとは思わなかった」

「ときには自分が欲しいものをわかっていると思いこんで、周りにあるほかの可能性を無視してしまう。あなたの母親として逃した時間を後悔しているわ……」

「どんなに埋めあわせようとがんばってくれたかわかってるよ。だけど、もう少し宇宙艦隊にいたかったとは思わない？」母は笑った。

「わたしが願うのは、わたしたちがもう少し注意深かったらということ。でも今ではわかる、あと二、三年、宇宙艦隊にいても満足はできなかった。少し見失ってたのね、自分が何をしたいのか、何者になりたいのか、完全に定まったことがなくて。あなたのお父さんを責めたわ、きっぱり心を決めたあの人に嫉妬したからよ。ひとつの間違った判断を別のと合わせて、決してとり戻せないわが子とのすばらしい年月を逃した」母の目に涙がにじむ。サムのことを思っていた。母の手をとる。微笑むと、母は続けた。

「親になったあとでキャリアを追求するための教則本はないわ。男でも女でも、何かを犠牲にする。でもね、子どもがいくつだろうと、常にとり返す時間はあるものよ」

母はわたしに努力してみろといっていた。わたしは父親なのだと思い起こさせた。デビッドは十歳になる。今なら努力できた。息子と触れあう心づもりもある。キャロルは心を開いてくれるかもしれない、今のわたしならば、船に束縛されてもいない。地に足がつき、まだたったの三十八歳だ。だが、もしキャロルが前に進んでいたら？ もし誰か他の人間と一緒だったら？様々な思いが頭を駆け巡る。キャロルの状況がどうであれ、まだデビッドがいる、わたしの息子が。母はまだ遅くはないとわたしに思わせたかった。ふたりに連絡しよう。

これこそ今まさにすべきことだと決めたとき、手首につけた通信機《コミュニケーター》が突然鳴った。

「カークだ」新しい参謀長のモーガン・ベイトソンからだった。その昔、初めてわたしに付けられた秘書。ベイトソンは第一級《コード・ワン》緊急信号の発令を知らせてきた。侵略または災害の可能性。すでにトラムをこちらへ向かわせたという。通信を終える。

「どうしたの？」母がたずねた。

「わからない」上空を、白いトラムがこちらに向かって飛んでくる。「父さんと子どもたちに謝っておいてくれ」わたしは母を抱きしめた。「それから貴重なアドバイスをありがとう」

トラムに乗ると、秘書から清潔な制服を受けとり、イプシロン9前哨基地からの記録に目を通す。クリンゴン帝国との中立地帯付近にある基地だ。基地の司令官ブランチ中佐が報告にあたっている。

スクリーンに映されたエネルギーの輝く〝雲〟はとてつもなく大きく、宇宙をワープスピードで移動していた。光速より速く移動できる有機物は存在しない以上、それは自然現象ではない。〝雲〟はクリンゴン帝国のクティンガ級巡洋艦を三隻壊滅させ、さらに進んで来る。ブランチは報告をこうしめくくった。

「〝雲〟は、それがなんであれ確実に地球を目指しています」

ただちに迎撃に差し向けられる宇宙船をあたる。謎の物体が移動する速度、およびコースをかんがみて、迎撃可能な宙域にいる恒星間宇宙船はただ一隻しかいない。船は、この種の危機に直面した経験の一度もない船長が指揮していた。

正確にどの時点で自分が引き継ぐべきだと決めたのかわからない。わたしの決心は、デビッドのことを考えていたことから来ているのかもしれない。どうやって〈エンタープライズ〉をとり戻そうかと画策するのは、今さら父親になる方法を思いつくよりずっとやさしい仕事だった。強力なクリンゴン戦艦を三隻消し去り、なお速度の落ちない脅威に立ち向かうために急ぐのは、キャロルに拒まれる可能性に直面するより与《くみ》しやすい。

サンフランシスコに着陸する頃には、自ら〈エンタープライズ〉を率いてこの任務にあたろうと決めた。ソナク中佐と鉢合わせ、船長復任の意志を固めていたわたしは乗船後、わたしのもとへ出頭するよう命じた。だが、ノグラは頑として首を縦に振らない。

「論外だ」オフィスに座る彼がいった。「君はここで必要とされているのだ」提督は痛いところを突いてきた。すなわち、もしデッカーに備えができていないと感じたならば、なぜあれほど熱心に彼を推したのか？　また、わたしは〈エンタープライズ〉をどんな宇宙船よりも経験を積んだクルーでいっぱいにし、その多くは自ら船長がつとまるはずだとも指摘した。こちらが唯一主張できるのは、デッカーは優秀だが、わたしのほうがより優れているという反論だけだ。

「提督は宇宙船を指揮しない」

「ではわたしを大佐にしてください」

「ばかばかしい。要請は却下だ」ノグラはまだ埋まっていない部署を出航前にできるだけ補充すべく、クルーのリストをあたりはじめた。だがわたしは聞いていなかった。あとには引けないことは重大すぎる。提督には、自分が地球を危険にさらしているのがわからないのか？　わたしひとりがそのような状況を救えるという妄想を抱くところまで、自分の能力を過信していた。ノグラに知られていない手札を切るときだった。

「提督。続ける前に、あなたの注意を引きたい案件がほかにあります。惑星ディモラスについてです。憂慮すべき情報をつかみました」

ノグラがわたしを見た。重い沈黙が続く。提督はわたしが何をつかんでいるのか見当がつかず、わたしも実際自分でほのめかしているものの正体を正確には知らなかったが、相手の反応から察するに、ノグラにとって危険で、沽券《こけん》にかかわることなのは確かだ。

「なるほど。それが何であれ、現在の危機が去ったあとまで待てるかな？」

「そう思います。次回の司令部作戦会議の議題に載せられるでしょう」ノグラはわたしのしかけていることを理解した。もし次の会議のときにわたしが提督の地位になければ、それは議題にのぼらない。

「よろしい」〈エンタープライズ〉の指揮をわたしに任せるよう考え直したと、ノグラが続けた。わたしは悪魔と取引した。ディモラスの実体が何であれそれは根が深く、そしてわたしがたった今脅迫したのは提督であるにとどまらず、おそらくはわたしのキャリアにおける最大の支援者だった。このつけが、やがて回ってくる。だが今は〈エンタープライズ〉を手に入れた。

「何ですって？」一瞬前のウィルはいつもの愛想のいい若者だったが、指揮権をわたしが引き継ぎ、彼は副長にとどまると告げたとたんに血相を変えた。

ふたりは〈エンタープライズ〉の新しい機関室にいた。クルーがせわしなく動き回り、たったの十二時間後に軌道を離れる準備で大わらわだった。デッカーを捜すと、スコッティと一緒に転送システムの問題にあたっていた。彼を見た。若すぎる。船長に据えたのは間違いだった。まだ備えができていない。これが最善策だと確信する、少なくとも自分の中では。

ウィルは激怒し、それを非難はできない。二年半〈エンタープライズ〉の船長をつとめているが、一日たりとも実際に指揮をとったことはなかった。ウィルがしたのは船の再建を、ほとんど一から采配したのがすべてだ。そして今、打ちこんだ仕事の実を刈りとる数時間前になり、わたしが彼からかすめとった。

「すまない、ウィル」

「いいえ提督、あなたは悪いと思ってなどおられない。これっぱかりも」思ったよりウィルはわたしのことがわかっていた。彼は正しい。わたしは悪いと思わなかった。まさに欲しいものを手に入れた。ウィルの指南役、面倒をみているという印象を与えた。だからこそ彼は生活を根こそぎ引き抜いてこの任務を引き受け、わたしを信頼し、そしてたった今裏切りにあった。ウィルが立ち去ると、スコッティから非難の目を向けられた。

そのとき、コンソールが吹き飛んだ。

転送システムが不具合を起こした。転送のさなかだった。スコッティとわたしが転送室に駆けつける。ランドが任務についていた。問題を正そうとしていたが、制御不能だ。故障した回路はエンジニアリングの管轄だった。スコッティとわたしでコンソールを引き受ける。

転送台に二名の人物が物質化しはじめた。それから変形しだす。全力でことなきを得ようとしたが、遅すぎた。台上の人物が苦悶《くもん》の叫びをあげる。ひとりは識別できた。ソナクだった。台から人の像が消え、叫び声も途絶えた。すぐに両名の死亡が確認された。

そのときランドに気がついた。本船のポストを与えたきり会っていない。任務初日にして、転送を試みた初めての人物だった。しかるに彼らは死んだ。

「君にはどうしようもなかったよ、ランド。君に落ち度はない」あまりなぐさめているように聞こえなかったかもしれない。わたし自身がうちのめされていた。指揮について五分後に、すでにクルーをふたり失った。前回この船を指揮して死なせた五十五名の顔が、どっと戻ってくる。わたしは正しいことをしたのか？　この仕事に、ほんとうにふさわしい人間なのだろうか？　疑いの念が忍び入ってくる。


「以上で全部だ。もう一点、地球に達するまであと五十三・四時間という以外は」

レクリエーション・デッキに集まったクルーの前に立ち、わたしはイプシロン9から届いた通信映像を見せていた。その必要があるのははっきりしている。あの〝雲〟の破壊的パワーは知っていたが、まだわたしには自信があった。本船に課せられた〝雲〟阻止令を一席ぶっていると、イプシロン9から新たな通信が入った。ビュースクリーンに中継し、クルー一同の見守るなか、ブランチ中佐の姿が映る。

これはうまい手ではなかった。〝雲〟、すなわち進化したエネルギー・フィールドが基地を襲ったとき、ブランチ中佐は努めて平静を保とうとした。船外ビューに切り替えると、エネルギー・フィールドが基地を飲みこむ光景が映る。と思うまもなく基地が消滅し、〝雲〟だけが残った。

クルーの海を見回す。わたしが注ぎこんだ自信はあとかたもなかった。おそらく自分たちを滅ぼすであろう何者かにくぎ付けになっている。

「発進前の秒読みは四十分後に開始」わたしはそう告げ、立ち去った。自室へ引きあげる。すっきりして、改修前の船長室よりずっと広い。提督の制服を脱ぎ、クローゼットにかかった船長の制服に着替えた。気が若くなり、ひとごこちつく。それから再び死んだクルー二名を思った。ひとりはソナク中佐、一時間前に話したばかりだ。罪悪感を押しやりながら船室から出、ターボリフトへ向かう。

ブリッジへ歩いて行き、船長席に座る。ブリッジの雰囲気は変わっていた。前より薄暗く、かつてのような温かみがない。だが、椅子は快適だ。求めていた感触だった。

「転送係より連絡、航法士のアイリーア中尉がすでに乗船し、ブリッジに向かっているとのことです」ウフーラが告げる。転送事故で死んだ航法士の交代要員が、出航直前に補充されてきたのだ。ノグラにいって、急がせた。名前に聞き覚えがあり、ウフーラが続けた言葉で、突然どこで聞いたか思い出した。「デルタ人です、船長」

ターボリフトのドアが開き、頭を丸めた女性がブリッジに入ってきた。

「アイリーア中尉、着任します。船長」きついデルタなまり。坊主頭にもかかわらず、もしくはそれゆえに、たぐいまれなる美しさだった。

中尉を歓迎する横で、ウィル・デッカーが椅子から立ちあがるのを目の隅にとらえる。ふたりはあいさつを交わし、デッカーが〈エンタープライズ〉に乗り組む際、あとにしてきたアイリーアがこの人物であるのは一目りょうぜんだった。彼女との快適な生活を捨てて指揮官の約束をとったのに、わたしにかすめとられた。何が起きたのかアイリーアが察すると、ふたりの口調に敵意を感じた。

「カーク船長の覚えがめでたくてね」と、デッカー。地球に危険が迫っている。皮肉に甘んじよう。

「ひとことでいうとだな、船長。わたしは徴兵されたんだ！」マッコイが転送台から降りてきた。濃いひげを生やし、記憶よりもさらに口やかましそうだ。だが、胸が躍る。過去二年、ほとんど会っていなかった。ドクターは自前の医療教育十字軍に出て、〝前線医療〟の知識を望む医師には誰にでもわけ与えた。ノグラに予備役服務法を発動するように手を回し、マッコイに乗船を迫った。無理やり引き戻されて憤慨している自分にわたしが同調していないのを、彼はすぐに察した。

君が必要だとドクターに訴えた。マッコイはわたしを見つめ、弱みを見せたことに驚いた。だが、わたしはひとりきりだった。無理に船に舞い戻り、自分が適任だと皆をいいくるめ、早くもクルー二名の死を招いた。船そのものが信頼性に欠け、新開発、未試用の機材を多数搭載し、副長はわたしを憎んでいる。しかと頼りにできる〈エンタープライズ〉のようすがが必要だった、昔のクルーのようなようすがが。加えて、今は情緒面で友情の支えを必要とした。わたしが間違ったときにずばり指摘してくれる友人に、そばにいて欲しい。わたしは手を差しのべ、とってくれと無言でマッコイに懇願した。それは命綱だった。彼のではなく、わたしの。ドクターは握手に応じ、微笑んだ。

「ワームホールだ！　インパルス・エンジンに戻せ、全反転！」わたしはスコッティとクルーの尻を叩き、ワープ・エンジンの使用を無理に急がせた。その結果エンジンに不均衡が生じ、船は人為的にできたワームホールに投げこまれた。宇宙にうがたれたトンネルを旋回しながら抜け、制御不能のまま小惑星に向かっていた。止める手段はなく、もしこの速度で衝突すれば文字通りバラバラになる。

フェイザーで破壊しろとチェコフに命令したが、デッカーがとり消した。事態は切迫していたため、中断してデッカーと議論しているひまはない。副長にはわたしの命令をとり消す理由があるに違いない。チェコフに手を貸して光子魚雷を撃ち、ぶつかる前に小惑星を消滅させた。ワームホールをほどなく脱すると、入った位置からずいぶん移動していた。

わたしは恥じいった。苦境に陥ったのはわたしの判断ミスだ。それに加え、デッカーがわたしの命令をとり消してさらに立つ瀬がなくなった。船長室に副長を呼び出し、自分がどれほどしくじったのかが明らかになる。ワームホールに入ったときにエンジンパワーが遮断され、フェイザーもしかりだった。デッカーが止めなければ船は爆発していた。突如として、船に乗りこんできたときの自信が揺らぎはじめる。デッカーが退出してふたりきりになると、マッコイがわたしをなじった。

「君は、宇宙艦隊ののど元に刃物を突きつけて指揮権を奪った。非常事態に乗じて〈エンタープライズ〉をとり返した」うすうす気づいてはいたが、マッコイにずばりいわれ、やっと意識の前面に自分の計画が浮かびあがった。わたしはこの船を押さえておこうとした。そのために、もとのクルーをもとの任務につかせたがった。これまでずっと、船をとり戻し、現状維持につとめようとしていた。

ブリッジに戻ったわたしは周囲から切り離されたように感じ、クルーの目を気にして恐れた。今では完全に自分自身を疑っていた。この間《かん》に、ワープ移動してきたシャトルからランデブーの要請があったとチェコフが知らせてきたが、自分の精神状態に気をとられて忘れていた。

それだけに、一層ショックだった。スポックが魔法のごとく、ブリッジを歩いてきたときは。黒いローブに身を包み、かつてないほど冷ややかに見える。シャトルはバルカン星からスポックを送り届けた。彼が戻ってきた、一番必要としたときに。

スポックは本船の通信をモニターしており、エンジンの補修に力を貸せると思ったという。わたしは即座に彼を科学士官に復任させた。かつての仲間が何名か彼に声をかけ、復帰を歓迎するのを見守ったが、スポックは何の反応も示さない。彼は変わってしまった。はじめは、スポックの姿を見て胸が熱くなった。今はまごついている。

だが、彼の助けは代えがたかった。船はほどなくワープに入った。スポックの母親がコリナールについて話していたのを思い出す。生涯にわたる修行。つまり彼はそれを破り、〈エンタープライズ〉の任務に加わったのだ。

士官用ラウンジにスポックを伴い、マッコイと落ちあう。つかの間、ドクターのおかげで昔に戻ったようだった。

「スポック、ちっとも変わってないな」おなじみのやりとりを再現するつもりなのが、ありありだ。「ますますもって親身で社交的な男だ」昔のパターンに戻りながら、スポックがお約束を返す。「あなたも相も変わりませんね、ドクター。的外れな見解を述べるのがことのほかお好きだ」

わたしは乗船の理由をいうように迫った。

「バルカン星で、ある意識を感じるようになったのです。わたしがこれまでに遭遇したどんなものより強力な発信源でした」驚いた。雲の中にいるのが何であれ、スポックはテレパシーで接触をしたのだ。心強い戦力になる。だが本人は、自分が求めるのは個人的な答えだと強調し、わたしは初めて、船の要求を彼自身の要求に優先させられるのか、スポックの信頼性に疑問を覚えた。

わたしは失望し、少しばかり傷ついたかもしれない。スポックが戻ってきて任務に加わったのは、昔を懐かしむためではない。コリナールの修行に入り感情を追い払おうとした彼は、修行を中断してまで〈エンタープライズ〉を利用し、自分勝手な目標を追求しようとしている。それは、柄にもなく人間的な行為だった。

失望はすれど、非難はできない。わたしも同じことをしていた。

〝雲〟が太陽系に達する一日前、なんとか迎撃可能な距離に達した。そいつはビュースクリーンいっぱいに広がっていた。真っ青なエネルギーの煙幕は不吉で、大きさとパワーははかりしれない。〝雲〟の中心には物体があり、それがフィールドを発生させているとのスポックの推測に従い、突入を命じる。デッカーは反対したが、即座にしりぞけた。わたしは証明しなければならない。〝雲〟の中の何者かを倒し、阻止してみせる。軽率で向こう見ずな意思決定、船長としてわたしが持ちこんだのがそれだったように感じる。

まもなく〝雲〟の中心に宇宙船を認めた。これまでに見たどんな物体よりも巨大だった。船はセンサーを送り出し、〈エンタープライズ〉のブリッジに侵入すると、プラズマ・エネルギーの柱となった。柱はアイリーアにとりついた。アイリーアが悲鳴をあげ、こつぜんと消える。と同時にセンサーもかき消えた。

デッカーの怒りがわたしに向けられるのを感じたが、視線を受けとめられない。たった今、さらなるクルーを失い、間違いなく地球を破壊しに向かっているこの物体を止める手だては、まだ何ひとつわかっていない。わたしの〝軽率で向こう見ず〟な意志決定がいくつもの死を招いた。わたしは敗れつつあり、デッカーに任務を任せていればよかったのではとの思いが、初めて頭をもたげた。


「ジム……がっかりです」

スポックが、医療室の診察台に横たわっている。〝ビジャー〟と名乗る何者かが〝雲〟の中の宇宙船に存在し、文字通り〈エンタープライズ〉を丸ごと飲みこんだ。スポックは命令に逆らい、船外へ出て〝ビジャー〟と接触しようとした。何者かと精神融合し、それが彼の神経に損傷を与えた。スポックに変化が起き、わたしのもとへ戻ってきたとき以来のよそよそしさが減っていた。

「ビジャーの母星を見ました、生きた機械に埋めつくされていた。信じがたいテクノロジーです。ビジャーは、宇宙大の知識を有している。それでもなお、この純粋な論理を持ちながら……ビジャーは不毛で、冷たく、神秘も美も持ちあわせない。わかっていたはずなのに」そして、スポックは目を閉じた。何のことやらさっぱりだ。謎めいた宇宙船は地球に達し、食い止める手だては初めて遭遇したときから何ひとつ増えていなかった。スポックを揺すぶる。

「わかってたって？　何をだ？　スポック、何がわかってたんだ⁉」わたしは必死になり、見さかいを失っていた。船長として手をつくしているのに任務の遂行に一歩も近づけていない。

　スポックは目を開け、わたしの手をとった。

「この単純な感情が、〝ビジャー〟には理解できないのです」スポックが微笑む。あとからふり返れば、これが、わが友の転機となった。このときを境に彼はもはや感情を隠さなくなった。感情を、人生と人格のなかに統合する術を見いだした。のちにわたしに明かしてくれたのだが、〝ビジャー〟のおかげでコリナールそのものの非論理性に気づいたという。人間の感情への理解が、答えをもたらした。

　だが、わたしにとってより重要なのは、スポックがわたしの手をとった瞬間だ。わたしには、友がいる。相方《パートナー》がいてくれた。この状況を打破する真の方法を見つけ出すにはほど遠かったが、スポックが古巣に戻ったからには、もう迷いはない。やつを倒す。

「あなたが〈エンタープライズ〉を欲しがったのと同じぐらい、わたしはこれが欲しいんです！」

われわれは、奇妙な宇宙船の中心にいた。へこんだ円形劇場のような形状で、光と音を発して脈動している。これまで見たなかで、最も進んだ技術による建造物だ。文字通りの生きた機械。

そして、すべての制御のおおもとに、二十世紀の宇宙探査機ボイジャーがいた。

われわれはパズルを解いた。〝ビジャー（V'GER）〟は〝ボイジャー（VOYAGER）〟だった。ボイジャーは太古のNASAの探査船で、ワームホールの中へ消えて銀河の反対側に現れ、そこでたどり着いた生きた機械の惑星が、ボイジャーのために進化した船を建造し、原始的なプログラムを走らせた。「手あたり次第に学習する」ために。その後、宇宙を旅しながら膨大な知識を蓄え、意識を持つに至ると機械は地球に戻り、自分を造った〝神〟を見つけて合体しようとした。

デッカーはその願いを叶えてやろうとしていた。エネルギーの枝が床から這《は》いのぼり、彼を造り変えていく。この若者を見つめた。わたしが彼の人生を狂わせた。愛する女性から引き離した。船を与えたのちに指揮権を奪った。すべてはわたしの利己的な理由で。

そして、われわれの現実世界からいなくなるのを見守った。

デッカーは完全にエネルギーにとりこまれた。彼が見えなくなると、エネルギーが広がりはじめ、宇宙船を丸ごと飲みこんでいく。わたしはぼう然と見入っていたが、スポックとマッコイに引きはがされた。〈エンタープライズ〉に戻るなり、光の渦が巨大な船を吸収する。エネルギーの爆発とともに〝ビジャー〟の船と地球への脅威がついえ去り、〈エンタープライズ〉だけが残った。

ブリッジに戻ったわたしは、周囲を見渡した。造りは違ってもメンバーは同じだ。今は高次元の存在となったデッカーを思う。宇宙の謎は彼のものだ。わたしのした仕打ちにもかかわらず、彼は何かすばらしいものを手に入れた。そして、わたしも手に入れた。船をとり戻した。

むろん、古いことわざは真理を突いている。〝汝《なんじ》再び、故郷に帰れず〟。

編注18　〈U．S．S．コンステレーション〉〈U．S．S．ディファイアント〉〈U．S．S．エクスカリバー〉〈U．S．S．エクセター〉〈U．S．S．イントレピッド〉〈U．S．S．バリアント〉

CHAPTER NINE
第九章
二度目の調査航海
——四十三歳、艦隊指揮大佐に

「彼らはわたしたちに興味はなさそうだぞ、ジム」マッコイがいった。

スポック、マッコイ、わたしは環境スーツに身を包み、ピンクとグリーンの〝海〟辺に立っていた。厳密には海水ではなく、この惑星天然の化学物質による分泌液だったが。分泌液からわれわれを見あげているのは、三体の現地種族だ。三体とも一メートルほど、青い肌は折り曲げ可能な殻のようで、目らしきものは見あたらず、ロブスターに似た爪を持つ。彼らの泳いでいる液体は非常に熱く、摂氏百五十度ほどにもなる。われわれは大地に立ち、海の中の生き物たちはかすかに爪を鳴らしている。珍しいファースト・コンタクトだった。

二度目の五年間の任務に出て、一年ほど経《た》つ。ちょっとした脅しが効いて、ノグラはわたしの司令部復帰を急ごうとはせず、そのため〝ビジャー〟を阻止して地球を救ったねぎらいをひとしきりしたあと、司令部はわれわれを再び宇宙へ送り出した。技術的問題が片づいてしまうと、改修した〈エンタープライズ〉での航行はことのほか快適だった。以前のクルーを大勢呼び戻した利点を活かし、新参クルーの訓練を優先させた。われわれはいつも得意にしていることをした。大使を運び、紛争を解決し、ファースト・コンタクトをする。

通常任務である星図作成の航行中、想定外のものを探知した。

「この恒星に一番近い惑星は」スポックがいった。「人工の衛星を有しています」惑星はMクラスの星ではなかった。これまでに見つかったどんな惑星よりもはるかに熱い。だが人工衛星は進歩した文明を示している。

「地表に都市の存在なし。海は水ではありません。液体状の混合成分が渦巻いているようです」スポックがいった。「豊富な生命体の反応を液体の下に探知」宇宙艦隊は船長と副長同時の上陸を認めていないが、わたしはいつも一回目の〈エンタープライズ〉遠征時のやり方を懐かしんだ。そのためほぼ毎回上陸班に加わり、ほぼ毎回スポックとマッコイを同行した。現地種族と向かいあって立ちながら、果たしてこの任務にわたしが最適といえるかどうか確信がなくなった。

「探知した生物は彼らです、船長」スポックがいった。「海中には七十億以上の生命体がいます」わたしが経験したファースト・コンタクトはヒューマノイドが大半で、ゆえに意思疎通が比較的しやすかったといえる。今回の場合、わたしの出会ったどの生命体とも異なり、おそらくは宇宙生物学の専門家を連れてくるべきだったのだろう。だがこの時期のわたしはまだかつての栄光を再現しようとしており、そのため前に進み出ると話しかけた。

「わたしは宇宙船〈エンタープライズ〉のジェームズ・カーク船長だ。宇宙艦隊を代表してやってきた」現地生物は爪を鳴らし続けている。

「昔はもっと楽だった気がするぞ」マッコイがわたしの気持ちを代弁した。宇宙翻訳機がいつものようにうまく機能してくれるのを願ったが、何の返答も、少なくともはじめはなかった。そのためスポックが通信機《コミュニケーター》の翻訳機能を調整しはじめる。いらぬ手間だった。

〝お前たちの話は理解している〟通信機から声がした。生命体の返事だ。〝お前たちは適切な外交手続きを踏んでいない〟どの個体が話しているのかわからなかったため、一番爪を鳴らしているやつに狙いをつける。そいつに近づいて、適切な外交手続きとは何かをたずねた。

〝質問はレガラの礼儀に反する〟そのあとはひとことも発せず、全員が分泌液の下に潜っていってしまった。レガラ。自分たちの呼称に違いない、もしくは少なくとも、宇宙翻訳機がそう解釈した。

がぜん、この生き物とコンタクトしたいという意欲が湧いた。間違いなく進歩した社会。相手の慣習を何も知らない以上、コンタクトのやり方が明確ではないとスポックが指摘した。しかし、簡単にあきらめたくはない。実に魅力的な発見だ。もう一度やってみる価値があると思った。

「逃がさないぞ」〈エンタープライズ〉を呼び出して、新しい水中シャトルを要求する。効率的に水中で移動できるように、スコッティがシャトルの一台をうまく潜水艇に改造しておいたのだ。

スールーが地上まで操縦してきた。三人は乗りこむと、環境スーツを脱いだ。

「現地種族は彼らの居住環境に侵入したわれわれに、好ましい反応を示さないかもしれません」

「スポックに賛成だ」マッコイ。「この星を離れよう」

「以前の気概に満ちた探検家たちはどうなってしまったんだ？」

「人違いだろう」マッコイが返した。ともかくわれわれは進んだ。まずは分泌液の表面に出るようスールーに命じる。液の表面に出て、その間スポックがデータを分析した。スポックのナビゲートに従ってスールーが操縦し、シャトルを潜らせ、人口密集帯の中心部に向かってコースをとる。進むにつれ、遠くに明かりらしきものが見えてきた。

「燐光《りんこう》か？」わたしが訊《き》くと、スポックがスキャナーをチェックした。

「いいえ、電気です」

近づくにつれ、青い生き物が、見たところ崖にうがった水中の洞穴を出入りしている。さらに調べると、この〝崖〟は実際には人工物で、いくつもあった。これが、レガラの都市だ。何キロにもわたって延びている。何千体ものレガラ人が泳ぎ回り、様々な活動に従事していた。

「スポック、トランスミッターで何か拾ったか？　再度話しかける必要がある」

〝聞こえるぞ〟通信スピーカー越しに声がした。わたしはスポックを向いた。

「送信してるのか？」スポックが首を横に振る。彼らに筒抜けだった。どういう原理かは不明だ。それを利用しようと決める。われわれは平和のために来たというと、それは知っているが、外交儀礼に従っていない、との返事が来た。これではらちがあかず、わたしは頑固に対話をしようとした。だが、手の打ちようがない。

生命体が十数体、水中シャトルに近づいているとスールーが報告した。

「離脱しろ、ミスター・スールー……」だがスールーが命令を実行する前に、シャトルが突然揺れた。約四十体の生き物がシャトルをつかみ、引きおろしているとスポックが知らせる。

この時点で水深一千メートルを降下しており、シャトルは四千までは保つはずだ。だがそれは水中での話だった。この星の液体はもっと濃い。レガラ人たちにさらに深く沈められたら、圧壊してしまう。わたしは「声」に話しかけた。

「われわれを離すなら、君たちを放っておく」

〝放っておけ〟

「水深二千メートル」スールーがいった。

「われわれを殺しても解決にならないぞ。エンジン・スラストをあげて君たちを傷つけるのは避けたい」

「水深二千五百メートル」スールーが告げ、水圧ゲージを調べる。「船外水圧は五百GSCで上昇中」鼓膜が痛みはじめた。圧力が増している。通信パネルを向いた。

「カークから〈エンタープライズ〉」聞こえるのは雑音のみだ。

「もう下手《したで》に出るのはうんざりだ」マッコイがいう。わたしも同意見だった。この旅は急速にひどい下り坂になっている。スールーがエンジンを起動しようとしたが、動かない。シャトルは降下し続け、止める手段がなかった。そのとき、スポックがわれわれの下にタキオン[編注19]の放出を感知した。

　真下のビュースクリーンに、海底にあいた五角形の穴のようなものが現れた。中心に銀色っぽい輝きが見える。生き物はまっすぐわれわれをそこへ降ろしていく。

「彼らがシャトルを離します」スポックがいった。

「手遅れだ……」降下の勢いのまま、穴に入る。シャトルが上下に揺れ、それから突然止まった。空気圧が正常に戻る。船外圧力がゼロになったとスールーが報告したが、まだエンジンパワーが戻らない。

「ジム、見ろ……」マッコイがいった。

舷窓の外には、宇宙と周回軌道上の〈エンタープライズ〉が見える。五角形の穴は、一種の通路になっていた。レガラ人はわれわれを母船へ送り返し、スコッティがシャトルを船に索引した。レガラ人とのコンタクトは歴史に残り、何も進展はなかったが、今日まで多少の誇りを感じている。長年の努力にかかわらず、彼らと交渉の座についた惑星連邦の大使はいなかった。だがそれはまた、銀河系宇宙が前とは違い、かつてのように簡単には行かないことの最初の兆候でもあった。


「船長、奇妙な反応を感知しました」保安ステーションについたチェコフが告げる。「亜空間移動の一種と思われます」

「場所は？」

「特定できません。ですが、クリンゴン中立地帯の向こう側なのは確かです」

わたしは椅子から立ちあがり、科学ステーションのスポックのところへ行った。船は一隻も探知できないという彼に、この移動が透明遮蔽装置《クローキングデヴァイス》によるものなのかたずねた。

「もしそうであれば、われわれが亜空間移動を読みとれるほど、おびただしい数の宇宙船が移動したはずです」この時点まで、クリンゴンはわれわれの知る限り透明遮蔽装置は実装していない。

だが数年前、ロミュランに自国の船と設計を供与したか、売却している。見返りにロミュランの透明遮蔽技術を獲得したとすればつじつまは合う。

中立地帯のこちら側にとどまりつつ、反応があったあたりへ向かうコースをとるようスールーに命令した。しばらくクリンゴンは目立った問題を起こしていない。だがもし彼らが透明遮蔽装置を手に入れたとすれば戦略的に優位に立つことになり、協定を破る決定を下したとも考えられる。

中立地帯は越えないように、反応を探知した座標ぎりぎりに近づくと、亜空間移動は境界に沿ってまっすぐ推移しているものの、越境はしていないとわかった。同じ速度を保ち、平行にコースをとるよう命令する。船が透明遮蔽しているなら、彼らの位置をこちらが把握していると教えたかった。クリンゴンと一戦交える可能性に、わたしがいきり立っていたと認めるのはやぶさかでない。危険はあったが彼らの扱いには自信をもっていた。

移動の追跡で二、三時間緊張が続いた頃、ウフーラがわたしを向いた。通信が入ったが、未知の相手からだ。わたしはスポックに目くばせした。

「相手の注意を引いたようだ。つないでくれ、ウフーラ」

ビュースクリーンの星々がコール司令官に変わる。彼は自船のブリッジにいた。オルガニアで遭遇して以来だ。心なしか老けて見え、多少肉がついている。クリンゴンの最近の風習にならってもじゃもじゃに伸ばした髪には白いものが目立つ。今でも毒を含み、凄《すご》みをきかせている。コールは脂ぎった笑みを浮かべた。

〝カーク船長〟

「コール司令官」

〝君が知らんでも無理はない。だが俺は今や将軍でな〟わたしをじっと見すえる。と思うと、うすら寒い同情の目つきをした。〝俺のように上官の覚えがめでたくなくてあいにくだ〟

わたしは笑って受け流し、以前は提督だったなどと説明して餌に食いつきはしなかった。代わりにどこから呼びかけているのか、この付近では船を探知していないのだが、とかまをかける。位置は重要ではないとコールはいい、珍しい誓いをした。

〝船長、クリンゴン戦士として誓う、どこにいようが君や惑星連邦の知ったことではない。中立地帯から離れたまえ、さもないと、君の望まぬ行動を引き起こしかねないぞ〟わたしはコールを見た。何かを伝えようとしている。ウフーラに通信を切るよう伝え、スポックを向く。

「二枚舌がクリンゴンの行動様式にないとはいえません。ですが彼が惑星連邦への敵対的行動にかかわっているとは考えにくいですね」

「同意見です」とスールーが口を挟む。「でなければ名乗り出てはこないでしょう」

ここは一旦引くことにした。われわれが彼らのコースを追跡することで、それが誰であれ、標的に気どられて位置がばれるのをコールは恐れている。すでに割れているコース情報にもとづいて、目的地の可能性をスポックに推測させた。

「船長、どうやらロミュラスに向かっていると思われます」

クリンゴンがロミュランと戦争をはじめる？　われわれが行きあったのはそれか？　奇襲をか

けようとしている？　理屈は通る。オルガニア平和条約がクリンゴンの手を縛ったのは惑星連邦に限られ、宇宙艦隊による封じこめ政策は有効に機能していた。クリンゴンは資源を必要とし、ロミュランは資源豊富な惑星を多数所有している。

わたしはコールとの通信を再開し、ここを離れると伝えた。次にウフーラに命じてノグラ提督につながせ、内密の会談のため私室に引きとった。

〝クリンゴンが新型船を建造中との情報は入っている〟ビュースクリーンのノグラがいった。〝しかし、この件は寝耳に水だ〟

「これは連邦側の境界域防衛強化策に対抗したために、向こうの資源が疲弊した結果と思われますか？」

〝誰にわかる？　それに誰が構う？　われわれの知ったことではない〟だが、わたしは知ったことだと思った。いい機会なのでは、と進言した。コールの艦隊がロミュランに達するまで二十四時間はかかる。何百万、いや何十億もの犠牲者が出るおそれのある戦争を彼らはしかけようとしていた。連邦が両者に対して主導権を握る好機に思える。ところがノグラは興味を示さなかった。

〝それは議論の余地があるな。「艦隊の誓い」は他政府の内政干渉を禁じている〟彼の表情から「艦隊の誓い」を盾にしているのがわかった。崇高とはほど遠い裏の動機を隠している。また、わたしの提案に聞く耳を持たないことも。われわれふたりの関係は、かなり緊迫していた。〈エンタープライズ〉をとり戻すためにしたことが、深刻な亀裂を招いた。それでもわたしは職務を果たそうとしてさらに自説を押し、提督から連邦評議会にかけてもらい、議会が水面下で注意深く外交を進めれば、宇宙域全体の利益になる成果を上げるかもしれないと重ねて具申した。

〝彼らが互いに抹殺しあえば、全宇宙域に益するだろう。この件は終わりだ。通信終了〟今のは穏やかではない。ノグラは日頃からタカ派の思考回路をしているが、敵が殺し合うのを高みの見物するようなものいいは、冷血にもほどがある。クリンゴンにもロミュランにも愛着はないが、戦争は誰のためにもならない。何にせよ、わたしにはどうしようもなかった。

任務に戻って二、三日後、ブリッジにつめていると、ウフーラが戦闘中の通信を傍受した。

「ロミュランです。ロミュランが襲われています」

ブリッジの全員がわたしを見た。命令は単純だった。「邪魔をするな」もしできたとしてどうするかわからない。だがクルーはわたしに何かして欲しがっていた。

「わかった。宇宙艦隊司令部に報告し、通信を傍受し続けろ。このまま第十宇宙基地へ向かうコースを維持」わたしは席についた。戦闘が起きている。そして、われわれは介入を許されていない。惑星連邦が絡んでいないのは吉報だが、また無力感に襲われもした。連邦がわたしの信じた平和と文明の徒ではもはやないことに怒っているのだと、自分にいい聞かせる。あとからふり返れば、わたしは行動したくてじりじりしていたが、銀河系は変わった。自分がまだそこに属しているのかわからなかった。

「ミスター・チェコフが転属を願い出ています」スポックがいった。朝の会議の最中だった。

「え？　なぜだ？」

「〈U.S.S.リライアント〉に希望のポストの空きがあるそうです」

チェコフを〈エンタープライズ〉の一員に迎え、もう十年になる。熱心な、働き者の航法士から非常に有能な保安および兵器コントロールの責任者へと成長した。少尉から少佐へ、平均より少し早いペースで昇進しており、なぜここを出ていきたいのかわからない。スポックが彼を呼びつけると、すぐに出頭した。チェコフが〈リライアント〉に求めたポストは副長で、確実なステップアップだ。それに対抗はできないが、それでも説得して残らせたかった。たぶんもっと重い責務を与え、違う部署へ配置換えできるかもしれない。だが、チェコフは笑って遮った。

「船長、誤解しないでください。あなたの下で働けるのは無上の喜びですが、キャリア的には頭打ちなんです。野心を表に出しても恥には思いません。この船の船長、いや副長にさえ決してなれないというのが正直な気持ちです。わたしの上にはたくさんつかえていますから」反射的に否定しようとしたが、スポックが同意の顔つきをする。チェコフがいっているのは真実だと受け入れなければならない。

野心を抱いた士官にとって、〈エンタープライズ〉は行きどまりの職場だった。わたしはどこにも行かないし、わたしがここにいる限り、スポックはとどまり、スコッティは船を降りず、スールーとウフーラはチェコフより順位が上だ。

「わかった、ミスター・チェコフ。転属を認めよう」

それをきっかけに、〈エンタープライズ〉でわたしが何を成そうとしているのかを考えはじめた。クルーには指揮官にふさわしい人材がそろっている。しかるにわたしは彼ら全員を、自分が快適だからとこの船に引きとめていた。

チェコフが〈エンタープライズ〉を降りたのは、絶妙なタイミングだったとあとでわかる。


われわれは二度目の五年間の航海を終えた。一度目よりも歓迎はずっと控え目だ。地球に戻る途中、クルーにはできるだけ便宜を図った。スポックとスールーはふたりとも船長候補になるべきで、自分の船を持つに値する。ウフーラとマッコイは昇進させ、自由に船を離れていいと伝えた。自分が次にどうするかはまったくわからなかったが、〈エンタープライズ〉に残るつもりだった。

地球に着くと、ノグラのオフィスに呼ばれた。カートライトとモローがいる。一見友好的な再会になるかと思いきや、ノグラがすぐに本題に入った。

「スポックに〈エンタープライズ〉を与える」他のふたりはわたしと目を合わせるのを避けてい

る。それがどういう意味かわからなかった。

「提督、わたしはまだ指揮をとりたいのです」

「君はここで必要な人材だ。艦隊指揮大佐に昇進したぞ。おめでとう」艦隊指揮大佐。クリストファー・パイクがその地位に据えられたときを覚えている。そいつは窓ぎわの事務仕事だとパイクはいった。ノグラはわたしをあざわらい、それを隠さなかった。

ノグラはわたしに見切りをつけた。彼のゲームをプレイして負けた。五年間の調査任務を利用してわたしを遠ざけ続け、その間にディモラス関係の不正な証拠を処分したのは疑いない。今、提督はわたしを机に縛りつけ、キャリアの残りをそうして無為に過ごさせようとした。出口はひとつしか見えなかった。


「辞める？　あいつに勝たせるのか？」こんなに怒ったマッコイを見るのは初めてかもしれない。

「ボーンズ、すでに負けたんだ」ふたりはサンフランシスコのエンバカデロにあるカフェにいた。ノグラはわたしを外野に追いやっただけでなく、〈エンタープライズ〉士官の誰ひとりとして転属許可を出さなかった。全員そこにとどまるか、退役するかしか道はない。スポックを船長に据え、それだけをわたしから船をとりあげる方便にした。スコッティ、スールー、ウフーラは少なくともノグラが宇宙艦隊を牛耳《ぎゅうじ》っている限り、それ以上昇進できない。提督は復讐《ふくしゅう》のやり方を心得ていた。わたしの政治思想のつけを、自分だけでなく身近な人間にも支払わせたと認めるのは、ひどい痛手だった。

マッコイが今後のあてを訊いた。わたしは四十三歳で、できることはまだたくさんある。手はじめに、叔父の農場を引き継ぐつもりだった。その見通しをマッコイは鼻で笑った。

「農場に収まってなぞいられるもんか」

「何をいってる？　農場育ちだぞ、忘れたか？」

「いいや違う。宇宙育ちだ。わたしもそこにいた」わたしは笑ったが、愉快そうには聞こえなかった。

農場に引っ越すと、たちまち生活は穏やかになった。両親がひんぱんに訪ね、サムの下の子たちを連れてきた。九歳のわんぱく盛りだ。ピーターはアカデミーに入り、一家の四代目を継いでいる。わたしは子どものときのように畑仕事に精を出し、気晴らしに馬に乗った。たっぷり働いたと自分をねぎらい、バケーションをとることにした。

だが、少しばかり途方にくれていた。十七歳からこっち、ずっと宇宙艦隊暮らしだ。日々の予定を立ててくれる組織を離れて成人後の生活を送った試しがない。

たちまち農場でじっとしていられなくなり、旅に出ようと決めた。シャトルを手に入れて太陽系の長期ツアーに出かけ、行ったことのない場所を訪れた。だが数ヶ月後、環境スーツを着て木星の衛星ガニメデのクレーターを探検しながら、頭にあるのはどれほど退屈しているかだけだった。こんなのは本当の探検ではない。観光旅行では新世界を発見する興奮は味わえない。だから家に戻った。

キャロルとデビッドのことをしばしば思い、ふたりの消息を調べる努力もした。残念ながら徒労に終わる。キャロルは極秘プロジェクトにかかわっていて、問い合わせ先をあたっても居場所はわからずに終わった（もしくは箝口《かんこう》令が敷かれていた）。

やがて、生活のリズムをつかむ。畑仕事をして、アカデミーで教え、ユートピア・プラニシアの造船技師たちの相談に乗った。知らないうちに四年が過ぎた。任務の厳格さに代わる何かを見つける必要がある。さもないと早々に老けこみそうだ。ある日の乗馬中、ひょんなことから見つかった。

丘の上に、別の乗り手が見えた。女性だ。近くへ行ってみる。

「すみません、ちょっと迷っちゃって。不法侵入じゃないといいんだけど」目の醒《さ》めるような美女で、背が高くて細身、長いブラウンの髪とはしばみ色の瞳がオリーブオイルの肌に合っている。また、わたしよりずいぶんと年下だった。

「お客人は歓迎です。わたしはジム・カーク」

「アントニア・スラボトリ」ここを出る道を教えて欲しいと聞かれた。先に昼食はいかが、と誘う。彼女が笑った。

「もうすませました。道を教えて欲しいだけ」とりつくしまもない。喜んで道案内しようといった。しばらくくつわを並べて馬を進める。

　アントニアはアイダホの出身ではなかった。馬を買いにわたしの隣人を訪ねただけで、馬主から試し乗りの許可をもらっていた。住まいはカリフォルニアとだけ教えてくれた。馬を並べて進めるうち、わたしが何者か知らないのに気がついた。珍しい経験だ。わたしの名声はあまねく知れ渡っている。なぜだか感激し、一緒にいる時間を長引かせた。馬を見つくろった農場に来ると、もう一度会えるかたずねる。再び彼女は笑った。

「たぶんないわね」そして去っていった。

　だが、わたしはくじけなかった。名前は押さえてあり、さらに追求する目標ができた。短いあいだだけの気楽なものだったが。彼女を任務のひとつに想定して、もう一度会う決心をした。再度拒まれたら、あきらめる。

　アントニアの姓は珍しいため、カリフォルニアというヒントと合わせ、たやすくつきとめられた。住まいに姿を現したら警戒させてしまうかと思ったが、同名のデザイナーがローンパインのどこかにスタジオを構えていた。出会って約二週間後、訪ねて行った。

　眠っているような小さな町に転送される。ホイットニー山の麓にあり、山のいただきは四月でさえ雪に覆《おお》われて美しい。アントニアのスタジオは〈オールド・ローンパイン・ホテル〉という古びた建物に隣接していた。質素で清潔、モダンななかに素朴な味わいを残した家具。目指す相手は奥の製図用コンピューターに座り、わたしが入っていくと、顔を上げた。わたしの素性を思い出すのに一分ほどかかり、それから身構えた。

「ここで何してるの?」

「家具を買いたくて」アントニアが笑った。作品を見せて欲しいと頼む。専門外だが、デザインは興味深く、テクニックや影響を語る彼女の話に引きこまれた。しばらくして、昼食はどうかとやっと切り出す。

「ねえジム、光栄だわ。でも誤解させたくない。恋人がいるの」自分をばかみたいだと思った。なぜだか思いつかなかった。やるだけやったと納得して帰ろうとしたが、今度は向こうに引きとめられる。恋人の家でとる昼食に招かれた。ままよ、毒を食らわば皿までだ。

アントニアは恋人に連絡を入れ、ひとり増えると教えてから大きな山小屋に連れていかれた。丘の中腹に建ち、木立に囲まれた美しく、平和な場所だった。戸口でふたりを出迎えたアントニアの恋人は、上半身裸で、みごとなグレートデーンの綱《リード》を握っている。自分のテリトリーを主張してわたしをおじけづかせたかったのだろうと思うが、効果のほどは怪しい。自己紹介をして名前を告げると、態度を一変させた。

「待ってくれ、ジェームズ・カーク船長だ!」これにはアントニアもわたしも驚いた。こわもてな人間を演じようとしてみごとに滑ったとしても、もう過去の話だ。男は恋人を向いて、十代の若者のように声を張りあげた。「彼の知りあいだっていわなかったぞ!」

「知りあいじゃないもの!」だが男はもはや、聞いていない。

「すみません、紹介が遅れました、大佐。J・T・エステバン少佐です」

エステバンはいそいそとわたしを招き入れ、面白がるアントニアはそっちのけだった。わたしは彼女をふり向いて、おかしな展開に静かに笑った。

三ヶ月後、エステバンはうま味のあるポストにありつき、わたしは彼の家を買った。バトラーという名前の犬つきだ。アントニアはすぐに出ていった。

四ヶ月後、戻ってきた。

彼女は過去わたしがつきあったような女性たちとは勝手が違う。他の女性に対して見せる〝俺についてこい〟的な態度では彼女の気を引けず、長い時間をかけて、恋愛関係に持ちこんだ。三十四歳で、宇宙に行ったことがない。宇宙艦隊には関心を払わず、興味がないらしかった。異世界のもので彼女に唯一アピールできるのは、地球に輸入された食材だけ。この関係にはどこか、エディスとのそれを思い起こさせる。アントニアにとってわたしは宇宙船の船長ではなくただのジムだった。

ふたりは二年近くローンパインにいた。宇宙艦隊のほとんど全員と連絡を絶ったが、ボーンズは根気よく連絡をよこした。アントニアとの結婚を考える。エディスやキャロルのように心から愛したかどうかはわからないが、気のおけない相手だった。すべてを差しおいて恋愛関係を優先させるというのは新しい経験で、欠けていた目標を人生に与えてくれた。

七月のある日、アントニアがスタジオに行っているあいだバトラーを散歩させていると、ハリー・モローが道をやってくるのが見えた。私服を着ている。

「ハリー。私服を着たあなたを見るのはいつぶりでしょう」

「注意を引きたくなかった。将官は格下の士官たちを惹《ひ》きつけるからね」親しげではあるが、不穏な空気をまとっている。家に案内してコーヒーを入れ、世間話をした。やがて、提督が本題に入る。

「ノグラが去った。辞めたんだ」このニュースに、無上の喜びを感じた。ノグラは宇宙艦隊につとめるわたしの記憶を汚した。いきさつを訊く。

「オルガニアが和平を強要する前に、ノグラはクリンゴン宙域に侵攻する有事計画を立てていた」ディモラス星の遺伝子操作生物にまつわる真相を発見したとき、わたしは侵攻戦略の一環を疑った。しかし証拠はすべて処分したのだろうとも推測した。証拠隠滅をモローは裏づけたが、ノグラは再始動を試みるというミスを犯した。宇宙艦隊の資源をクリンゴンとの境界に移動させ、有事計画を前面に出して艦隊に境界防衛費と施設の建設をごり押しした。そのあとで、侵攻戦略を策定しはじめた。

「わたしはノグラの頭越しに連邦評議会に訴えた。議会は彼に退任を迫ったよ。わたしが新しい宇宙艦隊司令長官をつとめる」

「おめでとうございます」だが、これがモローにとって吉と出るかはわからない。幕僚にはノグラの息のかかった者がいる。カートライト、スマイリー。彼らはどう出るのだろう。そして、モローが何のためにここにいるのかまだわからなかった。

「彼が君にした仕打ちはたいがいだった、ジム。君は艦隊屈指の士官だ、最高といってもいい。戻って来てくれ」

悲しいのは、彼を見たとたん、その言葉をいって欲しいと自分が願ったことだった。


「わたしに卵料理を作れば〝場が和む〟って本気で思ったの？」ベッドの上で半身を起こした下着姿のアントニアは、髪をアップにし、朝食の載ったトレイを見おろしていた。わたしは彼女の好物、クタリアン・エッグを作って運んでいった。そのあと宇宙艦隊に戻ると話した。

「ばかだったかもしれない」

「ある意味安心したわ。プロポーズされるのかと思った」

「結婚したくないのかい？」わたしは驚いた。

「するつもりのないプロポーズをわたしが断るだろうからって、侮辱されたと思ったの？」

「その……そうだ」ふたりで笑いあった。アントニアにはわたしが女性についていかに〝へたれ〟であるかをしょっちゅう思い知らされたが、とどめを刺された。君と別れるのはつらいとうち明けた。

「そもそも一緒にいたかも怪しいと思う。あなたの半分はいつも宇宙を飛んでたもの」キスをして、卵を分けあった。

アントニアは自分のスタジオに移った。わたしは家を引き払い、宇宙艦隊本部そばのアパートに部屋を借りた。モローはわたしを提督に復任させた。新しい制服が支給され、スタッフを集めはじめる。今は中佐となったアンジェラ・マーティーニが、わたしの参謀だ。ガロビックとライリーもスタッフに加わった。彼らは必ずしも友人ではないが、わたしを理解する古いクルーをそばに置くのは気がやすまる。

わたしが友人と思う人物の大半は〈エンタープライズ〉にいるが、今は任務に出ているため、自分の仕事にかかった。司令部の政治はいまだになじめず、夜は空っぽのアパートメントに戻った。むなしい気持ちが戻ってくる。自分の決定に逡巡《しゅんじゅん》しはじめた。軽率にすぎたのでは？　モローに復帰を誘われたからといって、美しい女性との幸せな生活を捨てたのは、何のためだ？

ある朝オフィスにいると、マーティーニがテープを寄こした。内容は、宇宙船を長期にわたり必要とするプロジェクトだった。ビュワーにテープをかける。最高機密のため、マーティーニを下がらせる。保安上の措置でコンピューターがわたしの虹彩をスキャンして再生がはじまると、文字通り息をのんだ。

〝〈ジェネシス〉計画。惑星連邦への提案書〟キャロル・マーカスが話しだした。もう二十年以上、キャロルを見ていなかった。内容はそっちのけで思い出にどっぷり浸った。今でもとても美しい。

デビッド。デビッドはどうした？　キャロルと話したい。連絡したかった。〝ご清聴ありがとうございました〟と礼を述べ、提案を終える。そして、あえかに微笑《ほほえ》んだ。その笑顔を見るために三回観《み》直した。

喪失感にうちのめされた。彼女がいた、わたしの手の届かないところに。ガラス製のデスクトップに自分の顔が映っている。初めてしわが見えた。わたしは年をとり、孤独だった。

編注19　タキオンは光より早く移動する粒子。

CHAPTER TEN

第十章

五十歳の誕生日
——死の贖罪に投げ捨てた船

「はてさて、ミスター・サービック。君は沈みゆく船と心中するつもりかね？」

　スポックの訓練生クルーが宇宙艦隊アカデミーのシミュレーターで失態を演じたが、それはちっとも珍しいことではなかった。ブリッジのレプリカ《複製》を歩きながら、三十年前にわたしも同じところで引っかかったのを思い出す。〈コバヤシマル〉テストは今でも最低だと思っているが、前任士官のすべてがそうだったのと同様、若い士官候補生が手こずるのを見ると、内心痛快だった。

　若手士官のサービックはバルカン人だが、わたしの知る同種族の先達に比べ、よりあけすけな感情表現をした。超然とした態度をあまり保てないでいる。おまけにテストがフェアではないと文句をつけた。わたしの落ちた罠《わな》に落ちている。勝算ゼロの状況は、おそらくすべての指揮官がいずれ直面する試練だといって、サービックをたしなめた。それは、まさしくわたしが一悶着起こしたときにバーネット提督がいった言葉だ。実際、見下すような尊大さまで真似ていた。シミュレーターをいばりくさって退出しながら、一体自分がたった今何を成し遂げたのか、疑問に思う。おそらくは自分の信じてもいない伝統を踏襲しただけだ。

　約ひと月前、〈エンタープライズ〉が五年間の任務から帰還し、今回の船長をつとめたスポックおよびクルーと話しあいを持った。彼らがどんなキャリアを選ぶにせよ、どんな助力も惜しまないと彼らに伝えたかった。〈エンタープライズ〉は近々再び改修に入る予定を控えており、それまでの期間、宇宙艦隊アカデミーの訓練船に転用されていたが、意外にも、スポック、スコッティ、マッコイ、ウフーラは船に残りたがった。士官候補生の訓練という軽めの任務が彼らには魅力に映ったようだ。だが、スールーは以前より自分の船を持ちたいと望んでおり、わたしは彼を船長候補リストに載せた。新造船〈U.S.S.エクセルシオール〉が日当てのヒカルは、船が完成をみるまで〈エンタープライズ〉仲間に加わり、やはり後進の指導にあたった。〈コバヤシマル〉テストに参加したばかりの候補生の一団は、スポックの指導のもと、古参士官の補佐を受けながら訓練航海に出る。郷愁の思いから、わたしは査閲を手配した。

シミュレーターを出がしら、スポックと都合よく鉢合わせた。彼は年月とともにありのままの自分を、よりさらすようになった。地球人とバルカン人半々のバランスを軽々ととり、公正な知恵者ぶりを示した。スポックがそばにいると気分がうわ向く。ほかの人間にとって彼は船長だが、わたしといるときは、自然と副長の立ち位置に戻る。

彼の訓練生がシミュレーターでやらかしたことを肴《さかな》にして笑い、スポックはわたしがシナリオに勝ったのはいかさまをしたからだとくぎを刺した。別れる前に時間を割いて、彼がわたしのオフィスに置いていき、一日中持ち歩いていた贈り物の礼を述べた。チャールズ・ディケンズの『二都物語』初版本。大いに楽しんで読んだ。自己犠牲と再生のテーマは、のちにわたしにとって特別な意味を持つことになる。スポックは船に戻ってわたしの査閲に備え、わたしはアパートに引きあげた。一年前、宇宙艦隊に復帰したときに覚えたやるせなさは今でも衰えていない。

この日は五十歳の誕生日だった。晩はひとりで過ごすと決めたが、ボーンズには別のプランがあった。招いていないのに押しかけてきた。ロミュラン・エールのボトルと遠視用の眼鏡を携えている。マッコイは時間を無駄にせず、わたしの悩みの核心をついた。うつを解消するには船長に戻ればいい。それについては考えていた。確信がない。宇宙へ出たとき、もう自分の時代は過ぎ去ったように感じた。加えて、終わりのないサイクルに迷いこんだ気がする。

「どういう意味だ？」

「宇宙に出て昇進し、昇進を返上して再び船に戻る。それはもうやった。もう一度はできない。こっけいだよ」

マッコイとわたしは幸福の追求について、それを達成する手段を持っていない者もいるという話をした。

「満足感は自分の外には見つからない。自分の中から来るものだ」わたしが幸せになるには船を指揮する必要があるとなぜボーンズが思うのか、不思議だった。それが一番幸せに近づく方法だからだとマッコイは答える。続けて、スポックの命令を受けるのはもううんざりだといった。

ロミュラン・エールをもう二、三杯やったあと、マッコイは千鳥足で出ていった。翌朝になっても酔いはなかなか抜けなかった。

「提督」ウフーラがいった。「だいじょうぶですか？」制服姿のウフーラが、ベッドのそばに立っている。この日はウフーラ、マッコイ、スールーと連れだち〈エンタープライズ〉に向かう予定だった。ウフーラが穏やかに笑っている。どうやってアパートに入ったのかわからなかったが、時計を見るとずいぶん回っており、彼女に感謝した。

メンテナンス用の衛星に転送で向かい、スールーと落ちあう。そこで加わったマッコイは、やはりいくぶんげっそりして見えた。スールーの操縦するトラベルポッドで〈エンタープライズ〉へ移動する。外側からなじみの船を目にするたび、いつも感慨深い気持ちになる。堂々として、頼もしい。

ドッキングして光子魚雷室に入ると、スポック、サービック、クルーと士官候補生の一団から出迎えを受けた。この訓練生たちを見たのは初めてではないが、若さにまだ慣れない。まるで子どもだ。しかし、気をつけをする若々しい顔の中に、ひとり古株が紛れていた。白髪頭のスコッティは、やはり充血した目をして、わたしが初めて〈エンタープライズ〉に着任した日と同じく、いまだに上陸休暇を満喫しすぎるきらいがあった。わたしは士官候補生のひとりに話しかけることにした。

「一等士官候補生のピーター・プレストン、機関士助手であります、船長！」十二歳の子どもにしか見えない。自分が任官したとき、これほど若かったとは想像できず、それから〈リパブリック〉の階段下で寝ていたのを思い出して微笑《ほほえ》んだ。この査閲についてどんな葛藤を感じていたにせよ、郷愁への賛歌となりはじめた。ほどなくしてそれは鎮魂歌へと変わる。

〝〈ジェネシス〉計画を知ってるとは、何者なんだ？〟モローがいった。〝最高機密計画だぞ〟

「これが初めてではありません、ハリー」クリンゴンとロミュランが大がかりなスパイ網を持っているのは把握していた。そして、どちらも〈ジェネシス〉を欲しがった。〈ジェネシス〉計画は理論上、無生物を亜原子《サブアトミック》レベルで再構成し、惑星上に生命を創造する。キャロルのプロジェクトだ。わたしはひどく気がかりだった。宇宙基地レギュラ1のラボからキャロルが連絡してきたばかりだ。何年かぶりに言葉を交わしたかと思えば、彼女は怒っていた。わたしが〝〈ジェネシス〉を奪った〟と非難した。何の話かわからなかったし、通信はすぐに切れた。何者かの妨害にあったのだ。キャロルが危ない。気をもみ、モローも気をもんだ。〈ジェネシス〉計画は強力な武器になる。惑星上の生命を根こそぎ破壊し、新たに生命を創造する。

「ただちに船をレギュラ1に差し向けてください」

〝わかった、そうしたまえ〟

自分が行くという意味ではない。行きたいのはやまやまだ。キャロルが心配だったが、必要な備えができていなかった。船とクルーはこのような任務向きではない。

〝やりくりしてくれ。貨物船と科学調査船をのぞけば、そのセクターにいるのは君の船だけだ〟

「ですが、航海じゅうをおむつ代えに追われるんですよ」モローは笑って、とりあわない。

〝進ちょく状況を報告するように。通信終了〟

スポックに会いに行く。事情を説明し、彼のクルーがトラブルの兆しにあったとたんにつまずくのではないかという危惧を伝えた。彼らは子どもだ。だが、スポックは彼らを信頼していた。そして、本能的にわたしが必要なものを知っていた。

スポックはわたしに〈エンタープライズ〉を返した。わたしが事態を掌握したがり、彼なりほかの誰かなりにあとで責めを負わせるのをよしとしないのを見てとった。スポックはわたしにとっては正しい判断を下した。ほかの人間にとって正しい判断だったかは断言できない。

ほどなくして、〈U.S.S.リライアント〉に遭遇した。船は全開にしたフェイザーでわれわれを切り裂いた。

〈リライアント〉はキャロル率いる研究チームのアシスト船に指名され、〈ジェネシス〉のテストのために生命の痕跡のない星を探していた。最後に〈リライアント〉と交信したときは、数百光年離れていた。今、船はわれわれの行く手を妨害している。それが、何かがおかしいという最初のヒントだったはずだ。モローは〈エンタープライズ〉がこのセクターで唯一の船だといっていた。もし〈リライアント〉が再配備されたなら、レギュラ1方面から来るのでなければおかしい。モローから調査を命じられるはずだからだ。

惑星連邦の僚船が敵になるとは信じがたい。チェコフが副長をつとめる船ならなおさらだ。間違っていた。〈リライアント〉はこちらのシールド発生機とワープ・ドライブを最初の一撃で破った。インパルス・エンジンが次にやられた。戦闘は数年ぶりで、闘争本能がさびついている。クルーは数名の大人が、泣き叫ぶ保育園児の面倒をみている状態だった。攻撃で、多数が死んだ。わたしは責任を感じ、それは敵の正体を知る前からだった。

〈リライアント〉が降伏を呼びかけ、われわれに選択の余地はなかった。スクリーンに、十五年間見なかった顔が映る。長い白髪は、かつては漆黒だった。奇妙な身なりをしているが、やつに間違いない。

「カーン」

信じられない。百光年も遠くへ置き去りにしたのに、どうやったのかカーンは〈リライアント〉をハイジャックした。やつはわたしへの復讐《ふくしゅう》に燃えている。最初、なぜなのかわからなかった。だが、マクガイバーがそばにいない。まもなく、カーンの妻が死亡していたとわかった。カーンはわたしを非難した。そして今や、〈エンタープライズ〉の全乗員が危険にさらされている。クルーと引き換えに、わたしは自分を差し出した。

〝お前の申し出を受けよう……〟。一緒に〈ジェネシス〉という計画に関するデータと装備のすべてを手渡すならな〟何てことだ、なぜカーンが〈ジェネシス〉を知っている？　あの兵器を押さえたのだろうか。レギュラ1にはすでに行ったのか？　キャロルを傷つけた？　デビッドは？

すべてはわたしの過ちだった。この人殺しを、生かしておいた。自分たちをこの窮地から救い出さなくては。アクサナーのガースが敵の武器コンソールからリモコンを奪った逸話が頭をよぎる。惑星連邦の船はコンビネーション・コードを持っているが、カーンは知らないかもしれない。それが手の内のすべてだった。

成功した。わたしはカーンの船のシールドを下げて損害を与え、そのためやつは退却を余儀なくされた。だが、わたしが冴えていたのでも何でもない。相手より自分の船を知りぬいていた、それだけだ。わずか二日前に言葉をかけた若き士官候補生ピーター・プレストンが医療室で絶命するのを看とったそのとき、勝利はなく、さらなる悲劇が待っているだけだと悟る。

青息吐息で、レギュラ1に向かう。わびしい小惑星の軌道上に浮かぶ、孤独な宇宙基地。そこは、恐怖の館と化していた。血まみれの死体が天井からぶら下がっている。キャロルのチームは拷問の末に殺された。貯蔵庫に閉じこめられた状態で、チェコフと船長のテレルが発見された。痛めつけられ、自分の意志を封じられたふたりは、カーンに操られていた。わたしの慢心がもたらした災いが増えていく。

わたしはカーンを置き去りにし、そして今、あいつは銀河系じゅうに蹂躙《じゅうりん》の爪あとを残している。キャロルとデビッドの行方をつきとめなければならない。

マッコイ、サービック、わたしはレギュラ小惑星にテレル船長とチェコフともども転送降下した。人工のトンネルがあり、そこで〈ジェネシス〉装置も見つかった。キャロルがカーンから隠しておいたのだ。

突然、何者かに背後から襲いかかられた。くり出されたナイフの逆手《さかて》をとり、難なく武装解除する。

「ドクター・マーカスはどこだ？」わたしは問いつめた。相手はゆうに三十歳は若いが、戦い方がなっていない。再び殴ろうとすると、若者が口を開いた。

「ぼくがドクター・マーカスだ！」わたしは彼を見た。何てことだ。前に見たときは、小さな赤ん坊だったのに。

「ジム！」キャロルがトンネルを駆け寄ってくる。家族の再会だ。たった今息子の腹にパンチを食らわせて、あいさつしたところだった。

積もる話をしているひまはない。

目の前で、カーンが〈ジェネシス〉装置をやつの船に転送した。これまで遭遇したなかで最も邪悪な男が、人類の発明した最強の兵器を手にした。


「〈ジェネシス波《ウェーブ》〉だ」デビッドがいった。カーンが〈ジェネシス〉を起動させたため、ウェーブの圏外に出ないと、巻きこまれたが最後、生命創造効果《ライフ・クリエイティング・エフェクト》によってわれわれの命は抹消されてしまう。

われわれは〈エンタープライズ〉のブリッジにいた。ムタラ星雲における船対船の一騎打ちで、〈リライアント〉をすんでのところでうち負かした。戦闘中にデビッドがブリッジに上がって来たのに気づき、おのが勇姿を息子に見せてやれる誇らしさにいっとき浸ることを、自分に許した。だが、つかの間だった。デビッドが〈ジェネシス〉装置の点火に気づいた。爆発まで残りわずか四分だという。とても逃げきれない。ワープ・ドライブは使用不能だった。万事休す。

次に起きた一連の経緯を、どうして見失ったのかわからない。〈リライアント〉からわずか数千キロの距離で、機関部担当の訓練生が突然ワープ・パワーの回復を伝えた。スールーに命じ光速で脱出した一秒後、〈ジェネシス〉が爆発した。

ムタラ星雲に存在する物質の一切合切が新世界へと凝集する驚異的なメタモルフォシスを見守る。カーンは死んだ。わたしは自分と〈エンタープライズ〉のために今一度勝ち、死を欺いた。

スコッティがどうやってエンジンを直したのかはわからない。マッコイが、機関室からわたしを呼んでいる。そのとき、スポックが席にいないのに気がついた。

機関室へすっ飛んでいく。スポックが、反応炉室の中にいた。機関部から切り離された室内は、放射能が充満している。ワープ・ドライブが間に合ったのは、スポックの働きゆえだった。文字通り、ワープ・リアクターを素手で開けて修理した。

わたしは死を欺いたのではなかった。目の前にしていた。何年ものあいだ、ずっとわたしを支えてきた副長、幾多の冒険をともにしたわたしのパートナー。スポックは、わたしを友情と忠誠心で染めあげた。知識と名誉と威厳をもってわたしを導いた。そして、自らを犠牲にしてわれわれを、わたしを救った。

彼はさよならを告げ、わたしは彼の死を見守った。

宇宙葬を挙げ、彼の遺体を魚雷管の棺に納める。親友が死に、わたしはそれを救えなかった。以前にも大事な者を失った。ゲイリー、エディス、サム。だが今回はずっと重い。成人後、スポックのような形でわたしの人生の一部となった者はひとりとしていない。彼自身が何度も死をまぬがれ、いつしか不滅の存在だと、わたしはすっかり思いこんでいた。

再生した惑星ジェネシスに向けて彼の棺を送り出したとき、わたしは泣いた。がんぜない子どものように。

戦闘で受けた〈エンタープライズ〉の損害がひどく、スコッティが訓練生を使って修理をすませて帰投できるようになるまで、わたしは喪に服した。スポックに贈られた書物を読みふける。多数の利益のために主人公が自分をなげうつさまを読んだ。スポックが墓の下から話しかけているようだった。

デビッドが会いにきた。悲しむわたしに、息子が手を差し伸べた。すばらしい若者だ。少し意固地なところがあり、自分の見方を頑として持っている。キャロルはわたしによく似ているといった。わたしにはそう見えなかった。ひとりの男に見える。わたしにはかかわりのない人生を送り、だが今は迎え入れてくれようとしている。ふたりは友人になれるかもしれない。われわれはカーンという人間について話しあった。デビッドは賢い。カーンの野望を理解したようだった。

アカデミーの講義で、ジョン・ギル教授にカーンを尊敬しているといったのを覚えている。あの会話は、スポックの死にじかに結びついた。わたしはカーンを称賛し、そのために彼は生きのびてわれわれの皆殺しを謀った。いくたの偉業を成し遂げた男を英雄扱いし、成功の陰で他者に強いる犠牲に、われわれは目をつぶる。

デビッドはわたしのいったことを個人的に受けとめた。〈ジェネシス〉はそういう類《たぐ》いの成果ではないと、彼は考えた。わたしは笑ってうなずき、われわれ全員がそのためにほとんど死にかけたことは指摘せずにおこうと決めた。

スコッティが船を動かせる状態まで直し、〈エンタープライズ〉でセティ・アルファ5に向かう。そこにはカーンに閉じこめられた〈リライアント〉のクルーがいた。興味深い帰途になった。サービックとデビッドのあいだになんらかの関係が生じたようだが、正確なところ何が起きているのか、周りの者は憶測するしかない。マッコイは引きこもった。スポックの死が、思ったよりひどくこたえたのかもしれない。

わたしはキャロルとふたりきりの時間をひとしきり持った。キャロルもまた、つらい悼みの時期を味わっていた。カーンはキャロルの配下全員を拷問して虐殺した。何日もかけて遺族に連絡をとり、それがこたえているのははたからもわかる。悲しみのなか、互いの存在になぐさめられた。

ある夜、ふたりは船長室で飲み交わしていた。キャロルはデビッドの少年時代や青年期を語り、片親で育てた苦労を吐き出した。

「けれどデビッドは幸運だったよ。いつも母親がそばにいてくれた」しばらくして、キャロルが何かたずねたいのにいい出しかねている素振りを見せた。わたしはうながした。

「結婚したことは？」していないと答えたが、うち明けていない話がまだあるのにキャロルは感づいた。謎の女性について白状させようと、キャロルが迫る。今の今まで、彼女について誰かに話したことは一度もないと、思いいたった。

「そのひとの名は、エディス・キーラーといって……」


〈リライアント〉のクルーのうち、生き残った者全員を救出したが、ひどい有様だったため、第十二宇宙基地へ連れていった。基地を長年拠点にしていたキャロルは、ここから惑星ジェネシスの研究を采配できるよう、基礎的な作業にとりかかる。科学調査船数隻をただちに配備して欲しいと要請したが、なぜか艦隊司令部からの協力を得られない。わたしがとりもどうとしたが、どの船も都合できないといわれた。〈エンタープライズ〉の提供を申し出てもモローは船が被《こうむ》った損害度を強調し、再び航海に出るにはさらなる補修作業が必要なのは、事実としてわたしも認めた。

だが、わたしはキャロルとデビッドの力になりたかった。なぜかそれは、スポックの死とつながっていた。ふたりの存在が心の穴を埋める助けになった。ここであきらめるつもりはない。第十二宇宙基地の軌道上には、新造科学調査船〈U.S.S.グリソム〉がいた。ちょっとしたメンテナンスを終えるところで、たまたま新船長とは面識がある。彼の船に出向いて声をかけることにした。転送乗船し、小型船の清潔で明るいブリッジへ歩いていく。

「カーク提督」J・T・エステバンがいった。「またお目にかかれましたね」

〈グリソム〉はこのセクターで標準的なパトロールをしていたが、エステバンの厚意でこちらのプロジェクトに割り当ててもらえた。息子にいいところを見せられ、再びプライドをくすぐられる。

しかし、〈エンタープライズ〉側のニュースはかんばしくなかった。

「宇宙ドック入りしないことには直しようがありませんね」スコッティがいった。「ワープは可能ですが、それだけです。巣に戻してやらんといけませんや」第十二宇宙基地の司令官、ジム・コリガン准将は、アカデミー時代の古いルームメイトだったが、わたしの訓練生クルーに高い関心を示した。

「交代要員の必要な船がここにはたくさん出入りしている。あの子たちをこのまま地球に返したのち、再びここへ来させるのは無駄なんじゃないかね」そこで、スコッティ、スールー、ウフーラと話をつけ、地球までは最小基幹要員で船を航行させることにして訓練生を転属させた。第十二宇宙基地にはもっと長居したかった。一秒でもやりくりしてキャロルとデビッドと過ごしていると、ウフーラがわたしの船室を訪ねた。

「今回、スールーは三週間だけの同行予定でした。彼の船が地球の周回軌道で待機しています」

忘れていた。後ろ髪を引かれたが、彼に対して責任がある。ただちに〈エンタープライズ〉に軌道を離れる準備にかかるよう申し伝えた。キャロルにさよならをいいに顔を出す。

彼女はオフィスでデビッドと惑星ジェネシスのデータをさらっていた。デビッドとサービックは新世界の調査に赴く予定で、キャロルは第十二宇宙基地に残り、さらなる船探しに手をつくす。

〈エンタープライズ〉が直り次第基地へ戻り、任務を助けると約束した。キャロルが笑った。

「悪いけど話半分に聞いておくわね」わたしは本心だったが、いい返さないと決めた。紆余《うよ》曲折の末に関係修復がかなった今、再びキャロルと一緒にいたい。向こうの望みも同じだとわかっていた。わたしの約束は現実のものだ。初めて、未来が開けた。

次に、デビッドを向く。

「光栄でした、船長」と息子がいい、わたしはその手を握りしめた。

「こう呼んでくれないか……〝父さん〟って」一瞬後、みんなで吹き出した。ばかみたいに聞こえた。「わかった、忘れてくれ」

「なぜ息子をジェネシスに置き去りにした！」スポックの父親にして、バルカンの惑星連邦大使をつとめる人物が、わたしのアパートにいる。久方ぶりに再会した彼の主張は、論理的に聞こえなかった。怒っている。

母星《くに》に戻ると、悪い知らせが続いた。〈ジェネシス〉計画は宇宙で論議の的になっていた。それについて話すのを禁じられ、全乗員が長ったらしい審問にかけられけた。それはつまり、スールーは船に戻れないことを意味する。〈エクセルシオール〉はすでに別の者へ委ねられていた。〈エンタープライズ〉は退役させられ、わたしはほかの船の指揮権を与えられず、惑星連邦がジェネシスをどうするか方針を固めるまで、何もできない。だが、最悪なのはボーンズだった。〈エンタープライズ〉のスポックの船室でボーンズを発見したとき、マッコイは「バルカンに帰らねば」と、世迷いごとをつぶやいていた。スポックの死が、彼を壊した。ある種の神経衰弱を患っている。マッコイの打たれ強さをいつも当たり前に思っていた。ドクターもひとりの人間に過ぎないのだと思い知らされた。

そこへきて、今度はサレクだ。スポックの父親で、二十年も昔に会ったきりの大使がわたしをどなりつけている。スポックの遺志を尊重していないとなじられた。何のことかわからない。大使はわたしに精神融合を求めた。

サレクの思考がわたしの頭に届き、再度体験したいとは思わない記憶の扉を開けられる。わたしは機関室に戻っていた。スポックが別れの言葉を告げる。そして、再びことぎれた。サレクが融合を解いた。

「ここにはない」バルカン人は死に臨み、〝カトラ〟と呼ばれる生きた精神を誰か、または何かに移すのだという。だがスポックはわたしとの融合を果たせなかった。そのときピンときた。ボーンズ。彼は神経衰弱ではなかった。スポックはドクターと融合し、マッコイはどうやったのか、頭脳の中にスポックの一部を蓄えている。突飛すぎてまじめにとりあうのが難しいが、サレクはそれが真実だと確信しており、その確信がわたしを行動に駆りたてた。スポックの遺体をジェネシスから運び出し、マッコイと一緒にバルカンのセレヤ山に持って来るようにとサレクが指示した。そううまくはいかない。ジェネシスは立ち入り禁止だ。

モローに却下され、そのためわたしは友人たちを頼った。

「旧市街《オールド・シティ》基地の転送室に採用されました」ウフーラがいった。そこは、マッコイが監禁されている宇宙艦隊保安施設に一番近い転送室だった。マッコイは船を雇ってジェネシスに行こうとして（明らかに、識域下ではとるべき行動を知っていた）問題を起こし、そのためわれわれで牢破りをするはめになった。中佐の階級にあるウフーラがこのような任地を選んだのはおそらく注意を引いたはずだが、気づいた頃には手遅れだ。

一同はわたしのアパートにいた。顔ぶれは、スコッティ、ウフーラ、スールー、チェコフ。マッコイの牢破りがこの計画最大の犯罪ではない。〈エンタープライズ〉も盗みだす。

「少なくとも常時二名の警備員がマッコイを見張っています」スールーが説明した。「訪問時間は午後九時で終わり。シフトは八時半以降二名に減ります」スールーとわたしで、マッコイを助け出す。

三人はその後オールド・シティ基地の転送室に行き、ウフーラがわれわれを〈エンタープライズ〉へ転送、そこでスコッティ、チェコフと合流する。

「スコッティ、〈エンタープライズ〉はどんな状態なんだ?」

「チェコフが今朝、自動システムを点検しました。〈エクセルシオール〉の船長は注文がうるさくて」帰還したとき、スコッティは新たな船に転属させられてしょげ返っていた。だが結果的に、ひょうたんから駒が出た。

「提督、計画を実行したとして、これがドクター・マッコイの助けになるっていうどんな保証があるんでしょう?」ウフーラがたずねた。

「もしくはミスター・スポックの?」と、スールーが重ねる。

そのとき、サレクの言葉を信じて危険にさらしているのが、わたしの命のみならず彼らの命にまで及ぶのに気がついた。仲間を見渡す。何もいわずとも進んでついてくるつもりだが、説明してやらねばならない。

「バルカン星のしかるべき人々がマッコイを助けてくれるはずだ。サレクの言葉は、スポックがやすらかに眠れる何らかの方法があるという意味だと受けとっている。本当のところはわからない。自分で決めて欲しい」

「バルカンについちゃ、長年スポックを通じて多くを学びましたがね」スコッティがいった。「いつも、少しばかり魔法を使えるみたいでしたよ」

「スポックを止められるものは何もありませんでした」と、スールー。

わたしはチェコフを見た。彼だけが無言を通している。チェコフは〈リライアント〉の副長を長いあいだつとめ、船と船長を失った。わたしは意見を求めた。

「スポックはわたしに、士官の何たるかを教えてくれました。一人前の男になる方法を示された。バルカンで死後を送れるように彼を連れ帰るのは、危険を冒す価値があると思います」


〝降伏するのは俺ではない、きさまのほうだ！〟クリンゴンの艇長にはったりを見抜かれ、わたしは万策つきた。

われわれは〈エンタープライズ〉を盗み出した。スコッティが〈エクセルシオール〉に細工をして足止めし、立ち往生した追っ手を尻目にジェネシスにたどり着いた。そこで、クリンゴンの偵察艇〈バード・オブ・プレイ〉の歓待を受けた。小ぶりながら物騒な船で、片や〈エンタープライズ〉は戦闘できる状態ではない。一発、当たりのいいのをお見舞いしたが、クリンゴンに自動システムを役立たずにされた。五人きりの乗員では修理まで手が回らない。宇宙で立ち往生した。クリンゴンの勝ちだ。相手は〈グリソム〉を破壊し、惑星を人質にした。狙いは〝〈ジェネシス〉の秘密〟だ。人質にとったサービックとデビッドのほうが知っているだろうことに、やつらは思いいたらなかった。

サービックは連れがいるといった。「あなたがご存じのバルカン人科学士官です」バルカン人の科学士官。スポック。スポックが生きていた。

また、ジェネシスにはどこか不具合があるとも報告してきた。宇宙全体がひっくり返るようなことだという。だが意に介さなかった。スポックが、生きている。スポックが生きて い、る、い、る。

彼をとり戻すぞ。

だがそのとき、クリンゴンがデビッドを殺した。

クリンゴンの艇長クルーゲがわたしの船を欲しがり、それがためにクリンゴンの畜生は息子を殺した。わたしは死んだ船の死んだブリッジに立ちつくし、何もできなかった。わが息子、わたしが捨て、やっと知りはじめたばかりの。すばらしく、優しく、優秀な男。やつらが殺した、クルーゲが〈エンタープライズ〉を欲しがったために。捕虜の脅しが本気だと、やつは証明したがった。ならばわたしは返礼に、こちらの本気を思い知らせてやる。

クリンゴン艇クルーをだまして〈エンタープライズ〉に乗せ、船ごと吹き飛ばした。マッコイ、スコッティ、スールー、チェコフ、そしてわたしは惑星ジェネシスの地表から、大気で炎をあげる船を見守った。今でも繰り返し、この瞬間を思い返す。わたしには多くの意味を持つ船だった。人生で最も満ち足りた瞬間はブリッジに座っているときであり、指揮権を失えば必死に戦ってとり戻した。どうして破壊しようとしたのだろう？　確かにクルーゲはほかの者を殺すと脅し、わたしは彼を阻止しなければならなかった。だが本当にほかの選択肢はなかったのか？　〈エンタープライズ〉は死んだ船で、テクノロジーは時代遅れだ。コンピューター情報をきれいさっぱり消去することは可能だった。もしくれてやったとて、クリンゴンは何も情報を得られなかっただろう。わたしのキャリアはすでに終わっていた。自分たちの命を賭ける価値が果たしてあっただろうか？　人質と引き換えに自分をクリンゴンに差し出し、皆を解放するまで何も教えないということもできた。そもそもクリンゴンのクルーを命運つきた〈エンタープライズ〉に転送するのはたいへんな賭けだった。クルーゲはすぐさま人質を殺す命令を出していたかもしれない。

本音をいえば、わたしは血が見たかった。デビッドが死んだとわかったとたん、〈エンタープライズ〉に注いできた情熱のすべてをむなしく感じた。船はテクノロジーの驚異ではあっても、しょせんは機械でしかない。あのときに限れば、わたしの功績に対するトロフィー以外の何ものでもなく、息子の死の贖罪《しょくざい》のため、意図的に投げ捨てた。

そして今、われわれにはあまり時間がない——この星が裂けていく。スポックを見つけた。惑星ジェネシスを創造したエネルギーが、彼を再生していた。それは、スコッティがいったように、ちょっとした魔法だった。彼の精神は、しかしマッコイの頭の中にあり、両者をバルカンに連れていけさえすれば、スポックをすっかりとり戻せるかもしれない。

何ものも、わたしを止められはしない。クルーゲを殺し、文字通り足もとで地面が崩れ落ちるなか、スポックを助け出した。

CHAPTER ELEVEN

第十一章

地球の運命を賭けて臨んだ、
二度目の危険な過去への旅

バルカンにはコーヒーがない。

バルカン星に来て二日目、最もささいな問題だが、一杯のコーヒーが切実に飲みたかった。バルカンには化学性刺激飲料について厳格なルールがあり、どのフードディスペンサーにもプログラムされていない。スコッティがクリンゴン船で〝ラクタジーノ〟という名の飲み物を見つけたが、代用にはならなかった。またアルコールもなく、やはりそれも問題になりそうだ。

バルカンに着くと、マッコイの頭の中にあるのが何であれ、願った通り、彼らがスポックの体に戻してくれた。完璧にもと通りとはいかない。記憶は多少残っているが、精神を再教育する必要がある。それでも、真の畏怖の念にうたれた。死からよみがえったのだから。

だが、代償が伴った。われわれは〈エンタープライズ〉を盗み出したうえに、スコッティが〈エクセルシオール〉の妨害工作をし、わたしはわたしで〈エンタープライズ〉を自爆させてクリンゴンクルーの大半を殺した末に、相手の船を盗んだ。惑星連邦とクリンゴンの双方が、皿に載ったわれわれの首を（クリンゴンは文字通り）欲しがった。

「わたしらは宇宙のお尋ね者ですね」チェコフがいった。「銀河系の疫病神だな」スールーがつけ加える。今いるのは、バルカンのセレヤ山麓に広がるフォージの境界、バルカン史の大部分が刻まれた広大な荒れ地だった。わたしは次に打つ手を決められず、滞在の手配をサレクに頼んだ。スコッティ、チェコフ、ウフーラ、スールーは〈バード・オブ・プレイ〉の改造作業にとりかかっている。あの船を宇宙艦隊への手土産にできれば、われわれの起こした問題が少しは酌量されるかもしれない。

だが、滞在したい本当の理由はスポックだ。彼はまだ自分をとり戻していない。再教育の必要がある。もと通りになるか、見届けたい。失ったものの埋めあわせにはならないが、わたしの人生が楽になる。

何をおいてもはじめにやらねばならないのは、キャロルに連絡してデビッドの死を告げることだった。キャロルは怒りを爆発させ、それは恐ろしくはあったが正当な怒りだった。わが子への愛情と入れこみぶりがわたしにはうらやましくもあり、またわたし同様、キャロルも自分自身を呪った。

デビッドは、彼が創造に一役買った惑星を調査していたが、宇宙に出てクリンゴンに殺されたという事実により、デビッドの死は、キャロルの中ではわたしの責任だった。理不尽なのは百も承知だ。失った子どもをなげいた。ともになげきたかったが、よりを戻すチャンスは本当にはないのを肌で感じる。クリンゴンはわたしの宿敵であり、やつらが彼女の息子を殺した。理不尽だろうとなかろうと、キャロルはこれからずっと息子の死でわたしを責めるだろう。すぐにまた連絡するといったが、二度と言葉を交わさなかった。

二日目に、サレクがわたしに会いにきた。地球へすぐさま送還されると告げにきたのだろうと推測した。破ってはならない協定があり、そのため犯罪者は惑星連邦世界に安全な港を見いだせない。だがこの場合には当てはまらない、少なくとも当面は問題ないと、サレクはいう。わたしはあやぶんだ。

「宇宙艦隊司令官のモローは、わたしの首を断頭台にかけたがるはずです」

「モローはもはや宇宙艦隊司令官の地位にはない」提督はわたしの犯した罪のさらなる犠牲者となった。司令部に戻してくれたお礼にわたしは船を盗み、別の船を立ち往生させ、クリンゴンとやりあった。モローは不名誉のうちに艦隊を辞した。わたしの壊した人生がもうひとつ。

「誰が引き継いだのですか？」

「カートライト提督だ」カートライトがサレクに明かしたところでは、われわれが彼らの〈バード・オブ・プレイ〉を盗んだ事実をクリンゴンはまだ嗅ぎつけていない。艇には宇宙艦隊に戦略上有益な秘密がたくさん積まれている。カートライトは惑星連邦大統領にわれわれの送還を考え直すよう進言するとほのめかした。欠席裁判になるかもしれないが、クリンゴンがとり戻そうとする前に、バルカンの助けを借りてわたしのクルーが艇の秘密を洗いざらい探り出すだろう。

「こちらに選択の余地があるか、何か言及は？」

「次善策の提示はなかった」

カートライトはわたしよりもクリンゴンを憎み、利用できるものを手あたり次第に探していた。こちらの忠誠心に訴え、見返りは確約せず、だが審議のおりに斟酌《しんしゃく》されるかもしれないとほのめかしている。

少なくとも聞いた当初は、すぐに戻って逮捕されるよりはましだと判断した。

「ところで、わが妻が貴官を夕食に招待したいと申している」思いがけなかったが、もちろん受けた。

サレクが邸宅を構えるシカー市は、岩場や砂地の周囲から、尖塔群が魔法の水晶《クリスタル》のごとく突き出ていた。平屋建てのサレク邸は陽光をとり入れて風通しもよく、モダンなデザインで、彫刻や絵画その他の芸術品であふれている。アマンダが玄関先で出迎えてくれた。

「提督、ようこそいらっしゃいました」温かさが身にしみる。この星に身を寄せて以来接してきたよそよそしさのなかとあって、格別だった。

「ジムと呼んでください」サレクに招き入れられ、われわれは食事の席についた。ベジタリアン用の料理でも、バルカン式より地球式に近い。すてきな夕食だった。サレクはレガラ人と外交交渉の折衝にかかったという。数年前に遭遇したロブスターに似た種族だ。わたしは初めて接したときの困難を話した。

「そのような微妙なファースト・コンタクトを図るには準備不足だったのだ。地球人はこの種族との外交を結ぶ根回しに必要な忍耐心すら持ちあわせていない」アマンダがサレクにたしなめる目つきをし、わたしは侮辱にややカチンときた。これまで何十件もファースト・コンタクトで成功した実績がある。

「どれだけの忍耐が必要だと?」

「見積もりでは、七十年もすれば交渉をはじめる合意に達するだろう」冗談かと思ってサレクをまじまじと見たが、そのあとで、スポックだけが冗談をいうバルカン人なのを思い出した。この場合、彼が正しいと思うことにした。わたしは忍耐心を持ちあわせていない。

その晩を辞す用意をしていると、アマンダに腕をつかまれた。

「よくぞ息子を連れ戻してくださったわ。あなたの失われたものを聞きました。とてもとても、心を痛めております」その瞬間、初めてバルカン社会の智恵を理解した。わたしはデビッドを思い出した。怒り、絶望、フラストレーションの感情が襲いかかる。自制もむなしく、無感動を是とするバルカン哲学のたしなみにあやかりたいと願った。

クリンゴン艇の作業に手をつけて月日は過ぎていき、過去、スポックとたくさんの時間を過ごしたのは確かだが、だからといってバルカン暮らしの備えにはならないと学んだ。まずはじめに、娯楽としての会話がない。言葉を発するのは特定の用件があるときのみ、なければ話さない。最初は落ち着かなかった。だがそのうちそれを感謝しはじめた。やがて論理がどっとしみこんできて、感情がいくらか抜け落ちたようだった。〝住めば都〟となり、それが、難しい時期をやわらげてくれたと思う。

ある日、キャンプに訪問者があった。年を召したバルカン人の女性がホバーチェアに収まり、数名のお供にエスコートされてわたしのほうへ滑空してくる。わたしよりずっと年上だが、すぐに誰だかわかった。

「あなたは死んでいませんね」トゥパウがいった。

「そのようです」わたしがバルカンにいるのをどこで聞きつけたか知らないが、知った以上会う必要があると考えたに違いない。目的は、およびもつかない。

「そなたはわれわれの伝統を汚した」

「そのつもりはありませんでした」スポックの結婚式でのてんまつはマッコイのせいにもできたが、論理的に思えなかった。「結果としてそうなったなら謝ります」

「汚したのです」ふたりは黙って長いあいだ立っていた。ほかにいうことが何もないのはわかっていた。トゥパウがわたしを見た。「体重が増えましたね。健康によくありません」それから背を向けて、とり巻きともども浮かんでいった。

わざわざ出向いてきて、わたしが太ったといいに来たのか？

〝連邦評議会は審議を終えた〟サレクから知らせが入った。バルカン到着以来三ヶ月ほど経《た》ち、われわれの欠席裁判が開かれると聞くと、サレクが地球に赴いてわれわれの弁護に立った。彼はクリンゴン艇〈バード・オブ・プレイ〉のビュースクリーンの中にいた。スコッティとチームはブリッジの操作を地球人仕様にほとんど改造し終え、マッコイとわたしはそこからサレクに話しかけていた。

〝九件の宇宙艦隊規約違反において、諸君らは有罪だ。あわせて十六年の流刑植民地行きに処される〟クリンゴン艇に施した作業がいくらかでも酌量されたのか、もしくはその量刑が酌量したものなのかはわからない。

〝加えて、クリンゴン側はもし犯人が処刑されなければ開戦だと脅している〟

「みんなですか、それともわたしだけ？」

〝君だけだ〟

バルカンでこれだけ過ごしても、クリンゴンに対するわたしの怒りは静まらなかった。もう一戦交えるのは望むところだ。もう何名か血祭りにあげてやる。

こちらの意向を、サレクがたずねた。われわれ全員を監獄が待っている。〈バード・オブ・プレイ〉を奪ってお尋ね者の海賊にでもなるか。

だが本心では、皆故郷に帰りたかった。たとえ結果がどうなろうとも。バルカンに永遠に隠れてはいられない。

出発の日、サービックが会いに来た。彼女はずっと引きこもっていた。うわさでは妊娠したという。デビッドの子どもかどうか訊きたかったが、問いただすのはぶしつけに思われた。

「あなたのご子息について、お話しする機会がありませんでした。デビッドはこの上なく勇敢でした。スポックを救ったんです。皆を救ってくれました。お伝えするべきだと思いまして」わたしはうなずいた。それがなぐさめになるかはわからない。息子は英雄として死んだ。だが、多くの親と同じく、臆病に生きて無事でいてくれるほうがよかった。

サービックが去ったあと、スポックが乗船した。戻ってから顔を合わせたのは初めてだ。再教育の最中で、彼自身の子ども版といった印象を受ける。だがスポックは優秀であるとともに律儀な男だった。弁護側の証人として出廷するつもりだ。われわれ一同、そして全地球人は、スポックが同乗を決めて幸いだった。


〝生きのびろ……何をおいても地球に戻ってきてはならん〟連邦大統領ハイラム・ロスが、地球の救難信号を送信していた。謎の探査機《プローブ》が地球の周回軌道上に現れ、大気をイオン化する通信を発して太陽を遮り、すべてのパワーシステムを停止させた。〈バード・オブ・プレイ〉を駆って太陽系の近くに達した頃、メッセージを受けとった。地球人類存亡の危機だ。母星が死に瀕している。

何か手を打たねばならなかったが、宇宙艦隊の全機能が麻痺《まひ》した事態に対し、異種族の小型艇に乗った自分たちがたいしたことをできるとは思えない。とはいえスポックを乗せていたのはわれわれだけだ。

探査機の通信を傍受したスポックは、それが水中の生き物に向かって発信されたものだと分析した。生命体は、ザトウクジラとコミュニケートしようとしていた。地球上から絶滅してひさしい種だった。

もし探査機に接近すれば、やはりパワーが落ちる。そうなると、探査機に語りかける唯一の手段はザトウクジラを見つけることだ。

スポックに命じ、タイムワープを計算させた。船でタイムトラベルを試みるのはほぼ二十年ぶりになる。船の種類は異なるが、理論は変わらない。〝スリングショット〟効果で地球の太陽の周囲を回り、過去に戻る。地球の命運は、わたしにかかっていた。

「前を見て歩け、ばかやろう！」

一九八〇年代のサンフランシスコは、二二八〇年代とはずいぶん勝手が違う。喧噪《けんそう》に満ち、公害があり、ぴりぴりして、だが同時に張りがあって活気にあふれ、より多彩だった。わたしを〝ばかやろう〟と呼んだ人物はほとんどわたしを自動車で引きかけておきながら、わたしを非難した。

ザトウクジラの捕獲が容易で、かつ動力《パワー》を入手できる時代をスポックが選んだ。クリンゴン艇はタイムトラベルに適しておらず、過去に戻ったことでリアクターがすでに疲弊していた。そのため船の修理が任務の一部になった。

ザトウクジラを見つけるのは、結果的に割合たやすかった。郊外のクジラ研究所で見つかった。スポックとわたしで調査に行き、他のクルーは〈バード・オブ・プレイ〉内にクジラ用のタンクを組む作業、およびエンジンを戻すのに必要なパワーを確保する作業にかかっていた。

サンフランシスコの通りをスポックと歩いていると、たくさんの思い出がよみがえる。とりわけ、一九三〇年に旅したときのことを。われわれは原始的な過去に立ち往生し、未来を救う使命を帯びていた。この任務は先ごろ味わった暗闇からわたしを連れ出してくれ、親友にして道連れ《コンパニオン》と再び肩を並べて歩く機会を得た。

そして、一九三〇年と同様、助けの天使が舞いおりた。

名前はジリアン・テイラー。研究所に雇われてクジラ二頭の世話をしている。ガイド兼科学者の彼女は若く、美しく、クジラに情熱を注いでいた。クジラのジョージとグレイシーはオスとメスで、未来に連れ帰り頭数を増やそうというわれわれの計画にうってつけだった。当時の偉大な指導者から名前をとったと思われるが、定かではない。[編注20]

スポックとわたしは一九三〇年のときよりも、この時代に溶けこむのにもっと苦労した。場違いで、少しばかり無能に見えた。これはジリアンの同情を引くのに思わぬ効果を生む。

夕食に誘われ、ジリアンが、〝マッシュルームとペパロニの大〟という何かを頼んだ。またアルコールも飲み、それは驚くほどテラライト・ビールに似ていた。

食事をとりながら、ジリアンはクジラが海に放されて捕鯨船に殺されるのが心配だとうち明けた。わたしは絶対に捕獲されない場所にクジラを連れていけるともちかけた。

「連れていけるって、どこへ?」希望に満ちた顔でジリアンがたずねる。

わたしはヒントを出し、ついには未来から来たと白状してしまった。ばらしても、歴史が変わる心配をなぜかしなかった。返ってきた反応から、勘が当たっていたのがわかる。

「何で最初にいわなかったの? どうしてダサい変装なんかしたの?」

気にする必要はなかった。はなから信じていない。閉口したのは、クジラを連れていくのに博士の助けが必要だったし、初めのうち助けてもらう望みは薄そうに見えたからだ。

その夜遅く、〈バード・オブ・プレイ〉に戻った。ジリアンが車で送ってくれた。わたしの頼んだ食べ物も一緒に。それは四角い箱に入り、ぐっとくるにおいがする。スポックとわたしで開けてみた。中にはパンでできた円盤が入っていて、肉と野菜のミックスが載り、チーズがかかっている。

「これはピザですね」スポックがいった。聞いた覚えがある。うまそうだったが、トゥパウの言葉が耳にこだましたのでパスした。スポックは肉が載っているので食べられず、結局スコッティの腹にあらかた収まった。

どうしたものやら途方にくれる。ジリアンの助けなしではクジラを見つけられない。〈バード・オブ・プレイ〉はゴールデンゲートパークに駐《と》めていたが、透明遮蔽装置を起動して姿は隠している。翌朝、ジリアンが見えない艇体を〝叩い〟た。前夜、わたしが艇内に転送されるのを見たに違いなく、わたしの話が真実である可能性を考えはじめたのだ。ジリアンは板挟みにあっていた。まともじゃないと思う人間を信じるのか、それともクジラが狩られて殺されるに任せるか。前者を選んだ博士の助けでジョージとグレイシーを救い、艇に転送して二十三世紀に連れ帰った。

ジリアンは自分の時代に見切りをつけた。わたしに迷いはない。今回は過去から天使を連れてきた。


「諸般の情状を酌量して、一件を残しすべての罪状はこの場で棄却とする」ロス大統領が述べた。わたしはスポック、マッコイ、スコッティ、ウフーラ、チェコフ、スールーと惑星連邦議会の前に立っていた。〝諸般の情状〟とは、われわれが地球を救ったことを指す。

サンフランシスコ湾にクジラを放ってすぐ、二頭は探査機と話しはじめた。探査機が去り、あっさりことなきを得た。すべてが修復された。

残った罪状は命令不服従で、それはわたしひとりが責めを負った。連邦はわたしを宇宙艦隊から追い出すだろう。民間人の自分を考えた。以前はうまくいかず、今はさらに年をとっている。未来を恐れた。監獄行きのほうがまだましだ。

「ジェームズ・T・カーク」議長が宣告する。「本審議の結果、大佐に降格とする。新たな階級に従い、貴官が繰り返し示した揺るぎなき能力を発揮できる任務を命じる。宇宙船の指揮をとりたまえ」わたしは笑った。再び輪が閉じ、昇進のあとは船に戻る番が巡ってきた。宇宙艦隊は、わたしを活《い》かそうと決めた。

ジリアンを探しに行く。わたしの世界を見せたくてうずうずする。ところがろくにハローをいう前に、すでにグッドバイをいっていた。

彼女は早くも科学調査船に配属され、出航を今や遅しと待っている。わたしよりずっと若い。この世界でわたしはお呼びではなかった。自分でやっていける。キスをして、去っていった。わたしは笑って、エディスを思った。歴史をいくらか書き直したような気がする。若い、無私の女性が、本来は属していないが今では自らつかんだ輝ける未来を見つめている。わたしの中の穴が塞がった。

わたしは家族のもとへ帰った。皆で新造船に向かう。移動用ポッドが近づいていく。それは〈U.S.S.ヨークタウン〉と名づけられたコンスティテューション級の船だったが、〈U.S.S.エンタープライズ〉に改称された。われわれは、今一度わが家に戻り、それが最後となった。

編注20　クジラの名前はコメディアンのジョージ・バーンズと相方で妻のグレイシー・アレンからとられたらしい。だが彼らと海洋生物学の関係は不明だ。

CHAPTER TWELVE

第十二章

負け戦をのぞき、
勝ち戦ほど哀しいものはない

「ルシラは君の子どもを身ごもったらしいな」と、マッコイがいった。

「そんな証拠は――」

「あるとも。目の前に」

「シー！」後ろの席に座る人物がいった。

われわれは映画館にいる。ところは第八九二星系の第四惑星、銀幕《スクリーン》に映るのは、何というか、われわれ〈エンタープライズ〉のクルーだった。おかしな状況だ。スクリーン上の俳優たちは、どことなくわたし、スポック、マッコイに似ている。映画は宇宙艦隊と惑星連邦に関して細部まで正しい点が数多くあったが、どうにも信じがたい。スポックのドッペルゲンガーは、とがった耳と、斜めになった眉まで再現している。

われわれのいる星は〝惑星の平行進化に関するホッキンズの法則〟編注21の、驚くべき実例だった。最初にこの星を訪れたのは三十年近く前になり、そのとき目にしたのは、いわば二十世紀を生きのびたローマ帝国といった世界で、遅れてやってきたキリスト教の伝播《でんぱ》に手を焼いていた。上陸班とわたしは危うく命を落としかけ、惑星は宇宙艦隊から〝立ち入り禁止〟の札を下げられた。あれからずいぶん時間が経《た》ったとして、もう一度視察に訪れ、われわれの訪問による文明汚染の痕跡がないか確認すべきだと本部の誰か（一度も面識のない若き提督ジョン・バン・ロビンス）が決断した。

　われわれは周回軌道に入り、ラジオやテレビジョンの送信を傍受した。変わったところはなさそうだ。この社会の知識を仕入れ、変装して上陸班を組む危険を冒す価値ありと判断する。マッコイ、チェコフとわたしはおおよそ地球の一九九〇年代に匹敵する服装をして、中規模都市に転送降下した。

　ローマは墜ちておらず、だが現在の皇帝はキリスト教の布教を認めていた。すでに帝国の支配的な宗教になっている。キリスト教の教会が民家とオフィスビルのはざまに鎮座しているのを何軒か目にし、ちまたには宗教的な図像があふれていた。可能な限り情報を集めたのち、転送で帰船しようとすると、内燃機関で動く〝バス〟と呼ばれる公共交通機関の横腹に描かれた広告に、マッコイが気づいた。ろくに読めないうちにバスは行ってしまったが、画像の中に、バルカン人のくっきりした写真があった。わたしはチェコフを向いた。

「何と書いてあったか読めたか？」

「『新たなる未知へ』です。それがタイトルでした」

「映画の宣伝みたいだったぞ」マッコイがいった。

「汚染でしょうか？」

「前回来たとき、政府当局はきわめて厳格な情報統制を敷いていた」当時のこの星における任務は、行方不明の商船〈S．S．ビーグル〉を見つけることだった。船は大破したが、〈ビーグル〉

のクルーのうち生存者がこの星に降り、ローマ社会の一員になった。映画の宣伝広告はさらなる調査の必要性を示している。

「船長、ここで何か見つかるかもしれません」チェコフが〈キケロの大著〉という本屋を指さした。店に入ってすぐ、大衆文化コーナーが目についた。マッコイが目当てのトピックの本を引き出す。

「『メイキング・オブ・〝新たなる未知へ〟』」わたしは表紙を読んだ。第一章は映画製作者の略歴で、名前はユージニオ。奴隷出身で、幼いときから彼の母ルシラから父親にまつわる物語を聞かされたとある。

「ありゃま」と、マッコイがいった。わたしの肩越しにのぞきこんでいる。その名前は、ドクターにも覚えがあった。ルシラは最初の訪問でわれわれを捕まえた地方総督の奴隷だった。彼女とわたしは親密になった。

「だが、筋が通らないぞ。あの娘にべらべら話したりしてないのに」

「映画を観《み》てみては」チェコフが提案した。その案に従った（それに本も買った）。観に行くと、観客のなかに自前らしき宇宙艦隊の制服を着ている者を二、三名見かけた。マッコイが推察した。

「ファンなんだろうよ。君みたいな格好《なり》をして」

〈エンタープライズ〉に戻り、会議室でスポックに発見したことを伝えた。映画は宇宙艦隊と惑星連邦に関する正確な描写がたくさんあり、わたし、スポック、マッコイの描写はどんぴしゃりだった。スポックは仮説を立てた。ルシラはわれわれ三人に仕えたとき、思ったより鋭く観察していたのだろう。

「彼女の奉仕したのがひとりだけなのは間違いないがな」マッコイがいい、わたしは彼に渋い顔をした。彼らがどうやって宇宙艦隊と銀河系宇宙の詳細を知ったのか、まだわからない。

「答えならわかると思います」チェコフが目の前の本を開いて最後のページを見せた。〝クレジット〟欄の下に、映画制作にかかわった人々のリストが載っている。チェコフは船のデータバンクで相互参照した。〝コンサルト〟欄の名前が〈ビーグル〉乗員の名前と一致している。

「ではこの奴隷、ユージニオは彼の母親から詳細を聞き、〈ビーグル〉の生存者を探し出して、残りを埋めたということか」

「映画の内容は？」スポックが聞いた。

「このユージニオなる人物は、明らかに映画を宗教の布教に利用していました」と、チェコフ。

「〈エンタープライズ〉は銀河系の中心に行き、神を探す任務に出ます」

「それは可能ではありませんね。銀河の中心はブラックホールです」

「君はこういうのかと思ったぞ。〝神などというものはいません〟って」マッコイがいった。

「それに関する証拠は何もありません」スポックはそういってから、この件が「艦隊の誓い」違反にあたるかどうかたずねた。

「これは映画だぞ、スポック。絵空事でしかないんだ」マッコイの意見が正しいことを祈る。

「ウフーラが五十四歳だって知ってたか？」マッコイがいった。いつものように、われわれはわたしの自室で飲んでいた。

「〈エンタープライズ〉は、今じゃどの艦隊宇宙船よりも一番年寄りの上級士官を抱えている」

「なぜ知ってるんだ？」

「調べたからだ。うちには三人の大佐が乗っている。本当に大佐が三人も必要かね？」スコッティの階級は大佐で、スポックとわたしもそうだ。絶対的に頭の重い船だが、誰も降りたがらない。最後に降りたのはスールーで、とうとう三年前に〈U.S.S.エクセルシオール〉の指揮官就任を果たした。

「われわれは自分たちの仕事をしているよな？」

「ちょっと守りに入ってるのは誰だ？」マッコイがニヤリとする。

たぶん、わたしだ。われわれは最後の航程にいた。任務はあと四ヶ月で終わり、上官とクルーの多くが船を〝降りる〟と決めて、転属先を探そうとしなかった。それも理解できる。過去二、三ヶ月、航海はぱっとしなかった。われわれは見せ物になった。わたしの評判を、宇宙艦隊は保安上の理由で利用した。クリンゴンはまだわたしを嫌い、また少し恐れてもいたため、正直わたしは小気味よかった。任務に歯ごたえは少なく、船自体も、われわれ同様だった。バトンルージュ級は四十年前に廃止され、コンスティテューション級も盛りを過ぎた。エクセルシオール級の船がとって代わり、すでに〝エンタープライズ〟の名を引き継ぐ予定の船が建造されている。この船は、おそらくわれわれが降りた直後に退役になるだろう。

ドアチャイムが鳴る。スポックだった。

「長期上陸休暇を願います。バルカンから要請がありました」

「もう七年経ったのか？ 誰かを妊娠させるのかね？」マッコイがいった。彼はソーリアン・ブランデーに手を伸ばしたが、わたしは瓶をつかんだ。

「やめておけ」

「いいですかドクター、バルカン人は特定の年齢に達するとポンファーの激情から脱するのです」スポックはわたしを向いた。「母星より帰郷を求められました」

何か問題でも起きたのかとたずねると、スポックはわからないと答えた。呼び戻される理由は謎だった。わたしはバルカン星にコースをとるよう操舵士に命じ、しばらく本船の大佐がふたりに減るなとマッコイにいった。

「どうやって生きてきゃいいんだ？」マッコイが軽口をたたく。

スポックをバルカンで降ろしてすぐ、地球に向かうよう命じられた。本船は最後の三ヶ月をドライドックで送るらしい。すべてが終わりになると考えると、不思議だった。以前のアパートに戻る。窓から宇宙艦隊アカデミーを眺め、しばしばあの頃に思いをはせた。とある記憶にさいなまれ、決着をつける必要があると強く感じた。

休暇中のある日、ニュージーランド流刑地を訪ねた。地球じゅうの犯罪者たちが刑務官の監視の下、その地で寝食と労働をし、注意深く管理された生活を送っている。自由がないという点で刑罰ではあるが、非人道的ではない。わたしは人事棟に転送された。デスクについた職員がわたしの保安権限を確認後、服役囚の訪問要請を承認する。刑務官が庭に案内した。

なだらかな緑の丘陵地帯では、服役囚が様々な建築プロジェクトにいそしんでいる。刑務官に連れられて技術施設に入ると、中で数名の男女がアンティークのコンピューターで作業していた。ひとりがすぐ、わたしに気づいた。

ベン・フィニーはずいぶん老けこんで、痩せていた。わたしがやってくるのを見るとすぐに集団を抜けてこちらへやってきて、静かにあいさつをした。よそよそしくはないが、内にこもっている。散歩に出られるか聞いた。ふたりでみずみずしい自然をぶらつく。

「もうすぐ出所だろう。何かあてはあるのかい?」

「ジェイミーと奥さんがベネシア・コロニーに住んでいる。一緒に暮らそうといってくれた」ベンの妻ナオミは数年前に亡くなっている。口には出さなかったが、ふたりは疎遠になったのだろう。

「何か必要なものがあれば教えてくれ」ベンが立ちどまる。

「ジム、来てくれてありがたい。許してくれて感謝する。わたしは病気で、たくさんの人を傷つけた。だがいわせてもらうが、もう会わないほうがいいと思う」

「わかった。ひとこと、君の助けがなければ今のわたしはなかったと思うと告げたくてね。礼をいいたかった」

ベンがうなずく。自分自身の過ちに苦しみ、わたしの感謝を受け入れられないのだろう。握手をして別れをいった。

時間をとってこうしてよかった。自分の人生にひと区切りつけられる。

二、三週間後、暗闇の中にひとりきりでいた。クリンゴン船の独房に捕らわれ、どれだけ経つのかわからない。明かりも、ベッドも、トイレもなかった。時間が過ぎ、しばらく眠り、そのあとパニックになって起き、壁かドアかハッチを探そうとした。食料も水も与えられなかった。衰弱し、方向感覚を失った。闇の中に座って、腹を空かせ、近く処刑されると信じた。ここに来たいきさつを考える時間はたっぷりある。

クリンゴン最高評議会の総裁が死んだ。宇宙艦隊の兵士二名が〈エンタープライズ〉からクリンゴン船に転送して乗りこみ、射殺したという。歴史的な平和会議のために、われわれは総裁を地球へ送り届ける途中だった。クリンゴン側が、会議の開催を求めてきた。必死だった。彼らの衛星プラクシスが爆発したのだ。戦略立案・研究《DSPS》部門の一員だったときのことを覚えている。カートライトはクリンゴンの母星クロノスと、唯一の天然の衛星プラクシスを広範囲に研究していた。クリンゴン帝国は領域を拡張しているにもかかわらず、いまだ母星の周辺に中枢機能を集中させている。人口の圧倒的多数がそこへ密集していた。唯一の衛星プラキシスは数世紀前、クリンゴンが初めて宇宙に出たときに発見された。豊かな鉱物資源はクリンゴンの神々からの贈り物とみなされた。わたしの読んだ戦略研究レポートによれば、衛星の供給するエネルギー資源がなくなれば、利用可能なパワーの八十パーセントを失う。

　これは何年も前にノグラの立てた計画の一環で、カートライトが熱心に推進していた。連邦が境界を強化することでクリンゴンが追随するように仕向け、とぼしいのを承知の上で資源を浪費させる。奏功したようだった。今や、彼らはこの大災害に対応できるだけの資源を持っていない。同胞のためにエアシェルターを建設できなければ、クロノスは五十年以内に居住不能の星となり、人口の大半がそれ以前に失われる。この知らせを耳にして、宿敵が敗れ去るときだと思った。銀河系が安全になる。

　だが、和平任務については寝耳に水だった。それが理由で、スポックは故郷バルカンに呼び戻された。父親の要請で特使として派遣され、クリンゴン指導者ゴルコンとの折衝を図ったスポックは、こちら側の境界宙域の防衛を解き、惑星連邦への参加支援を約束した。〈エンタープライズ〉でゴルコンを地球へ連れてくる役目を申し出たと、幕僚会議の席でわたしに教えた。

「古いバルカンのことわざがあります。[編注22]『中国に行けるのはニクソンだけだ』」それで説明になるかのようにいった。どういう意味かわからない。

　わたしは怒り狂った。クリンゴンに抱くわたしの心情をスポックは知っている。やつらがしたわたしへの、デビッドへの仕打ち。クリンゴンを助ける意図などおよそないし、惑星連邦宇宙に連れてくるつもりもない。

「彼らは滅びかけています」

「結構なことだ」本気だった。せいせいする。それに、わたしにいわせれば銀河系だって惜しみはしないだろう。

だがその後、ゴルコンを知った。

彼の船とランデブーし、一行を夕食に招いた。総裁には、いささか驚かされた。典型的なクリンゴンに見えない。年はわたしと同じ頃で、教養にあふれ、品があり、顎髭とたしなみが古代のアメリカ大統領アブラハム・リンカーンを彷彿させる。辞去する前、ゴルコンはわれわれの世代が戦後社会で一番困難な時代を過ごしたと、穏やかにいった。あのときは彼の金言を理解しなかったが、今は違う。

それから一時間足らずのうちに、総裁は死んだ。マッコイとわたしはクリンゴン船に転送移乗して助けに駆けつけたが、ドクターは酔っ払いすぎていたかクリンゴンの解剖に不慣れすぎたかもしくはその両方によって、ゴルコンの死を防げなかった。われわれは逮捕され、拘束され、別々に真っ暗闇の独房に放りこまれた。殺人の濡れ衣《ぎぬ》を着せられたと悟る。問題は、わたしがどうみても怪しかったことだ。手段、動機、機会と三拍子そろっている。

時間が過ぎていく。暗闇のせいで幻覚を見た。輝く球体というか、泡が見えはじめたが、手を顔の前にかざしても明かりを遮れない。真の闇だった。自分はもう死んでいるのだと思いはじめた。叫びたい衝動に駆られた。そうすることでまだ生きていると実感するために。だがするものか。警備兵を満足させやしない。手で壁を血が出るまでたたき、口にあてがう。血の味がした。時間の感覚と自分を失いはじめた。おそらく戦争はもうはじまっている。何十億もの人間が、わたしのせいで死んでいく。やつらはドアを開けてわたしを撃つだろう。望みはない。

そのとき、背中に何かが当たる感触を覚えた。わたしの思考は霧がかかっている。何だ、虫か？　いや、わたしは動いていない。それから思い出した。〈エンタープライズ〉のブリッジを去ってクリンゴン船に向かう直前、スポックがわたしの肩に手をかけた。柄にもなく背中をたたいて励ましたのかと思ったが、そうではなく何かをつけたのだ。すぐに正体がわかった。青緑色のパッチ。小さなテクノロジーの脅威によって、〈エンタープライズ〉のセンサーが二十光年以上離れたわたしの居場所を探知できる。わたしをこんなことに巻きこんだスポックに怒ってはいるものの、それでも頼れる相方だった。そっとパッチをなでる。笑みが浮かんだ。スポックがそばにいるみたいだった。あいつが助け出してくれる。

しばらくしてドアが開き、明かりがどっと入ってきた。目をすがめるわたしをふたりの警備兵がつかむ。まぶしさをこらえ、無理に目を開けるとマッコイが一緒に引きずられていた。

「ボーンズ、無事か？」

「無事なもんか」

警備兵はわれわれを転送室に連れていき、別の監獄に転送した（われわれはクロノスにいたが、観光ツアーはしてもらえなかった）。ふたりは独房に、今度は一緒に放りこまれた。ここには少なくともトイレがあり、クリンゴン産の動物の足を食事に出され、ふたりで分けあった。マッコイに青緑色のパッチについて教えようとしたが、思い直してやめておく。独房は盗聴されているかもしれない。

二、三時間後、軍のローブを羽織った若いクリンゴン人が入ってきた。ウォーフ大佐と名乗り、裁判でわれわれの弁護人に指名されたという。

「事件の経緯は把握しているが、重大な見落としがないか吟味して確認すべきだろう。まずは、なぜ総裁を手にかけた？」（その質問は、わたしにいにしえの地球の有名な〝誘導尋問〟を連想させた。「妻を殴るのをやめたことはあるのか？」）われわれはゴルコンを殺していないと主張した。自分たちから見た事件の経緯を詳しく話す。ウォーフはわたしを驚かせたもうひとりのクリンゴン人だ。われわれを信用した。地球人が注意深く暗殺を計画したあとに、のこのこ転送してきて捕まるとは考えにくいという。

裁判は大ホールで行われ、何百人ものクリンゴンがわれわれの首をはねろと叫んだ。不利な証拠は山とあり、わたしがクリンゴンを憎んでいるのはつとに知られている。裁判長にダメ押しすべく、彼らはわたしの日誌を抜粋して再生した。

〝クリンゴンを決して信用しなかったし、これからも同じだ。息子を殺した者どもを絶対に許すものか〟それが自分の発言ではないと否定はできない。だが、そのときわたしをはめた者がクリンゴンだけに限らないと悟る。あれを録音したのは二日前だ。宇宙艦隊の乗員のみ、わたしの船のクルーのみが、日誌の抜粋を入手できた。

味方に裏切り者がいる。クリンゴンに怒りをたぎらせるあまり、より身近な敵が目に入らなかった。そして、図らずも自分が共謀者になっていた。

ゴルコン総裁は心にもないことをいっている、平和を望んでなどいないと思いこんでいた。クリンゴンと願いをひとつにするなど想像できなかった。そして、助けるどころか見殺しにしようとした。デビッドの死をこじらせ、治りたいと思わなかった。憎み、非難するほうがたやすい。わたしは陰謀者の心情を理解した。

マッコイとわたしはもちろん有罪判決を受け、だがウォーフの勤勉な弁護の甲斐あって、死刑からルラペンテの終身流刑に減刑された。そこは、クリンゴン宙域にある凍りついた監獄星だ。青緑色のパッチのおかげでスポックに助け出され、われわれは黒幕をつきとめた。

首謀者は、カートライトだった。

わたしは提督を逮捕し、〈エンタープライズ〉の拘束室に監禁した。この手で母星に連れ帰り、裁判にかけさせるつもりだった。また、提督と話したくもあった。地球に向かい次第、拘束室に会いに行く。カートライトはまっすぐわたしの目を見た。したことを後悔してはいなかった。

「自分たちを守ろうとしたのだ」提督は、人間が何世紀も使い古してきたいいわけをした。いわく、保安のためには戦争が必要だ、と。わたしは陰謀の詳細が欲しかった。一味には、クリンゴンの高官らに混じり、ロミュラン大使が加担していた。全員が同じことを欲した。変わらぬ力関係と変わらぬ境界線で銀河系をこれまで通りの状態に保ちたい。カートライトは多くを語らず、わたしを監獄送りに遭わせたことを謝った。だが大義のほうが、はるかに重いと感じていた。

「やつらはけだものだ、共存などできん」二、三日前であればわたしも同意したかもしれない。だが今は、彼が見逃した点を喜んで指摘した。

「ランス、わからないのか？　彼らとの共存は可能だと、君自身が証明したんだぞ。クリンゴンを何より憎む君の陰謀が揺るがぬ証拠になった。クリンゴンと地球人が共通の目標を持ったとき、一丸となってことにあたれるのだと」

カートライトの顔に浮かんだ表情を、一生覚えているだろう。

ブリッジに戻り、旧友を見回した。スポック、マッコイ、ウフーラ、チェコフ。皆、何十億もの命が失われていただろう大虐殺の瀬戸際まで連れていかれた。わたしのような男はクリンゴンを憎んで育ち、ほかに道があるのが見えなかった。民主主義のもとに組織された軍隊の内側でぬくぬくしていた男たちは、自分たちこそが最善の道を知っていると思いこみ、残りのわれわれから決定権を奪う。ノグラと仕事をしたとき、つぶさに見ていた。それなのにたった今、宇宙艦隊上層部にいるわたしと同輩たちは、危うくそれを見逃すところだった。「自由の代償は」と、アメリカ人の愛国者トーマス・ジェファーソンが記している。「永遠に警戒を怠《おこた》れないことだ」見守り続けるには、次の世代が必要だ。

潮時だった。

わたしはまたも〈エンタープライズ〉を故郷に連れ戻った。もしくは〈エンタープライズ〉がわれわれを連れ戻したのか、もはや区別をつけられない。地球の周回軌道に入るとき、宇宙ドライドックを通り過ぎた。次世代〈エンタープライズ〉が係留され、ほとんど完成していた。わたしの恒星間宇宙船船長時代が真に幕を閉じる。誰が引き継ぐのかさえ知らなかった。友人に別れを告げる。すぐにまた会うだろうと確信して。

宇宙の長旅から戻るといつもそうするように、アイオワに戻った。家には父がいて、ポーチに置いたアンティークの揺り椅子二脚にふたりで腰をおろす。母は再び学会に出ていた。今度はアンドリアだ。父は八十代。恰幅《かっぷく》がよく、まだかくしゃくとしている。次にどうするつもりかわたしに訊いた。わからないと答える。戻ってきても何もない現実をかみしめた。妻も、子どもも、自力で建てた家もない。父に目をやると、自分自身が見えたが、その逆も見える。わたしの持たないものをすべて持ち、わたしは父のあきらめたものをたくさん持っていた。

「父さん、キャリアを捨てて後悔した？」長い間《ま》が空く。

「どうかな。わたしは決断を下した。お前のおじいさんは家にいつかなかった。お前とサムには、父さんがいつもここにいると知って欲しかった。いい選択だったかはわからない、正しい選択かどうかもな。ただ、自分の選んだ道というだけだ」ふたりは座ってもうひとしきり話し、それからひとりの宇宙艦隊士官が家に通じる道をやって来るのに気がついた。ピーターだった。もう三十代になる。わたしが来ると聞き、上陸休暇をとったと父が教えてくれた。新たな配属先が決まり、〈U.S.S.チャレンジャー〉の指揮をとるという。椅子を立って声をかけると、ピーターが抱きしめた。

「会えてうれしいです、ジムおじさん」体を離し、甥《おい》っ子の新しい階級章を見る。

「こちらこそだ、カーク大佐」

それが、数ヶ月前のことだ。宇宙艦隊退役を発表すると、〈メモリー・アルファ〉の歴史家が連絡してきた。わたしと共著で、自伝を書きたいと打診された。ほかにこれといった計画も浮上せず、話を受けることにした。じっくり腰を落ちつけ、今書き終えようとしている。

明日、新型〈エンタープライズ〉の命名式がある。顔は出すが、船長席に座るのはほかの船長だ。記憶をたどる旅をしたためだろう、どうやら退役は時期尚早だったと悟る。あの椅子に座っている限り、自分は重要人物だと思えた。人生のサイクルを破る方策が見つからず、少し後悔している。宇宙艦隊に代わる意義深い何かを見い出せずじまいだった。わたしもほかの人間と同じで、どうすれば自分を変えられるのか、わからない。

最初の草稿を読んだわたしの共著者は、宇宙艦隊から受けた勲功について何も触れていないことに驚いたとの所感をくれ、再考をうながされた。勲章《メダル》は勝利を思い出させる。それが問題だった。ウェリントン公爵いわく、「負け戦をのぞき、勝ち戦ほど哀しいものはない」。たくさんの人間が、メダルの陰で死にすぎた。そして勝利を挙げ続けてきたおかげで、おそらくは恋愛関係や人生を築くのが困難になった。ひたすら船長職に復帰し続けた。あの席に座り、多くを成し遂げたように思う。害するよりも多く益した手応えがある。真実であれと願ってやまない。

ここに座っていても、終わったような気にはなれなかった。六十歳はそれほど高齢ではない。宇宙艦隊はわたしに用がないかもしれないが、退役した船を払い下げてもらえるかもしれない。わたしのように、役立ちたいがお呼びでない人材で船を満たそう。独自の任務に乗り出し、及ぶ限りは助け、やっかいごとには近づかない。ときには近づきもする。

わたしは笑った。サイクルだ、またはじまったぞ。銀河系とわたしの縁は、まだ切れていない。船長席を降りるのはもっと先だ。わたしはもっと欲しい。

そうでない者がいるだろうか？

編注21　〝惑星の平行進化に関するホッキンズの法則〟は、二十二世紀の生物学者A・E・ホッキンズが最初に唱えた。ふたつの惑星が似通った生態系を持つとき、時間の経過とともに似通った社会的発展に向かうという理論。彼の死後、銀河系じゅうに平行ヒューマノイド社会が発見され、理論が実証された。

編注22　有名なバルカンのことわざだが起源は不明。二十世紀地球の合衆国大統領リチャード・ニクソンが、中国共産党と外交を開いた史実からとられている。ことわざの意味は、ニクソンがかつて反共の先鋒だったため、政治的快挙とみなされたことによる。政敵の誰ひとり、彼がコミュニストに〝手加減した〟とは告発できなかった。だが不明なのは、ことわざができるほど深く、バルカン人は何をもって地球の歴史に関心を寄せたのかだ。そしてそれは〝かびが生えた〟とはいえない。もととなった事件はわずか三百年前に起きている。

あとがき

バルカンのスポック

著者が本書の原稿を書き終えてまもなく、ジェームズ・T・カークの訃報が伝えられた。カークは新造の〈エンタープライズ〉に乗船し、船の全壊を防いだ。報告によれば、船体に亀裂が生じた際に船から吹き飛ばされたとのことだ。遺体は発見されていない。

だが、カークは死んでいない。

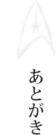

のちほどこの命題を証明する。先に、原稿中の論理的矛盾を挙げていく。害するより多く益したかどうか、著者は疑問を呈している。しかしながら、彼の尽力により四度の星間戦争が回避されたのは客観的な事実だ。カークの活躍により助かった何十億という無辜《むこ》の生命は、彼によって失われた数をはるかにしのぐ。これには彼の指揮のもと〈エンタープライズ〉が発見した様々な事象によって、銀河系全市民の生活の質が向上した事実は除外した。

彼は自分の家族を持たなかったことをずいぶん後悔している。個人的体験に照らせば、ジェームズ・カークはわたしに自分の人間性を受け入れろ、さらにいえばわたし自身を丸ごと受け入れろと背中を押してくれた。彼からは多くを学んだ。とりわけジョークのいい方を、そして常にわたしを注意深く見守っているのを感じた。そう感じるクルーが、わたしだけではないのを知っている。カークはわれわれの父であり、この言葉を使うのはわたしの主義に反するが、それゆえにわれわれは彼を愛した。彼の子どもとは、彼を敬愛し、宇宙じゅうに彼のレガシーを伝えるクルーたちのことだ。彼の家族《ファミリー》はこれからもずっと続いて行く。

加えて、カークの働きと功績が、彼を史上随一の偉大な人物にした。それは客観的事実だ。バルカン人のわたしに誇張はできない。

だが、彼のストーリーは終わりではない。なぜなら先に記したように、彼は死んでいないからだ。

これを唱えたのは今回が初めてではなく、多くの者は、この主張は証拠に欠ける、わたしの半分地球人の血が〝希望的観測〟を抱かせ、自分をごまかしているだけだとみなしている。見当違いだ。これは論理的な帰結に過ぎない。実際には、わたしの半バルカン人の部分が証拠を持っている。

バルカン人の能力のひとつである精神融合は、融合を行うバルカン人と相手とのあいだに永久的なつながりを作る。絶えず、それらのつながりをおぼろに認識している。精神修養によってつながりを遮断し、普段の思考プロセスからは遠ざけているだけだ。

だが、常に変わらず確かなのは、つながりが失われるのは相手が死んだときということだ。

これまでの年月、わたしはジェナス・シックスのホルタ、サイモン・バン・ゲルダー博士、クジラのグレイシーの死を経験した。それは夜間、窓に明かりの灯った建物に似ている。ある晩明かりのひとつが消えたとしよう。どの明かりかがわかる。逝ったことを感じる。

わたしは何度かジェームズ・T・カークと精神融合した。彼の明かりは、まだ灯《とも》っている。わたしの心の奥底に潜んでいる。ときどき、彼に念を集中してみる。居場所を探し当てようと試みる。カークが知っているとは思わないが、わたしは彼の心情を感じとれる。どこにいようと、彼は幸せだ。

わたしは死後の世界は信じない。だが、わたしの地球人である部分に希望的観測を抱くのを許そう。

彼は戻ってくる。

謝辞

何よりも、本書の生みの親、デイブ・ロッシにはたいへんな恩義がある。同氏はまた、ジョン・バン・シッターズとともどもわたしに本の執筆を勧めてくださった。両氏には本稿に多大な貢献をいただいている。また、惑星サイ2000で起き得た真相を指摘し、メールにてイオンポッドに関する貴重なご講義をいただいたアンドレ・ボーマニスにも感謝を。年表作成のために心血を注がれ、そしてそこから逸脱することを許してくださったマイクとデニス・オクダ。ウェリントンの引用でお世話になったリチャード・ドクトロウ、『レッドスーツ』の著者ジョン・スコルジー、タイタンブックスの担当編集者サイモン・ウォード、ベッカー&メイヤー！社のロザンナ・ブロッコリー、すばらしいイラストを手がけてくれたラッセル・ウォーク。そして、ベッカー&メイヤー！社の担当編集ダナ・ユーリンには、氏のハードワークとご指導、さらには執筆と催促の両方で示された並々ならぬ才能に対し、無限の感謝を捧げたい。

原稿を読んでくれた友人のマーク・アルトマン、クリス・ブラック、アダム＝トロイ・カストロ、マニー・コト、ハウィー・カプラン、ダン・ミラノ、ピーター・オスターランド、マイク・サスマン、オースティン・ティチェナー各氏へ。本業のかたわら本書を執筆できたのは、セス・

マクファーレンのプロフェッショナルな後押しあればこそだった。正史の脚本家および監督諸氏、とりわけクラブの一員に加えてくださったブラノン・ブラガとリック・バーマン両氏に感謝する。そして、いうまでもなく、ウィリアム・シャトナーに。また、わたしの執筆意欲をたきつけてくれたふたりのいとこ、マイケル・カウフマンとマイク・メトレーにも礼を述べたい。

わたしの姉妹アン・グッドマンとナオミ・プレス、兄弟のラファエル、姪のジュリアとエマ、甥のジョシュとスティーブン、義理の姉妹クリスタル、義理の兄弟スティーブ・プレスとジェイソン・フェルソン、舅姑のフィリスとビル・ロウ、そして義理の父フレッド・フェルソン（わたしの前著書を贈り物用に買ってくれた冊数の記録保持者）。諸氏の愛とサポートに感謝を。母ブルンヒルデ・グッドマンの啓示的な人生と教えに。最後に、愉快ですっとんきょうなわが子タリアとヤコブ、それから、愛しくも優しい妻のウェンディ。妻はおそらく謝辞を読んでくれる唯一の人物だが、それでまったく構わない。

デイヴィッド・A・グッドマン

解説──時に人生の指針であり、目標である〝船長〟

岸川 靖

皆さん、お待たせしました。2018年暮れに刊行された『自叙伝 ジャン＝リュック・ピカード』に続く第二弾、『自叙伝 ジェームズ・T・カーク』の登場です。

本書は〈U.S.S.エンタープライズ〉号の船長を2263年から2268年に務めたジェームズ・T・カーク提督（※執筆時階級。〈U.S.S.エンタープライズ〉号船長在任時の階級は大佐）の自叙伝です。まえがきとあとがきは、カークを良く知る親友のふたり、マッコイとスポックが書いています。

ちなみに正史（注1）では、カークはNCC-1701-B（通称エンタープライズB）の就航式・処女航海に招待され、同乗した直後、ネクサスに遭遇。爆発に巻き込まれて行方不明となり、死亡とみなされています。しかし、本書をお読みの皆さんは、ネクサスに取り込まれたカークは死んでおらず、その後、惑星ヴェリディアンⅣで生涯を終えたことはご存知のことと思います。

本書は、カークがエンタープライズの船長席を退き、宇宙の超自然現象ネクサスとの遭遇で行方不明になるまでの期間に執筆されています。その内容は〝スター・トレック〟（以下ＳＴと略）の最初のテレビシリーズ『スター・トレック　宇宙大作戦』（１９６６〜１９６９年米国放映。以降、ＴＯＳと略）、『まんが宇宙大作戦』（１９７３〜74 以下、ＴＡＳと略）、劇場版『スター・トレック』から材を採られています。そこには（当然ですが）これらの主要時間軸を考察し、そこに新時間〝ケルヴィン時間軸〟（注２）と呼ばれている、Ｊ．Ｊ．エイブラムズ監督のリブート版（※２００９〜２０１６年に公開された３本の劇場映画）で描かれた事柄には触れられていません（良かった）。

本書では自叙伝の名の通り、カークの生い立ちから、その少年時代、宇宙艦隊アカデミー時代、そして艦隊士官として異例の出世を遂げた〈Ｕ．Ｓ．Ｓ．エンタープライズ〉号の船長時代など、有名なエピソードから、そうでないものまで、事細かに語られています。

執筆したのはカークとメモリー・アルファ（注３）の歴史家でもあるデイヴィッド・Ａ・グッドマンです。グッドマンについては、『自叙伝 ジャン＝リュック・ピカード』の解説で詳しく述べていますが、本書で初めてその名前を知ったという方に簡単にご紹介しましょう。

デイヴィッド・Ａ・グッドマンはテレビドラマのプロデューサーとして数多くの作品に関わってきた映像制作者です。主な参加作品には、80年代の人気テレビシリーズ『ナイトライダー』（82〜86／ＮＢＣ）の続編である『チーム ナイトライダー』（97〜98／ＮＢＣ）、ＳＦコメディ・アニメ『フューチュラマ』（99〜03／ＦＯＸネットワーク）、『スター・トレック　エンタープライズ』（01〜05 ※第3、4シーズンのみコンサルタィング・プロデューサーとして参加）、コメディ・アニメ『ファミリー・ガイ』（99〜 ※２０１9年末現在、第17シーズンが放映中）などがあります。

グッドマンは昔からトレッキーを公言しており、仕事を通じて知り合った映画『テッド』（12）の、原案・脚本・監督を手がけたセス・マクファーレンも根っからのトレッキーだったため、ふたりで『新スター・トレック』（以下、ＴＮＧと略）にリスペクトとオマージュを捧げた『宇宙探査艦オーヴィル』（17〜放映中／ＦＯＸネットワーク系、ただし第3シーズンからはHuluに移動）なども製作しています。

ファンならば、その作品に愛情が高まるほど、関わりたいという気持ちは強くなります。グッドマンは、その気持ちを形にしたのが『宇宙探査艦オーヴィル』であり、かつ、本書を含む、一連の自叙伝なのです。

本書をお手に取った方、そしてご購入された方はＳＴの原点であるＴＯＳがお好きな方、もしくは興味がある方だと思います。

宇宙一有名な船長で、勇気（無謀）で、豪胆で智力に富み、さらに他人の痛みを自分のことのように捉える共感力。思いやりと献身の心、そして強い意思と信条を持つカークは、多くのＳＴファンにとって、時に人生の指針であり、目標であると思います。

本書ではカークの人格や判断力は、どう養われてきたのかを紐解いている要素もあると思います。なぜなら、テレビドラマの場合、一般的にはモノローグ（内心の声）という演出はほとんどありません（※TOSの場合、航星日誌用の音声などはありますが……）。

そうしたカーク自身の内面部分を知ることで、より彼の行動理由が明確になり、かつ、そこで触れられているエピソードを見返したくなるに違いありません。オリジナルに対して、本書のような二次創作物はそのような楽しみもあります。そして、こうした本が刊行されるということ自体、ＳＴの魅力が色褪せない証明ではないでしょうか？

ところで、原書の記述で気になった点があり、その部分についてはなぜ、そう記載したのかを出版社を通じて、著者に問い合わせしました。しかし、締め切りまでに回答がまにあわず、監修者権限の超法規的措置で、原著とは異なる記述に改めさせていただきました。それは本書で、カークが惑星ジェネシスにおける事件の際に、〈U.S.S.エンタープライズ〉を自爆させてしまい（『スター・トレック3／ミスター・スポックを探せ！』（84）より）、その後、20世紀末にタイムトラベル後）、23世紀に帰還、命令違反を問われ提督から大佐へと降格され、新たに宇宙船の船長に任命された（『スター・トレックⅣ故郷への長い道』（86）より）という部分です。原書では、このときにカークが船長を任せられた〈U.S.S.エンタープライズA〉は〈U.S.S.タイホウ（大鳳）〉を改名したもの（！）となっていたからです。ファンの皆さんなら、いわゆる〝A型〟は、ジョエル・ランドルフ大佐の指揮下にあった〈U.S.S.ヨークタウン〉が改名されたとご記憶でしょう。というわけで、本書ではA型エンタープライズは、〈U.S.S.ヨークタウン〉が改名されたものという記述になっています。ただ、このあたりも正史がしばしば時空改変によって変わる場合があるため、正解という自信はわたしにありません。ただ、違和感がすごすぎてこだわってしまった部分です。もし、新たな設定ではそうなっているという点をご存知の方が本書をお読みなった場合、コッソリ教えてください。さりげなく、再版から修正致します。

本書の翻訳は、2018年暮れに刊行された『自叙伝 ジャン＝リュック・ピカード』に引き続き、有澤真庭さんが担当されました。

わたしは結構アバウトなSTファンですが、有澤さんはわたしがどっちでも同じかなぁと思う事柄まで、細かくこだわってくれました。有澤さんはわたしがどっちでも同じかなぁと思う事柄まで、細かくこだわってくれました。例えば、原書で単に〝Window〟と記載されている宇宙船の〝窓〟の表記です。有澤さんは、宇宙船なのだから航空機などに用いられている〝キャノピー〟はどうだろう？　それとも船に用いられている表記の〝舷窓〟の方がしっくりくるかな？　とか、いろいろ提案してくださいました。わたしは「わかりゃいいんだからウィンドウでいいのでは？」という酷い回答をして、担当を困らせました（結局、どの訳を採用したのかは、本書をお読みください）。もちろん、これは一例で、おなじみのキャラクターの言葉遣いにしても、違和感の無い、自然な訳を心がけ、素敵な訳文に仕上げてくれました。

また、忍耐強く、わたしの解説原稿を待ってくださった竹書房の富田利一さん。このおふたりにはいろいろ申し訳なく、足を向けて寝られません。

さらに、最大船速で感謝したいのが、本書をお手にとっていただいたSTファンの皆さまです。自叙伝第二冊となる本書が刊行できたのも、前書『自叙伝 ジャン＝リュック・ピカード』をご購入いただいた多くの方のおかげだからです。願わくば、第三冊目『自叙伝 ミスター・スポック』（注4）の刊行を決めたいからです。

自叙伝シリーズは、この先、何冊書かれるのかはわかりません。個人的には各STシリーズの艦長、司令官はもれなく欲しいところです。そして、個性に溢れ、魅力的なサブキャラクター達も是非！

最後にいま書店で、解説やあとがきを読んでいるあなた。是非、お財布と相談の上、レジに本書をお持ちいただけると幸いです。その決断と行動が今後のST関連本の刊行を後押しする力になります。よろしくお願い致します。

それでは、いつかまたST関連の本でお会いしましょう。

長寿と繁栄を！

２０１９年11月

注1　〝正史〟とは、テレビや映画の中で描かれている事柄。

注2　〝ケルヴィン時間軸〟とは2018年に公開されたリブート版の『スター・トレック』で描かれた並行世界の時間軸のことを指す。

注3　メモリー・アルファ Memory Alpha とは、STに関するあらゆる情報を網羅したエンサイクロペディアのようなサイト。米国では2003年11月にプロジェクトがスタートした。

注4　『自叙伝 ミスター・スポック（The Autobiography of Mr. Spock）』2020年夏から秋に刊行予定の自叙伝シリーズ第3弾。宇宙一有能な副長の自叙伝。この第三弾は、当初2019年8月にリリース予定だったが2020年に刊行が延期された。なお、『自叙伝　ジェームズ・T・カーク』は2015年9月に米国で刊行され、『自叙伝 ジャン=リュック・ピカード』は2017年10月に刊行されており、日本版の刊行は順序が逆になっている。

訳者あとがき

「宇宙――それは人類に残された最後の開拓地である」

『スター・トレック』(ST)シリーズは、決めゼリフや名言にこと欠きません。バルカン人の「長寿と繁栄を」や、ピカード艦長の「そうしてくれ(Make it so)」、ボーグの「抵抗は無意味だ」に、カーク船長の「転送を頼む、スコッティ」、そして、知名度は少し落ちるけれどスポックの「魅惑的だ」。(ちなみにわたしがシリーズ中でいちばん好きなセリフは、ガイナンがローにいう「クレヨンは宇宙船より遠くへ連れていってくれる」です)

さて、そんなわけで、STのドラマや映画に出てくる名セリフ、名キャラクター、名エピソードをふんだんにとりいれた宇宙艦隊歴代指揮官による自叙伝シリーズ、第一弾のピカード編に続いて、待望のカーク船長編の登場です。本書では、序文の第一声からしてドクター・マッコイの十八番、「わたしは医者だ、○○(石屋/エンジニア/エスカレーターetc.)ではない!」なのが、ボーンズファン(含む訳者)を泣かせます(計二回使用)。名キャラとしては、スポックらレギュラーメンバー(どこでどう初登場するかも本シリーズのお楽しみのひとつ)に加え、サレク大使、死刑執行人コドス、ゴーン、ムガート、デッカー親子、カーーーーン！、アイリーア等の個性派ゲスト、意外なところでは映画第一作目のセリフでしか出てこなかったノグラ提督が結構重要な役回りをふられ、編者デイヴィッド・A・グッドマンがコンサルティング・プロデューサーとして参加していた『スター・トレック　エンタープライズ』のキャラクターもひょっこり顔を出し、まあにぎやか。エピソードとしては、「光るめだま」にはじまり、「二人のカーク」「宇宙基地SOS」「バルカン星人の秘密」「イオン嵐の恐怖」「透明宇宙船」、それに映画一―六作（五作目を「もう一つの地球」に押しこめてしまう力技！）等々が、幼少期から壮年期へ至る過程でカーク船長が遭遇するさまざまな事件として綿密に編みこまれ、偉大なる宇宙艦隊船長の一代記を形作ります。また、本書独自のエピソードやクリーチャーもなかなかに魅力的で、知性を持つ巨大なネズミに似た名もなき遺伝子操作の産物などは、『まんが宇宙大作戦』を彷彿させてわくわくします（闇に葬られちゃったっぽいのが哀れ）。ところどころ、年代や設定などがオフィシャルとされるものとは多少違う箇所もありますが、作者、いや編者グッドマンが「謝辞」で触れているように、そのへんはある程度融通を利かせているということなのでしょう。理由はよくわからないけれど。そして、解説の岸川氏の片眉をクイッとつりあげさせたけれど。

『自叙伝 ジャン＝リュック・ピカード』を読まれた方ならすぐに気がつくと思いますが、本書には、ピカード編と連動する小ネタがいろいろ仕込まれています。宇宙艦隊本部アーチャー棟のアーチャー違い、アカデミー入学初日の儀式、〈エンタープライズ〉船・艦長就任初日のブリッジに抱いた第一印象、トマス・ウルフやウェリントン卿などの史実にちなんだネタ、バーテンダーの〝ジム〟、交渉七十年目にして実を結ぶサレク大使のレガラ外交……。個人的には、カークになついていた甥っ子ピーターの、ピカード編での隠者ぶりが気になるのですが。なにがあったんだ、ピーター。

おもしろいのは、ストイックなピカード艦長の巻ではけっこうはじけていたというか、アクション度が比較的濃い印象だったのと対照的に、冒険野郎体質のカーク船長編ではやや内省的な、ストイックな描写が基調をなすところ(個人の感想です)。『自叙伝 ピカード』では献辞が「父へ」、本書では「母へ」となっているように、どちらも親子関係、家族を大きなテーマに据えていますが、カークは特に息子として、父として「家庭と仕事の両立」という今日的、いや〝古来〟の悩みを秘かに抱え続け、二作を通して読むとふたりのキャプテンの不思議なつながりをたびたび感じ、シリーズものの醍醐味を味わうとともに、なんだかそのうち、もうひとつの長寿SF番組『ドクター・フー』のドクターのように、歴代キャプテンたちが実は別の肉体に宿るひとつの魂《カトラ》のようにも思えてきます。この『自叙伝』シリーズは、同じくグッドマンによるミスター・スポック編が二〇二〇年にアメリカで出る予定で、その一足前には別の書き手によるキャスリン・ジェンウェイ艦長編も出版されます(邦訳はいまのところいずれも未定)。女性艦長の物語を女性の書き手が紡ぐのは、It's only logicalといえましょう。今度はだれに本を捧げるのでしょうか。

いま、アメリカでは歴史的な大統領弾劾調査公聴会の真っ最中です。テレビ中継をきいていると、まるでプライム・タイムラインと鏡像宇宙のように、民主党宇宙と共和党宇宙のふたつの平行宇宙が共存しているような錯覚に陥ります。STシリーズにも裁判ネタは何度か出てきて、それぞれに印象的。『新スター・トレック』の一話目では、Qによって地球人類の野蛮ぶりが裁かれ、アシモフのロボット三原則を彷彿させる「人間の条件」では、データの〝人権〟を認めるかどうかを問います。そしてそれらの原点ともいうべき『宇宙大作戦』の「宇宙軍法会議」では、カーク船長がイオン嵐の混乱に乗じ、部下を殺した容疑をかけられます。ですが、それぞれ厳正なる（？）裁判の結果、人類は宇宙進出を許され、データは人権を認められ、カーク船長の容疑は晴れます。現実の世界では、悲惨なことや理不尽なことがたくさん起き、不遜かもしれませんが人類の行く末に暗澹たる思いを抱くことが、近頃ますます増えてきたように思います。そんなとき、カークやピカードらの率いる宇宙艦隊乗組員たちが、勇敢に切り拓く未来の姿に心がなぐさめられ、こんな未来に少しでも近づきたいという意欲をもらえます。

一九六六年のアメリカでの放映開始以来、実に五十年以上にわたって『スター・トレック』が連綿と愛され続けてきたのは、メカやガジェットの魅力はもちろん、そのようなポジティブな未来感、ヒューマニティや科学の進歩への確固とした信頼が、作品の核をなしているのも大きな一因ではないでしょうか（わたしたちからすれば理想の未来を生きるカークが、大恐慌まっただなかのアメリカに戻ってやすらぎをみいだすという筋書きのハーラン・エリスン脚本「危険な過去への旅」が下敷の本書第七章は、それだけにビタースウィートな妙味があります。第十一章でカークが小さな救いをみつける展開は、みごとだなあと思います)。

そんなポジティブ未来の需要の高まりにあわせ(?)、来年一月に放映開始が迫る『スター・トレック　ピカード』をはじめ、現在様々なST作品が制作・企画進行中です。宇宙艦隊の諜報組織〈セクション31〉とジョージャウ元皇帝の活躍を描く『スター・トレック　ディスカバリー』(DISCO)のスピンオフに、アニメーションシリーズが二種類。頓挫するかに思われたケルヴィン時間軸のほうの映画も、先日、第四弾の制作があらためて発表になりました。ほかにもあったかな? また、今年の四月にシーズン2を終えたDISCOも、あと九五〇年ほど待つとシーズン3がはじまります(多少誇張あり)が、その埋め草的な短編シリーズ『ショートトレック』も、各話いろんな趣向が懲らされて楽しいですよね。シーズン2の第一話「Q&A」は、〈エンタープライズ〉配属初日にスポックがナンバーワンとターボリフトに閉じこめられてしまうというわくわくシチュエーション。脚本を手がけたピューリッツァー賞作家(映画化もされた『ワンダー・ボーイズ』など)マイケル・シェイボンは、『ピカード』の製作総指揮&ショーランナーのひとりでもあります。実は、シェイボンは先日、ニューヨーカー誌に「Q&A」脚本執筆秘話を寄稿し、スポックが微笑む(!)理由を明かしている(ヒント、「歪んだ楽園」)のですが、同時に執筆時に意識のない状態で入院中だった父親につきそいながら、トレッキーだった父親とのST談義(『宇宙大作戦』のどのエピソードが最高か、とか)を回想する父と息子の物語(おや、ここでも)にもなっており、トレッキーが読まないのはちょっともったいないぐらいの記事なので、英語ですがそんなに長くなく、全文と朗読音声が同誌のサイトにアップされています（https://www.newyorker.com/magazine/2019/11/18/the-final-frontier?mbid=social_twitter&utm_medium=social&utm_brand=tny&utm_source=twitter&utm_social-type=owned）から、ひとつ読んでみてください。（「Q&A」は彼の亡き父に捧げられています）。私事ながら、昨年『自叙伝 ピカード』が出版される頃に父親を同じく糖尿病が原因で亡くした訳者の胸にはグサグサきましたです。また、『ショートトレック』の二話目はトリブル総出演でトラブルを起こしてくれ、ドクター・マッコイの序文にならえば本書の欠点その二はトリブルの「ト」の字も出てこないことであるのに異論はないと思いますが、この一編で不満解消です。三話目は人気急上昇パイク船長♡が主役で、残り二編はアニメーション。そのうちの一編は『ピカード』の前日譚なのだとか。

『ショートトレック』は日本ではアメリカと同じタイミングで観られませんが、嘆くことはありません！　二〇二〇年二月には、ライカー役ジョナサン・フレイクスとデータ役ブレント・スパイナーが〈海外ドラマ スターコンベンション〉に来るとのホットなニュースが！　魅惑的だ！　うわさでは、「日本の銀河の偉大なる鳥」こと某本書監修某氏が一枚かんでいらっしゃるとかいないとか。

最後に、ST的に、少しでも違和感のない訳へ近づける努力をするにあたり、前回に引き続き、監修の岸川氏、編集の富田氏にたくさん助けていただきました。平行宇宙の数だけお礼を申し上げます。それから、本シリーズを訳させていただけることになったとき、大昔に買ったＳＴの薄い本をいそいそと出してきて（日本から持ってきたんかい）参考資料に加えろと差しだしたわが家のデータ兼人間レプリケーターの夫にも、感謝を。お礼は（感情）チップでいいですか。

二〇一九年十一月　感謝祭の日

アルファ宇宙域地球・サンタクルーズにて　有澤真庭

用語解説

＊人物名については、ファミリーネームでのあいうえお順で掲載。

〈あ行〉

アークトゥリアン／アークトゥルス人
アークトゥルス4号星を故郷に持つヒューマノイド種族。23世紀後半までには惑星連邦に加盟しており、2270年代には宇宙艦隊に勤務している者もいた。16世紀末〜17世紀はじめに活躍したウィリアム・シェイクスピアを評価しており、アークトゥリアン版の『マクベス』などが上演されている。

アース・ワン
地球の軌道上に浮かぶ民間のステーション。

アーチャー、ジョナサン（ジョナサン・アーチャー）
22世紀の地球連合宇宙艦隊士官。地球人。〈エンタープライズNX－01〉の船長をつとめた。惑星連邦設立の最大の貢献者ともされ、初代連邦大統領もつとめた。

アーチャー棟
ジョナサン・アーチャーの父親で、ワープ5エンジンの設計者ヘンリー・アーチャーにちなんで建てられた。ジョナサン・アーチャーが惑星連邦大統領在任中に建設され、父の名前をつけるよう大統領が要請した。

アイリーア
23世紀の惑星連邦宇宙艦隊士官。デルタ人。改装された〈エンタープライズ〉に乗船。2273年地球に接近した「ビジャー」という物体に接触されプローブとしての役割を担わされた。その後の記録では任務中に行方不明とされた。

アンウーン
バルカンの決闘用の武器。

アインシュタイン級
惑星連邦宇宙艦隊が保有する宇宙船の船級。ダイダロス級の引退後をこのクラスの船が引き継いだ。23世紀初頭に使用された。

アクサナー
アクサナール人の故郷。太陽から約10・5光年の距離に位置するエリダヌス座イプシロン星系に存在し、惑星連邦に加盟するMクラスの惑星。連邦宇宙艦隊は2151年にアクサナールとファースト・コンタクト。その際にこの星の存在を知った。

アクサナール人
ベータ宇宙域の惑星アクサナーを故郷に持つ両性具有のヒューマノイド種族。

アストラル・クイーン
惑星連邦宇宙艦隊が23世紀に保有していた輸送船。

アポロ
ポルックス4号星の種族。2267年、〈U.S.S.エンタープライズ〉はポルックス4号星でアポロと遭遇。ギリシャの神々が実は5千年前に地球を訪れた異星人探検家の一団であり、その時代の人々に対して神としてふるまっていたことが明らかとなる。

アマンダ
スポックの母。地球人。旧姓はアマンダ・グレイソンで教師だった。

新たなる未知へ
第892星系第4惑星で製作された映画。ジェームズ・T・カークをはじめ、本人そっくりなキャラクターが登場する。

アルタイル四号星

太陽から約16・8光年離れたアルファ宇宙域内のアルタイル星系の第4惑星。恒星アルタイルの公転軌道を周回している。惑星連邦に加盟しており、地表には惑星連邦の市民がコロニーを建設し居住している。

アレン、グレイシー（グレイシー・アレン）
20世紀のアメリカのコメディ俳優。夫のジョージ・バーンズと共に、舞台・ラジオ・映画・テレビなど幅広く活躍した。

アンドリア人
アンドリア星系のガス惑星の衛星アンドリアを起源とするヒューマノイド種族であり、惑星連邦創設種族のひとつ。青い皮膚と、白か銀の髪の毛が特徴で、頭部に2本の触角を持つ。

イザール
うしかい座イプシロン星。太陽系から約200光年の距離に位置するアルファ宇宙域に存在する橙色の恒星と青白色の恒星から成る2連星。美しい星とされており、プルケリマとも呼ばれる。この恒星系にはMクラス環境の惑星が存在し、23世紀前半までには惑星連邦に加盟。地球のコロニーが建設された。

〈U.S.S.イントレピッド〉（NCC-1631）
23世紀に惑星連邦宇宙艦隊が保有していたコンスティテューション級宇宙船。

インパルス・エンジン
光速以下の速度域において使用される宇宙船の推進システム。重水素核融合炉から高エネルギープラズマを後方に噴出し、その爆発力による作用反作用エネルギーを元に船を推進させる。

ウェスト、オリバー（オリバー・ウェスト）
宇宙艦隊士官。カートライト提督子飼いの少佐。

ウフーラ、ニヨータ（ニヨータ・ウフーラ）
23世紀の惑星連邦宇宙艦隊士官。ジェームズ・T・カークが指揮する〈U.S.S.エンタープライズ〉および改装後の同艦で合計約30年間通信士官をつとめた。

エイプリル、ロバート（ロバート・エイプリル）
宇宙艦隊大佐。〈U.S.S.エンタープライズ〉のコンポーネント構造の建造を監督。また彼は、処女航海とその後の初期の任務で同船を指揮した。

〈U.S.S.エクスカリバー〉（NCC-1664）
惑星連邦宇宙艦隊が23世紀に保有していたコンスティテューション級宇宙船。

〈U.S.S.エクセター〉（NCC-1672）
惑星連邦宇宙艦隊が23世紀に保有していたコンスティテューション級宇宙船。2260年代、同船はロナルド・トレイシー大佐の指揮下にあった。

〈U.S.S.エクセルシオール〉（NX-2000／NCC-2000）
23世紀後半から24世紀に就役していた惑星連邦宇宙艦隊のエクセルシオール級宇宙船のネームシップ。「偉大なる実験」といわれた〈エクセルシオール〉はトランスワープ・ドライブを装備した宇宙艦隊最初の船として2280年代初頭に開発された。その凛然たるコンセプトに対し、伝統的な技術士官たちは疑問の念を抱いた。超光速航行の艦隊記録は、2269年に〈U.S.S.エンタープライズ〉が出したワープ14・1であったが、根本的に新しい推進原理の下で設計された〈エクセルシオール〉はその時点では全連邦で最も速い宇宙船になる可能性を持っていた。2285年までに、〈エクセルシオール（NX-2000）〉はスタイルズ大佐の指揮下に入り、試験航行に向けた準備として地球のスペースドックに係留されていた。だが、ある事件から数年にわたってドックで過ごすこととなった。ようやく運用されたのは2287

年で、ヒカル・スールーが船長についた。

エクセルシオール級
惑星連邦宇宙艦隊が保有する宇宙船の船級。ネームシップである〈U.S.S.エクセルシオール〉はトランスワープ・ドライブの実験船として建造されたが、汎用性の高い設計から、のちにエクセルシオール級として量産された。全長約511メートル。

エステバン、ジョナサン・T（ジョナサン・T・エステバン）
23世紀の惑星連邦宇宙艦隊士官。〈U.S.S.グリソム〉の船長。

イプシロン9前哨基地
クリンゴン帝国との中立地帯付近にある宇宙艦隊基地。

Mクラス惑星
惑星を大きさ、構成成分、地表環境、大気の成分などで区別した惑星クラス分類のひとつ。地球タイプとも呼ばれ、人類などのヒューマノイド種族やその他炭素ベース生命体の生存に適した惑星を指す。

オーベルト級
惑星連邦宇宙艦隊が保有する宇宙船の船級。同クラスの船は主に宇宙艦隊や民間の科学者が科学調査船として使用。科学調査のほかにも偵察や輸送任務に従事する場合もある。23〜24世紀と長期間使用されている。

オールド・シティ基地
惑星連邦の辺境にある基地。

〈U.S.S.オクダ〉
23世紀に惑星連邦宇宙艦隊が保有していた科学調査船。

〈U.S.S.オバマ〉
23世紀に惑星連邦宇宙艦隊が保有していた宇宙船。

オルガニア人
ベータ宇宙域の惑星オルガニアを母星とする物理的な肉体を持たない生命体。

オルガニア平和条約
2267年の第一次連邦・クリンゴン戦争の終結にあたりオルガニア人によって惑星連邦とクリンゴン帝国に強制された協定。この条約の要綱によると、両勢力は中立地帯内の係争の対象となっている惑星の領有権を主張することができ、惑星をより効率的に開発することができることを示した勢力に領有権が与えられる。また、両勢力は一方がもう一方の境界付近の上陸休暇施設を使用することを要求した場合その権利を保障しなければならない。オルガニア条約は最終的に2293年のキトマー条約にとって代えられ、クリンゴンと連邦がいつの日か友人となるというオルガニア人の予言は証明されることとなった。

〈か行〉

カーク、ウィノナ（ウィノナ・カーク）
ジェームズ・T・カークの母。旧姓デイビス。

カーク、ジョージ（ジョージ・カーク）
ジェームズ・T・カークの父。元宇宙艦隊勤務。〈U.S.S.ロサンゼルス〉〈U.S.S.ケルビン〉に乗船。〈ケルビン〉では副長職もつとめている。

カーク、タイベリアス（タイベリアス・カーク）
ジェームズ・T・カークの祖父。

カーク、ピーター（ピーター・カーク）
23世紀の惑星連邦宇宙艦隊士官。ジェームズ・T・カークの甥にあたる。

カーク、フランクリン（フランクリン・カーク）
ジェームズ・T・カークの曽々々々祖父。

ガース

23世紀の惑星連邦宇宙艦隊士官。出身惑星から「イザールのガース」とも呼ばれる。

カートライト、ランス（ランス・カートライト）

23世紀の惑星連邦宇宙艦隊士官。

カトラ

バルカン人の生きた魂であり、死の直前に他の者へ写すことができる。22世紀中頃までカトラの存在は一般的には認められていなかった。古代のバルカン人がカトラの聖櫃にカトラを保存したという伝説はあったが、多くのバルカン人は神話に過ぎないと考えていた。そういった聖櫃のいくつかは数世紀前にプジェムの修道院で発見されていたものの、保存されているというカトラは検知されなかった。分析に携わったバルカンの科学者らの中には聖櫃に精神融合を試みた者までいた。しかしシラナイトという少数派はカトラの存在を信じており、リーダーのシランはスラクのカトラを自身の中に保存していた。2154年、スラクのカトラはシランからジョナサン・アーチャー大佐を介してバルカン人司祭に写され、その存在がおおやけになった。スラクのカトラが発見されたことは、トゥパウの台頭やそれに続くバルカンの政権交代において大きな役割を果たした。

カペラ四号星

アルファ宇宙域の惑星連邦の領域内に存在する恒星。カペラ星系には少なくとも4つの惑星が存在し、うちひとつのMクラス惑星がこの4号星。23世紀には連邦とクリンゴン帝国で領有を争っていた。一時レナード・マッコイが医療支援に派遣された。

カメロイド

姿が変幻自在な種族で、その存在はある時期まで神話と考えられていた。2293年、ジェームズ・T・カークとレナード・マッコイはクリンゴンの監獄星ルラペンテでマルチアというカメロイドと出会っている。

カリディアン、アントン（アントン・カリディアン）

タルサス4号星の虐殺に関与したとされるコドスの偽名。

艦隊の誓い

宇宙艦隊規約第1条。進化や文明への不干渉を定めた規約。

キーラー、エディス（エディス・キーラー）

20世紀、アメリカのニューヨーク、マンハッタンに住む地球人。

キリスト教

ナザレのイエスをキリスト（救い主）として信じる宗教。イエス・キリストが、神の国の福音を説き、罪ある人間を救済するために自ら十字架にかけられ、復活したものと信じる。

ギル、ジョン（ジョン・ギル）

地球史を専門とした歴史家。惑星連邦宇宙艦隊アカデミーの教官もつとめた。歴史を単なる事件の記録としてではなく、原因および動機の面から考察したとして名高い。ピュリッツァー賞とマクファーレン賞を受賞。

銀河の偉大な鳥

伝説上の生き物。

〈U.S.S.グリソム〉（NCC-638）

23世紀後期、惑星連邦宇宙艦隊が保有していたオーベルト級の科学調査船。

クリンゴン・バード・オブ・プレイ

主に23世紀後半に就役したクリンゴンのブレル級駆逐艦をベースに開発された様々なタイプの艦の総称。可変翼と大気中の飛行能力、惑星上への軟着陸能力、遮蔽装置の搭載などが主な特徴である。23世紀後半から24世紀にかけてクリンゴン軍で使用され続けた非常に高い能力を持つ艦種であり、様々なバリエーションが存在する。尚、バード・オブ・プレイという呼称はクラス名ではなく、コードネームに近いものである。様々な用途に使用されており、偵察艇、駆逐艦、護衛艦、パトロール艦、軽巡洋艦などサイズや用途に合わせて様々なタイプが存在しているが、実際には何種類存在しているのかは定かではない。

クリンゴン
ベータ宇宙域の惑星クロノスを母星とする種族。戦うことを誇りとする攻撃的な種族。銀河系の主要国家のひとつとされるクリンゴン帝国を成立させている。

クルーゲ
23世紀のクリンゴンの戦士。

〈U.S.S.ケルビン〉（NCC-0514）
惑星連邦宇宙艦隊が23世紀前半に運用していた宇宙船。アインシュタイン級。2233年の時点で、リチャード・ロバウ大佐が艦長を、ジョージ・カーク少佐が副長をつとめていた。

ケルソー、リー（リー・ケルソー）
23世紀の惑星連邦宇宙艦隊士官。2265年、ジェームズ・T・カーク大佐が指揮する〈U.S.S.エンタープライズ〉に操舵士官として勤務。

ゴーン
爬虫類の種族で変温動物であり、肌は固く緑色で平均身長はおよそ2メートル。惑星連邦がゴーンとファースト・コンタクトを行ったのは2267年。連邦がコロニーを建造したセスタス3号星は実はゴーンの領土であり、彼らはこれを侵略行為と見なして攻撃。〈U.S.S.エンタープライズ〉が救援に駆けつけたが、メトロンの思惑でジェームズ・T・カーク船長とゴーンの船長はセスタス3号星で一対一の対決を強いられた。

コグレー、サミュエル・T（サミュエル・T・コグレー）
弁護士。2267年、ジェームズ・T・カーク大佐の軍法会議で弁護を担当した。

コディ、アイザック（アイザック・コディ）
十九世紀の土地開発業者。

コドス、アーノルド（アーノルド・コドス）
別名エイドリアン・コドスまたはコドス死刑執行人。2240年代の10年間、惑星タルサス4号星の知事をつとめた。この星で行われた虐殺の責任を問われた。2246年、タルサス4号星に外来の真菌が蔓延しコロニーの大半の食糧供給が破壊され8千人の入植者が飢餓の危機に陥った。コドス知事は4千人を殺害して他の4千人の命を救うという強烈な決定を下し、彼の個人的な優生学的理論で殺害する人々を選んだ。地球からの救援部隊は予想より早く到着したが、4千人の人々を救うには遅く、すでにコドスによって殺されていた。コドスは焼死体として見つかり、2266年に惑星Qで偶然に発見されるまで死亡したと思われていた。この虐殺で、地球初のワープ5宇宙船である〈エンタープライズ〉(NX-01)〉の通信士官ホシ・サトウが惜しくも亡くなっている。

〈コバヤシマル〉テスト
23世紀の宇宙艦隊アカデミー士官候補生に実施された試験。この試験は「勝利がないシナリオ（no-win scenario）」ともいわれ、勝つことは不可能である。シナリオは、クリンゴン中立地帯付近を航行しているところからはじまる。すると、〈コバヤシマル〉からの救難信号を受信する。〈コバヤシマル〉の位置は中立地帯内であり、救出するために中立地帯に突入することは条約違反となる。訓練生はまず、この船を救助に行くべきかを決定する。救助に向かい、中立地帯に侵入すると、3隻のクリンゴン・クティンガ級巡洋戦艦が向かってくる。士官候補生が、〈コバヤシマル〉

を救い、クリンゴンとの戦闘を避け、船が無傷の状態で中立地帯から脱出するのは不可能であったため、「勝利がないシナリオ」といわれるようになった。船を指揮する上で、勝ち目のない事態に直面することはあり得ることである。そのため、その状況下におかれた場合、訓練生がどのように船を指揮し、決断をするのか見きわめるために行う。

コリガン、ジム（ジム・コリガン）

宇宙艦隊第12宇宙基地司令官。アカデミー時代のジェームズ・T・カークのルームメイト。

コリナール

バルカン人が感情を完全に捨て去る、厳格で容赦ない修行。

ゴルコン

２２９３年当時のクリンゴン帝国最高評議会総裁。資源衛星プラクシスの爆発事故をうけ、帝国復興に国力を注力させるため惑星連邦との和平を模索したが、和平交渉へ向かう途上で暗殺された。

〈コロンブス〉（NCC-1701／2）

23世紀に惑星連邦宇宙艦隊が保有していたシャトルクラフト。〈U.S.S.エンタープライズ〉に配属されていた。

コンスティテューション級

惑星連邦宇宙艦隊が23世紀に保有していた宇宙船の船級。コンスティテューション級は２２４５年に就役し、当時宇宙艦隊ではクラス１宇宙船と分類されており、23世紀後半の宇宙艦隊の主力船であった。同クラスは長期間連続探査任務に対応した設計が行われており、同クラスの〈U.S.S.エンタープライズ〉による５年に及ぶ調査航行は宇宙艦隊の歴史上最も偉大な発見と功績を残したと記録されている。２２５４年から２２６５年初期のコンスティテューション級は、最終的な形態よりも大型のディフレクター盤と大型のブリッジ・ドームが採用されており、エンジン・ナセルの先端のバサード・コレクターにはアンテナが取り付けられていた。また、インパルス・ドライブの排気口は２２５４年には２個であったが、その後２２６５年には８個となっている。２２６７年の時点で宇宙艦隊は12隻のコンスティテューション級を保有していた。この12隻には〈コンスティテューション〉〈コンステレーション〉〈エンタープライズ〉〈ディファイアント〉〈エクスカリバー〉〈エクセター〉〈フッド〉〈イントレピッド〉〈レキシントン〉〈ポチョムキン〉が含まれている。

〈U.S.S.コンスティテューション〉（NCC-1700）

23世紀に惑星連邦宇宙艦隊が保有していたコンスティテューション級宇宙船のネームシップ。

〈U.S.S.コンステレーション〉（NCC-1017）

23世紀に惑星連邦宇宙艦隊が保有していたコンスティテューション級宇宙船。

〈さ行〉

サービック

23世紀の惑星連邦宇宙艦隊士官。バルカン人。２２８５年、ジェームズ・T・カーク提督指揮する〈U.S.S.エンタープライズ〉で航海士をつとめた。その後、〈U.S.S.グリソム〉に配属され、ジェームズ・T・カークの息子デビッド・マーカスとともに惑星ジェネシスの調査を行った。

サイ2000

銀河系のアルファまたはベータ宇宙域の連邦宇宙域の近くにあるサイ２０００星系のどこかにあるMクラスの惑星。

サレク

天体物理学者。バルカン人。惑星連邦バルカン大使でスポックの父。

シェイクスピア、ウィリアム（ウィリアム・シェイクスピア）

16世紀末から17世紀はじめに活躍したイギリスの劇作家・詩人。イギリス・ルネサンス演劇を代表する人物でもある。数多くの戯曲を残しており、23世紀においてもなお、優れた作家として尊敬を集めている。

〈ジェネシス〉計画

人口過剰や食糧供給などの社会的な難問を緩和する革新的な計画。2285年にムタラ・セクターにある宇宙実験室レギュラ1でキャロル・マーカスとデビッド・マーカス親子率いる科学者チームによって完成。ジェネシス装置は居住に適さない惑星をMクラスに改造してコロニーを建設するテラフォーミングの工程を素早く行うことができる。魚雷型のジェネシス装置を生命の存在しない惑星に打ち込み、装置の爆発による衝撃で全域を亜原子粒子へと分解。亜原子粒子はあらかじめ設定されたプログラムによって要求された形状へと再構築され、もともとの物質構成に関係なく、人類の居住に適した大気と地表環境を創り出す。しかし、もしすでに生命体が存在するところで装置を爆発させるととても強力な最終兵器になりすべての生命体を滅ぼし、新しいマトリックスを構築してしまう。実際、カーン・ノニエン・シンによって装置が盗まれムタラ星雲の中で〈U.S.S.リライアント〉に載せて起動させるという事件が起きた。結果、凄まじい爆発が起き、星雲を構成していた物質は再構築されて新しい惑星ジェネシスが生まれた。

シグニア・マイナー

惑星連邦領域に存在する連邦加盟惑星。惑星Qの近傍に存在し、連邦のコロニーが存在する。英語ではくちょう座を「Cygnus（シグナス）」といい、はくちょう座に属する恒星を「Beta Cygni（ベータ・シグニ：はくちょう座ベータ星）」等と呼ぶ。

失楽園

イギリスの17世紀の詩人、ジョン・ミルトンによる旧約聖書の『創世記』をテーマにした壮大な初期近代英語の叙事詩。

シン、カーン・ノニエン（カーン・ノニエン・シン）

20世紀末（1992～1996）にアジアおよび中東を支配した独裁者。優生人類。広大な領土を有する帝国を築いた。自分からしかけた戦争はなく、虐殺も行わなかったという。出身についてはつまびらかではないが〈U.S.S.エンタープライズ〉に搭乗していた歴史学者のマーラ・マクガイバー少尉の描いた彼の肖像画によれば、ターバンを巻くこともあったようなのでインド、あるいは中東諸国の出身ではないかと推測される。独裁者ではあるが優れた人物として評価する人々もいる。世界統一の野望を表明し、後に「優生戦争」と呼ばれる戦争を引き起こしたが敗北。冬眠宇宙船〈S.S.ボタニー・ベイ〉に乗り地球を脱出した。それから約300年後の2266年、ジェームズ・T・カークが指揮する〈エンタープライズ〉に漂流しているところを発見された。

シン、マーラ・マデリン・マクガイバー（マーラ・マデリン・マクガイバー・シン）

23世紀の惑星連邦宇宙艦隊士官。歴史学者。カーン・ヌニエン・シンとの遭遇で彼に信奉し、のちに妻となる。

スース・マナ

バルカン伝統の武術で、習得に何年も要する。

スールー、ヒカル（ヒカル・スールー）

23世紀の惑星連邦宇宙艦隊士官。地球人。ジェームズ・T・カーク指揮による5年間の探査航行の間、〈U.S.S.エンタープライズ〉の操舵士官として勤務。その後、改装後の同船においても同様の任務についた。また、彼はのちに〈U.S.S.エクセルシオール〉の船長へ昇進したため、〈エンタープライズ〉を離れた。

スコット、モンゴメリー（モンゴメリー・スコット）

23世紀の惑星連邦宇宙艦隊士官。地球人。ジェームズ・Ｔ・カーク指揮による5年間の探査航行のあいだ、〈Ｕ.Ｓ.Ｓ.エンタープライズ〉の機関主任として勤務。その後、改装後の〈エンタープライズ〉に異動後も機関主任を続け、同船に約30年間勤務し続けた。愛称は「スコッティ」。

スポック

23世紀の惑星連邦宇宙艦隊士官。23世紀後半には〈U.S.S.エンタープライズ〉に勤務し、クリストファー・パイクのもとで科学士官を、ジェームズ・Ｔ・カークのもとでは副長と科学士官をつとめた。また、カークの後任としての5年間と、〈エンタープライズ〉が訓練船として保有されている時期には指揮官をつとめた。24世紀には大使になり、惑星連邦の指導者たちに助言も行った。

スラボトリ、アントニア（アントニア・スラボトリ）

23世紀の地球人。アメリカのカリフォルニアに住む。

ズィンディ危機

ズィンディ事件とも呼ばれる。２１５３年3月の地球攻撃を発端とし、２１５４年2月まで続いたズィンディによる地球破壊計画。〈エンタープライズ（ＮＸ－０１）〉によって阻止された。

セスタス三号星

惑星連邦領域とゴーン・ヘゲモニーの境界付近に存在するセスタス星系の第3惑星。惑星連邦に加盟するＭクラスの惑星。

セティ・アルファ5

セティ・アルファ星系の第5惑星。２２６７年、カーン・ヌニエン・シンとその仲間の優生人類たちの幽閉先として選ばれた。２２６８年まではＭクラスだったが、〈Ｕ.Ｓ.Ｓ.エンタープライズ〉が去った6ヶ月後にセティ・アルファ6号星が爆発し、5号星の軌道が変化。地表は砂漠化し、ガスの暴風が吹き荒れる環境となったことが20年近く後に判明した。

セレヤ山

バルカン星にある宗教的な山である。バルカンのフォージの遠い端に位置する。3世紀にスラクはセレヤ山で純粋論理の哲学を悟った。セレヤ山はのちに「コリナール」のような儀式が行われる場所となった。

ソーリアン・ブランデー

惑星連邦では有名な飲料として普及している。

ソナク

23世紀の惑星連邦宇宙艦隊士官。バルカン人。改装後の〈Ｕ.Ｓ.Ｓ.エンタープライズ〉で科学士官をつとめるはずだったが、転送事故により死亡した。

ソリア船

ソリア連合が23世紀に使用していた特徴的な尖った形状をもつ小さな宇宙船。

〈た行〉

第9宇宙基地

22世紀に建設された惑星連邦の宇宙基地。セクター００１近くの惑星の軌道上に配置された宇宙ステーション。

第11宇宙基地

宇宙艦隊によって管理されている惑星連邦の宇宙基地。ベータ宇宙域の惑星イコの地表に諸施設が置かれていた。ベータ宇宙域内の重要な基地のひとつであり、地球の危機の際に備えた代替施設でもある。その用途は幅広く、重要なイベントから簡単な儀式、武道大会まで様々に使用されている。

第12宇宙基地

ガンマ400恒星系内にある惑星連邦の宇宙基地。マブー6号星、ポルックス4号星、ライサおよびセティ・アルファ星系にも接している。2167年当時、第12宇宙基地は、ウタン・ナース提督の指揮下にあり、〈U.S.S.エセックス〉の寄港地でもあった。

ダイダロス級

惑星連邦宇宙艦隊が保有する宇宙船の船級。同クラスの船は惑星連邦宇宙艦隊の初期に就役した船であり、その後2196年に退役するまで運用されていた。連邦船の多くが円盤形の第1船体を持つのに対し、ダイダロス級のそれは球形をしているのが特徴。

ダイリチウム

結晶質の鉱物であり、ラダンという別名でも知られる貴重な物質。多くの宇宙船でワープ・ドライブを稼働させるために使用されている。ダイリチウムは銀河系の中でもごく少数の惑星や星雲でしか産出されない。産地として知られているのは、連邦領域内ではコリダン星、エラス、また、クリンゴン帝国の領域内ではルラペンテ、ロミュラン帝国ではレムス等が知られている。また、惑星トロイアスにおいても産出され、ここでは宝石類を含む様々な用途に利用されている。

タルサス四号星

惑星連邦領域に存在するタルサス星系の第4惑星で、23世紀には連邦に加盟し、コロニーが建設されている。

チェコフ、パベル・アンドレビッチ（パベル・アンドレビッチ・チェコフ）

23世紀の惑星連邦宇宙艦隊士官。地球人。ジェームズ・T・カーク指揮による5年間の探査航行のあいだ、〈U.S.S.エンタープライズ〉の操舵士、保安および兵器コントロールの責任者として勤務。その後、改装後の〈エンタープライズ〉においても同様の任務についた。

チャペル、クリスティン（クリスティン・チャペル）

23世紀の惑星連邦宇宙艦隊士官。ジェームズ・T・カークの指揮の下、〈U.S.S.エンタープライズ〉で看護士長をつとめる。のちに宇宙生理学を専攻するために宇宙医学アカデミーに入学。医師として改装後の〈エンタープライズ〉につとめるが、ビジャー探査のためにドクター・マッコイが乗船したため、その立場をしりぞいた。2298年には、〈エクセルシオール〉の最高医療責任者をつとめている。

〈U.S.S.チャレンジャー〉（NCC-2032）

23世紀に惑星連邦宇宙艦隊が保有していた宇宙船。

ディモラス星

ディモラス星系タロッド区域の4番目の惑星。

テイラー、ジリアン（ジリアン・テイラー）

20世紀の地球人。生物学、特にクジラの専門家。23世紀からタイムトラベルしてきたジェームズ・T・カーク一行に協力し、ジョージとグレイシーの二頭のザトウクジラを未来へ運ぶ手伝いをした。

デッカー、ウィラード（ウィル）（ウィラード（ウィル）・デッカー）

23世紀の惑星連邦宇宙艦隊士官。マシュー・デッカーの息子。〈U.S.S.エンタープライズ〉の4代目船長として、改装中の同船を指揮。しかし、ビジャー探索にあたって、ジェームズ・T・カーク提督が船長に復帰したため、副長の座に。カーク提督とは旧知の仲である。ビジャー探索中に行方不明となる。

デッカー、マシュー・〝マット〟（マシュー・〝マット〟・デッカー）

23世紀の惑星連邦宇宙艦隊士官。准将として〈U.S.S.コンステレーション〉の指揮官をつとめていた。のちに改装後の〈U.S.S.

エンタープライズ〉の副長になるウィラード・デッカーの父親でもある。

デネバ

デネバ・プライムとも呼ばれる。惑星連邦に加盟しているベータ宇宙域にあるMクラスの惑星。恒星ろ座カッパ星を周回している。2150年代には人類がデネバ・コロニーを建設し、それから100年以上経った2267年までセクター内の小惑星帯で採鉱される鉱物の輸送を行っていた。

〈U．S．S．ディファイアント〉（NCC-1764）

23世紀に惑星連邦宇宙艦隊が保有していたコンステイテューション級宇宙船。

テラライト人

テラー星系のMクラス惑星テラー・プライムを起源とする種族であり、惑星連邦創設種族のひとつ。鼻の穴が前を向き豚鼻のようになっており、顎鬚を蓄えている者が多い。

デルタ人

デルタ4号星を故郷に持つヒューマノイド種族。23世紀前半までには惑星連邦に加盟。デルタ人は頭髪がなく魅力的な顔立ちをしている。ある種のテレパシー能力があり他者とスキンシップしているあいだ、相手の苦痛を和らげる能力があるが身体の傷を癒す事はできない。デルタ人のあいだでは人類は性的に未熟な種族だと信じられている。デルタ人は性的魅力が非常に強いため、独身の誓いを立てて他のクルーに会わせてから宇宙艦隊につとめている。

デルタ四号星

アルファ宇宙域に存在するMクラスの惑星。惑星連邦に加盟しているヒューマノイド種族であるデルタ人の故郷である。

トゥプリング

23世紀のバルカン人。スポックのポンファーの相手。

ドナテュー五号星

惑星シャーマンとベータ宇宙域のクリンゴン帝国との国境近くに位置するMクラスの惑星。

トムリンソン、ロバート・（ロバート・トムリンソン）

23世紀の惑星連邦宇宙艦隊士官。船の兵器コントロール室の責任者。2260年代半ばにジェームズ・T・カーク船長の指揮の下、〈U．S．S．エンタープライズ〉で前方フェイザー・コントロールルームを担当した。アンジェラ・マーティーニと婚約していたが、不幸な事件で死亡した。

トリコーダー

惑星連邦宇宙艦隊の宇宙艦隊士官に支給され、主に上陸任務時に用いる多目的の携帯デバイス。地形・気候・生物などあらゆる分野の探知、分析、記録ができる。

トレイシー、ロナルド（ロナルド・トレイシー）

23世紀の惑星連邦宇宙艦隊士官。2260年代、〈U．S．S．エクセター〉の船長をつとめた。

〈な行〉

NASA／アメリカ航空宇宙局

National Aeronautics and Space Administration の略。アメリカ合衆国政府内における宇宙開発にかかわる計画を担当する連邦機関。

ニューラル

うしかい座ゼータ星系第3惑星。

〈S．S．ニューロシェル〉

J-級の貨物船。

ノグラ、ヘイハチロー（ヘイハチロー・ノグラ）
23世紀の惑星連邦宇宙艦隊士官。ジョージ・カーク・シニアとは秘書をしていた〈ケルビン〉時代の同僚。

〈は行〉

バード・オブ・プレイ
クリンゴン軍や一部のロミュラン軍の宇宙船に使われる呼称。

バーンズ、ジョージ・（ジョージ・バーンズ）
20世紀のアメリカのコメディ俳優。妻のグレイシー・アレンとともに、舞台・ラジオ・映画・テレビなど幅広く活躍した。数多くのコメディ作品を残し、100歳まで生きた。1975年にニール・サイモンの戯曲を映画化した『サンシャイン・ボーイズ』でアカデミー助演男優賞を受賞。『オー！ゴッド』（1977）の神様役も有名である。

パイク、クリストファー（クリス）（クリストファー（クリス）・パイク）
23世紀の惑星連邦宇宙艦隊士官。ロバート・エイプリルから引き継ぎ、〈U．S．S．エンタープライズ〉の船長を2251年から2264年までつとめた。

パイパー、マーク（マーク・パイパー）
23世紀の惑星連邦宇宙艦隊士官。クリストファー・パイク指揮下に続いてジェームズ・T・カーク指揮の〈U．S．S．エンタープライズ〉の医療主任および生命科学部長をつとめていたが2年後に退任。

PADD
22世紀から24世紀まで使用された携帯用のコンピューター・インターフェイス。宇宙艦隊以外にも様々な種族で同様の技術が用いられており、日誌や個人データの管理、オペレーティングシステムへのアクセスなど、様々な用途で使用される。

〈U．S．S．パットン〉
惑星連邦宇宙艦隊が23世紀前半に運用していた宇宙船。ラーソン級。

バトンルージュ級
惑星連邦宇宙艦隊が23世紀に保有していた宇宙船の船級。

パラマス、キャロリン（キャロリン・パラマス）
23世紀の惑星連邦宇宙艦隊士官。ジェームズ・T・カークの指揮の下、〈U．S．S．エンタープライズ〉で考古学および人類学士官をつとめた。

〈S．S．バリアント〉（NCC-S1104）
2065年に地球から打ち上げられた銀河探査船。

バルカン人
論理的でストイックな性質で知られる、バルカン星を母星とする種族。惑星連邦創設時の種族のひとつであり、加盟種族の中で最も進んだ種族ともいわれる。

〈S．S．ビーグル〉
23世紀に惑星連邦宇宙艦隊が保有していた調査船。

ビジャー
2271年にベータ宇宙域方向の銀河系外からやってきたと考えられる人工生命体。ジェームズ・T・カーク指揮下の〈エンタープライズ〉のクルーによって調査が試みられた。

〈U．S．S．ファラガット〉（NCC-1647）
惑星連邦宇宙艦隊が23世紀に運用していた宇宙船。コンスティテューション級。ジェームズ・T・カークが乗務した。

フィニー、ベンジャミン（ベン）（ベンジャミン（ベン）・フィニー）
23世紀の惑星連邦宇宙艦隊士官。宇宙アカデミーで指導教官をつとめ、ジェームズ・T・カークの友人となる。のちに〈U.S.S.エンタープライズ〉で再会。

フェイザー銃
位相変換型エネルギー兵器（ナディオン素粒子によるビーム兵器）の総称。

二日間戦争
オルガニア平和条約のきっかけとなった戦争。惑星連邦とクリンゴン帝国のあいだで戦われた。

プラクシス
ベータ宇宙域にあるクリンゴンの衛星。クリンゴン帝国の重要なエネルギー生産施設。2293年、不運な事故が重なって爆発が起こり、衛星はほとんど崩壊してしまった。この災害はのちに「過度の採鉱と不十分な安全対策」に起因すると考えられた。

ブランチ
23世紀の惑星連邦宇宙艦隊士官。イプシロン9基地の司令。

プレストン、ピーター（ピーター・プレストン）
宇宙艦隊少尉候補生。2285年、ジェームズ・T・カーク指揮下の〈エンタープライズ〉に配属され、少尉候補生として機関室に勤務していたがカーンとの戦闘で死亡。

ベイトソン、モーガン（モーガン・ベイトソン）
〈U.S.S.エンタープライズ〉にてジェームズ・T・カーク船長の初代秘書をつとめた。のちに〈U.S.S.ボーズマン〉の船長に就任。

ベネシア・コロニー
惑星ベネシアに存在する惑星連邦のコロニー。

〈U.S.S.ベンジェンス〉
惑星連邦宇宙艦隊が23世紀に保有していたミランダ級宇宙船。

ボーメナス
惑星連邦大統領。アンドリア人。

ホッキンズの法則
人間の生物学者アタナシオ・エヴァン・ホッキン博士が22世紀に発表した科学理論。「惑星の平行進化に関するホッキンズの法則」。

〈U.S.S.ホットスパー〉
惑星連邦宇宙艦隊が23世紀に運用していた宇宙船。バトンルージュ級の定期輸送船。

ポルックス四号星
ベータ宇宙域にある、ポルックス星系4番目のMクラスの惑星。ギリシャ神の母星であったが、このヒューマノイド種族は2267年に死亡したアポロを最後に絶滅した。

ホン
23世紀の惑星連邦宇宙艦隊士官。

ポンファー
バルカン民族の発情期。約7年ごとにあり、生殖活動を行う。

〈ま行〉

マーカス、デビッド・ジェームズ（デビッド・ジェームズ・マーカス）
23世紀の科学博士。母のキャロルとともにジェネシス計画に携わっていた。ジェームズ・T・カークとキャロル・マーカスの息子。

マーティーニ、アンジェラ（アンジェラ・マーティーニ）
23世紀の地球連合宇宙艦隊士官。2260年代半ばに、兵器コントロール担当として〈U.S.S.エンタープライズ〉に勤務。ロバート・トムリンソンと婚約していたが、不幸な事件でトムリンソンは死亡する。

『マクベス』
ウィリアム・シェイクスピアによって書かれた戯曲。シェイクスピアによる四大悲劇のひとつ。実在のスコットランド王マクベス（在位1040～1057）をモデルにしたもの。

マッコイ、レナード・H（レナード・H・マッコイ）
医師であり、科学者。船医または医療主任として、〈U.S.S.エンタープライズ〉と〈同A〉に合計27年間乗務した。愛称は「ボーンズ」。

マロリー、ジョージ（ジョージ・マロリー）
23世紀の宇宙艦隊士官。ジェームズ・T・カークは少年時代にマロリーと出会ったことで、宇宙連邦士官をめざすようになる。

ミッチェル、ゲイリー（ゲイリー・ミッチェル）
23世紀の惑星連邦宇宙艦隊士官。2265年、ジェームズ・T・カークが指揮する〈U.S.S.エンタープライズ〉に勤務。アカデミー時代のカークの後輩。

ミラノ、ブルンヒルデ・アン（ブルンヒルデ・アン・ミラノ）
ジェームズ・T・カークの祖母の旧姓。

ミルトン、ジョン（ジョン・ミルトン）
17世紀の英国の詩人。共和派の運動家でもあった。代表作に『失楽園』がある。

ムガート
惑星ニューラルの亜熱帯のサバンナ地帯に生息する類人猿の肉食獣。体格は他の動物を恐れさせるほど大きく、体高は頭部の角をのぞいて約2メートルに達する。体表は顔や手の部位以外白く深い毛皮に覆われている。

メイウェザー、トラビス（トラビス・メイウェザー）
〈S.S.ニューロシエル〉の船長。地球連合宇宙艦隊士官時代には〈エンタープライズNX－01〉の操舵手をつとめた。

メトロン
非常に高度で長命な生命体。ファースト・コンタクトは、2267年にジェームズ・T・カークが指揮する〈U.S.S.エンタープライズ〉によって行われた。

メモリー・アルファ
巨大なライブラリーがある準惑星。

メラコン
23世紀、惑星エコスに住んでいたエコス人。

モロー、ハリー（ハリー・モロー）
23世紀の惑星連邦宇宙艦隊士官。ハロルド・モロー、ヘンリー・R・モロー、ランドルフ・H・モロー、またはランドルフ・E・モローとしても知られる。

〈や行〉

ユージニオ
ルシラの息子。映画『新たなる未知へ』の製作者。

ユートピア・プラニシア艦隊造船所
太陽系第4惑星・火星にある惑星連邦宇宙艦隊の造船所および開発施設。火星のユートピア・プラニシア平原の上空1万6625キロメートルの軌道上の宇宙基地と地上設備によって構成されている。宇宙艦隊の上級宇宙船設計部の拠点基地であり、宇宙艦隊における最新鋭船や新技術の開発の中心基地のひとつである。基地の本部は軌道上の宇宙基地に設置されており、宇宙基地のほかに多数のドライドックが存在し、そこで宇宙船の建造や艤装を行っている。火星のユートピア・プラニシア平原上の地上設備では主に宇宙船のパーツの建造を行っている。

秘書（ヨーマン）
宇宙艦隊で事務管理等を行う役職。宇宙艦隊では、秘書の中でさらにランクがある。

〈ら行〉

ライリー、ケビン（ケビン・ライリー）
23世紀の惑星連邦宇宙艦隊士官。2266年、ジェームズ・T・カーク船長の指揮の下、〈U.S.S.エンタープライズ〉で航法士をつとめた。

ランド、ジャニス（ジャニス・ランド）
〈U.S.S.エンタープライズ〉の5年間の宇宙探査のあいだ、ジェームズ・T・カーク船長の秘書をつとめた。他船に転属後、転送主任として復帰。

『リア王』
ウィリアム・シェイクスピアによって書かれた戯曲。シェイクスピアによる4大悲劇のひとつ。長女と次女に国を譲ったのち2人に事実上追い出されたリア王が、末娘の力を借りて2人と戦うも敗れる。

リード、マルコム（マルコム・リード）
宇宙艦隊アカデミー校長。地球連合の宇宙艦隊士官当時、〈エンタープライズNX-01〉の戦略士官をつとめた。

〈U.S.S.リパブリック〉（NCC-1371）
惑星連邦宇宙艦隊が23世紀に運用していた宇宙船。バトンルージュ級の定期輸送船。

〈U.S.S.リビア〉（NCC-595）
23世紀後半から24世紀初頭に惑星連邦宇宙艦隊が保有していたエルメス級宇宙船。

〈U.S.S.リライアント〉（NCC-1864）
惑星連邦宇宙艦隊が保有するミランダ級の宇宙船。

リルパ
バルカンの決闘用の武器。

ルラペンテ
流刑コロニーが存在するDクラスの小惑星。ベータ宇宙域の惑星連邦領域境界から2セクター以内にある、3連星を主星に持つベータ・ペンテ星系に存在し、「異星人の墓場」として広く知られている。小惑星ルラペンテにはクリンゴン帝国にとって最も重要な資源のひとつであるダイリチウム鉱石が存在し、希少な資源を採鉱するためにクリンゴンや異星人の囚人を収監する流刑コロニーが建設された。囚人たちは小惑星の資源の広範な開発を行うのに充分な労働力を供給している。

レイトン、トム（トム・レイトン）
惑星Qの宇宙農業科学者。ジェームズ・T・カークの子ども時代からの友人。

レガラ
銀河系のアルファまたはベータ宇宙域のどこかにあるカーデシア連合内の星系。

レガラ人
大型の青いロブスターに似た姿で、液体の中で生きる種族。非常に進化したテクノロジーと文化を有する。

〈U.S.S.レキシントン〉（NCC-1709）
惑星連邦宇宙艦隊が23世紀に保有していたコンスティテューション級宇宙船。

レギュラ1
ムタラ・セクターにあるDクラス惑星の軌道上に設置された惑星連邦の研究ステーション。2280年代に、〝マーカスラボ〟として、キャロル・マーカス博士のもと、〈ジェネシス〉計画にとりくんでいた。

ローマ帝国
古代ローマがイタリア半島に誕生した都市国家から、地中海にまたがる領域国家へと発展した段階以降を表す。厳密には古代ローマが共和制だった頃を含む。最盛期には地中海沿岸全域に加え、ブリタンニア、ダキア、メソポタミアなど広大な領域を治めていた。

〈U.S.S.ロサンゼルス〉（NCC-2727）
惑星連邦宇宙艦隊が23世紀前半に運用していた宇宙船。ロクナー級。

ロス、ハイラム（ハイラム・ロス）
23世紀の政治家。亡くなる2288年まで惑星連邦大統領をつとめた。

ロッシ
惑星連邦宇宙艦隊の科学士官。惑星サイ2000に派遣された。

ロバウ、リチャード（リチャード・ロバウ）
23世紀の惑星連邦宇宙艦隊士官。2233年に〈U.S.S.ケルビン〉の船長をつとめていた。

ロビンス、ジョン・バン（ジョン・バン・ロビンス）
惑星連邦宇宙艦隊の提督。

ロミュラン
惑星ロミュラスを母星とするロミュラン帝国の支配民族。生物学的にはバルカン人と近縁の関係だが、バルカン人と異なり、狡猾で好戦的な者が多い。スラクの教えによる「目覚めの時代」に反抗した一部のバルカン人が祖先。ロミュラン帝国は銀河系の中でも有力な勢力として知られる。

ロミュラン戦争
2156年から2160年までの4年間にわたって地球連合とロミュラン帝国間で戦われた恒星間の大規模な戦争。地球は同盟国のバルカン、テラーおよびアンドリア帝国の支援を受けた。

〈わ行〉

ワープ・ドライブ
光速を超える速度での宇宙航行を可能にするFTL（Faster Than Light）技術である。亜空間フィールドによって形成される亜空間バブルで宇宙船を包み込み、周囲の時空連続体をゆがめて船を推進させるものである。ワープの速度を示すための尺度は、ワープ・ファクター（ワープ係数）と呼ばれ、この数字が10に近いほど速い。

ワームホール
亜空間の一種。時空の2点間を結ぶ宇宙の虫食い穴トンネルの総称。1957年にジョン・アーチボルト・ホイーラーが命名、以後広く普及した。ワームホールを通れば通常空間では莫大な距離の移動をわずかな時間と空間ですむ。

惑星Q
惑星連邦に加盟している惑星。23世紀に連邦のコロニーが建設された。

惑星の殺し屋
惑星の殺し屋（プラネット・キラー）は惑星全体を破壊できる自動化された最終兵器であった。2267年に惑星連邦宇宙船〈U.S.S.コンステレーション〉と〈U.S.S.エンタープライズ〉が遭遇した。起源は不明であったが、軌道予測から銀河系外から飛来したものであると考えられた。

〈参考文献・サイト〉
スタートレック パラマウント社公認 オフィシャルデータベース（ぶんか社 刊）
スタートレック　アルティメイト（ダルマックス 刊）
Memory Alpha　https://memory-alpha.fandom.com/
Memory Alpha　https://memory-alpha.fandom.com/ja/wiki/Portal:Main
スタートレック データバンク　http://www.usskyushu.com/trekword.html

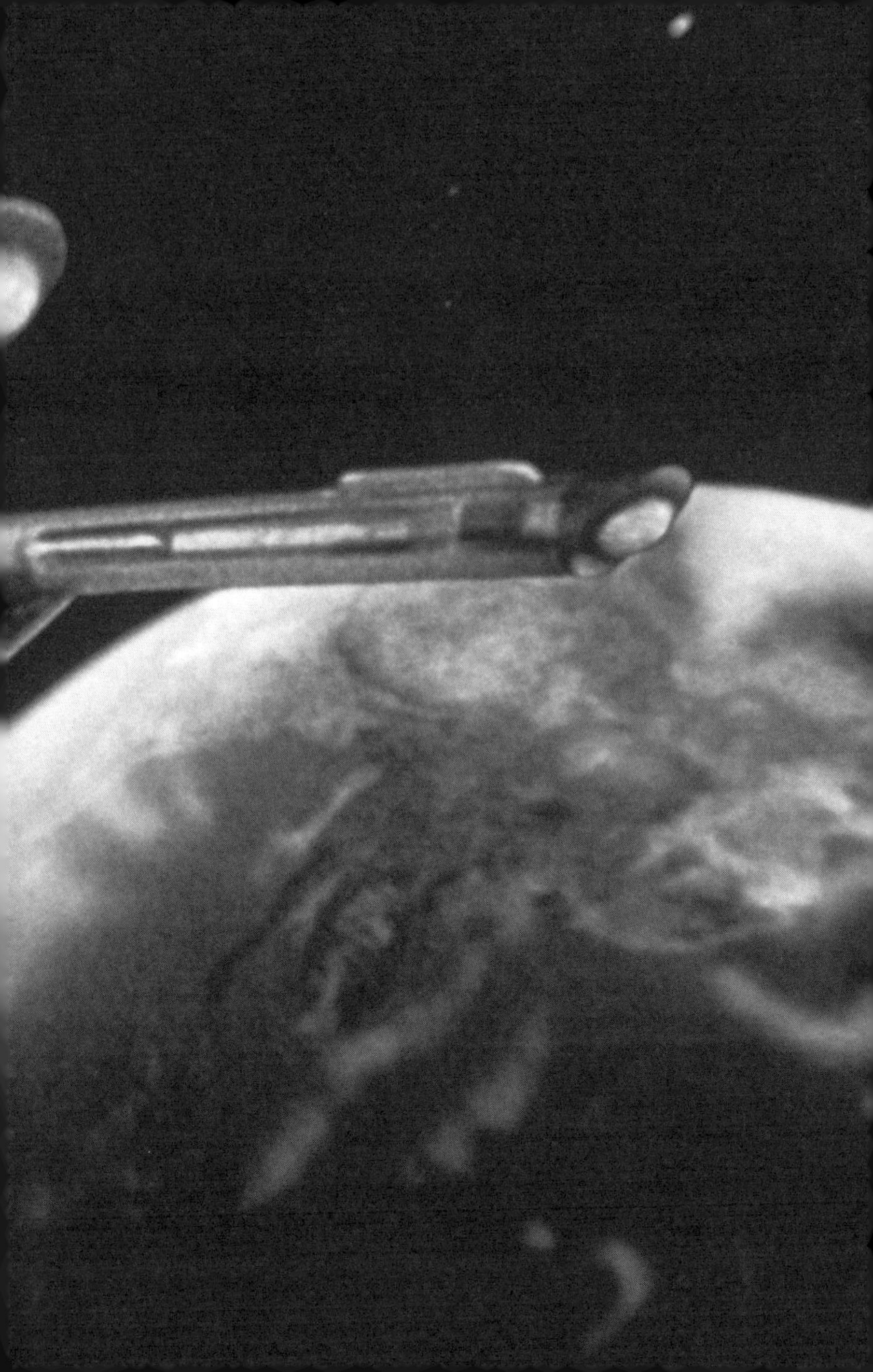

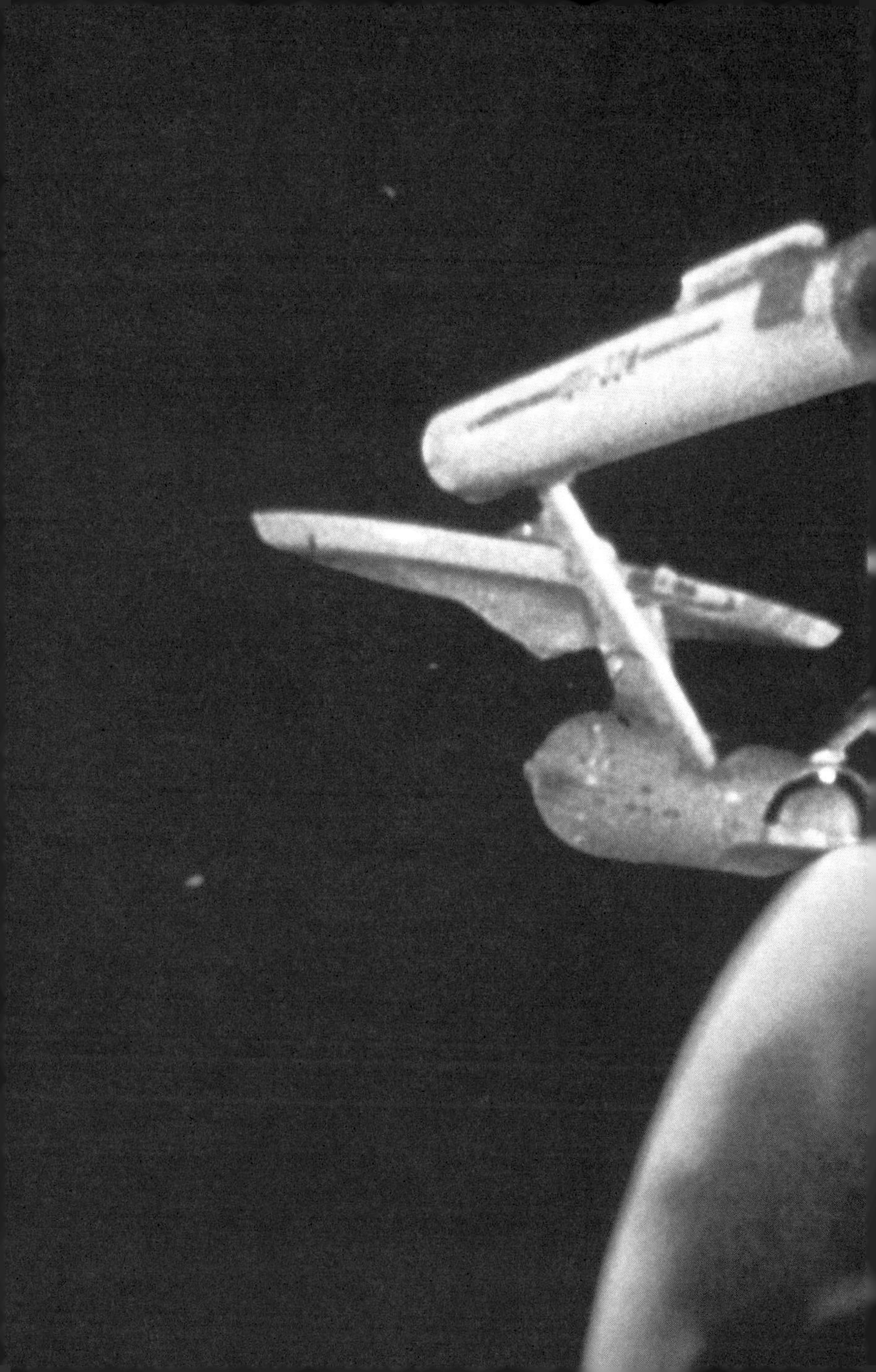

【訳】有澤真庭　Maniwa Arisawa
千葉県出身。アニメーター、編集者等を経て、現在は翻訳業。主な訳書に『キングコング　髑髏島の巨神』『自叙伝 ジャン＝リュック・ピカード』『幻に終わった傑作映画たち』（竹書房）、『スピン』（河出書房新社）、字幕に『ぼくのプレミア・ライフ』（日本コロムビア）がある。カリフォルニア州サンタクルーズ在住。

自叙伝 ジェームズ・T・カーク

2019年12月26日　初版第一刷発行

著　ジェームズ・T・カーク

編　デイヴィッド・A・グッドマン
訳　有澤真庭
監修　岸川 靖
カバーデザイン　石橋成哲
本文組版　IDR

発行人
後藤明信
発行所
株式会社 竹書房
〒102-0072
東京都千代田区飯田橋2-7-3
電話03-3264-1576（代表）
03-3234-6244（編集）
http://www.takeshobo.co.jp
印刷所
中央精版印刷株式会社

ISBN978-4-8019-2105-4　C0097
Printed in Japan